祝你，哪抹了

北风未眠 著

上 册

青岛出版集团 | 青岛出版社

图书在版编目（CIP）数据

夏日热恋/北风未眠著. —青岛：青岛出版社，2024.6
ISBN 978-7-5736-2209-9

Ⅰ.①夏… Ⅱ.①北… Ⅲ.①长篇小说－中国－当代 Ⅳ.①I247.5

中国国家版本馆CIP数据核字（2024）第080489号

XIARI RELIAN

书　　名	夏日热恋
作　　者	北风未眠
出版发行	青岛出版社（青岛市崂山区海尔路182号）
本社网址	http://www.qdpub.com
邮购电话	18613853563
责任编辑	郭红霞
特约编辑	孙小淋　常春红
校　　对	郭金乔
装帧设计	千　千
照　　排	梁　霞
印　　刷	三河市良远印务有限公司
出版日期	2024年6月第1版　2024年6月第1次印刷
开　　本	32开（880mm×1230mm）
印　　张	17.5
字　　数	406千
书　　号	ISBN 978-7-5736-2209-9
定　　价	65.00元（全2册）

编校印装质量、盗版监督服务电话 4006532017　0532-68068050

目录 上册

第一章　代理辅导员　　　　　　　　1

第二章　被她"放鸽子"的游戏队友　　29

第三章　等雨停　　　　　　　　　　56

第四章　"高岭之花"人设崩塌　　　　82

第五章　别爱我，没结果　　　　　　110

第六章　糖炒栗子　　　　　　　　　137

第七章　新年快乐　　　　　　　　　163

第八章　仙女回天庭了吗?　　　　　192

第九章　暧昧期　　　　　　　　　　215

第十章　吃了爱情的苦　　　　　　　242

目 录 下 册

第十一章　恋爱的风险评估　　　　269

第十二章　你果然是恋爱脑　　　　294

第十三章　矫情的男朋友　　　　　326

第十四章　我女朋友　　　　　　　354

第十五章　把这玩意儿染成绿色的　385

第十六章　我不是那种占人便宜的人　412

第十七章　情有独钟　　　　　　　439

第十八章　生日愿望　　　　　　　466

第十九章　别叫我"姐姐"　　　　495

第二十章　你的声音我记了很久　　526

第一章

代理辅导员

从八月底开始,云城就已经连续下了几天的雨了,温度却没有因此降下来,空气中依旧弥漫着沉闷燥热的气味。

隋意拖着行李箱,在报到处登记之后,便往宿舍走去。

每走几步,便有男生殷勤地上前问她需不需要帮助,隋意一一拒绝,独自往前走着。

她身后,登记处的几个学姐看着这一幕,小声议论着:"这个学妹看上去挺傲啊,眼光也太高了吧。刚刚那是我们系的'系草'吧?她居然连正眼都没看他,简直离谱儿。"

另一个学姐笑了笑,看着面前的报到资料说:"人家可是省状元,有傲的资本,一般的人她哪儿看得上啊?"

几个人闻言都震惊地转过了头:"她就是今年的全省理科状元隋意?"

"我的妈呀,老天爷能再不公平一点儿吗?她有这么好的脑子就不说了,居然还长得这么漂亮,还让不让人活了啊?"

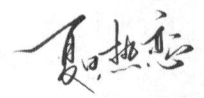

隋意全然没有听到身后的议论声,拖着行李箱进了宿舍楼。

她站在电梯里,看见白色的裙子上不知道什么时候沾上了泥点,顿时有些烦。

隋意弯腰抠了抠,泥点蔓延的区域更大了。

她忍不住皱起了眉。

隋意进宿舍的时候,只有一个女生在收拾床铺。

女生见有人来了,伸手笑眯眯地打着招呼:"你好呀,我叫陶圆圆,你呢?"

"你好,隋意。"

简单的几个字,听上去却让人莫名其妙地有一股压力。

这时候,连日来阴沉的天空终于放晴了,一缕阳光透过窗户斜斜地投射了进来,正好落在正在找床位的隋意的侧脸上。

陶圆圆觉得,这是来自学霸的神圣光环。

不仅如此,隋意还很漂亮,细细的眉,高挺的鼻子,淡粉色的唇瓣,皮肤白嫩光滑,细腻得连一个毛孔都看不见,就连几缕贴在她的纤细脖颈上的发丝都显得温柔淡然。

找到贴着她的名字的床位后,隋意坐在了位子上,用手扇了扇面前的热空气,随即抬头看向坐在床上出神的陶圆圆,轻声问道:"你热吗?"

陶圆圆迅速回过神,点了点头:"热。"

隋意起身,在桌子上找到空调遥控器,开了空调。

很快,宿舍里的温度便降了下来。

没过一会儿,陶圆圆整理好床铺下了床,见隋意低着头玩儿手机,拿了一瓶之前在楼下买的苏打水递过去:"挺热的,喝点儿吧。"

隋意抬头看向她,随即看了看她手里的苏打水,笑了笑接过:

"谢谢。"

把苏打水放在桌上后,隋意从包里拿出了一块巧克力给陶圆圆:"吃吗?"

陶圆圆疯狂点头。和学霸吃同样的食物,说不定就能拥有她十分之一的智慧大脑!

互相分享了食物后,陶圆圆觉得隋意也没有传说中的那么高冷,还挺好相处的。

陶圆圆看了一眼时间,试探着出声:"还有二十分钟就要点名了,我们一起过去?"

隋意差点儿忘了还有点名这件事,点了点头,起身说道:"走吧。"

两个人走在从宿舍到教室的路上,看到的大多是大一的新生。

到了教室,隋意和陶圆圆坐在了边上。

坐在中间的同学不知道在议论什么,满脸兴奋之色。

隋意只隐隐约约听到了"代理辅导员"几个字。

陶圆圆转过头,给隋意分享着八卦消息:"你应该还不知道吧?我们原来的辅导员生孩子去了,学校临时给我们找了一个代理辅导员。代理辅导员是大四的学长,据说还是我们学校的'校草'。"

隋意没什么反应,只是问道:"也是我们系的吗?"

"好像不是,听说是计算机系的。"

隋意皱眉:"计算机系的人为什么要给金融系的学生当辅导员?"

这个直击灵魂的问题让陶圆圆一时语塞。

这果然是学霸的脑回路啊。

陶圆圆说道:"没事啦,反正他只是代理辅导员而已,又不是专业课的老师,帅就行了。"

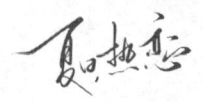

行吧。

隋意也没想太多。

过了几分钟，上课铃响起，所有人都回到了位子上，却又忍不住伸长了脖子往门口看去。

过了几秒钟，教室门口终于出现一道身影。

众人哗然。

就连隋意也看了过去。

"校草"，能有多帅？

可惜前一秒众人有多期待，下一秒就有多失望。

进来的是一个漂亮的女生，她笑道："各位同学，你们学长有点儿事，耽搁几分钟，马上就过来，你们先做自己的事。"

隋意暗自撇嘴，这人还挺会摆谱儿的。

等女生离开后，教室里又响起了议论声，大家都是在说那个学长有多帅。

隋意等得有些无聊，垂眸又看到了裙摆上的泥点。

回宿舍后她都忘记这回事了。

隋意小声对陶圆圆说道："我去一趟卫生间。"

陶圆圆点头："一会儿学长来了我给你打电话。"

"好。"

隋意出了教室，走廊里空无一人。

她找了一会儿才看到卫生间在哪儿，用水搓了搓裙子上的泥点，可还是有一片淡淡的痕迹在。

那股烦躁的情绪又从心底升了上来。

怎么连一条裙子都要和她作对？

隋意出了卫生间，忽然发现自己忘记教室在哪边了。

她想到那个摆谱儿的代理辅导员，也不是很想回去。

她刚走几步，就看到旁边有一个被踩扁的易拉罐，而前面两三米的地方就有一个垃圾桶。

隋意左右看了看，见四周都没有人，便弯腰把易拉罐摆在自己面前，然后后退了两步，目测着需要多少距离，紧接着助跑，"咚"的一下把易拉罐踢了出去。

易拉罐在空中划出一条优美的弧线，"嘭"的一下撞到了墙上，最后直直地落到了垃圾桶里。

隋意握着拳头扬了扬，嘴角浮现出笑意。

她做完这一切后，抬头刚想要离开，目光却对上了一双沉静无波的眸子。

男生穿着黑衣黑裤，冷峻的五官被白色的灯光笼罩着，眉目间透着疏离感，薄唇平直得没有丝毫弧度。

他静静地倚靠在墙边，不知道看了她多久。

隋意："……"

暴露了！

只停顿了两秒之后，隋意便恢复了"高岭之花"的人设，单手将头发别到了耳后，淡定从容地开口："同学，你刚刚什么都没看到吧？"

她也不知道他是没听出她的话外音，还是不给她这面子，男生只说出了语气没有起伏的三个字："看到了。"

隋意："……"

她吸了一口气，继续保持着泰山崩于前而面不改色的神情："我是觉得，你在这里偷看实属很不礼貌的行为，不过我也不是一个斤斤计较的人，不如我们就当作今天什么事都没发生，谁也别说出去？"

男生的眉头不着痕迹地动了一下。他换了个姿势，不紧不慢地出声："你这是在威胁我？"

"怎么会呢？我这不是在和你友好地沟通吗？"

这时候，隋意的手机响了一下，是陶圆圆给她发的消息，说代理辅导员刚刚来了，见少了一个人便出去找她了。

隋意虽然看不惯那个摆架子的代理辅导员，但也不想第一天就成为老师眼中逃课的坏学生，这影响她的人设。

隋意又看向对面的男生："要不这样吧同学，现在已经开始点名了，我们各退一步，也别在这里纠缠了，你加一下我的微信，有什么事我们后续再聊，好吧？"

有了他的微信，要是今晚发生的事传了出去，她也能有个精准的目标不是？

再说了，他在这里跟她纠缠了这么久，不是对她有意思还能是什么？

加个追求者的微信而已，小事一桩。

男生没说话，倒也没拒绝，从裤子口袋里摸出了手机。

隋意见状，轻轻嗤笑了一声，这个结果完全在她的意料之中。

在他点着手机屏幕的时候，隋意的视线落在了那只匀称有力、骨节分明的手上。

她忍不住在心里感慨：这手可真好看。

男生点开了二维码，神色慵懒地将手机放在了隋意面前。

隋意快速扫了二维码，点击添加，转身准备离开时，男生冷淡的声音又传来："你的教室在那边。"

隋意走了两步又掉过头，狐疑地看着他。这是倒了什么血霉，他们该不会是一个班的吧？

男生显然没有再理她的打算，将手机揣在裤兜里，迈着长腿朝相反的方向离开了。

隋意松了一口气，还好，还好。

这人果然看上她了，居然都跟到她的教室去了。

呵，男人。

重新回到位子上，隋意左右看了看，小声问道："那个代理辅导员呢？"

"他出去找你了，应该快回来了。"陶圆圆又激动地说道，"学长真的超级帅，我的天！"

隋意打开了手机，见刚才的添加申请已经被通过了，同时回答道："我刚刚在外面遇到一个男生，他长得也不错，就是……"

隋意的话刚说到一半儿，教室里就爆发出一阵克制的尖叫声。

她下意识地抬起头，正好看见一个男生走了进来。

男生黑衣黑裤，神色疏离，五官冷峻。

隋意按住小幅度抖动的陶圆圆，用仅存的理智问道："他就是我们的代理辅导员？"

陶圆圆疯狂点头："是啊，是啊，计算机系大四的学长，顾词！"

人声有些吵闹，隋意没有听清楚陶圆圆说的最后那两个字："什么？"

然而命运就是如此残忍。

教室里的人不知道为什么在一瞬间安静了下来，隋意特意拔高了音调问出的两个字，在大教室里显得格外清晰明朗，还伴随着回音。

几乎是同时，所有人都看向了隋意，包括站在讲台上的人。

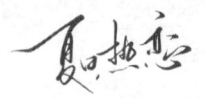

顾词将目光落在她的身上，语调缓慢地问："有什么问题吗？"

顿了顿，他又慢悠悠地补了两个字："同学。"

隋意："……"

他是故意的，绝对是故意的！

隋意僵硬着脖子转了过去，努力维持着脸上冷静自若的神情不崩塌，艰难地开口："没……有。"

就在隋意被命运肆意践踏的时候，旁边陆续有声音传来。

"这好像是今年的省状元吧，居然长这么漂亮。"

"不愧是省状元啊，一来就和学长𫼁上了，真厉害。"

讲台上，顾词的声音淡淡地传来："既然人已经到齐了，现在开始点名。"

讨论声戛然而止。

随着点名开始，隋意头一次感受到了什么叫如坐针毡，每点过一个名字，她就感觉审判的齿轮向她碾轧过来一点。

不知道过了多久，淡淡的两个音节直击灵魂。

"隋意。"

她垂着脑袋，声音细若蚊蚋："在。"

她极力想把自己的存在感降到最低。

点名结束后，顾词让坐在第一排的人把过两天的军训注意事项发了下去。

就在这时候，隋意抓住机会继续问陶圆圆："你刚刚说他叫什么名字来着？"

陶圆圆有些蒙："顾词啊。"

隋意呼吸一紧："具体是哪两个字？"

"就……"陶圆圆刚要开口，突然看到了黑板，伸手指了指，

"学长写在那上面了。"

隋意快速看了过去，只感觉眼前一黑。

不……不会这么巧吧？

这种定律应该不会发生在她身上才对啊。

难怪她刚刚一直隐隐觉得他的声音有些耳熟，原来这不是她的错觉。

顾词说道："这是我的名字和电话，大家有急事或者请假可以打电话给我，其他事找班长。"

有个声音说道："学长，我们还没班长呢。"

顾词闻言，在教室里扫视了一圈。

隋意还没从天雷滚滚的震惊情绪中回过神来，学霸的直觉让她瞬间感觉不妙，连忙低下头避开和他的眼神接触。

可没想到，她还是没躲过这一劫。

顾词淡淡出声："就省状元吧，正好她有我的微信。"

隋意："……"

同学们："哇！"

隋意放在桌上的拳头捏紧。她现在转学还来得及吗？

顾词看了一眼时间："今天先到这里，班长留一下。"

等人陆陆续续地离开后，陶圆圆说道："那我在楼下等你啊。"

隋意有气无力地点头。

当教室里只剩他们两个之后，隋意才起身，迈着沉重的步伐走过去，把嗓音压得极低："学……学长。"

顾词看向她，语调不急不缓地问："嗓子不舒服？"

隋意像模像样地咳了一声，正色道："嗯……可能是有点儿感冒了。"

"我带你去校医室?"

"……"隋意扯了扯唇,"您真体贴。"

"应该的。"

隋意露出一丝恰到好处的微笑:"谢谢,我回去吃点儿药就行。"

紧接着,她又说道:"我觉得我不能胜任班长这个职位,请您重新选一个人。"

顾词本来就比她高出一截,这会儿又站在讲台上,几乎是俯视着她,清冷的目光带了几分压迫感。

该说的话隋意也说了,正当她准备撂挑子走人的时候,面前的人却俯下身,小臂懒懒地横在讲桌上,和她平视,漆黑的眸子盯着她,眼里看不出任何情绪。

这突然之间拉近的距离让隋意下意识地保持着警惕,视线却不由得落在了他挺直的鼻梁上,随后移向他始终没有任何弧度的嘴角。

然后她听见他的声音缓缓传来:"你当之无愧。"

顿了顿,他又漫不经心地补了三个字:"省状元。"

隋意:"……"

唉,人果然还是不能太优秀了。

她就这么被盯上了。

顾词又说道:"你要是实在不想当这个班长,可以等军训之后重新选。"

"那……就算是代理,也不一定非要是我啊。"

顾词收起手臂,直起身:"我只认识你。"

隋意的心里猛地一紧。他认出她了?

不,这绝对不可能!

隋意保持着冷静,他指的应该是之前在走廊上发生的事,不是她想的那样。

正当隋意还试图挣扎的时候，顾词已经拿出手机，长指点了几下屏幕："班上所有人的名单和联系方式都发给你了。辛苦了，省状元。"

隋意瞬间握紧了拳头。

"省状元"这三个字，每次从他嘴里说出来，怎么就那么不招人喜欢呢？

顾词似乎也不在乎她的想法，把手机揣进裤子口袋里，下了讲台，吐出淡淡的两个字："走了。"

很快，教室里的灯灭掉了。

隋意只能跟出去。

下楼的时候，她和顾词一前一后地走着，谁也没说话。

隋意看着男生挺拔的背影，不由得放慢了脚步。

这人还真是，连后脑勺儿都透着一股冷劲儿，却不影响那张让人看一眼便很难忘记的脸，也不知道他是怎么长的。

不过在她的印象中，他也没这么不好相处啊，至少脾气还挺好的。

到了一楼，顾词脚步没有丝毫停顿，身影消失在了夜色中。

陶圆圆见他走远，激动地小跑过来："隋意，学长都跟你说什么了？"

隋意收回思绪："没什么，让我先做代理班长。"

"也是，咱们班……不，咱们这一届，就数你名气最大了，成绩好，长得漂亮，让你当班长，大家都没异议的。"

隋意若有所思地问道："他……在学校很有名吗？"

陶圆圆重重地点头："当然啦，学长和你一样，也超级厉害，当时是以全国最高分考进来的，简直就是学神啊！"

隋意："……"

全国最高分？学神？

隋意一时间不禁有些怀疑，这个顾词到底是不是她认识的那个人了。

顾词刚回到宿舍，手机便弹出一个电话。他随手接通，有女声从手机里传来："小词，今天辅导员当得怎么样啊？"

"不怎么样。"

"你这是才开始嘛，习惯了就好了。姐姐就跟你说，你要多和同龄人接触，多交朋友，再交个女朋友，谈个恋爱什么的，你的大学生活才美满。"

顾词神情不变，声音冷淡："挂了。"

"好，好，好，都是些才进大学的小朋友，你多照顾他们一点儿。"

顾词"嗯"了一声，挂了电话，将手机扔在一边，拿了套衣服去了浴室。

等他再出来时，宿舍的另外两个人已经坐在位子上打游戏了。

唐季转过头问道："顾词，听说你当辅导员去了。怎么样，这一届的学妹颜值是不是很高？"

"没注意。"

唐季"啧"了一声："你当和尚去吧，这都能没注意到。告诉你们啊，我今天在超市门口遇到一个特别漂亮的学妹，她……"

一旁正在打游戏的林加禾抽空补了一句："得了吧，你也好意思提，提着两大袋东西跟了别人一路，连个微信都没要到，还花两块钱买了瓶买一送一的水。"

唐季反驳道："那怎么了？肯定是她的朋友在，她不好意思。

下次我找个只有她一个人的机会，一准儿没问题。"

顾词没有理他们，取下脖子上的毛巾，打开了学生档案袋，第一个就是隋意的。

照片上的人五官精致，眉眼清冷，轻轻抿着唇，脸上没有什么笑容。

单看这张照片，顾词很难把将易拉罐当足球踢的人和她联系起来。

顾词看了几秒，不知道在想什么。

一把游戏结束，唐季顺口喊道："顾词，来一把啊。"

顾词头也没抬，把资料放了回去。

林加禾用手肘碰了碰唐季："哪壶不开提哪壶。顾词前年就退游了，你还喊他。"

"这都多久之前的事了？我还以为他早就从伤痛情绪之中走出来了。他还想着呢？"

"那谁能想到，顾词竟然背着所有人网恋了？"林加禾情绪饱满地感叹着，"谁又能想到那妹子只是利用他，等段位一上去，就始乱终弃了？"

唐季也回忆道："我都还记得顾词'奔现'那天，大雨滂沱，晚上十一点多他才回来，背影孤单又落寞，一看就是被'放鸽子'了，那叫一个惨烈，我简直不忍心看……"

就在他们讨论得热烈时，冷冷的男声响起："我都听得见。"

两个人连忙闭嘴，把注意力全部放在了面前的电脑上，专心打着游戏。

顾词觉得有些心烦意乱，索性去了阳台上。

窗外淅淅沥沥地下着雨。

顾词看着这场雨,觉得更烦了。

站了一会儿,他拿出手机,在列表里找到了隋意的头像,点开来。

她的头像是露出黑夜云层的半个月牙儿,简洁冷淡,朋友圈也仅三天可见,倒是符合她给自己立的人设。

顾词刚要收起手机,却看到她的朋友圈更新了一条内容。

隋意:"有谁知道转系需要什么流程吗?"

顾词舔了舔牙,评论了几个字,却显示评论失败。

他刷新了一下朋友圈,隋意刚才发的那条内容已经消失了。

顾词:"呵。"

隋意将朋友圈发出去不到三秒,就意识到自己加了顾词的微信,并且还忘记屏蔽他了。

她迅速删除朋友圈,随即松了一口气。

还好她反应过来了,这么短的时间里肯定没人看到。

这时候,陶圆圆从浴室里出来:"隋意,我好了,你去洗吧。"

隋意应了一声"好",放下了手机。

洗完澡后,她又把今天穿的那条白裙子给洗了。

隋意将头发吹得半干,路过陶圆圆的座位时,看见她在打游戏。

陶圆圆刚好结束一局,伸了个懒腰,见隋意洗完澡了,便问道:"你玩儿这个吗?来一把?"

隋意:"……"

她尴尬而不失礼貌地拒绝:"不了,谢谢。"

陶圆圆"咦"了一声,又问道:"你成绩这么好,平时肯定不玩儿游戏吧?"

隋意整理着书桌,停顿了一下才说道:"以前玩儿过。"

"真的吗？为什么又不玩儿了？"

隋意回道："我高二那年出了个小车祸，腿骨折了，在家休养了几个月，就下了《绝地求生》来玩儿。后来……后来家里出了点儿事，再加上高三开学冲刺，我就没玩儿了。"

陶圆圆感慨道："学霸就是学霸，玩儿了几个月的游戏，高考都还能考成省状元。"

隔了几秒，她忽然又问："那你脑子这么聪明，游戏也玩儿得很厉害吧，我也玩儿'吃鸡'，什么时候你带带我啊。"

隋意看向她："你应该不会想和我玩儿的。"

陶圆圆："嗯？"

隋意最开始玩儿《绝地求生》的时候，十分钟能重开八次。

但这并不影响她锲而不舍的精神，在哪里跌倒的，她就要在哪里爬起来。

果然她的毅力感动了上天，可能是有什么惊天 bug（故障），让她被大神拉进了队伍。

那是她第一次游戏体验时长超过了一分钟，并且她活到了最后，拿到了全场 MVP（最优秀选手）。

隋意见状便知道机会难得，抱着这位大神的大腿，厚着脸皮说什么都不放手。

也不知道对面的人是不是个活菩萨，对方竟然没嫌弃她菜还瘾大。

虽然对方偶尔忍无可忍会呲儿她两句，但到底带着她打了几个月的游戏。

有一天晚上，这位默契无间的游戏搭档忽然问她要不要见面。

隋意想着，他带她打了这么久的游戏，她怎么着都应该请他吃顿饭，便爽快地答应了。

可天不遂人愿,在见面那天,她家里出了点儿事。

等她赶到约定地点的时候,已经是半夜十二点了,天空下着滂沱大雨。

后来她给那个游戏搭档留言道歉,他却一直没有再上线。

她本来都以为这件事就这么结束了,可是谁能想到,这个世界就是那么小,那个被她"放鸽子"的游戏搭档,居然成了她的代理辅导员!

一想到这里,隋意就觉得有些窒息。

她还没开始美好的大学校园生活,就遭遇了严重打击。

不过幸好她当初够聪明,撒了一个小谎,顾词是绝对不可能认出她的。

隋意收回思绪,艰难地开口:"我很菜的。"

陶圆圆安慰她道:"没事啦,你把重心都放在学习上了嘛,游戏玩儿得不好也很正常。"

隋意叹气:"我当初也以为,游戏玩儿得好的人,就一定是个学渣。"

和陶圆圆聊完之后,隋意坐在位子上,拿出手机开始研究转系的事。

没过一会儿,宿舍里的另外两个女生也回来了。

几个人打了招呼相互介绍后,便坐在位子上开始做各自的事情。

关灯后,隋意躺在床上,继续专心地浏览着手机页面。

网上对转系这件事说得五花八门,而且每个学校的规定都不一样。

为保险起见,她明天还是去系主任室问问比较好。

眼看着美好生活就要重新来临,隋意呼了一口气,放下手机心满意足地睡了。

第二天，隋意起来之后去食堂吃了饭，又去图书馆看了会儿书，等到十点半，确定系主任室的老师差不多也应该来上班了，便起身去了教学楼。

她到的时候，看到办公室只有系主任在。

隋意敲了敲门，喊了声："老师。"

系主任正在喝茶，闻言转过头，随即拧上了保温杯的盖子："有什么事吗？"

隋意说道："我想咨询一下转系需要什么手续。"

系主任闻言愣了愣："转系？"

他工作了这么多年，还是第一次见没开学就要转系的学生。

隋意点了点头："是，转系。"

系主任放下保温杯，和蔼地问道："我能问问你，转系的原因是什么吗？"

"我……"

隋意也说不出个具体的原因，总不能说因为辅导员是曾经被她"放鸽子"的游戏队友，自己怕被他认出来。

不仅如此，他又在点名前亲眼看见她做出那么幼稚的行为，使她"高岭之花"的人设有些立不住了。

正当隋意在组织语言的时候，角落里的办公桌后传来一个冷冷淡淡的男声："省状元为什么想要转系？我也挺好奇的。"

隋意：杀了我吧！

命运偏要如此折磨她吗？！

顾词的声音落下后，他便起身朝他们走了过来，最后停在系主任旁边，轻轻抬眼，用漆黑的眸子看着隋意，似乎是在等她的答案。

系主任诧异地问道:"你就是今年的省状元隋意?"

隋意艰难地挤出一丝笑容:"是……"

系主任拍了拍大腿:"我们金融系多好啊,你干吗想要转系?更何况这都还没正式开始上课呢。省状元同学,你要是遇到了什么难处可以说出来,我们会尽最大努力帮你的。"

"不……不用了。"

顾词漫不经心地开口:"还是说,省状元对我有意见?"

系主任紧接着说道:"让顾词做你们的代理辅导员,我们学校也是多方面考虑过的,他虽然是计算机系的学生,但各方面成绩都很突出,当年是全国最高分考进来的,你在他的班上那可谓是强强联合,绝对羡煞所有的老师和同学。"

隋意:"……"

这系主任怎么说得像联姻似的?

隋意看向系主任,还想再挣扎一下:"老师……"

系主任笑着点头:"你说。"

那亲切的笑容仿佛在说:别想了,我是不会同意的。

隋意放弃了。

她面不改色地开口:"我对学长没什么意见,就是……觉得我自己还挺厉害的,应该什么专业都驾驭得了。"

出了系主任室后,隋意走在前面,觉得挺懊恼的。

她怎么就这么倒霉,偏偏遇到顾词也在这里?

要是没有他,说不定她还能争取一下。

顾词不紧不慢地走在她后面,和她保持着一定的距离。

隋意能察觉到他的目光,只能硬着头皮装作什么都不知道的样子，加快了脚步。

不过这会儿还没正式开学，整个学校里就没几个人，安静得她甚至能听到身后传来的脚步声。

隋意觉得，这学校大得过于离谱儿了。

好不容易出了教学区，隋意松了一口气，刚要往女生宿舍楼的方向走时，一个男声却淡淡地传来："省状元。"

隋意："……"

她停下脚步，保持着理智与冷静。

就在这时，肩膀似乎被轻轻碰了一下，她下意识地看过去，入眼的是男生的半个肩头。

这肩膀还挺宽的。

顾词站在她的侧边，身上是干净的沐浴露香味，带着一点儿清冷的木质气息。

他问道："省状元走得这么急，赶着吃午饭？"

隋意面不改色地说道："是，学校食堂的饭还挺好吃的。"

"正好我也要去，一起？"

隋意睫毛颤了颤，从容不迫地开口："我突然想起有点儿事要回宿舍一趟，您先请。"

顾词抬手看了一眼腕表："现在时间还早，我可以等你。"

"不……不好吧。"

"有什么不好的？能和省状元一起吃饭，我还挺期待的。"

隋意说道："再怎么说您都是我的代理辅导员，我们这样，不好。"

顾词闻言微抬眉梢，俯身和她平视，漆黑的眼眸一眨不眨地看着她："我们，哪样了？"

也不知道是不是心虚的原因,隋意被他看得有些不自在,躲开了视线。

紧接着,顾词的声音继续传来:"说说看。嗯?"

隋意暗自咬了一下舌尖,云淡风轻地开口:"昨天你在走廊上偷看我,想要搭讪,今天又约我一起去吃午饭,难道不是对我有意思吗?"

她话音落下,四周瞬间陷入了安静状态,连风吹动树叶的声音她都能听到。

几秒后,顾词直起身,单手插在裤子口袋里,轻笑了一声:"看来省状元对自己挺有信心的。"

对他这带了嘲讽意思的话,隋意充耳不闻:"我不是对自己有信心,而是见过太多像你这样目的不纯的人。"

"那省状元的追求者挺多。"

"眼前不就有一个吗?"

顾词淡淡地说:"你说这话倒是脸也不红一下。"

隋意已经死猪不怕开水烫:"有理走遍天下。"

顾词没再说话,大概是真的不想理她了。

其实顾词对她有没有意思根本不重要,但她都这么说了,他怎么着也没心情和她吃饭了吧,只会觉得她不识好歹,就算为了避嫌,他之后也会和她保持距离了。

可以的隋意,非常棒。

她又为自己美好的校园生活添砖加瓦了。

"既然省状元连天下都能走,那走去食堂和我吃饭,对你来说应该也不是什么问题。"

隋意:"……"

这人是怎么做到脸皮比她还厚的?

这顿饭隋意自然是不可能和他一起去吃的,她现在和他说话都刻意压低了声音,生怕他认出来,又怎么会自投罗网?

正当她思考着托词时,包里的手机响起。

她瞬间便感觉自己看到了希望的曙光。

隋意看了一眼屏幕,快速接通电话,声音不由得都轻快了几分:"妈妈。"

电话那头的徐曼愣了一瞬,大概是没料到她会突然之间叫得这么亲热,而后才问道:"去学校报到了吗?"

"昨天就来了。"

徐曼"嗯"了一声:"才开学,需要用钱的地方很多,过会儿我转给你。"

和徐曼说话的时候,隋意一边给顾词指了指手机,一边朝他挥手拜拜,往女生宿舍的方向走去。

顾词看着她的背影,单手叉着腰,不动声色地舔唇。

走出了一段距离之后,隋意收起了脸上多余的表情,淡淡地说道:"不用了,我还有奖学金。"

徐曼也没有在这件事上和她过多揪扯,沉默了两秒才又继续问:"他给你打过电话吗?"

"没有。"

徐曼冷声说道:"自从跟我离婚,他和那个女人在一起之后,他是越来越过分,现在倒好,竟然连你也不管了!"

隋意每次听她说这些就头疼:"我要到宿舍了,不和你说了。"

徐曼吸了一口气,又把注意力放回了她身上:"在学校好好和同学相处,需要钱就跟我说。"

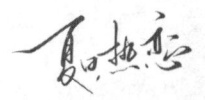

"知道了。"

挂了电话,隋意收起手机,抬头望向天空。

这会儿太阳已经升到了空中,阳光透过枝叶洒下斑驳的光影。

她被晃得有些睁不开眼睛,下意识地抬手挡了挡。

这天气也不像是要下雨的,明天开始军训了可怎么办?

那她不得被晒掉一层皮?

隋意回到宿舍时,陶圆圆正趴在床上打游戏,另外两个女生刚起床,打着哈欠问道:"这么早你这是去哪儿回来啊?"

隋意走到座位前,放下书回道:"去图书馆了。"

还沉浸在游戏世界里的陶圆圆身躯一震,从上铺探了一个脑袋出来:"这还没开学呢,你也太拼了吧。"

隋意笑了笑:"睡不着,在宿舍里待着也没事。"

陶圆圆深深感觉到了学霸可怕的自律能力与努力程度,当即便握着拳头说道:"那你下次要是再去图书馆叫上我啊,我也要好好学习了,不能白白浪费大学四年的光阴。"

"好啊。"

这时候,一个女生洗漱完出来:"快要中午了,我们一起去食堂吃午饭吧?"

隋意怕顾词还在食堂里,拒绝了:"你们去吧,我还不饿。"

陶圆圆下床说道:"那等我们吃完,我给你带回来吧,再晚怕食堂没饭了。"

"没事,一会儿我要是饿了的话,出去吃就行。"

"那我们就走啦。"

隋意轻轻点头:"好。"

宿舍里很快便没了声音。隋意刚打算翻开书看一会儿,手机便振动了一下,是顾词给她发了一个截图公告——下午五点,所有人在学校的小礼堂门口领取军训服装。

隋意刚看完公告内容,顾词的消息便又发了过来。

顾词:"六点再去。"

隋意:"我看上面说的是五点。"

顾词:"你要是想站在太阳下面排队,也可以五点去。"

看着手机上的消息,隋意抿了抿唇,想起顾词让她当代理班长的事。

他把这个通告发给她,意思就是让她去通知其他人。

隋意目前就加了陶圆圆的微信,都不知道其他人的联系方式,这要怎么通知?

隋意放下手机呼了一口气,重新翻开书,一会儿再说吧。

四十分钟后,陶圆圆和另外两个女生吃了饭回来,放了一盒水果在隋意的桌上:"我不知道你喜欢吃什么菜,就给你带了点儿水果。"

隋意微怔,随即说道:"谢谢。"

陶圆圆坐在座位上,习惯性地就想要拿出手机打游戏,但是想着要向学霸学习,便打着哈欠翻开了书。

隋意拿出手机给陶圆圆转账,想了一下还是问道:"你们有班上其他同学的联系方式吗?"

陶圆圆转过头说道:"我就加了几个人的微信。"

另一个女生说道:"我也是,班上的人还挺多的,我还没认全呢。"

陶圆圆趴在椅背上,眼睛亮晶晶地看着隋意:"要不然建个群

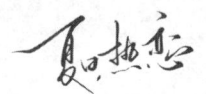

吧。昨天学长不是说让你做班长吗？有个群你也方便通知事情。"

隋意轻轻点着头，拿起手机："那我建个群，你们把你们加了微信的同学拉进来。"

"好。"

隋意和另外两个女生加了微信，然后建了群，开始往里面拉人。

陶圆圆把其他人拉进来之后，在群里发了条消息。

"各位同学，这就是我们的班级群了，大家把加了的同学都拉进来呀！"

然后不停有人被拉进群来。

隋意见状，把群名改成了班级名。

过了十来分钟，群里的人就齐了。

隋意把顾词发给她的公告发了出来，也像他一样提醒大家六点钟再去。

同学 A："这一定就是省状元了吧，我昨天给我朋友说省状元是我们班长，她都羡慕死我了。"

同学 B："啊啊啊——开心，我以后要跟着学霸好好学习天天向上！"

同学 C："那啥，我们这群有学长吗？好期待呀！"

同学 D："我看了看人数，好像没有，要不把学长拉进来吧？"

同学 E："对，对，对，我记得昨天学长说省状元有他的微信来着。"

然后隋意就收到了一连串的 @。

她看了一眼手机，顺手就把顾词给拉进群了。

这样也挺好，有了这个群，顾词以后通知事情就直接在群里说，也不用让她转达一遍了。

不过自从顾词进群之后，原本闹哄哄的群瞬间就安静下来了，没有人再敢说话。

这就是全国最高分的人的气场吗？

隋意无声地叹了一口气，继续看书。

下午，到了五点半，隋意的闹钟响了。

她拿起手机，起身说道："时间差不多了，我们过去吧。"

从宿舍楼走到小礼堂也要二十多分钟，而且外面太阳也没有之前刺眼了，她们现在出发正合适。

听见她的声音后，陶圆圆猛地抬起头来，眯着双眼，下意识地擦了擦嘴边："啊？要走了吗？"

她说好看书的，结果看着看着不知道怎么就睡着了。

学霸的世界真的好难进哪……

等隋意他们班的人到小礼堂时，来领衣服的人已经不多，不用排队了。

隋意刚走过去，就看到顾词站在不远处，神情散漫，正侧身和旁边的女生说着什么，看起来聊得还挺愉快的，不像和她说话时那样冷冰冰且没有丝毫感情的样子。

她忍不住"啧"了一声，又多看了那个女生两眼。

那是昨晚来教室打招呼，说顾词要晚点儿才能到的女生，估计和他是一届的，说不定还是他的女朋友。

这时候，陶圆圆的声音传来："你在看什么呢？"

隋意连忙收回视线，语气波澜不惊地说道："我看到顾……辅导员和他女朋友了，他的女朋友还挺漂亮的。"

陶圆圆也随之看了过去："真的吔！别说，她和学长还挺

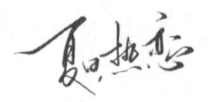

配的。"

隋意说道:"拿衣服吧。"

领完军训的所有服装后,隋意去签字的时候,她面前站的正好是刚才和顾词聊天儿的女生。

女生看着她,笑着开口:"你就是今年的省状元吧,果然和传说中的一样漂亮。"

隋意礼貌地开口:"学姐好。"

语毕,她拿着笔,低头准备签上自己的名字。

可是她还没写两下,笔就没墨水了。

隋意甩了甩笔,重新试了试,还是不行。

女生见状,一边整理着手里的资料,一边转过头喊道:"顾词,你帮我拿支笔过来呗。"

隋意也下意识地抬起了头。

男生站在树荫里,单手插在裤兜里,也不知道是不是夕阳的光在他清冷的五官上添了几分温度的原因,他的眉目间不经意地流露出了几分慵懒的感觉。

女生的话音落下后,他微微偏头,看向了隋意。

后者立即低下头。

没过几秒,身后传来脚步声,隋意瞬间挺直了脊背。

下一秒,一只骨节分明的手出现在她面前,把签字笔递了过来。

这是隋意第二次这么近距离地看他的手。他的手不仅好看,脉络也十分清晰,透着淡淡的青色,手修长有力。

难怪他打游戏打得那么好。

隋意接过笔,放低了声音说道:"谢谢。"

顾词没有立即离开,而是靠在桌子上,垂眸看着她用笔写下了自己的名字,不紧不慢地开口:"省状元的名字挺好。"

隋意:"……"

她放下笔,刚想要说什么,顾词便继续说道:"省状元之前改过名字吗?"

隋意立马闭上了嘴。

旁边的女生闻言,莫名其妙地开口:"你问得好奇怪啊,为什么会觉得她改过名字?"

顾词将视线从隋意身上移开,淡淡地说道:"没什么,就是觉得省状元似乎不该叫这个名字。"

隋意扯了扯唇,竭力保持着平静:"学长真会开玩笑,我从小到大都是这个名字,没有改过。"

顾词:"哦。"

隋意拿上东西,朝女生点了点头:"学姐,那我先走了。"

"好,拜拜。"

隋意匆匆走出了一大段距离之后,脚步才慢了下来,松了一口气。

吓死了,吓死了。

当时她觉得,游戏里认识的人都不靠谱儿,便胡诌了一个名字给他来着。

名字倒也没什么,毕竟也不是第一次有人这样说她了,不过这话从顾词嘴里问出来,她还是挺心虚的。

等所有大一新生都领完军训服装,签完字之后,孟宁音一边整理着资料,一边问道:"我怎么觉得你好像有点儿针对省状元?"

顾词靠在后面的栏杆上,脸上没什么情绪:"有吗?"

"当然了,很明显好吗?"孟宁音说道,"该不会是学霸见面分外眼红吧?"

顾词哼笑了一声,只是看着隋意离开的方向,没说话。

孟宁音叹了一口气起身:"搞不懂你们学霸的世界。"

顾词直起身来,语调淡淡地说:"走了。"

孟宁音看着他的背影,张了张嘴,最终还是没有说什么,低头看了一眼手里的资料,停顿了几秒后,转身去了系主任室。

回到宿舍,隋意把军训的服装洗了,挂在阳台上。

身后有人抱怨道:"真是搞不懂为什么非要军训。把这时间拿来学习不好吗?这几天的太阳那么大,军训完我们不得被晒掉一层皮了?"

陶圆圆叹着气说道:"知足吧,我高中同学还有去部队军训的呢,更惨。我看到天天他们发朋友圈抱怨,相比之下我们已经好多了。"

"也是,还真是没有对比就没有伤害。"

一个女生又说道:"欸,对了,你们买防晒霜了吗?要不一会儿晚上我们出去买一瓶吧。"

陶圆圆回道:"现在好的防晒霜估计都被抢光了吧?"

"那怎么办啊?我可不想军训完回家我妈都不认识我了。"

隋意晾完衣服过来,听见她们讨论的话题,便说道:"我有防晒喷雾,挺大的一瓶,你们用我的吧。"

"好呀,好呀!谢谢省状元!"

隋意顿了顿,脑海中不由得闪过那清冽的男声漫不经心地叫着"省状元"三个字时的场景。

她开口道:"以后还是叫我的名字吧。"

第二章

被她"放鸽子"的游戏队友

夏日炎炎,军训在不被所有人期待的情况下如期而至。

刚开始一天,所有人就开始痛苦地哀号,第二天下楼的时候,一个两个都是扶着楼梯走的。

隋意也累得不行,每天回宿舍基本倒头就睡,胳膊腿都又酸又疼。

第三天下午,太阳明晃晃地在空中挂着,整个校园就像是一个烤炉。

尽管他们站在阴凉的位置,可还是抵不过这热潮,汗水不住地往下流,有几个女生甚至开始抽泣。

教官在一旁说道:"再坚持一下,还有五分钟,等时间到了,就放你们去休息。"

他的话音刚落,隋意就应声晕倒了。

她本来就有些贫血,再加上从小到大都不喜欢运动,在房间里学习较多,没有受过这样高强度的训练,实在是撑不住了。

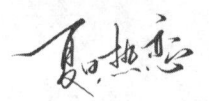

教官见状,连忙让人扶她到旁边休息:"你们谁去把辅导员叫过来?送她去校医室看看。"

隋意本来都双眼发黑,即将不省人事了,闻言不知道哪里来的力气,瞬间惊醒,垂死病中惊坐起,勉强出声:"不……不用了。"

可她刚开口,一位热心的女同学已经如离弦的箭一般迅速跑了出去,背影带着藏不住的雀跃之意。

隋意含泪捶地,天要亡她啊!

教官喊道:"都别看了,继续,还有三分钟,坚持就是胜利!"

又是一片哀号声响起。

隋意晕倒的时候,学校领导刚好路过,见状摇了摇头,对旁边还在站军姿的方队说道:"你们看看,你们看看,都说了平时让你们多锻炼,没军训几天就呼天抢地的,一个个身体弱不禁风,这才站了多久就晕倒了?依我看,还得加强训练!"

有个声音不知道从什么地方传来:"晕倒的那个人是今年的省状元。"

校领导神色波澜不惊,镇定自若,继续说道:"这位省状……女同学,一看就是平时学习操劳过度,可以理解。可不管怎么样,学习和锻炼都要兼顾,身体才是学习的本钱。"

说完他又走到隋意身边,亲切又关心地问道:"省状元同学,你没事吧?要不要送你去医院?"

众人:"……"

隋意眼前的世界还在转,声音也没什么力气:"我休息一下就好了。"

"那……喝点儿水吧。"

这时候,一个女声传来:"我们的辅导员来了!"

隋意："……"

他是不是就等在这里啊，怎么这么快？！

校领导见状，咳了一声，看向旁边的人："顾词，你来得正好，你们班的省状元刚才晕倒了，你带她去校医室看看，检查完了就直接把她送回宿舍休息吧。"

顾词轻轻"嗯"了一声。

他走到隋意面前："能站起来吗？"

弱者才说不能！

隋意手撑着地面，用力起身，可是刚站起来一点儿，便又感觉一阵天旋地转。

就在她快要跌坐下去时，一只温热干燥的手握住了她的手臂。

隋意顺势站起来，立即把手抽了回来："谢谢。"

顾词说道："走吧。"

隋意在学校领导和教官以及全体同学的注视下，一步一步朝前方挪去。

顾词也不着急，缓缓跟在她身后。

教官有些看不下去了，远远喊道："欸，你扶着她啊，实在不行背着也行，我总感觉她下一步就要倒了。"

听见声音，隋意下意识地回过头去，却对上了顾词的视线。后者不着痕迹地扬了一下眉，似乎在问她要不要背。

隋意想也不想地拒绝，强撑着开口："我能行！"

语毕，她收回目光，把脊背挺得直了一些。

因为军训，隋意平时垂在肩后的头发被扎成了一个高高的马尾，露出了白皙纤细的脖颈。散落下来的发丝被汗水沾湿，粘在后颈上，汗水还在顺着脖子滑落，没入衣领。

顾词看着她的背影，不动声色地舔了舔牙。

走了一会儿后，她忽然停下，手撑在旁边的墙上，闭着眼睛想等这阵眩晕感过去。

她还能活着走到校医室里吗？

隋意深深地吸了一口气，正准备一鼓作气地走去校医室的时候，突然感觉一只手环上了她的腰。

下一秒，她的整个身体都腾空了。

她不可思议地睁开眼，映入眼帘的是男生完美的下颌。

不等她开口，顾词便说道："你走得太慢了，我还有事。"

"那也……"

那也用不着这样抱吧。

顾词又淡淡地说道："不舒服就闭上眼睛，少说话能延长寿命。"

隋意："……"

这有医学根据吗？

隋意到校医室检查后，医生说她就是简单的低血糖症状，如果觉得实在不舒服的话，可以输点儿葡萄糖再走。

隋意偷偷看了一眼站在不远处看手机的顾词，当即便点头："头还是有点儿晕，输吧。"

"行，坐一下。"

医生说完，转身去准备东西。

隋意咳了一声："学长，你不是还有事吗？你去忙吧，我这儿可能会耽搁挺久。"

顾词轻轻抬眼看她，把手机放在裤子口袋里，扭头问医生："她这个需要输多长时间？"

"半个小时到四十分钟吧。"

顾词"嗯"了一声,收回视线对隋意说道:"不用担心,我时间来得及,可以等你。"

隋意:"……"

谁担心了?!

她只想他快点儿离开。

隋意正色说道:"刚才已经很麻烦学长了,实在是不好意思让你继续等在这里,我……"

"一般人觉得不好意思,不都是该请吃饭吗?"顾词靠在病床边的栏杆上,不急不缓地继续说,"还是说,省状元觉得不好意思,只是口头上说说?"

隋意勉强保持着脸上的笑意,觉得有些绷不住了。

她没忍住,嗤之以鼻道:"你怎么老想和我吃饭,就这样还说对我没意思?"

顾词闻言扯了下薄唇,笑了一声:"我其实挺欣赏省状元的这种盲目自信的。"

"自信都是建立在本身条件充足的情况下的。"隋意正色说,"如果不是你三番五次想要和我吃饭,我也不会产生这样的想法。"

"我和你吃饭就是对你有意思了?"

隋意不甘示弱地反问:"不然呢?"

顾词淡淡地说道:"我是觉得你欠我一顿饭,不该补上吗?"

隋意不由得瞳孔放大,声音卡在了喉咙里。

他……认出她了?

几秒后,顾词瞥向她:"忘了说,省状元还挺重的,不吃饭我怎么补充体力?"

隋意："……"

她笑容干得不能再干，试探着开口："学长说的我欠你一顿饭，指的是……这个吗？"

顾词原封不动地回道："不然呢？"

隋意暗自松了一口气，还好，还好。

这时候，医生拿着葡萄糖走过来，一边给隋意扎针一边说道："你们这是谈恋爱呢？有来有往的，谁也不让谁。"

隋意的眉心跳了跳，她索性闭上眼不说话了。

没过一会儿，顾词出去接了个电话。

医生说道："我有点儿事，出去一下，你睡一会儿吧，这葡萄糖还得再输一段时间。"

"好的，谢谢。"

等医生离开后，隋意动了动，躺在了床上。

本来军训就累，加上这会儿头晕，她几乎是闭上眼睛就睡着了。

顾词推开门的时候，校医室里只剩下隋意均匀的呼吸声。

他把刚从学校超市里买的奶茶和巧克力放在床头，拉了把椅子坐在床边，视线静静地落在她的脸上。

可能是低血糖的原因，隋意原本红润饱满的唇瓣此刻透着病态的白色，被汗水打湿的头发黏糊糊地贴在额角。

顾词舌尖抵着牙，不知道在想什么。

他的手机振动了一下，有条信息进来。

林加禾：你还没到吗？面试快开始了。

顾词抬头看了一眼缓缓滴落到输液管里的葡萄糖。

顾词：不去了。

隋意醒的时候,太阳正好下山,暖色的光芒几乎照耀着整个校医室。

意识到自己是在哪里后,她猛地看向输液瓶,发现瓶子已经空了。她猛地抬起手,就见自己手上的针头已经被取了下来。

头也没之前那么晕了。

隋意舒服地伸了个懒腰,正准备起身,却看见顾词坐在床尾旁的椅子上,垂着脑袋百无聊赖地玩儿着手机。

她微微愣怔。这不合理啊,为什么他还在?

听见动静,顾词抬眼看向她,语调淡淡地打招呼:"醒了?"

在他看过来的那一瞬间,隋意甚至来不及闭眼,愣了愣才"啊"了一声:"醒了。"

顾词收起手机:"还有哪里不舒服吗?我去叫校医。"

"没了,挺好的。"

顾词"嗯"了一声,没再说话。

隋意手撑在床上,慢慢坐了起来,看见床头放着奶茶和巧克力。

她下意识地转过头,还没来得及开口,顾词的声音便慢悠悠地传来:"一共五十八元,扫码还是转账?"

隋意:"……"

她找到手机解了锁:"我直接转账给你吧。"

顾词说道:"为了避免省状元再误会,还是把账算清楚比较好。"

隋意闻言,手抖了抖,密码直接输错了一位。

这人可真记仇。

转完账，她拆开巧克力的包装，放了一块进嘴里。

隋意惬意地眯起眼睛，感觉重新活过来了。

顾词起身："我在外面等你，你好了就出来。"

隋意又放了一块巧克力进嘴里，含混地应道："哦，好。"

关门声传来后，隋意把手上的包装袋揉成团扔进了垃圾桶里，弯腰穿上鞋子。

她看着巧克力旁边的奶茶，舔了一下唇。

出了校医室，隋意把手里提着的奶茶递了过去："这个给你。"

顾词侧目："给我做什么？"

隋意答道："为了感谢你今天送我过来。"

说着，她又扬了扬手里的巧克力："我有这个就行了。"

顾词收回视线，抬腿往前走去："你留着，女孩子喝的东西，我不喜欢。"

"好吧。"

回宿舍的路上，顾词和隋意一前一后地走着。

她一边走，一边喝着奶茶。有了充足的糖分补充，这会儿她的力气已经慢慢恢复，脚步都轻快了许多。

到了女生宿舍楼下，顾词停下脚步，转过头说道："上去吧，要是感觉哪里不舒服就给我发消息。"

隋意轻轻点头，不知道的人还以为他是在叮嘱女朋友呢。

"谢谢。"她顿了顿，又说道，"那个……等我军训完了，再请你吃饭表示感谢行吗？军训太累了，一休息我就想回宿舍躺着。"

顾词说道："只要你记得，什么时候都可以。"

不知道是不是心虚的原因，隋意差点儿被嗓子里的奶茶呛住。

她怎么总感觉他话里有话呢？

隋意干笑着保证:"欠了学长这么大一个人情,怎么会忘?"

"嗯。"

"那我就先走了。"

顾词叫住她:"等等。"

隋意回过头问:"还有什么事吗?"

顾词拿过她怀里的盒子,从里面拿出了一颗巧克力:"定金。"

隋意回到宿舍里的时候,其他几个室友都还没回来。

她放下东西去洗了个澡,把头发吹得半干,出来时,视线不由得落在了桌面上的那盒巧克力上。

见鬼了的定金,她感觉挺过意不去的。

隋意走过去拿起巧克力,在每个室友的桌上都放了一块,这才转身去把衣服洗了。

做完事情,她坐在桌前,往嘴里放了一块巧克力,开始看书。

过了五分钟,隋意合上书。

她完全看不下去,现在脑海里全是"定金"两个字。而且她现在越想越觉得顾词今天说的那些话别有深意,像是故意对她说的。

不过他应该没理由认出她啊。

隋意想着,打开一旁的电脑,登录了许久没有碰过的游戏。

她上去扫了一圈,顾词上次的登录时间还是一年前。

自从那天晚上以后,他就再也没上线过。

隋意不否认,这极有可能是她失约的原因。

换个角度想,如果她辅导了一个成绩全校倒数第一的学生几个月,眼看着他的成绩有所进步,他们约了出去吃饭,可是到了吃饭那天,对方失约了,她也会很生气。

而且好巧不巧，那天下着瓢泼大雨，也不知道他被淋到雨没有。

有了这种氛围的渲染，悲壮感瞬间便出来了。

退游都是小事了，如果是她的话，她能顺着网线去把对方揪出来，撕了他所有的辅导资料。

隋意关了电脑，揉了揉眉心，看来得找个机会试探一下他才行。

不过一直到军训结束，隋意都没怎么见到顾词，顶多就是他跟着其他的辅导员一起来巡视一圈，便走了。

通常情况下，他都是走在最后，脚步不紧不慢，跟散步似的。

不过他一出现，原本哭天喊地的女生瞬间便安静下来，一个个眼里都闪烁着激动的光。

顾词简直就是抚平军训带来的创伤的一剂良药。

军训结束后，便是迎新晚会。

隋意刚回到宿舍里，以为可以喘一口气了，却收到了顾词的短信。

迎新晚会上，她需要代表这一届的新生发言。

隋意也不是第一次作为这样的代表发言了，回复一个"好"字之后，想了想又打了几个字发出去。

隋意：你想吃什么？

顾词：我选？

隋意：我请你吃饭，不是该你选吗？

顾词：随便吧，我不挑。

隋意：我看学校旁边有一家日料店，那家可以吗？

顾词：行。

隋意呼了一口气,刚放下手机,顾词的消息便又进来了。

顾词:能带个朋友吗?

隋意见状,想起那个学姐。

照这样来看,他肯定是要带他女朋友了。

顾词和她吃饭,为了避免他女朋友误会,便把人也一起带上。

这挺好的,这个男朋友当得还不错。

隋意:能啊。

隋意:那就明天晚上,迎新晚会结束后吧。

顾词:好。

迎新晚会是六点开始,最迟七点半结束,他们过去吃饭时间也差不多。

隋意翻开书,看了一页后突然反应过来。

不对啊,既然他都有女朋友了,那她之前还总是问他是不是对她有意思……

难怪顾词说她盲目自信。

隋意一头栽在了桌面上,天哪!

迎新晚会上,隋意坐在位子上,看着五光十色的舞台,觉得脑袋有些胀。

她也不知道是昨晚没睡好的原因,还是军训后遗症。

没过一会儿,陶圆圆用手肘轻轻地碰了碰她,小声说道:"隋意,你要上去了。"

隋意收回思绪,入耳的是满场的掌声。

她站起身,朝舞台上走去。

隋意穿着杏白色的连衣裙,黑发柔顺地垂在肩后,神情安静

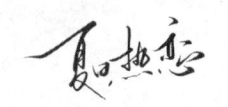

从容。

舞台的灯光自后面投下，衬得她如同站在雪山之巅的高岭之花，透着几分清冷感与傲气。

随着她的演讲开始，礼堂里有同学小声惊呼道："她这是脱稿演讲啊。"

"脱稿还讲得这么好，没有一丝停顿，不愧是学霸。"

"看见她头顶的光了吗？那就是来自学霸的光环。"

前方，系主任咳了一声，大家立即停止了议论。

五分钟后，隋意讲完，朝着台下微微鞠躬，正准备离开时，突然听见有人喊道："省状元能不能分享一下学习经验啊？"

隋意说道："静下心来认真看书吧。"

又有人问道："省状元平时都看什么书啊？"

隋意说了几本最近正在看的书。

声音一个接一个地响起，最后，有人问："省状元成绩这么好，平时玩儿游戏吗？"

隋意："……"

为什么有提问环节啊？！

她下意识地看了一眼系主任，投去了求救的目光，后者微笑着鼓励她。

隋意僵硬着脖子，看向了他旁边的顾词。

顾词将手臂放在座椅的扶手上，漫不经心地对上她的视线，眉尾不着痕迹地抬了一下，似乎也在等她的回答。

他挑眉了！他挑眉了是吧？

隋意吸了一口气，保持着平静，云淡风轻地回答："我平时……不玩儿。"

不等他们继续提问，隋意便说道："今天就到这里吧，谢谢各位。"

说完，她就匆匆鞠了个躬，快速离开。

路过顾词旁边的时候，隋意感觉有一道视线落在她的身上，可是她愣是不敢抬头，只能硬着头皮回到了自己的位子。

她觉得现在已经不用试探了，只那么一眼，她便完全可以肯定，顾词一定认出她了。

隋意活了十八年，向来问心无愧，行得正坐得端，唯独在这件事上理亏。

迎新晚会继续进行着，时间越晚，礼堂里的人越少，就连学校的领导都走了几个。

陶圆圆小声说道："隋意，我们也走吧。"

隋意有苦难言："你们先走吧，我……还有点儿事。"

她现在真挚地希望，这个晚会能开到这学期结束。

陶圆圆以为是隋意作为学生代表，学校那边找她还有事什么的，便说道："那我们先去食堂啦。你吃什么吗？我给你带。"

隋意摇了摇头："不用了，谢谢。"

等陶圆圆她们离开后，隋意挺直了腰板，聚精会神地看着舞台上的节目。

没过一会儿，手机振动了一下。

隋意胆战心惊地解锁。

顾词：我在门口等你。

隋意当作没看到，正要锁上手机时，第二条消息紧跟着出现在聊天页面里。

顾词：出来。

隋意：要不改天吧？我突然有点儿肚子疼。

顾词：肚子疼倒也不耽误你看演出。

隋意：……

现在这种情况，她伸头是一刀，缩头也是一刀，倒不如大大方方地承认自己的错误，说不定还能得到从宽处理的机会。

隋意收起手机，慢吞吞地走到了礼堂门口。

外面，顾词站在路灯下，身形挺拔，单手插在裤子口袋里，神情散漫，招惹了许多路过女生的隐晦又激动的目光。

隋意走了过去，艰难地开口："走吧。"

顾词侧目看了她一眼，"嗯"了一声，迈着长腿往前走去。

隋意跟在他身后，心里一直在打草稿，等会儿应该怎么说，才能把对自己的伤害降到最低。

她真怕顾词会揍她。

她正思忖间，两个人已经到了日料店门口。

坐下后，隋意四下看了看："你的女朋友呢？"

他的女朋友在，等会儿也能有个拉架的人不是？

顾词倒着茶，头也没抬地问："什么女朋友？"

隋意看着放在自己面前的茶杯，小声说了一句"谢谢"才又说道："你不是说你女朋友要来吗？"

顾词将手搭在桌沿上，漆黑的眸子盯着她："我什么时候说过要带我女朋友了？"

"那你说要带一个朋友，我还以为……"

"顾词！"

一个清脆的男声从身后传来，来人正朝着他们招手。

隋意看了过去，见是一个戴着眼镜、看上去斯斯文文的男生。

男生坐下后，跟隋意打了个招呼，又对顾词说道："活见鬼了，你居然请我吃饭，还选这么好的地方，我一定要好好宰你一顿！"

顾词慢悠悠地开口："想多了，省状元请客。"

男生"咦"了一声，看向隋意："你就是今年的省状元啊，很高兴认识你。啊……不好意思，我刚刚以为是顾词请客呢，你放心，我吃得不多。"

隋意有些渴了，拿着茶杯淡笑了一下："没关系，吃饱就行。"

顾词的声音紧跟着传来："介绍一下，这位是新闻系大二的，乔然。"

隋意闻言，嘴里的水差点儿就喷了出去，强行咽回来之后，又被呛得满脸通红。

乔然见状，连忙给她递过去纸巾："学妹你没事吧，怎么还激动上了？"

顾词不紧不慢地开口："省状元和乔然认识？"

乔然愣愣地开口道："这不能吧……"

隋意咬了咬牙，握紧了拳头："不认识。"

这狗东西可真记仇。

她最开始和顾词一起打游戏的时候，怕他因为她是个高中生不带她，便谎称自己是云城大学新闻系的学生，又瞎扯了一个名字。

关键是，居然还真有这么一个人？还是个男生！

隋意觉得，自己在开学那天就应该买火车票连夜逃的。

乔然一点儿都没察觉到这剑拔弩张的氛围，后知后觉地说道："我就说嘛，我们怎么可能认识？我要是认识省状元，早就到处吹嘘了。"

两个人谁也没接话。

刚好这个时候，服务生拿着菜单过来让他们点餐。

乔然无疑是最激动的，"噼里啪啦"地点了几个后，又问他们："你们还想吃什么？"

顾词淡淡地回道："就这些吧。"

整顿饭吃下来，隋意味同嚼蜡。

她知道这件事都是她的错，可她也不是故意"放鸽子"的，更何况她都打算道歉，坦白从宽了。

谁知道他居然能丧心病狂地做到这种地步？

为了故意羞辱她，他甚至煞费苦心地找来了这么一号人。

既然他都这样了，那她还内疚什么，大不了大家一起毁灭吧。

快要吃完的时候，隋意去了一趟洗手间，回来去结账时，却被告知他们这桌已经结过账了。

隋意走到他们那桌，桌边只剩下一个吃饱喝足的乔然。

乔然打了个嗝儿："学妹，顾词让我告诉你，他还有事先走了。"

隋意问道："他……是不是把账结了？"

乔然闻言笑了一声："肯定是他结啊，他就是逗你玩儿的，怎么可能让女生请客？"

隋意满脑子只剩下"逗你玩儿"这几个字。

他这段时间的举动，将这几个字体现得淋漓尽致。

乔然拿着书包起身："我吃好了，学妹，我送你回去吧……"

隋意说道："不用了。"

不等乔然开口，隋意便继续说："那我先走了，学长再见。"

说完，她便转身出了餐厅。

回去的时候，隋意踢着地上的小石子，骂了顾词一路。

到了女生宿舍楼下,隋意刚把脚下的石子踢出去,就看到不远处的路灯下,顾词站在那里,他的对面是那个挺漂亮的学姐。

隋意忍不住"喊"了一声。他还说有事呢,结果是来谈恋爱的。

看到他在那边,隋意不想过去了,等会儿撞个正着也挺烦。

她索性坐在旁边的长椅上吹吹风。

另一边,孟宁音把包里的资料递给他:"教授说,让你尽快填好交给他,马上就要到截止时间了。"

顾词"嗯"了一声:"谢了。"

"欸。"孟宁音叫住他,"我听唐季说,未来领域的那次面试你没去,是……因为什么啊?"

未来领域是做游戏开发的,是国内数一数二的大公司,也是很多学IT的人梦寐以求的天堂。

但他们每年只招五个人,这五个人都是经过层层选拔留下来的佼佼者。

在其他人都挤破脑袋想要争取这个面试机会时,未来领域却给顾词打电话,邀请他去参加面试。

听说面试结束后,面试官还提起了顾词,言语间都是惋惜之意。

顾词说道:"有点儿事。"

孟宁音闻言,没有再多问下去:"那好吧,我先上去了。"

"好。"

顾词转身,刚走了几步,就看见坐在长椅上看着一个地方发呆的隋意。

他站在那里,舌尖抵着牙。

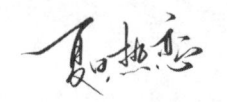

他叫乔然过来,确实是想刺一刺她,看看她是不是还能像之前那样冷静从容地应对,继续装作不认识他。

但看到她眼里的错愕与震惊之色时,顾词有一瞬间后悔了。

不过她也没让他失望,还是死咬着不承认。

顾词迈着长腿走了过去,在她旁边坐下,侧目看了她一眼,才说道:"省状元好兴致。"

隋意:"……"

她收回思绪,看向他。

顾词的目光落在她刚才看的方向:"大晚上不回宿舍在这儿看别人谈恋爱?"

隋意重新看了过去,后知后觉地发现,不远处的花丛旁有一对情侣正紧紧抱在一起,难分难舍地亲吻。

隋意:"……"

她迅速收回视线,咳了一声,不想接他这个话茬儿:"学长约完会了?"

顾词微抬眉梢:"约会?"

"刚刚你跟那个挺漂亮的学姐不是在约会吗?"

顾词拖着腔调"哦"了一声,慢条斯理地说道:"她啊,确实挺漂亮的。"

隋意撇嘴。这人什么毛病?前脚刚约完会,后脚他居然来阴阳怪气她。

两个人都没再说话,四周瞬间安静了下来,只有不远处那对情侣手拉着手,你侬我侬缠缠绵绵舍不得分开。

隋意有些坐不住了,偏偏顾词像是什么都没听到,神色平静又从容。

他真是比她还能装。

隋意出声道:"你不是说让我请客吗,为什么又把账给结了?"

顾词闻言侧目,缓缓出声:"让你请客只是看你真不真诚,我没有让女孩子付账的习惯。"

"你女朋友知道你在外面这么装吗?"

顾词:"……"

隋意起身,拍了拍裙子,面无表情地说道:"我走了,谢谢学长的盛情款待。"

说后面几个字的时候,她咬着牙,加重了字音。

语毕,她也不等顾词回答,径直离开了。

顾词看着她的背影,靠在长椅上气笑了。

回到宿舍,隋意正在整理东西,陶圆圆滑动着椅子过来:"隋意,你去哪儿了啊,吃饭了吗?"

"出去有点儿事,吃了的。"

"吃了就好。"陶圆圆伸了一个懒腰,"明天就要开始正式上课了,欸,课程表是不是还没发啊?"

隋意说道:"登录学校系统就能看。"

另一个女生凑了过来:"密码是什么呀?"

"学号的后六位,登录进去后自己可以改。"

陶圆圆愣愣地问道:"我的学号是多少啊?"

隋意呼了一口气,觉得班长这个担子有点儿重。

她回道:"稍等,我去问问辅导员。"

隋意给顾词发了信息,问他要班上所有人的学号信息。

没过一会儿,顾词就发给了她。

隋意：其实像这种东西，您下次可以直接发在群里的。

顾词：那你怎么不在群里问我？

隋意：……

算了，她若再问下去，他又该觉得她是在制造和他单独聊天儿的机会了。

她不在群里问他，那还不是因为他从来没有在群里说过话？

他要是设置了屏蔽群消息，那她问了有什么用啊，还不如省去这浪费时间的一环呢。

隋意冷静了几秒，重新打了字。

隋意：现在军训结束了，您打算什么时候选个正式的班长呢？

顾词：你要是真这么尊敬我，以后见面不如先鞠一个躬。

隋意猛地吸了一口气，把手机重重地反扣在了桌上。

陶圆圆听见响动转过头来，疑惑地问道："怎么了？"

"没事。"

隋意起身走到了阳台上。她需要好好冷静一下。

她长这么大，就没遇到过这么讨厌又难应付的人。

这简直就是她人生中的一个大坎。

一晃眼，开学便过去半个月了。

隋意每天除了学校、图书馆两头跑之外，还得抽出时间去处理杂七杂八的琐事。

她好几次提议让顾词选个正式的班长，都被他以各种理由给搪塞过去了。

隋意去超市买东西的时候抽奖，抽到了一个公仔娃娃，那样子越看越像是顾词，她索性拿笔在它的脑门儿上写了"顾词"两个字,每天晚上睡觉之前揍一顿,连做梦都格外香甜。

周六,太阳火辣辣地挂在空中,仿佛人只要一出空调房,就能被晒掉一层皮。

陶圆圆周末回家了,另一个女生去隔壁城市找男朋友了,还有一个女生是外地的,叫简乐,和隋意一样待在宿舍里。

吃了午饭回来,隋意的衣服都被汗水打湿了。

看这天气,她也不想去图书馆了,便躺在床上,戴上耳机看综艺节目,准备满足一下精神世界。

她刚看两分钟,手机便振动了一下。

隋意拿起手机一看,是顾词发来的消息。

顾词:回家了吗?

隋意回了一个问号。

顾词:没回的话来一趟系主任室。

隋意:回了。

顾词:我半个小时前看到你从食堂回宿舍了。

隋意:……

隋意:你钓鱼呢?

顾词:礼貌询问。

隋意:你礼貌吗?

顾词:快点儿。

自从吃饭的那晚后,大概是不用再担心会被顾词发现,反正他也已经在报复她了,隋意便彻底看开了,无所畏惧,跟他说话要多不客气就有多不客气。

她放下手机,把床头的公仔娃娃拿起来抵在墙上,对着脑袋来了几拳后,才平复着怒气,起身下床。

要不是想着他再怎么着也是个代理辅导员,关乎到她的学分、学籍,这么热的天,她才不去。

听到脚步声,简乐探了个脑袋出来:"隋意,你又要去图书馆啊?"

隋意喷着防晒喷雾:"不是,顾……辅导员让我去一趟系主任室。"

简乐一听是顾词找隋意,眼睛亮了亮,和她一起去的想法刚冒上来便被打消了,悻悻地说道:"外面好热,你记得带把伞。"

隋意点了点头,应了一声,打开抽屉拿着伞出门。

刚出宿舍楼,她就差点儿被地底升起的热气给拍回去。

这会儿刚到午后,太阳浓烈又炙热,去系主任室的路上,一个人都没有。

隋意撑着伞,在心里骂了顾词几百遍。

好不容易到了系主任室,她终于呼了一口气,伸手敲了敲门,等了几秒,里面没有任何回应。

隋意正要再敲门的时候,一阵风吹来,系主任室的门被打开,里面一个人都没有。

她闭着眼咬牙,仿佛听见了自己的太阳穴青筋绷断的声音。

不管了,她先进去吹吹空调再说。

隋意进去后,找了个对着空调出风口的位置,歇了几分钟,感觉口干舌燥。

早知道刚才她就该在楼下买瓶水的。

她身上的热意还没退下去,系主任室的门便再次被推开了。

顾词走了进来,看向隋意:"来得挺快。"

隋意忍无可忍地吼道:"不是你让我快点儿吗?!"

顾词走到她面前，倚在桌沿上，不紧不慢地出声："你什么时候这么听我的话了？"

隋意握紧了拳头，真想捶死他。

顾词放了一杯多肉杨梅在她面前："来的路上别人送的，我不爱喝。"

隋意："哦。"

顾词："哦？"

隋意撩了撩头发，淡然地说道："不用跟我炫耀你的追求者多，跟谁没有似的。"

顾词："……"

他最终还是一句话都没说，只是转身拿了一摞资料放在隋意面前："这是所有人的报到信息，今天下午之前整理好。"

隋意翻了翻，又看向不远处整齐的几大摞资料："那是其他班的吧？"

顾词顺着她的视线看过去，"嗯"了一声。

隋意不可思议地开口："我们是最后一个？"

开什么玩笑，她从小到大不管是成绩还是交作业，永远都是第一。

她还没受过这种侮辱——除了打游戏以外。

顾词鼓励道："时间不多了，省状元加油。"

隋意："……"

她深深地吸了一口气："那为什么我们现在才开始弄？"

顾词想了想，黑眸盯着她，认真说道："忘了。"

隋意忍住和他同归于尽的想法，不浪费多余的时间，转身开始整理面前的资料。

这倒不是一个多费脑力活的儿，她只需要去核对每个人的信息，重复又烦琐。

没过几分钟，隋意的视线逐渐从面前的纸张上移到了旁边那杯多肉杨梅上。

因为天气太热，即便开着空调，冰沙也在慢慢融化，细密的水珠汇集到一起蜿蜒流下，桌面上已经积聚了一小摊水。

而那杯多肉杨梅摆在那里，仿佛在无声地朝她发出邀请，看上去十分清凉解渴。

隋意摸了摸眉毛，舔着干涸的唇瓣："学长……"

顾词坐在椅子上，正在回消息，头也没抬："嗯？"

本着求人的原则，隋意放软了语气："你不喜欢喝甜的饮料啊。"

顾词闻言，手里的动作微顿，像是察觉到了她的想法，轻轻抬眼："省状元。"

隋意下意识地应道："啊？"

顾词身体前倾，双手手肘撑在腿上，目光和她平视，不紧不慢地开口："你在跟我撒娇吗？"

隋意以不变应万变："我刚才说话了吗？"

顾词勾了勾薄唇，低头看手机。

唐季：你一回学校就跑哪儿去了？

顾词：有事。

唐季：我刚刚听林加禾说，他在学校外面的奶茶店看到你了。

顾词：……

唐季：你买给谁的？

顾词：我就不能自己喝？

唐季：你说这话自己信吗？

唐季：怎么样，漂不漂亮，大几的？该不会是大一新生吧？

唐季：可以啊，动作还挺快。

顾词：毛病。

顾词收起手机，刚要起身，视线落在那杯快要融化了的多肉杨梅上。

他瞥向一旁认真整理资料的隋意，眉梢动了一下。

隋意突然听到了关门声。

她转过头看去，见身后没人，顾词出去了。

隋意伸了个懒腰，正要活动脖子，却看到那杯多肉杨梅不知道什么时候被放在了她的手边，上面还贴了一张便笺纸，便笺纸上面画了一头穿着裙子、正在生气的小猪，下面还有几个字——

"挺像你的。"

隋意没有丝毫犹豫地插上了吸管，十分欣然地接受了这"侮辱"。

这么热的天气，她冒着中暑的风险来收拾因为他的疏忽而导致的烂摊子，喝他一杯水，怎么都不过分。

隋意渴得不行，一口气直接喝掉一大半饮料，这才感觉自己重新活过来了。

隋意放下手里的水，浑身都充满了精神与干劲儿。

等到顾词回来时，她已经把班上所有人的入学报到信息整理得差不多了，坐在位子上，身体随着椅子转动，惬意地喝着还剩下小半杯的多肉杨梅。

顾词见状，微抬眉梢，走了过去："省状元效率挺高。"

隋意慢悠悠地说："如果不是因为你，我们应该是第一个完

成的。"

顾词把她整理好的资料和其他班的资料放在了一起。

他走到她旁边，坐在椅子上，漫不经心地开口："夸你一句，还当真了。"

隋意从容地回道："我就是这么优秀，你完全可以不吝啬你的夸奖。"

顾词扯了扯嘴角，弧度浅到几乎看不出来，不知道是觉得她的话好笑，还是觉得她这个人好笑。

隋意喝完了一整杯多肉杨梅，感觉有些撑，休息得也差不多了，便起身说道："我回宿舍了。"

顾词"嗯"了一声，靠在椅子上，拿出了手机。

虽然隋意并没有想要和他一起离开的想法，但见状还是迟疑了一下，问道："还有什么事没弄完吗？"

她问清楚点儿好，免得回头他又让她跑一趟。

顾词滑着手机："没了，你走吧。"

他这么爽快，反倒让人不相信了。

她总感觉他又憋着什么招儿整她。

思考了几秒后，隋意重新坐了下来。

顾词抬头看向她："你不是要走？"

隋意回道："突然又不想走了。"

"随你。"

顾词收回视线，继续做自己的事。

隋意也把椅子转了过去，坐了一会儿后，又趴在桌面上看着外面火红的太阳，感觉温度比来的时候高了许多。

幸好她刚才没走，不然出去得被晒死。

顾词忙完手里的事，看向隋意，却发现她已经枕着手臂睡着了。

他看了一眼窗外刺眼的阳光，起身把窗帘拉上，又把空调往上调了几摄氏度。

顾词再次将视线转到她的脸上，不知道在想什么。

隋意这一觉直接睡到了五点半，她伸了个懒腰，活动着僵硬的脖子。

"省状元这是通宵学习了？"

身后响起淡淡的男声。

隋意："……"

她转过头，混沌的思绪清醒了不少："你还没走吗？"

顾词抬了抬下巴，示意她看向窗外。

太阳的强光虽然暗淡了许多，可看得出来，还是很热。

隋意才睡醒，脑子反应得有些慢："你是因为这个才不走的？"

"不然呢？"

隋意感觉太阳穴跳了一下。早知道是这个原因，那她还担心什么啊，白在这里浪费这么久的时间。

顾词不紧不慢地开口："刚才省状元执意想走，我也不好留你，免得你又觉得我是对你有意思，想和你独处一室。"

隋意干笑："哈哈。"

第三章
等雨停

随着外面从烈日当头到日头降落到半空中,那股能把人烤熟的热度也逐渐散去了不少。

尽管如此,隋意出了系主任室后,一股热气还是扑面而来,也不知道为什么都快十月了,居然还能有这么高的温度。

然而令隋意怎么都没想到的是,就在下了几层楼梯的工夫,外面却下起了倾盆大雨。

夏天的雨总是来得这么猝不及防又不讲道理,顷刻间的工夫地面便被打湿,空气中浮起了一股尘土的味道,一丝凉意不断扩散,驱离了还盘旋在四周的热气。

整个天空都黑沉沉的,还伴随着阵阵雷声。

隋意停下脚步,转过头看向在她后面下来的顾词。

顾词站在她旁边,大概是察觉到了她的目光,偏头对上她的视线,淡淡地问道:"看我做什么?你不是有伞吗?"

"那我……就走了?"

"嗯。"

隋意拿出伞，想了想还是问道："你怎么办？"

"等雨停。"

隋意哦了一声，把伞撑到一半儿，又收了回去，站在原地没动了。

顾词看着她，抬了抬眉尾，似乎是在问她怎么不走。

隋意一本正经地说道："这雨太大了，我等小一点儿再走。"

顾词没说话，收回了视线。

雨还在继续下，完全没有要停的意思，甚至越下越大。

这和在系主任室不同，两个人挨得挺近的，又没话说，时间一长，难免会觉得尴尬。

隋意没话找话："这雨下得还挺大的。"

怎么他们军训时就一滴雨也没下？

顾词敷衍道："是吗？"

隋意："……"

听着他不咸不淡的语调，隋意忽然意识到，她似乎找了一个错误的话题。

不等她试图开口挽回局面，顾词的声音便继续传来："我见过比这更大的雨。"

隋意的笑容瞬间僵在了嘴边。

她这张臭嘴，哪壶不开提哪壶！

既然话说到这个份儿上了，也没机会撤回，隋意只能硬着头皮往下说："那你……应该没淋着雨吧？"

顾词侧目看着她，轻嗤了一声："怎么可能？在下雨之前我就到家了。"

隋意闻言，悬着的一颗心终于放了下来。

那还好，她罪不至死。

但她还是觉得挺过意不去的。

看着这下个不停的雨，隋意做了一个十分艰难又伟大的决定。

她把手里的伞递给了顾词。

顾词没接伞："嗯？"

隋意说道："你之前送我去校医室的事我还没谢你呢，饭也是你请的。"

说着，隋意把伞塞在了他的怀里："这伞你用吧，从今以后我们之间的事就一笔勾销了。"

隋意将手挡在头上，刚想冒雨跑出去，手腕就被握住了。

男生的掌心干燥，触上她的皮肤时，有一丝凉意。

隋意叹了一声："感谢的话就不用多说了，谁让我人美心善呢？"

顾词波澜不惊地开口："我吃个亏，让你一起用这把伞。"

隋意："……"

这人真是把脸皮厚发挥到了极致。

隋意把手从他的掌心里抽了出来，正色道："不用了，你这人怎么一点儿身为别人的男朋友的自觉性都没有？我们两个用一把伞像话吗？你女朋友看到了怎么想？"

顾词平静地看着她，语调冷淡地问："谁告诉你我有女朋友的？"

隋意闻言愣了一下："那个学姐不是你的女……"

"不是。"

隋意不信："上次你还承认了。"

顾词问道："哪次？"

"宿舍楼下，我看到你们在约会，你不是承认了？"

顾词不答反问："你管那个叫约会？"

隋意刚想回答，就想起那天晚上看到的另一对情侣，瞬间沉默了。

见她不说话，顾词又说道："她不是我的女朋友。"

隋意依旧不服："你明明还说她漂亮了。"

狗东西这是想始乱终弃吗？

他就为了和她打一把伞？

啧。

看来她还是低估了自己的魅力。

顾词的嗓音在疾风骤雨中不急不缓地响起："说她漂亮，她就是我的女朋友了？我也说过省状元挺漂亮。"

隋意："……"

隋意沉默了足足十秒，才说道："走吧。"

两个人下了台阶，雨点敲击在伞上，声音更加清脆密集。

隋意穿的是一双小白鞋，没走几步就被污水浸染成了另一种颜色，及膝的裙子后面也沾上了不少泥点。

可奇怪的是，这么大的雨，她的肩膀上没有被打湿一滴。

隋意下意识地抬头，见大半的伞是朝她这边倾斜的，顾词右边肩膀，黑色的短袖已经被雨水打湿。

她抬起手，轻轻拨了拨伞柄，把整个伞身朝他那边挪了一半儿。

察觉她的动作，顾词偏头："做什么？"

隋意回道："你这伞歪了。"

说话时,有几滴雨水飘落在隋意的胳膊上,带着几分凉意。

她的另一只手刚去擦拭,头顶的伞便再次斜了过来。

顾词淡淡地开口:"歪了就歪了。"

隋意微怔,大概是没料到他会这么说。

她收回手,理了理被风吹乱的头发,别在耳后:"你跟那个漂亮学姐在一起时,也是这么舍己为人的吗?"

果然,他就是多情。

顾词说道:"省状元要是吃醋了可以直接说。"

隋意眼尾抽动了一下,决定不再搭话,及时止损。

回宿舍的这段路尤其漫长,偏偏顾词走得不急不缓,似乎并没有受到这场大雨的影响,神色始终平淡安静。

要是隋意一个人,为了保持"高岭之花"的人设,大概率装也要装得从容优雅。

可偏偏她是和顾词共用一把伞。

这尴尬气氛无声蔓延着,能不令人着急上火吗?

好不容易到了宿舍楼下,隋意一秒都等不下去了,快速说道:"那我就先走了,拜拜!"

说完,她头也不回地冲进了雨幕里,眨眼便进了宿舍。

顾词撑着伞站在原地,眉梢不经意地抬了一下。

等他回到宿舍时,唐季和林加禾也才回来,浑身湿透。

唐季一边抱怨这个鬼天气,一边脱着能拧出两斤水的上衣看向他:"见鬼了,顾词你从哪儿回来的,衣服居然没怎么湿?"

林加禾将视线落在顾词手里的那把小碎花伞上,悠悠地说道:"爱情的雨,淋一次就够了。"

顾词:"……"

唐季瞬间来了兴趣,光着上身便走了过去:"你送奶茶的那姑娘?"

顾词收起伞:"穿上衣服,离我远点儿。"

隋意冒雨冲进宿舍,衣服和头发被打湿了一半儿,回去之后,直接拿了衣服进浴室。

洗了个热水澡出来,驱散了身上的冷意与尘土的气息,隋意一边擦着头发,一边看向窗外。

好家伙,雨停了,夕阳也冒出了头,露出了几分暖意。

这个天气是成心和她过不去是吧。

隋意无声地叹了一口气,坐在座位上,拿出一本书翻着。

没过一会儿,她放在旁边的手机振动了一下。

顾词:下来。

隋意回了一个问号。

他又有什么事?

顾词:拿你的伞。

隋意很想大方地把伞送给他了,但她站在窗边一看,顾词已经站在楼下了,手里还拿了一把和他的气质极为不搭的小花伞。

隋意:来了。

她拿着手机走到门口,才意识到自己身上穿的是睡衣和拖鞋,又折回去换了条裙子,穿上鞋后,理了理还有一点儿湿的头发,慢悠悠地下了楼。

顾词已经在楼下站了一会儿了,四周也聚集了不少捂嘴激动的女生。

可偏偏他像是什么都没有察觉,神色始终淡淡的,脸上没有过

多的情绪。

隋意走到他面前,朝他伸出手:"谢谢。"

顾词没有把伞给她,而是问道:"吃饭了吗?"

隋意收回悬在半空中的手,握紧了拳头。他们两个一起回来的,也就这么点儿时间,她上哪儿吃饭去?

他不是明知故问吗?

隋意刚好也饿了,想着既然都下来了,顺便就去吃东西了,下意识地说道:"正准备去吃。"

顾词"嗯"了一声:"正好,我也要去,一起。"

隋意:"……"

她强烈申请面对面说话时,也能出一个撤回功能。

为什么他总想要和她一起吃饭啊?!

隋意认真地说道:"我突然好像不饿了,还是等……"

"走了。"

顾词握住她的手腕,迈开长腿往前走去。

隋意"欸"了一声,被迫跟了上去。

她看了看周围人诧异的目光,太阳穴跳了跳:"走,走,走,你放开,我又不跑。"

顾词闻言,视线落在握住她的手腕的那只手上,长指微动,缓缓松开,收回手时,自然地将手放进了裤子口袋里,偏头看向别处。

隋意撇了撇嘴,出声道:"你把伞给我吧。"

他拿着这么具有女孩子特征的东西,看着怪别扭的。

顾词将伞递给她,淡淡地问道:"想吃什么?"

"随便吧,我不挑。"

由于是周末,食堂的人并不多,相比平时安静了不少,空位子也有很多。

隋意和顾词刚坐下,就有一道女声传来:"顾词?"

隋意顿了顿,抬起头来。

对方正好也看向她,露出了一个笑容:"省状元也在。"

隋意微微点头:"学姐好。"

孟宁音问道:"我还是第一次在食堂看见你呢,你和顾词……?"

隋意怕她误会,连忙解释道:"下午我帮学长整理了一点儿资料,他就说请我吃饭。"

孟宁音恍然大悟地"啊"了一声,这时候有朋友叫她,她笑道:"那你们慢慢吃,我先走了。"

"学姐再见。"

等孟宁音走远之后,隋意才收回视线,小声说道:"欸,你女朋友走了。"

顾词面无表情地看着她:"我说了,她不是我女朋友。"

隋意不解:"为什么不是?我觉得你们还挺配的。"

顾词冷笑了一声,没理她。

隋意自讨没趣,拿起了筷子吃饭。

食堂今天做的是小炒肉、糖醋排骨、番茄牛腩,都是她喜欢吃的菜。

吃完饭,隋意拿起伞:"我吃好了,要是没什么事的话就先走了,今天谢谢你……"

"一共十二,扫码还是转账?"

隋意一时没反应过来:"啊?"

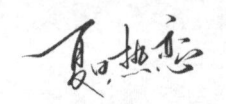

顾词脸上没什么情绪，声音也透着几分冷淡感："我什么时候说请你了？自己给钱。"

隋意："哦……"

她拿出手机："我转给你吧。"

转完账后，隋意说道："好了，你收一下，我走了。"

她刚走一步，身后便传来一道男声："隋意。"

隋意愣了愣，站在原地回过头："怎么了？"

这好像还是他第一次叫她的名字，之前他都是一口一个省状元地叫。

顾词抬眸看着她，刚要开口，不远处便有人喊道："顾词、省状元学妹！"

隋意看了过去，见乔然挥舞着手跑了过来，连忙说道："我先走了，有什么事给我发微信。"

说完，她端起餐盘，溜得很快。

等到乔然跑过去之后，左右看了看："省状元呢？我刚刚还看到她在这里，怎么眨眼的工夫就不见了？"

顾词淡淡地说道："可能是不想见到你吧。"

乔然："……"

他坐在顾词对面，眼里多了些八卦的意味："你怎么单独和省状元一起吃饭？该不会是对她有意思吧？"

顾词回道："你和省状元应该挺有共同话题的。"

听他这么说，乔然害羞地摸着后脑："是吗？可是我成绩一般，我怕她嫌我笨。"

顾词侧目，冷眼看着他。

跑出食堂之后，隋意心有余悸地回头看了一眼，见顾词和乔然没有跟出来后，才松了一口气。

她对乔然没什么意见，就是之前用过这个名字撒谎，如今这个人活生生地出现在自己面前……

而且，顾词还在那里呢。

当然，她除了别扭之外，更多的还是心虚。

回到宿舍，隋意没再收到顾词的微信，想来应该也不是什么重要的事。

隋意翻开书，静心看着。

她之前那会儿回来时简乐就不在，估计是和朋友出去了。

到了晚上，隋意刚抹完护肤品躺在床上，徐曼就打电话过来，问她周末怎么没回家。

隋意趴在床上，小腿翘起在空中晃了晃，淡淡地说道："家里一个人都没有，回去做什么？"

徐曼默了默才说道："国庆回来吧，我手里的工作忙完一段落了，可以陪陪你。"

"再说吧。"

徐曼"嗯"了一声，没再说什么。

挂了电话，隋意放下手机，闭上眼睛准备睡觉。

可是她闭上眼睛之后，顾词叫她的名字的声音和神情，在脑海里逐渐清晰起来，反复循环着。

过了几分钟，隋意猛地睁开眼睛，看着黑漆漆的天花板，感觉平静无波的内心就像是有个小奶猫用爪子在轻轻地挠。

说话说一半儿的人是会被天打雷劈的！

周一,中午下课之后,隋意和陶圆圆刚走出教学楼,就看见通往食堂的那条路尤其热闹。

陶圆圆拉着隋意,探着脑袋往前看:"好像是社团开始招新了,我们去看看吧。"

她们刚走过去,就接到好几张社团招新的传单。

陶圆圆认真地挑选着:"新闻社、舞蹈社、篮球社……好多啊,隋意你想去哪个啊?"

隋意都没什么兴趣,社团事情多,耽误时间。

她回道:"你参加吧,我不去。"

陶圆圆说道:"可是参加社团能加学分呀。"

话说到一半儿,她才意识到,隋意压根儿不用加学分了。

"那你在这里等我一下,我去看看其他的。"

隋意点了点头:"好。"

等陶圆圆跑到前面去之后,隋意找了个人少的地方站着。

没过几分钟,旁边就传来一道轻轻的女声:"省状元?"

隋意转过头去:"学姐。"

孟宁音笑了笑,柔声问道:"你也是来报名社团的吗?"

"不是,我等朋友。"

孟宁音把手里的单子交给她:"你要是有兴趣的话,可以来我们学生会看看。"

看着那张被递过来的单子,隋意伸手接过:"谢谢学姐。"

"不用客气。"孟宁音说道,"对了,好像一直还没机会正式认识一下呢,我叫孟宁音。"

"隋意。"

孟宁音笑:"我能加个你的联系方式吗?之后有什么事也能立

即找到你。"

隋意拿出手机:"好的。"

互相加了微信之后,孟宁音说道:"行,那我就不打扰你了,再见。"

"学姐再见。"

孟宁音刚走,陶圆圆便跑了过来:"隋意,我好了……欸,那是学长的女朋友吧?好像是叫孟宁音?"

隋意收回视线:"你知道她?"

"对呀,她在我们学校也挺有名的,不仅是计算机系的女神,还是学校公认的'校花'。"

隋意想了想才问道:"她真是顾词的女朋友吗?"

陶圆圆不确定地说道:"大家好像都这么说的,觉得他们挺配,上次我们在小礼堂门口不是还看见学长在那里等她吗?看样子也差不多吧,就算他们暂时还不是男女朋友,肯定也是互有好感的。"

隋意也觉得应该是这样。

孟宁音漂亮、聪明又温柔,顾词偷着乐吧。

陶圆圆看向隋意手里的传单,问道:"隋意,你要参加学生会吗?"

隋意闻言,下意识地低头:"没有,刚才孟宁音给我的,顺手接了。"

"大学四年呢,这么长,你真应该参加一个社团,不然也太无聊了。"说着,陶圆圆从包里抓出了一大把社团招新的传单,"每个社团的传单我都拿了,可以回去慢慢挑选。"

隋意:"……"

等她们到了食堂,另外两个室友已经在那里等着了。

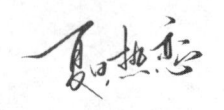

一坐下，陶圆圆就开始和她们讨论社团的事。

隋意刚喝了一口汤，放在包里的手机便振动了一下，她拿出来一看，是顾词发的，言简意赅。

顾词：下午来一趟系主任室。

隋意忍不住撇嘴，瞧瞧，不是她不想参加社团，当个代理班长事情多得都要把她磨得没脾气了，她是真没那个闲工夫。

下午只有一节课，出了教室后，隋意对陶圆圆说道："你们先回去吧，我去一趟系主任室。"

陶圆圆朝她挥了挥手："辛苦啦，那我走了。"

隋意微微笑了一下，转身往系主任室的方向走去。

到了系主任室，她敲了敲门，里面传来声音："进。"

她推开门后，一股凉气扑面而来，系主任正坐在空调下喝茶。

看见隋意进来后，他笑眯眯地放下了茶杯："省状元来了。"

隋意轻轻点头，又看了看坐在旁边玩儿手机的顾词，才问道："您找我吗？"

"对。"系主任示意她过来坐，等她坐下后，才缓缓出声，"今天学校的社团已经开始招新了，你知道这事吧？"

"知道。"

"那省状元想要参加哪个社团呢？好多个社团的负责人来找我，点名想要你。"

隋意问道："我可以说实话吗？"

系主任和蔼地点头："当然可以了。"

"我一个都不想参加。"

对她的答案，系主任似乎也不意外，学霸嘛，总是以学业为重的，确实很少有愿意参加课外活动的。

系主任笑眯眯地开口:"是这样的,学校方面呢,今年有了一个新的建议,希望所有的同学都能踊跃参加社团活动,除了学业以外,其他方面也都应该重视起来,不能顾此失彼,是吧?"

不等隋意回答,系主任又说道:"所以啊,我们希望你能给大一的新生带个头。"

隋意:还真是怕什么来什么。

见她不说话,系主任咳了一声,拿起茶杯吹了吹上面漂浮的茶叶,同时说道:"对了,你转系这件事,我也和学校方面的负责人商量过了,也不是不行,就是……"

隋意立即表示道:"我参加社团!"

也不知道是不是她的表现过于激动,一旁玩儿手机的顾词轻轻抬眼朝她看了过去。

察觉到他的视线后,隋意立即冷静下来,从容地说道:"我觉得您说得对,以我的微薄之力,恐难给学校带来荣誉,唯有以身作则。"

系主任拍了拍大腿,满意地说道:"哎,这就对了嘛!"

隋意犹豫了一下,才又说道:"我能去个事情少点儿的社团吗?"

"可以,可以,参加社团是一回事,最重要的还是不能耽误学业。"系主任说道,"我想想啊,哪个社团平时没什么事的……"

说着,他看向顾词,似乎是在征求顾词的意见。

顾词淡淡地回道:"人才济济协会。"

系主任疑惑地问:"我们学校有这个社团吗?"

"有。"

系主任又看向隋意:"那……"

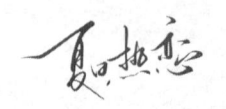

隋意起身，快速回道："我现在就去报名。"

这名字一听就不是什么正经社团，一定很冷门，冷门也就意味着离解散不远了，她先象征性地加入吧，说不定还没等她退出，社团自己就先没了。

"好，去吧。"

隋意离开后，系主任微笑着收回视线，突然反应过来："这个社团，社长好像是林加禾，你是不是也在里面？"

顾词收起手机，慢悠悠地回答："好像是吧。"

到了社团招新的地方，隋意找了一圈，最后在一个人迹罕至的角落里看到了正在打瞌睡的林加禾。

她走过去坐下，开口道："学长，我想报名。"

林加禾睡眼蒙眬地打了个哈欠，从面前的一摞纸中抽出了一张递给她："先做题吧。"

隋意接过纸看了看，是道中等难度的微积分题。

她什么也没说，拿起旁边的笔直接开始解题。

林加禾见状，睡意逐渐消散。他伸了个懒腰，走到隋意身后看着她做题，不看不知道，一看吓一跳。

这题她解得真漂亮。

这几年来，也不是没有想加入他这个协会的人，进来的条件也很简单，做对一道微积分题就行了。

但大多数人止步在报名阶段，因为做不来题，直接放弃了。

他还没见谁一拿到题，都不用思考就开始做的。

正当林加禾在心里震惊的时候，隋意已经放下了笔："学长，我做好了，你看看。"

林加禾扫了一眼答案，不由得瞪大眼睛："厉……厉害啊。"

隋意问道:"我现在能报名了吗?"

林加禾重新坐在位子上,直接拿起笔开始记录:"别说报名了,你直接加入就行,你叫什么名字?我做个登记。"

"隋意。隋唐的隋,心意的意。"

林加禾小声重复着她的名字,总感觉好像在哪里听过。

他刚写了一个"隋",隋意就试探着开口:"学长,你们社团平时没什么活动吧?"

林加禾摆了摆手:"没有,没有,你放心,最多一学期下来就是做做题,对学校那边有个交代。看你这程度,这应该难不倒你。"

隋意放心地点了点头:"那就好。"

林加禾写完名字后,又问了她的联系电话,才说道:"学妹,实不相瞒,我们社团加上我就四个人,还有一个人出国当交换生去了,现在就剩三个,加上你就四个了,欢迎你加入我们这个大家庭。"

隋意扯唇笑了一下:"人挺多的。"

林加禾想了想又说道:"要不,我给你整个欢迎宴?大家互相认识一下,另外两个人都是我们宿舍的,而且还……"

"不用了,谢谢。"隋意起身说道,"等到了要交社团作业的时候,学长你找我就行。"

那礼貌又不失距离的微笑仿佛在说:没什么事就别找我。

林加禾后知后觉地点头:"哦,哦,哦,好。"

"谢谢学长,我先走了。"

这个社团真是太合她的心意了,社团活动就是做题,而且一学期就做一次。

更何况,这个出题的人还挺有水平的,她能看出来有点儿

东西。

隋意离开后,林加禾开始收拾东西,今年的招新任务圆满结束。

这时候,他旁边的纸张被人拿起。

林加禾看过去,"啧"了一声:"可惜了,你来晚了一步。"

顾词看着隋意解的题,淡淡地问道:"什么晚了?"

"历时三年,我们社团终于有了新成员,而且还是个挺漂亮的学妹。你出的这题,之前来报名的人要么是看一眼就走了,要么是错得离谱儿,只有她两三下就解出来了,厉害吧?"

隋意回到宿舍的时候,陶圆圆和另外两个室友正在讨论到底要报哪个社团。

听见开门的声音,陶圆圆看了过去:"欸,隋意,你要不要和我们一起去摄影社啊?据说摄影社每年都会组织去国外旅游采风,拍的照片还有机会参赛获奖呢。"

隋意回道:"不用了,我已经参加社团了。"

陶圆圆"咦"了一声:"什么时候的事?"

"就刚刚,回来的路上。"隋意一边放下书一边说道,"系主任下午找我,也是说这个事,我就找了个比较冷门且没什么活动的社团,也能省点儿时间。"

简乐转过头问:"什么社团啊?"

隋意坐下,拿起水喝了一口:"好像是叫什么人才济济吧。"

陶圆圆感慨:"这名字听着……确实挺冷门的。"

今天外面挺热的,隋意回来出了一身汗,和她们聊了两句后,便拿了衣服洗澡去了。

学校针对隋意加入社团这件事也做了一番宣传，以此鼓励大家踊跃参加社团，学习和兴趣爱好同时兼顾，不能厚此薄彼。

也有不少人冲着隋意，想要去"人才济济"协会，但愣是没有一个人把题解出来。

林加禾瞧着这阵仗，下午及时把摊子撤了，一直到社团招新结束，也没再出现。

他把一堆东西抱回宿舍的时候，唐季正在打游戏，偏头扫了一眼："社团招新不是才开始吗，你怎么就打道回府了？"

林加禾放下东西，喘了一口气："说出来你可能不信，我们社团今年居然招到人了。"

唐季："……"

他确实挺不信的。

林加禾走到他旁边坐下："你说当初咱们确实想偷个懒，顺便混点儿学分，不过也得亏有顾词在，学校才能给我们机会。但我也没想到他上来就把题出得这么难，多少年了啊，我看你们两个都快看腻了，早知道还不如正儿八经地去加入一个社团算了。没想到在临毕业之际，还能涌入新鲜血液。"

唐季懒懒地说道："我更好奇是个什么样的变态，能把顾词出的题做出来。"

那道社团招新的题，唐季和林加禾两个一起，都用了一整晚的时间才算出来。

"不变态，一点儿都不变态，特别漂亮。"林加禾说道，"她的名字还挺好记的，叫隋意，不过我总感觉这名字挺熟悉的，但就是想不起来在哪儿听过了。"

唐季打游戏的手顿了顿，他转过头说道："你是猪脑子啊？今

年的省状元不就叫隋意吗？"

林加禾震惊了十秒，猛地瞪大了眼睛："那顾词不就是在她的班上做辅导员吗？！"

唐季看向刚从外面回来的人，一只手搭在椅子的靠背上，慢悠悠地说道："看来有些人是醉翁之意不在酒啊。"

顾词瞥了过来："什么？"

唐季抬了抬下巴："你给买奶茶的那姑娘，是不是你们班的省状元？"

顾词："……"

林加禾也说道："她来我们社，也是你推荐的吧。难怪呢，我说她怎么直接就冲着我那摊位去了。"

顾词淡淡地说道："没有的事。"

唐季打破砂锅问到底："你没有给她买奶茶，还是没有推荐她去我们社团？这可是我们几个的秘密小基地，你就这么让她进来，还不想承认呢，进展到哪一步了？"

"只要通过了报名条件，谁都能加入。"

"我看你那条件苛刻得只有她能通过吧？"

顾词懒得理他，打开了电脑。

唐季见状又说道："欸，你那号还用不用了？不用的话给我，我要带妹。"

"用你自己的。"

"她那号段位太低了，打着费劲儿。你又不用，就给我呗，留着当传家宝给你儿子啊？"

林加禾将手搭在他的肩膀上："这可就是你的不对了，顾词当时带的那姑娘，菜到我看了都想骂人了，人家还有耐心一步一步地慢慢教，我认识他这么多年了，就没见他有这么好脾气的时候。可惜了，那场大雨冲刷……"

顾词："闭嘴。"

林加禾："好的。"

过了两天，陶圆圆火急火燎地跑进宿舍："你们看学校官网了吗？大事件！"

隋意从面前的CAF教程上抬起头来："怎么了？"

陶圆圆掏出手机，点了几下放在她面前，喘着气说道："五分钟前刚更新的，还热乎着呢。半个月前，学长他们代表我们学校去参加了ACM国际大学生程序设计竞赛，获得了全球总决赛的第一名！"

闻言，躺在床上的简乐探出脑袋来："什么，什么，什么总决赛的第一名？"

陶圆圆答道："ACM国际大学生程序设计竞赛，就是……全球最具影响力的大学生程序设计竞赛，总之很牛！学长也太厉害了吧，一边给我们当代理辅导员，一边还能去参加比赛获奖，还是全球总决赛的第一名，时间管理大师啊这是。"

隋意："……"

她从陶圆圆手里接过手机，看了看官方公布的时间。

如果她没记错的话，比赛结束顾词回来那天，好像就是他让她去系主任室整理报到信息那天。

一旁的简乐抽了抽嘴角："时间管理大师是这么用的吗？"

陶圆圆挠了挠脑袋，累得瘫倒在座椅里："不管了，反正我是夸他的，从心里佩服、崇拜、敬仰他！"

简乐也打开了官网,不由得感慨道:"你们说,这人头脑厉害也就算了,关键是长得还那么好看,完全就是不给别人活路啊。"

"欸,欸,欸,你说起这个,我想起昨天学校论坛上公开了今年的'校花''校草'的评选,学长还是稳居第一,连续四年了,太能打了!"

陶圆圆看向隋意,神秘兮兮地说道:"你知道咱们今年的'校花'是谁吗?"

隋意把手机还给她,不知道在想什么,顺口问道:"谁啊?"

陶圆圆一拍椅背,激动地说道:"是你呀!本来前几年'校花'一直都是孟宁音的,所有人都以为她也会连任四年,哪知道在最后这一年输给了你。你和学长一个'校花'一个'校草',都在我们班上,说出去多响亮!"

隋意没特别大的反应,起身问道:"我去楼下超市买点儿东西,你们要带什么吗?"

陶圆圆用手扇风:"给我带瓶冰可乐吧,刚才回来得太着急忘买了,渴死了。"

简乐说道:"我要一盒水果。"

"好。"

隋意离开后,简乐将上半身探了下来,用手在陶圆圆的面前晃了晃:"欸,欸,欸,隋意怎么了?我觉得她好像心情不太好。"

陶圆圆没察觉:"是吗?"

"是有点儿吧。"

陶圆圆想了想,才试探着说道:"或许她是觉得,一不小心凭借自身的实力取代了孟宁音'校花'的位置,拆散了孟宁音和学长这对神仙眷侣?我觉得隋意也挺喜欢他们这对的。"

简乐撇嘴:"隋意又不是你,喜欢追星什么的。你想哪儿去了?"

陶圆圆哈哈笑了两声:"也是,那等她回来了问问吧。"

楼下,隋意微微垂着头,脚尖有一下没一下地踢着路上的小石子。

过了几秒,她轻叹了一口气,脑袋耷拉得更低了。

这都是造了什么孽啊。

不知道过了多久,隋意收回思绪,正准备去超市的时候,却见顾词从里面走了出来。

她左右看了看,正想找个掩体战术性躲避起来,再回头却正好对上了顾词的视线。

就在隋意犹豫着要不要假装没看见他时,顾词已经迈着长腿朝她走了过来。

隋意伸出手,扯出了一丝笑容:"学……学长好。"

顾词在她面前站定,微挑眉梢,似乎是觉得有些意外:"今天挺礼貌的。"

隋意咳了一声,收回了手。

顾词问道:"买什么?"

隋意回道:"买点儿生活用品,那我就先去了,学长再见……"

"等会儿再买吧。"

隋意看向他,脸上缓缓地露出了疑惑的表情。

顾词淡淡地说道:"拿着不方便。"

"怎么就……?"

"去操场走走。"

隋意想也不想地拒绝:"不了,你自己去吧。"

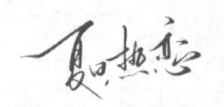

顾词侧目看向她:"系主任让我监督你多运动,别再像军训那会儿一样晕倒。"

"那就是个意外,不会再有下次了。"

"行,你要是不去的话,明天早上开始我带你跑步。"

隋意身形一顿,立即转了方向,闷着头往前走了几步,又回过头看向顾词,神色冷静从容:"不是说要去操场吗,你还愣着做什么?"

顾词不着痕迹地勾了勾嘴角,跟在她身后。

操场这会儿黑灯瞎火的,放眼望去,全是手挽着手的情侣。

隋意走在顾词身边,和他保持着一定的距离,等走了一圈后,才小声开口:"恭喜你啊。"

"恭喜什么?"

"你不是得了 ACM 全球总决赛第一名吗?"

顾词不怎么在意:"这有什么好恭喜的?"

隋意张了张嘴,一时竟然不知道该说什么。

是啊,对他来说,这种事有什么好恭喜的,不过就是他动动手指的事。

隋意垂着脑袋,过了一会儿才又说道:"还有……对不起。"

顾词笑了一声:"怎么又对不起了?"

隋意说道:"我那会儿以为你是真的忘了,到了最后关头才让我去补报到资料,觉得你挺不负责任的。"

"你是不是在心里偷骂我了?"

隋意:"……"

这么显而易见的事,彼此心知肚明不就好了吗?他干吗非要说出来?

过了一会儿，顾词才又说道："都一样。"

"什么都一样？"

"没做就是没做，找什么借口都一样。"

"那倒也不是，我们起码在截止时间前完成了工作。"

顾词"嗯"了一声，慢悠悠地说道："都是省状元的功劳。"

隋意忍不住在心里吐槽他：这小气劲儿。

围着操场走了半个小时后，顾词把隋意送到了宿舍楼下："别总是待在宿舍和图书馆里，有时间就出去走走。"

隋意："哦。"

顾词又开口道："手机给我。"

隋意警惕地问道："干吗？"

"不转你的钱。"

隋意迟疑着将手机解锁后递给他，完了踮起脚看他到底想要做什么，生怕他干些非法的勾当，算在她的头上。

三十秒后，顾词把手机还给她："我给你下了个跑步软件，你回去研究，从明天开始每天至少走四十分钟，截图发给我。"

隋意皱眉："我不。"

顾词收回手揣在裤子口袋里，不急不缓地说道："你要是不愿意的话，我告诉系主任，让他亲自来监督你。"

隋意沉默了两秒，选择了妥协："知道了，拜拜！"

跑进宿舍楼后，隋意想起还没买东西，又探着脑袋往外看，确定顾词走了，才呼了一口气，去了超市。

下午，陶圆圆提了一个大西瓜回来："快，快，快，刚从冰箱里拿出来的，今天外面太阳也太大了，都快热死我了，救命神器！"

简乐凑了过来:"怎么样,今天第一次参加社团活动有什么感受?你们动漫社有帅哥吗?"

"别提了,帅哥是有,可不是我的,一个个都名草有主了。"

陶圆圆说着,又看向了隋意:"你们那个'人才济济'协会有帅哥吗?"

隋意翻着书,轻轻摇头:"不知道。"

简乐也说道:"招新活动已经结束了,现在各社团已经陆陆续续开展第一次活动了,你们那个社团真没活动啊?"

"没有吧,之前报名的时候那个学长说,一个学期只有一次,做道题就行。"

陶圆圆满脸都是羡慕之色:"真好,不过就是听说报名条件太难了,那题简直离谱儿,上面写的每个数字就跟分了家似的,谁也不认识谁。"

简乐附和道:"欸,你说也是哈,这题出得这么难,他们到底是想让别人加入,还是不想让别人加入啊?"

两个人都百思不得其解,最后不约而同地看向了唯一可能知道内情的人。

隋意想了想说道:"那个学长说的是,社团加上他就只有四个人,好像都是他们宿舍的。"

陶圆圆忍不住感慨:"能出这种题的人肯定很厉害,还都是一个宿舍的,难怪叫'人才济济'呢,说不定真的有帅哥。"

几个人吃完西瓜,外面的夕阳也慢慢落山。

简乐坐在座位上伸了个懒腰,问她们:"这会儿没那么热了,要不要出去走走?"

陶圆圆叹气,看着面前的电脑发愁:"我也想啊,可是我那部分的小组作业还没做，明天就要交了。"

隋意闻言，偏过头问："你们是去操场吗？"

简乐点头："对，一起吗？"

隋意思忖了两秒，然后对陶圆圆说道："你把小组作业发我吧，剩下的我来做。"

陶圆圆的眼睛瞬间就亮了："真的吗？！"

隋意点头，然后拿起桌面上的手机，打开了昨天顾词给她下载的那个跑步软件："你帮我把手机带上吧，放在包里就行。"

陶圆圆接过手机，疑惑地问道："好的，好的，不过……你这是什么啊？"

隋意扯出一丝笑容："是……我家里的一个长辈，听说我军训时晕倒了，让我每天晚上出去锻炼，截图发给他，我这不是好好的吗？每天上下课运动量也挺大的，而且我的书还没看完。"

陶圆圆分外理解："老年人就是爱瞎操心，行，以后我每天晚上都帮你带手机。"

"谢谢。"

"客气，但话说回来，你这长辈还挺潮的，知道让你截图。"

隋意太阳穴一跳，保持着笑容："还……还行吧，他年纪也不算很大。"

陶圆圆把小组作业整理好发给她，拿上包，又把隋意的手机放了进去："那我们就先走了，辛苦啦。"

隋意对着她们挥了挥手："拜拜。"

等宿舍门被关上后，隋意呼了一口气，打开了旁边的电脑。

这棘手的问题总算是解决了。

第四章

"高岭之花"人设崩塌

随着接连几场秋雨落下,整座城市已经退去了炎热与浮躁,人在夜晚偶尔也能感受到几丝凉意。

一转眼,离国庆节假期就只剩下几天时间了。

徐曼又给隋意打过一次电话,让她放假记得回去。

而隋意自从有了陶圆圆每天晚上帮她把手机带出去遛弯之后,日子过得分外舒坦,只需要按时按点地截图发给顾词打卡就行了。

也不知道是系主任闲的,还是他闲的。

操场上,陶圆圆正和简乐手挽手地走着,突然看到顾词朝她们走了过来。

两个人按捺住激动的情绪,挥手打招呼:"学……学长。"

顾词"嗯"了一声,淡淡地问道:"隋意没和你们一起吗?"

"没呢,她在宿舍里看书。"

顾词看了一眼时间:"她今晚不出来了?"

陶圆圆不明白他这话是什么意思,迟疑地回道:"应该……不了吧？时间挺晚的，我们也准备回去了。"

顾词拿出手机，拨了隋意的电话号码。

十秒后，铃声在陶圆圆的包里响起。

被顾词面无表情地注视着，陶圆圆不知道为什么，感觉四周生出了一股冷意。她连忙摸出手机，看了来电显示后，解释道："学长你找隋意吗？她的手机在我这里，回去我让她给你回个电话？"

顾词微抿薄唇，收起手机："不用了。"

"那……"

"我先走了。"

她倒是聪明，知道用这样的方法来应付他。

看着顾词转身离去的背影，陶圆圆双手搓了搓手臂："我怎么感觉学长好像生气了？"

简乐忙不迭地点头："我也觉得。"

陶圆圆和简乐也没心情继续转操场了，连忙回到宿舍里，和隋意说了这件事。

隋意听完事情的经过，差点儿被嘴里的酸奶呛到。

她默了默才问道："他什么都没说就走了吗？"

两个人同时点头："他什么都没说，却比说了什么还吓人。"

陶圆圆把隋意的手机递了过去："要不你还是问问学长到底是怎么回事吧。"

坐在座位上，隋意打开和顾词的聊天框，抬手摸了摸眉毛，想了一阵后，给他发去了一个小兔子挥手说"你好"的表情包。

她等了半个小时，顾词也没有回复消息。

隋意在输入框里打着字，想要解释一下，但输入到一半儿又删了。顾词也就是今天发现她的手机在陶圆圆那儿，除此之外，什么

确凿的证据都没有,她要是上赶着承认错误的话,那不就成不打自招了吗?

不行,不行,隋意吐了一口气,把手机扣着放在了桌面上。

算了,不回消息就不回吧,他要是生气了,也正好能终止这每天晚上截图打卡的事。

隋意起身,进了浴室洗漱。

而顾词一直没回她的消息,直到国庆节放假,他也没有再找过她。

到了放假的那一天,简乐和另一个女生要去坐高铁,下了课就推着行李箱走了。

陶圆圆和隋意回到宿舍里,陶圆圆一边收拾东西一边问:"隋意,你放假去哪儿玩儿啊?"

隋意回答道:"就在家里吧,你呢?"

"我和我爸妈一起去马尔代夫玩儿,明天一早的飞机,到时候给你们带特产回来呀。"

隋意笑道:"好。"

隋意收拾东西的时候,看着床头写了顾词的名字的那个娃娃,拿起来看了一眼,又放了回去。

她还是让它待在这里"镇宅"吧。

陶圆圆接了一个电话后说道:"隋意,我爸爸来接我了,我先走了啊。"

隋意转过头说道:"拜拜。"

"拜拜,假期结束见啦。"

陶圆圆拖着行李箱,欢快地走了。

隋意从床上下来，把要带回去的衣服都放在了行李箱里。

其实她的东西不多，要不是想着国庆节后可能会降温，准备带点儿长袖、长裤过来，也不会拿箱子。

这次国庆节假期和中秋节一起放，一共有八天，隋意离开前，关好了宿舍的水闸和电闸。

学校楼下全是推着行李箱回家过节的学生。

隋意走到地铁口，看着乌泱泱的人群，脚步停顿了一秒后，毫不犹豫地掉转方向，去了学校旁边的电玩城。

站在收银台前，隋意直接买了一百个币，在扫码给钱时，又看到了旁边放着的棒棒糖，拿起两个问："这个多少钱？"

工作人员也是附近大学里兼职的学生，笑道："送你了美女，不用给钱。"

隋意单手捏爆棒棒糖的包装袋，将糖放在了嘴里，仰了仰下巴："谢了。"

"客气，给个微信吧？"

"那我还是给你钱好了。"

男生失笑："算了，算了，开个玩笑。"

隋意拿着装着游戏币的小筐，转身找了个游戏机坐下，一口气直接塞了二十个币进去。

玩了一会儿，投的币用完了，隋意也觉得没意思，左右看了看，见有一个射击类的游戏机，便走过去，抓了一大把游戏币，也没数有多少，直接塞了进去。然后她顺势坐在行李箱上，戴上耳机，俯身单眼瞄准，扣动扳机——一枪打空。

隋意咬着棒棒糖的塑料管，微微眯起眼，调整了一下姿势，重新瞄准，扣动扳机——依旧打空。

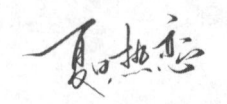

隋意看着近在咫尺却怎么也瞄不准的目标，有些火大，直接一顿胡乱扫射，打得游戏里的墙面上全是窟窿。

很快，扳机便扣不动了，游戏币的数目显示为零。

隋意忍不住低骂了一声。

正当她取下耳机，准备换个智力类的游戏时，却忽然发现旁边不知道什么时候站了一个人。

隋意看了过去，在对上那双过分安静的黑眸时，脚下一滑，差点儿从行李箱上摔下来。

她下意识地吞咽了一下口水，却发现自己嘴里还叼着一根棒棒糖，并且姿势不怎么雅观地张开双腿坐在行李箱上。

隋意立马站起来，取下只剩一根管的棒棒糖背在身后，另一只手冷静从容地将头发别到耳后，露出了有几分敷衍的笑容："你刚刚……什么都没听到吧？"

顾词单手插在裤子口袋里，斜斜地靠在游戏机上，淡淡地回道："听到了。"

"我觉得为了保持我们这种和谐友好的关系，你应该说没听到。"

"挺遗憾，我撒谎的功夫没有省状元那么出神入化。"

隋意瞬间放弃挣扎。

反正她在他面前人设崩塌也不是一两次了。

她撇了撇嘴，把手里的垃圾扔进了不远处的垃圾桶里，才又看向顾词："你怎么在这里？"

"路过。"

"哦，那挺巧的。"

这该死的孽缘。

顾词瞥了她的行李箱一眼:"不回家?"

隋意答道:"现在人正多,我等晚点儿再走。"

顿了顿,为了缓和气氛,她又问道:"你呢,假期回家吗?"

顾词的语气听不出什么情绪:"怎么,要去拜节?"

隋意:"……"

"你过中秋节不给长辈拜节吗?"

她连忙伸出手表示休战:"我错了,我错了,我真不是有意的,就是随便找的借口,绝对没有任何不尊重你的意思。"

顾词不冷不淡地看着她,没说话。

隋意舔着唇,目光四处扫着,试图转移他的注意力。

最后,视线落在面前的游戏机上,她上前把剩下的所有币都塞了进去,疯狂朝顾词示意:"你试试这个,也不知道是不是枪有问题,我一枪都没打中。"

顾词神色不变,站在那里没动。

隋意双手拉着他的胳膊,把人拽到了游戏机前:"都是一个学校的,你不用跟我客气。"

"谁跟你客气了?"

"那你来。"

顾词侧目看了她一眼,戴上耳机,低头调了一下枪的高度,随即微微俯身,瞄准扣动扳机,整个过程只用了十秒,瞬间击中目标。

隋意站在旁边,敷衍地鼓掌,干笑了一声:"看来……不是枪的问题啊。"

顾词继续,一枪一个,淡淡地开口道:"人的问题。"

隋意小声嘀咕:"夸你两句还上天了。"

顾词停下手里的动作，回过头看向她。

隋意立马继续鼓掌，保持着微笑。

他耳机里到底有没有声音啊？她说这么小声他都能听见。

隋意从包里拿出另一根棒棒糖，拆开包装后放在嘴里，看着他操作，不由得感慨，这游戏对他来说真是毫无挑战性。

用完游戏币，顾词摘下了耳机。

隋意立马开口："还要玩儿吗？我再去买。"

"你要玩儿就买你的。"

隋意讪笑："那还是算了吧。"

顾词看向她，脸上依旧没什么表情。

隋意心虚地问道："你应该……不生气了吧？"

"你觉得呢？"

隋意斩钉截铁地说："我觉得不。"

顾词回道："你的感觉错了。"

"那我这不是已经跟你道歉了吗？而且我的态度还挺积极诚恳的，请求你原谅。"

顾词倚在游戏机上："你指的积极诚恳就是给我发了一个表情包？"

"你都看见了也不回我消息，我想你可能正在气头上，就等你冷静冷静再说。"

顾词舔了舔牙，被气笑了，说道："你这是什么'渣男'言论？"

隋意咳了一声，摸着脖子："总归是这个道理吧，你都不理我，我说再多话又有什么用？以前我又不是没有解释过……"

她的后面半句话声音太小，顾词没听清："什么？"

隋意立即正色道:"没什么。"

她拿出手机看了一眼时间,不知不觉中,距离她进电玩城已经过去一个小时了。

隋意拉上行李箱:"挺晚了,我该回家了,拜拜!"

可隋意刚走两步,手腕就被人握住了。

她顿了顿,转过头看向身旁的人,视线不由得下移,落在他那只骨节分明的手上。

顾词缓缓松开她,收回手淡淡地说道:"我送你。"

"不……"

"都是一个学校的,你不用跟我客气。"

隋意:"哦,那走吧。"

两个人出了电玩城,远处太阳也正好落山。

由于放假,周围的学生已经很少了。

隋意拖着行李箱,和顾词并肩走着,脚步不快也不慢。

有几次她都想要不要针对一年前爽约的事情,再郑重地给他道个歉,但想着他这会儿还在因为其他事生气,也就算了,免得他一会儿又阴阳怪气地说她。

到了地铁站外,隋意开口道:"那我就先走了?"

顾词"嗯"了一声。

隋意朝他挥了一下手,转身拉着行李箱站在了电梯上。

看着她的身影消失在眼前后,顾词才收回视线离开。

隋意到家的时候,徐曼不在,整个屋子都被淹没在黑暗之中。

隋意摁开灯,进了卧室,把行李箱放下后,坐在客厅里开始点外卖。

徐曼几乎是和她点的外卖前后脚出现在家里的。

见隋意坐在餐桌前，徐曼皱了皱眉："怎么又在吃这些没营养的东西？"

"饿了。"

徐曼放下包，一边走向厨房一边挽起衬衣袖子："你等等，我去给你做。"

隋意拿起水杯喝了一口水："不用了，我快吃饱了。"

徐曼闻言作罢，站在她面前："这几天我都在家里，你想吃什么东西跟我说，我给你做。"

隋意默了默才回应道："都行吧。"

隋意从小吃饭就不怎么挑食，徐曼说道："那我就自己看着办了。"

"嗯。"

徐曼拉开椅子坐在她对面，似乎是犹豫了几秒才开口："你爸还是没有给你打过电话吗？"

隋意拿筷子的手停顿了几秒，随后她才淡淡地回道："没有。"

徐曼冷哼了一声："算了，不打就不打，就让他跟那个女人过去，我们以后和他没有任何关系。他找你，你也别理他。"

隋意吃得差不多了，起身收拾着垃圾："我吃饱了，去洗澡了。"

"好，去吧。"

隋意回卧室拿了衣服，直接进了浴室。

她刚洗完澡出来，徐曼的声音便传来："我给你热了杯牛奶，你喝了再去睡觉。"

隋意应声道："知道了。"

她端着牛奶进了卧室,把杯子放在床头柜上,趴在床上点开了一部电影。

等看完电影,隋意才想起牛奶还没喝。

隋意翻身坐起来,仰头喝完牛奶后,拿着空杯子往外走去。

一打开门,她就看到徐曼坐在餐桌前,面前还放着一个笔记本,正在打工作电话,神色显得有几分疲惫。

见隋意出来,徐曼看向她,示意她把杯子放在那里就行。

隋意进了厨房,把杯子洗干净放在旁边,又打开冰箱拿出之前点的水果,和水果又一起放在了徐曼面前。

徐曼下意识地抬头,似乎有些意外。

在她停顿的这几秒里,电话那头的人不知道说了什么,她收回思绪回道:"我在听,你继续说。"

隋意直接回了卧室。

上午,隋意刚从卧室里出来,就看见徐曼正在玄关穿鞋子。

徐曼开口道:"意意,我出去见个朋友,可能要晚上才回来,你今天也出去找同学玩儿吧。"

隋意"哦"了一声,走到餐桌前倒了一杯水。

徐曼拿上包:"妈妈要来不及了,你自己在家要小心啊。"

"知道了。"

几秒后,关门声传来。

隋意放下水杯,进浴室洗漱,然后回卧室换了衣服,拿上手机出门。

去超市的路上,隋意在便利店买了个面包和酸奶当早饭吃了。

到了超市,隋意推着小车,在零食区逛着,没一会儿小车里便堆了一堆速食产品。

隋意又到冷冻区拿了几盒酸奶,便去收银台结账。

回到家,她把买的东西一一放到了冰箱里,又把家里打扫了一遍。

做完一切后,她见已经十一点半了,便拿出自热火锅,往里面加了水,压上盖子,打开了客厅里的电视。

下午六点,徐曼打来电话:"意意,妈妈这边的事情还没有忙完,晚上就不回去了,你和同学一起去吃饭吧,想吃什么?妈妈给你钱。"

隋意淡淡地回道:"不用了,我有钱。"

"那行吧,你也别玩儿得太晚,早点儿回去。"

隋意没说太多,应了声便挂了电话。

她起身活动了一下,在沙发上窝了一下午,挺难受的。

隋意提着垃圾出了门。

这会儿夕阳还半挂在空中,远处的晚霞一大片一大片地连在一起,明媚得有些晃眼睛。

隋意扔了垃圾,在小区里转着。

不少年轻妈妈牵着蹦蹦跳跳的小孩子回家。

一对母子经过隋意身旁时,母亲正好在说:"妈妈今天买了鱼,回去就给你做红烧鱼吃。"

小孩子开心地说道:"我最喜欢吃红烧鱼了,妈妈,我还想吃排骨!"

"好,妈妈都买了,你想吃什么都给你做。"

两个人渐行渐远,隋意摸了摸脖子,坐在了人工湖旁边的长椅上,拿出手机,百无聊赖地刷着。

陶圆圆已经到马尔代夫了,一个小时前发了条和父母在海边玩儿的朋友圈。

隋意点了一个赞。

她再往下刷，宿舍的另一个女生也发了和男朋友见面的照片。

隋意继续点赞。

把朋友圈刷到两天前的，隋意才轻叹了一口气，退出微信。

放假也太无聊了。

回到家，隋意从冰箱里拿了一瓶酸奶，走到房间里拿出一本高数翻着。

徐曼是晚上十点回来的，敲了敲隋意的房间门："意意，睡了吗？"

隋意应了声："没。"

徐曼拧开门把手："意意，今天和同学去哪儿玩儿了？"

隋意回道："没出去。"

"怎么没出去？妈妈不是让你……"

"天太热了，不想动。"

徐曼说道："夏天都过了，哪里还热？明天早上妈妈去超市买菜，你想吃什么菜？"

隋意翻书的手顿了顿，默了几秒她才回道："都可以。"

徐曼没再打扰她，关上门出去了。

关门声传来后，隋意合上书倒在了床上，感觉有些累。

第二天，隋意起床的时候，没有在家里看到徐曼，徐曼应该是去超市了。

可到了中午，徐曼也没回来。

隋意习以为常地拿出手机，点了外卖。

晚上，徐曼回来，问道："意意，吃饭了吗？"

隋意坐在沙发上抱着一袋薯片看电影："吃了。"

"你别总是吃这些垃圾食品，妈妈今天有点儿事耽搁了，明天去超市，你想吃……"

隋意打断她的话："不用了，我什么都不想吃。"

徐曼张了张嘴，到底还是没说什么，进了卧室。

看完电影，隋意见已经九点了，便关了电视，回房间看书。

没过一会儿，她放在旁边的手机便振动了一下。

顾词发来一个句号。

隋意回了个问号过去。

顾词：你不是说我没回你消息吗？

隋意：……

隋意：那你这回消息的速度可真够快的。

距离她上次给他发那个表情包已经有一个星期了。

顾词：能回你消息就算不错了。

隋意：我谢谢你啊。

顾词：不客气，你应该的。

隋意放下手机，懒得理他。

过了十分钟，手机又振动了一下。

隋意呼了一口气，拿起手机，还是顾词的消息。

顾词：睡了？

隋意：没。

隋意用手机拍了一张照片发给他，又继续输入文字。

隋意：在看书。

她的言下之意是：你自己一边玩儿去吧。

顾词：你假期没出去？

隋意：没有。

见他没有再回复消息，隋意刚要放下手机，聊天页面里便弹出了一条新的消息。

顾词：明天陪我去一趟省图书馆。

隋意又发了一个问号过去。

顾词：找点儿资料。

隋意：我的意思是，我为什么要陪你去？

顾词：也可以是我陪你去。

隋意：……

这人可真是个聊天儿鬼才。

不等隋意拒绝，顾词便发过来一张截图。

那是放假之前校方发的一个公告，让大一新生每个班的学生在国庆节之后交一篇和近代史有关的文章。

隋意：你这次又是因为什么比赛耽误了？

顾词：生气比赛。

隋意干笑了两声，这真是一个不尴不尬的冷笑话。

她怕顾词抓住机会旧事重提，答应了。

隋意：知道了，去，去，去。

顾词：明天下午两点，我在省图书馆门口等你。

隋意：知道了。

回复完顾词，隋意也没心情看书了，洗了个澡便躺在床上睡了。

早上她一睁开眼，就听到了厨房里传来的动静，打着哈欠睡眼惺忪地出了卧室。

看见厨房里的身影,隋意一时间有些恍惚。

见她起来,徐曼笑道:"先喝点儿酸奶垫垫肚子,我刚买完菜回来,午饭都是你喜欢吃的菜。"

隋意点了点头,进了浴室洗漱。

上午的时间里,徐曼一直在厨房里忙活,隋意把洗衣机里的衣服晾了之后,便坐在客厅里看书。

这会儿阳光正好,晒得人懒洋洋的,却不似夏日里那般炎热烦闷,多了一丝温柔安静的气息。

没过多久,徐曼接了一个电话,急忙从厨房里出来:"意意,南城的分公司临时出了一点儿事,妈妈现在得过去一趟,来不及做午饭了,你自己点外卖吃吧。"

隋意收回思绪,淡淡地应道:"哦。"

吃了外卖,隋意回卧室换了衣服,见外面太阳有点儿大,又涂了水乳,抹了防晒霜和隔离霜,把太阳伞装在包里便准备出门。

她刚走出来,就见客厅里浓烟密布,一股什么东西被烧焦了的味道从厨房里传来。

隋意被呛得咳了两声,用手挥了挥面前的烟雾,连忙走了过去。

厨房的炉子还开着火,锅已经被烧黑了。

隋意快速关了火,打开窗子通风,又抽了两张厨房用纸垫在汤锅的把手上,准备将汤锅放到洗碗池里。

令她没想到的是,刚走两步,汤锅的把手突然脱落,汤锅毫无防备地摔在了地上,瞬间四分五裂。

下午两点半,顾词站在省图书馆门口,低头看了一眼腕表,脸色越来越冷。

如果他没猜错的话,她这次是又不打算来了。

远处,一片黑云将天空笼罩住,暴雨即将来临,还是同样的鬼天气。

顾词拿出手机,他二十分钟前给隋意发的微信,她依旧没回复。

他微抿薄唇,最后一次看向路口,随即转身离开。

而医院里,隋意包扎完伤口从诊室里出来,护士把她扶到了休息区那边,又把她的包拿给她:"你的手机之前一直在响,可能有事。"

隋意道谢:"谢谢。"

护士说道:"没事,你先在这里坐一会儿,我去帮你拿药。不过你最好还是让你的家人或朋友来接你,你这样没法儿回去。"

隋意点了点头,等护士离开后,打开包拿出了手机,见顾词在半个小时前给她打了两个电话,发了一条微信消息,问她到哪里了。

就在这个时候,一声闷雷响起,紧接着就是瓢泼的大雨落下。

隋意:"……"

真是见鬼了,要不要每次气氛都渲染得这么悲壮?

隋意连忙给他发消息解释。

隋意:不好意思,我出了点儿意外,现在在医院里,可能去不了了。

她等了几分钟,那边都没有回复消息。

隋意想了想,又发了一条信息。

隋意:你应该没有在等我吧?

不过这么大的雨，他也不傻，肯定早就进图书馆了。

隋意呼了一口气，刚要放下手机，顾词就打电话过来了。

隋意接通电话后，还没来得及说话，他的声音便快速传来："哪家医院？"

过了二十分钟，护士拿了药回来，正在给隋意说应该怎么使用的时候，一道修长的身影突然站在她们面前。

顾词的头发被雨水打湿了不少，身上的黑色短袖也湿了一大半，他单腿屈膝蹲在隋意面前，气息微喘地问："怎么受伤的？"

隋意看着他，愣了好几秒，似乎没想到他会过来。

刚才顾词问她在哪家医院，她还以为他是不相信她的话，就发了一个地址给他。

护士在旁边看着，八卦地问道："这是……你男朋友啊？"

直到护士的声音传来，隋意才收回思绪，摇了摇头："这是我的辅导员。"

护士震惊："居然还有这么帅的辅导员？"

隋意微微笑了一下以示回应，又看向顾词："不小心扭了脚，你……怎么来了？"

顾词的视线落在她被纱布包好的脚上，隔了几秒他才起身，淡淡地说道："我正好在附近，路过。"

隋意："哦。"

护士会心一笑，看破不说破，继续对隋意叮嘱着："这是烫伤药，虽然你的烫伤不严重，但避免以后留下疤，还是得涂，一天三次。"

说着，护士又拿出另一盒药："这是消炎的，还是一天三次，一次一粒。其他就没什么了，你记得三天后来换药就行。哦，对了，伤口不能沾水，最好还是别洗澡了。"

隋意点了点头，伸手接过药："谢谢。"

护士双手插在口袋里："不客气。"

顿了顿，她又看向顾词："辅导员，那等一下就麻烦你送她回去了。"

隋意愣了愣，想也不想地拒绝："不用了，我自己可以回去……"

"现在可和你来的时候不一样了，要是伤口裂开了你又得来一次，来来回回的，无穷无尽了。"

护士说完后，转身离开，深藏功与名。

隋意干笑了两声："她跟你开玩笑呢，你有事就先忙去，一会儿等雨小点儿，我自己打个车就回去了。"

顾词坐在她旁边，不紧不慢地开口："怕我知道你家在哪儿，上门报复？"

隋意："……"

被他这么一说，隋意倒真觉得也不是没有这个可能性。

毕竟加上这次，她都已经两次放他鸽子了，而且都是同样的暴雨天。

虽然她都有正当理由，但顾词不是说过一句话吗？不管有什么理由，结果都一样。

这说明不管她怎么解释，都没有用。

隋意不由得挺直了脊背，把头发别到了耳后，勉强镇静地说道："你这话说的，我们又没什么深仇大恨，我干吗怕你上门报复？"

顾词身体靠后，手臂搭在她身后的座椅上："那你怕什么？"

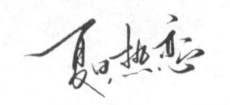

隋意狡辩道："我……我怕什么了？我是不喜欢麻烦别人，也觉得没那个必要。"

"知道了，那我走了。"

顾词的话音刚落，隋意还来不及反应，他便起身离开了。

隋意看着他的背影，脑袋歪了一下，大概是没有料到他会这么爽快。

没过一会儿，外面雨势渐小。

隋意将药放进包里，单着一只脚跳着往外面走去。

她到医院门口时，打车的人正多，网约车排号已经排到了一百多号。

隋意找了个人少的地方靠在墙上，几个 APP（应用程序）切换着，可始终没有司机接单。

她呼了一口气，把手机放进包里，正准备回去里面坐着，等人少了再走的时候，顾词却撑着伞走到她面前，冷峻的五官在杂乱的雨声中，平添了几分沉静气息，他慢条斯理地开口："没打到车？"

隋意："……"

这人就是来落井下石的。

隋意轻哼："这会儿打不到，不代表等会儿也打不到。"

顾词懒得和她费话："车在外面等着。"

"不用，我……"

"快点儿。"

隋意犹豫了一下，还没做好决定，顾词已经把伞放到她的手里，转身背对着她蹲下："上来。"

隋意见状愣了几秒，看到他被雨水浸湿的短袖后，没再拒绝，轻轻趴在了他的背上："我挺重的啊，你行不行？"

顾词背着她起身,头也不回地走进了雨幕里:"你这也叫重?"

隋意撇了撇嘴,一手把包抱在胸前,一手撑着伞。

出租车就停在医院旁边的路口,见顾词把人背过来了,司机连忙下车拉开车门。

顾词把隋意放在车上,自己拉开另一边的车门坐了上去。

司机系着安全带问道:"你们去哪儿啊?"

隋意报了地址,转过头看了一眼旁边的顾词,又打开放在腿上的包,从里面拿出卫生纸递了过去:"谢谢你啊。"

顾词接过卫生纸,抽了两张出来,"嗯"了一声。

外面这会儿雨似乎又下得大了点儿,落下的雨水汇集在一起,跟水帘一样铺在车玻璃上。

隋意呼了一口气,也不知道这雨什么时候会停。

路上有点儿堵车,原本十来分钟的距离,他们硬是用了半个小时才到。

这雨实在太大,隋意跟小区的保安说了声之后,让出租车把车开到了地下室。

隋意降下车窗,指挥着路,然后说道:"前面就可以了,靠边吧,谢谢师傅。"

车停下后,隋意拿好东西,打开车门正要下车的时候,一只骨节分明的手已经递到她面前。

见她没动,顾词出声道:"愣着做什么?快点儿。"

隋意"哦"了一声,伸出手握住他的手,借力下了车。

顾词问她:"怎么走?"

"什……"

"背还是抱?"

隋意瞬间觉得头皮有点儿麻，这要是被熟人看到了，不到明天，整个小区就能知道这事。

她回道："不……不用了，就这么吧。"

顾词没再说什么，让司机在这里等会儿后，扶着她的手臂往前走去。

隋意一路单脚蹦了过去，上了电梯，又累又热，伸手在面前扇了扇，偏过头看向顾词，想了想还是试探着开口："你还生气呢？"

顾词没看她，淡淡地反问道："生什么气？"

"就今天我……不是答应了你去图书馆吗？也没去，你不会一直在那里等我吧？"

顾词嗤笑了一声："我等你干吗？"

顿了顿，顾词又说道："在约好的时间你没来，我就走了。"

隋意说道："那就好，那就好。"

隔了几秒，顾词看向她："我没生气。"

"嗯？"

"你都这样了，我生什么气？除非你是故意不去。"

隋意认真地说道："既然都约好了，我是肯定会去的。如果不想去的话，我一开始就不会答应。"

顾词没说话，一言不发地看着她。

隋意笑容有些僵硬，不免因为之前的事而感到心虚。

刚好这时候，电梯到了。

隋意咳了一声，从容地开口道："到……到了。"

顾词把她送到门口："我走了。"

隋意打开门，意外地说道："你不进去坐坐吗，喝杯水？"

顾词忽地笑了一声，屈指在她的额头上弹了一下："别随便邀请男人进你家,知道是什么意思吗?"

隋意被他这个动作弹得蒙了几秒,反应过来之后说道:"我小时候还有男老师来家访呢,辅导员不也算是老师吗?"

顾词:"……"

回到家,隋意躺在沙发里,完全不想再动。

休息了一会儿,她单脚跳着进了房间,把身上的裙子换了下来。

由于伤口不能沾水,隋意也就只能用毛巾把伤口周围擦了擦。

等她从浴室里出来时,外面的天色比之前还要暗,雨还在不停地下,完全没有要停止的意思。

隋意站在阳台上,这么大的雨,如果不是顾词送她回来,只靠她自己的话,全身肯定都湿透了。

思及此,隋意回到沙发边坐下,拿起旁边的手机给顾词发消息。

隋意:你到家了吗?

顾词:没。

隋意:那你到家记得吃点儿感冒药,我看你的衣服都湿了。

顾词:你对男老师观察得倒挺仔细。

隋意:……

这人又是什么毛病?

隋意在对话框里输入了"今天的事谢谢你啊",看了一会儿,还是一一将其删除。

口头的谢意是最没诚意的,她还是等回学校请他吃饭好了。

隋意没再回复消息,拿起遥控器打开了电视。

一直到晚上八九点，外面的雨声才逐渐减小。

隋意窝在沙发上，点了一份牛肉粥。

她顺势点开了微信，却发现顾词在一个小时前给她发了两条消息，一条是感冒药的图片，一条是文字。

顾词：吃了。

隋意见状，不由得嘴角上扬。

她点开表情包，给顾词发了个做鬼脸的图片，随即放下手机继续看电影。

晚上，隋意躺在床上，刚要睡觉时，徐曼发了一条消息过来。

徐曼：意意，妈妈这边事情有点儿多，可能还要几天才能回去，你出去找同学玩儿吧。

隋意看了一眼，直接关了手机，闭上眼睛。

换作是前两年，她可能还会因为这些事和徐曼生气、吵架，但久而久之，也就习惯了。

在徐曼的心里，她的工作永远是第一位的，隋意和她抱怨或发脾气，也只会得到一句"抱歉"，以及"妈妈知道了，下次一定注意"。

可下次，下次，徐曼永远都有下次。

隋意用被子蒙住脑袋，一股烦躁感开始在胸腔里乱窜。

闷了几分钟，隋意掀开被子，坐在书桌前打开电脑，输入密码，登入了游戏。

她已经快一年没有登录游戏了，刚登进去，各种各样的消息和赠品便弹了出来。

隋意一一将页面关闭之后，点了单人模式，准备进去大杀四方。

由于她已经太久没有登录游戏了，段位掉了不知道多少，匹配到的全是机器人,对手几乎就是站在那里让她打。

可到了决赛圈时,她趴在草地里静静观望着,不知道哪里的枪声响起后,游戏结束。

隋意深深地吸了一口气,把键盘往前推了一下。

就这样她都拿不到第一名!

隋意刚要退出游戏,目光却停留在了好友列表上。

顾词的上次登录时间还是一年前。

隋意点开游戏对话框,看着上面的留言,整个人窝在了椅子里。

也就是说,他应该没有看到她的解释的话。

隋意无声地叹了一口气,又趴回了床上。

可是她一闭上眼,就是在医院时顾词突然出现在她面前的那一幕。

她繁杂的情绪,好像在那一瞬间平静了下来。

第二天中午,隋意正坐在书桌前看书,放在旁边的手机接连振动起来。

她转过头,见来电显示是顾词。

隋意拿起手机接通电话:"喂。"

顾词的声音淡淡的:"吃饭了吗?"

隋意闻言,看了一眼时间,才发现已经十一点半了。

她点了扩音,又打开外卖APP浏览着:"还没有……你等等,我先看一下吃什么。"

快速滑了一圈后,隋意也没找到想吃的东西,家附近的外卖她都吃腻了。

电话那头,顾词沉默了一阵后开口:"别看了。"

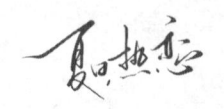

隋意全神贯注地在艰难抉择点什么外卖,没听清楚他说了什么:"啊?"

顾词又说道:"等着。"

"欸,你……"

隋意还没来得及说话,电话里便只剩一阵忙音了。

她放下手机,有些莫名其妙,他这是干吗呢?

隋意又坐了两分钟后,起身扶着墙跳到了厨房里,从冰箱里拿了一盒酸奶出来。

算了,这会儿她不是很饿,点外卖也不知道吃什么,晚点儿再看看。

隋意窝在沙发上,一边喝着酸奶,一边打开了最近新出的综艺节目。

过了半个小时,手机振动了一下,是顾词发来的消息,只有两个字。

顾词:开门。

隋意愣了愣,用了好几秒才反应过来。

她起身慢慢走到门口,打开门,探了一个脑袋出去,却没看到有人。正当隋意准备关门的时候,她看到门边放着一个保温桶。

隋意弯腰把保温桶拿了起来,走到门外看了一眼四周,依旧没有人。

他应该是把东西放下就走了。

隋意关上门,提着保温桶回到了沙发上。

她捡起落在地毯上的手机,拨通了顾词的电话号码。

电话通了之后,隋意轻声问:"你走了吗?"

顾词"嗯"了一声:"还有事?"

隋意看着面前的保温桶,一时竟然不知道该说什么。

半晌,隋意才说道:"谢谢你啊。"

"吃不完扔了也是浪费。"

隋意翘了一下嘴角："哦。"

顾词说道："行了，赶紧吃，挂了。"

隋意放下手机，打开保温桶，看着里面还散发着热气的饭菜，食欲瞬间就被勾了上来。

她从厨房里拿出勺子，正要开始吃饭的时候，却发现最下面一层还有玉米排骨汤，新鲜又浓稠。

隋意喝了一口汤，有些烫，便伸手在嘴巴面前扇了扇风，把汤咽下去后，握着勺子开始吃饭菜。

这比她最近点的外卖要好吃几百倍。

不知不觉间，隋意吃完了所有饭菜，就连汤也喝得干干净净。

她打了一个饱嗝儿，舒服地窝在了沙发上，感觉好久没有这种满足的感觉了。

接下来的两天，隋意每天都能收到不同的午餐，除了排骨汤外，还有鱼汤和乌鸡汤。

她不得不感叹，顾词家每天吃得也太丰盛了。

不过顾词还是和之前一样，把东西放在她家门口就走了。

到了要去换药的那天，隋意怕下午天气又出现什么变化，一早便起来了，收拾了一下之后，拿着包刚准备出门，顾词的消息便发了过来。

顾词：什么时候去换药？

隋意：现在去了。

她到楼下时，太阳正好出来。

隋意从包里拿出太阳伞，撑到一半儿的时候，突然看到顾词朝她走了过来。

恍惚间，隋意还以为自己看错了，把伞往旁边挪了挪，重新看向那道身影，停顿了好几秒。

等顾词走近后，隋意问道："你怎么来了？"

顾词停在她面前，没有回答，只是淡淡地开口："你就打算这么跳着去？"

隋意闻言，低头看了一眼自己单着的一只脚："我之前去医院的时候，也是这么去的，到了小区外面就能打车。"

"下楼走两步路就能累死你，跳得还挺有劲儿。"

隋意："……"

他怎么又旧事重提？

她小声反驳："那是无效运动，我这也是没有办法。"

顾词说道："没办法就不知道想办法？"

隋意觉得他说得有道理，想了想掷地有声地说："那我一会儿去医院换药的时候，顺便买个拐杖。"

顾词："……"

他一度有把她扔在这里自生自灭的想法。

顾词问道："走不走？"

隋意点头："走啊。"

她重新撑起伞，深吐了一口气，正准备往前走，手腕就被握住了。

顾词的嗓音没什么情绪："在这里等着。"

隋意还没来得及出声，他便已经走了出去。

几分钟后，顾词推着一辆快递站常用的板车回来了。

隋意满脸疑惑的表情。

顾词看向她，偏了一下脑袋，示意她坐在上面。

隋意见板车上还放了一个小凳子，满脸都写着拒绝之意："不……不用了吧……"

"快点儿。"

"我自己真的可以，没必要。"

顾词不说话，面无表情地看着她。

隋意下意识地咽了咽口水，总感觉自己要是不答应的话，他就能用这车把她的尸体搬运出去。

想着白吃了他几天午饭，她只能咬着牙，被迫屈服。

隋意坐在板车上，十分庆幸自己带了伞。

她缩成一团，把伞举在头顶，将自己遮得严严实实的，就算徐曼来了也认不出伞底下的人是她。

板车推得很慢，一路上隋意都没怎么感觉到颠簸，可出于紧张，她还是用另一只手紧紧地抓着旁边的不锈钢杆子。

她感觉这辈子就没这么丢脸过。

过了十来分钟，顾词出声道："到了。"

隋意把伞扬起来一点儿，往四周看了看，确定是在小区外面后，连忙跳了下来。

顾词说道："我去还东西，你待在这里别动。"

隋意撇嘴："哦。"

她找了处树荫儿下站着，拿出手机开始打车。

顾词回来时，车也到了。

第五章

别爱我，没结果

坐在车上，隋意仔仔细细地整理着伞。

顾词瞥了她一眼："这才早上，紫外线没那么强。"

隋意将伞装在包里，随口说道："像我这种细皮嫩肉的美女，是一点儿紫外线都不能晒到的，你不懂也正常。"

顾词懒得理她，看向车外。

前排的司机听了这话，忍不住笑出了声。

隋意："……"

她都忘记这是在车上了。

隋意转过头，偷偷瞪了顾词一眼，都怪他，好端端地乱说什么？

似乎察觉到她的目光，顾词收回视线，看向她，微抬眉梢。

隋意朝他吐了吐舌头做着鬼脸，又快速恢复正常，看向前方坐得笔直，一脸正经，一副两耳不闻窗外事的样子。

到了医院，隋意进诊室换药之后，顾词便坐在外面等着。

没过一会儿，唐季打电话过来了。

顾词接通电话，语气很淡："说。"

唐季问道："你跑哪儿去了？我昨晚回学校就没看见你。"

"回家了。"

"你爸妈回来了？"

"没。"

唐季疑惑："那你回去干什么？"

顾词只说道："没事挂了。"

唐季连忙说道："欸，欸，欸，别嘛，林加禾还没回来，我一个人多孤单，一会儿打球去？"

"有事。"

"这大早上你能有什么事？"

这时候，诊室的门被打开，隋意扶着门框单脚跳了出来。

顾词见状，直接挂了电话，收起手机起身。

里面的医生叮嘱道："一个星期后纱布就可以拆了，要是不方便过来的话，随便找个小诊所拆了都行，这几天伤口还是别沾水。"

隋意回过头："谢谢医生。"

她拉上诊室的门，看向等在外面的顾词："我们走吧。"

出了医院，隋意被外面的太阳照得有些睁不开眼睛，伸手挡住，突然想起什么，转过头对顾词说道："对了，你之前不是说要交那个文章，现在去图书馆还来得及吗？"

顾词站在她旁边："不用了。"

"啊？"

"我找其他人写了。"

隋意"哦"了一声，从包里拿出太阳伞撑在头顶，正要往前走

时,又犹豫了一下,将伞举到了顾词的头顶:"走吗?"

顾词侧目,凝视了她几秒后,从她手里接过伞,轻轻"嗯"了一声。

出医院的路上,隋意没要他扶。她刚才问过医生了,左脚的伤口已经结痂,可以落地了,就是扭伤还需要再注意点儿。

走路的时候,疼也是真疼,隋意一瘸一拐,走得很慢。

顾词也不着急,撑着伞缓缓地走在她旁边。

等终于上了车,隋意感受着空调吹来的冷意,用手扇了扇风,又累又热。

顾词把收好的伞递给她,看了一眼时间:"中午想吃什么?"

隋意伸手接过伞:"你想吃什么?我请你吧。"

顾词扬了一下眉。

没等他说话,隋意便继续说道:"不用客气,我应该的。"

她从来就不喜欢欠人情,尤其这几天顾词对她的帮助,已经到了让她寝食难安的地步。

顾词看向窗外:"等你的伤好了再说。"

隋意张了张嘴,又把话咽了回去。

也是,她现在这个样子,去哪里都不方便。

车开了一会儿后,隋意也没之前那么热了,想了一下,问道:"你每天中午送的饭菜,都是你妈妈做的吗?"

半晌,顾词才开口:"嗯。"

隋意来了几分精神:"你妈妈的厨艺也太好了,下次有机会我能请她吃饭吗?顺便感谢一下她。"

"没机会。"

隋意:"嗯?"

顾词收回视线,看向她,不着痕迹地舔着牙,解释道:"她去外地了,不知道什么时候能回来。"

隋意略显遗憾:"那好吧。"

她还是看看有什么合适的礼物送阿姨好了。

总归不管是顾词的人情,还是顾词的妈妈的人情,她都不能总欠着。

隋意回学校那天,正好是中秋。

她是第一个到宿舍的。她把行李箱收拾好之后,反正也没什么事,就把宿舍打扫了一遍。

做完一切事情,隋意趴在阳台的栏杆上看着楼下的景致。

这会儿刚过中午,回学校的人很少,大家应该都是等吃了晚饭再回来。

隋意发了一会儿呆,坐在座位上,拿出了一本《金融学分析》看着。

不知不觉中,远处的太阳落山,天色逐渐暗了下来。

隋意看了一眼时间,见已经快到七点了,便伸了个懒腰,拿着钥匙出门了。

经过这几天休养,脚踝已经好了很多,虽然她仍不能正常走路,但至少也不用跳着走了。

隋意下了楼,直接往学校外面走去。

她这样还是别去爬楼梯了,丢人。

隋意到和陶圆圆她们经常去吃的小餐馆打包了一份饭之后,慢吞吞地往回走着。

她刚走没一会儿,身后便传来一道女声:"省状元?"

隋意回过头去:"学姐。"

孟宁音走到她面前:"你怎么了,是受伤了吗?"

"对,一点儿小伤,已经快好了。"

孟宁音说道:"这里离学校还有一段距离,我扶你吧。"

"不……"

隋意刚开口,孟宁音已经挽住她的手臂:"没事,反正我也是要回学校的。"

隋意也没法儿拒绝了:"谢谢学姐。"

孟宁音扶着她往前走着:"开学已经有一个多月了,还习惯吗?"

"挺好的。"

"我听说你是你们班的班长,事情很多吧?"

隋意扯了扯嘴角:"是有点儿。"

孟宁音说道:"你要是忙不过来就跟顾词说,其实他人挺好的。"

隋意从来不是一个八卦的人,这会儿却犹豫了一下,问道:"学姐,你和他……?"

"我和他是一个课题组的成员,所以接触的时间会多一点儿。"孟宁音笑道,"不过有很多人觉得我们是一对情侣,我解释过几次,但好像没什么作用,也就懒得管了。顾词向来不在意这些事,估计更没将此事放在心上。"

"这样啊。"

那有人说顾词是"海王",确实有点儿冤枉他了。

两个人又随便聊了一会儿后,到了宿舍楼下。

但大一和大四的学生,不在一个宿舍楼里。

隋意道谢:"谢谢学姐,那我先上去了。"

孟宁音说道:"要不我还是送你到宿舍吧。"

"没事,我自己可以。"

"那行,我先走了,拜拜,有什么需要你给我打电话。"

隋意朝她挥手:"学姐再见。"

等孟宁音走远之后,隋意收回视线,刚想往宿舍走去,却看见顾词就站在不远处的路灯下。

他什么时候站在这里的?

顾词走了过来:"去哪儿了?"

隋意下意识地提起手里的东西:"去外面买饭。"

顾词瞥了她手里的东西一眼:"就吃这个?"

隋意反驳道:"这个挺好吃的。"

顾词闻言,伸手拿过她手里的袋子。

"欸,你……"

"你不是说请我吃饭?"

隋意一时哑然,找着借口:"那也不能吃这个吧,显得我多没诚意?"

最关键的是,这是她的晚饭啊!

顾词把旁边座椅上的保温桶递给了她:"你吃这个。"

隋意愣了愣:"你妈妈回来了?"

"嗯。"

"那她……"

"又走了。"

隋意:"哦。"

隋意拎着保温桶回到宿舍的时候,陶圆圆和简乐她们已经回来

了,正在收拾行李箱。

陶圆圆出去玩儿的这趟被晒黑了不少,也给她们每个人都带了礼物。

她送给隋意的是一个穿着白裙子的女生人形公仔娃娃。

陶圆圆激动地说道:"我当时在免税店看到这个的时候,就觉得超级可爱,而且和你挺像的。我记得你好像有个男生人形公仔吧?它们正好可以凑成一对!"

隋意:"……"

默了片刻后,隋意说道:"谢谢,我很喜欢。"

"哈哈哈,喜欢就好!"陶圆圆看着她旁边的保温桶,反应过来,"你还没吃晚饭吗?那你快吃吧,我先去收拾东西了。"

隋意轻轻点头:"好。"

她打开保温桶,一层一层地将东西取了下来,等取到最后一层时,却发现里面放的是一个月饼。

隋意见状愣了几秒,不由得翘起嘴角,心里也多了几分暖意。

她其实已经很多年没有吃这个东西了。

身后,陶圆圆她们也在讨论今年什么馅儿的月饼好吃。

中秋节的气氛瞬间被拉满了。

吃完饭,隋意把保温桶洗干净后放在柜子里,准备找个机会还给顾词。

她上床之后,看着床边穿着裙子的公仔娃娃,又看向放在床头、脑门儿上被她写了"顾词"两个字的娃娃,不由得挠了挠眉头。

思考了片刻,她还是把它们放在了一起。

一对就一对吧,两个娃娃而已,她较什么真儿?

躺在床上，隋意想了想，还是拿出手机点开了和顾词的聊天儿对话框。

隋意：月饼我吃了，谢谢。

隋意：也替我谢谢你妈妈。

隔了几秒，她继续发消息。

隋意：中秋快乐。

很快，她便收到了回复。

顾词：中秋快乐。

隋意看见这几个字，脸上出现了一丝笑容。

她正准备睡觉时，视线却不经意间瞥向了床头的两个娃娃，嘴角的笑意瞬间收了起来，伸出手快速地把它们分开了，一个在床头，一个在床尾。

做完这事她才心满意足地闭上了眼睛。

顾词刚放下手机，唐季就推开宿舍的门走了进来。他怀里抱着个篮球，满头大汗，问道："顾词，你这个假期去你表姐那儿了？"

"没。"

"那你回家干吗？"唐季把篮球放在角落里，靠坐在他旁边，百思不得其解，"你以往放假不都住学校吗？你爸妈也没……"

这时候，宿舍的门被推开，林加禾走了进来："你们聊什么呢？"

他走了几步，看见顾词桌前的食盒，疑惑地问道："欸，我之前在楼下看见你提着保温桶来着，马不停蹄地跑回来想看看有什么好吃的东西，怎么变成这个了？"

顾词："……"

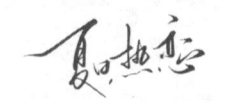

唐季一脸疑惑的表情。

顾词转过身，面无表情地问道："你们两个没事做吗？"

唐季意味深长地"噢"了一声："你最近不太对劲儿啊。"

林加禾八卦地问道："还是之前买奶茶的那个姑娘吗？你到底到什么进度了，行不行啊？"

唐季勾着林加禾的脖子："你这话说的，男人怎么能说不行？"

顾词："都滚。"

到了拆纱布那天，陶圆圆陪着隋意一起，在学校附近找了一个小诊所。

等纱布被拆下来之后，隋意看着脚踝上方那道一厘米长的疤，没说话。

医生说道："别担心，现在祛疤的药膏那么多，科技也发达，你这个疤要不了多久就能消掉。"

这安慰的话，也并没能让隋意心情好转。

她到底是年轻爱漂亮的女孩子，平时连防晒都那么注重，现在留下了这么丑的一个疤，没个三五天，情绪是很难调整过来的。

隋意刚出诊所，陶圆圆就抱着半个西瓜跑了过来："怎么样，好了吗？"

隋意轻轻点头："好了，走吧。"

"简乐刚才给我打电话，说学长他们在体育场上打篮球，我们快过去吧！"

陶圆圆说着，一只手抱着西瓜，另一只手拉着隋意往前走去。

隋意对这些比赛其实没什么兴趣，不过这会儿回宿舍也是闷闷不乐，倒不如去看看阳光朝气的帅哥转移注意力。

等她们到篮球场的时候,四周的人已经围得里三层外三层了。

两个人站在人群外都能听到震耳欲聋的尖叫声。

不远处夕阳落下,余晖正好笼罩着篮球场,人这么多,更是平添了几分炎热感。

隋意突然觉得,回宿舍似乎是一个不错的选择。

还没等隋意说走,陶圆圆已经拉着她钻进了人群中。

简乐她们提前把位置占好了,两个人过去正好有空位。

"你们怎么才来呀?上半场都快完了。"

陶圆圆看着篮球场,喘着气说:"我们已经够快了……欸,现在比分怎么样,谁领先?"

简乐回道:"学长他们,32:6,绝对稳赢!"

隋意听着她们的对话,下意识地抬眼,正好看见一道白色的身影从面前跑过,视线不由得跟了过去。

顾词以往都是穿黑色衣服居多,这会儿看到他穿着白色的球衣在球场上奔跑,阳光就落在他身后,隋意一时间有些恍惚。

第一次见到顾词时,隋意觉得这个人也就是一张脸好看,实际上刻薄又讨厌。

当知道顾词就是他们的代理辅导员,又认出他还是一年多以前被她"放鸽子"的那个游戏队友时,隋意第一反应就是觉得倒了八辈子霉,想逃却逃不掉。

事实证明,她的担心也不是多余的,他确实经常找她的麻烦,让她做这做那的。

不过接触一段时间下来,她又发现,他除了总爱损她之外,对她并没有什么实质性的报复行为。

最让她觉得意外的是,假期受伤的时候,顾词总会那么巧地从

她附近路过。

虽然她一开始就很直白地问过顾词是不是对她有意思,他无不例外地嘲讽她想太多,可她又不是傻子,他都做得这么清楚了,她怎么可能不知道他是什么企图?

唉,怪她魅力太大,一不小心就让他着迷了。

随着哨声响起,上半场比赛结束。

顾词走到一旁,拿起地上的水瓶拧开,仰头就喝。

一滴汗水从他的下颌处滴落,沿着滚动的喉结往下滑。

隋意见状愣了愣,眼皮跳了跳,连忙收回了视线。

这时候,站在隋意旁边的简乐震惊地吼道:"隋意,你的脸怎么红了?"

隋意诧异地问道:"什么?"

陶圆圆闻声也看了过来:"真的耶!"

隋意原本白皙的脸上泛着淡淡的红晕,眼睛里也泛着几分涟漪。

隋意下意识地抬手摸着自己的脸,好像是有点儿烫。

她眼神闪躲,含混地回道:"可能是刚刚跑过来有些急,加上天气太热了。"

简乐把手里的小风扇递给她:"那你吹吹吧,别中暑了。"

隋意接过小风扇,扯了下嘴角:"谢谢。"

她一口气还没松下来,转过头时,正好对上不远处那道波澜不惊的视线,目光相触之际,隋意觉得她要炸开了。

果然她看到不该看的东西后,就会倒霉。

她从容地站在那里,一手拿着小风扇,一手拨了拨耳边的头发,保持镇定,尽量让自己看起来显得心无旁骛一些。

顾词只看了她一眼,便收回了视线,嘴角不着痕迹地弯了一下。

隋意有个可能连她自己都没察觉的小习惯,每次当她紧张或者强装平静时,她都会把头发别到耳后,借此来掩饰内心的波动。

唐季他们正在讨论下半场比赛的战术,对顾词喊道:"你喝个水怎么喝那么久?"

顾词随手把空瓶子扔进了垃圾桶里:"来了。"

他们这场不是正规比赛,就是之前和工程系的人约好的一场球赛。

等讨论完战术之后,唐季搭着顾词的肩四处看着,随即八卦地问道:"欸,今天人挺多的,你追的那姑娘来了吗?一会儿让我见见?"

顾词面无表情地把他的手拨开:"打你的球。"

后半场比赛和前半场差不多,顾词他们队的节奏一直控制得很好,几乎是轻轻松松便赢了这场比赛。

球赛结束后,围在篮球场边的人也逐渐离去,四周瞬间就显得空了许多。

陶圆圆和简乐她们都收到了社团的消息,让过去打卡。

隋意没什么事,就抱着陶圆圆的那半个西瓜,坐在篮球场的长椅上等她们。

这会儿夕阳已经彻底落了下去,天色变得灰白。

隋意正漫无目的地盯着远处发呆时,一道挺拔的身影在旁边坐下,淡淡的男声响起:"纱布拆了?"

听见他的声音,隋意收回视线,下意识地"啊"了一声。

昨晚顾词给她发过消息问她这件事,她说室友陪她去,顾词就

没再回消息了。

隋意扭头看向他:"你不是走了吗,怎么又回来了?"

顾词回道:"东西忘拿了。"

隋意又看向前方:"哦。"

顾词往后靠,将手肘放在椅背上:"谁惹你了?"

隋意语气闷闷地出声:"没有。"

"那你怎么一副谁欠了你钱没还的样子?"

隋意:"……"

这人真讨厌。

沉默了一会儿,隋意冷不丁地开口:"别爱我,没结果。"

顾词:"嗯?"

隋意叹了一口气:"我知道我很优秀,令你无法自拔,但我们两个不合适,我现在也没有谈恋爱的打算,你换别人喜欢吧。"

片刻后,顾词舔了舔牙,缓缓开口:"你是不是对自己有什么误解?"

隋意说道:"你不用再否认,我都看出来了,我也理解你的自尊心不允许你被拒绝,但我觉得这种事还是应该早点儿说清楚比较好。"

"你从哪儿看出来的?"

隋意本来不想说透的,既然他要问,那她也就没什么好顾忌的了。

"之前你千方百计地想要和我吃饭就不说了,假期我受伤的那段时间,你还每天给我送饭,陪我去医院,这难道还不够明显吗?"

顾词笑了一声,没说话。

隋意转过头看向他:"你这是承认了?"

过了一会儿,顾词才出声:"你假期不是一个人在家吗?"

"是……"隋意顿了顿,脸上满是意外之色,"你怎么知道的?"

"用眼睛看出来的。"顾词慢悠悠地说道,"你都那样了,我能放着你不管?毕竟也是一条人命。"

隋意:"……"

她沉默了足足两分钟,愣是找不到话来接。

隋意哪能想到,居然是这个原因。

不过也是,不管她是去医院还是回家,又或者是再去换药,一直都是一个人。

顾词虽然没问,但其实也不难猜到事实。

隋意望向天空:"今天晚上月亮挺圆的。"

顾词微抬眉头,顺着她的视线看了过去:"嗯,挺圆的。"

隋意这才后知后觉地意识到自己说了什么,连忙起身把半个西瓜放到了他的怀里:"这个请你吃了,不用客气。"

说完,她急匆匆地离开了。

顾词收回手,看着她的背影,嘴角的笑容淡了几分,拿起西瓜起身。

闷着头跑出老远之后,隋意才长长地呼了一口气,用手扇着风。

她大意了。

不过这也不是她第一次当着顾词的面说这些话,熟能生巧,倒也习以为常了。

隋意到学校外面去买了一个大西瓜,在校门口没等多久,陶圆

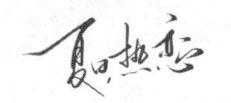

圆和简乐她们就回来了。

陶圆圆瞪大了眼睛:"这西瓜……怎么长出来一半儿?"

隋意干笑着解释:"刚刚那个被我不小心摔坏了,我重新买的。"

好不容易回到宿舍,隋意洗完澡后,便坐在椅子上看祛疤的产品。

陶圆圆切了一块西瓜给她,感慨道:"我真是没想到,学长不仅长得帅、成绩好,关键是打篮球也那么厉害,没有什么事是他不会的吧。"

简乐吐了西瓜子儿,跟着开口:"我听他们系的人说,他打游戏也很牛。"

说着,简乐又叹了一口气:"可惜现在不玩儿了。"

隋意滑着屏幕的手顿了顿。

陶圆圆和另一个女生看向简乐,同时问道:"为什么?"

简乐放下西瓜,神秘兮兮地八卦着:"好像是他前年打游戏的时候网恋了,这还不是重点,重点是他网恋奔现的时候被'放鸽子'了,对方好像是个'渣女',只想靠着他游戏上分。"

隋意震惊不已:"网恋?"

她怎么不知道这回事?

陶圆圆愣了愣,眨着眼睛接道:"还奔现?"

简乐点头:"很离谱儿吧,没想到学长居然还会网恋,而且……他还是被'渣'的那一个,怎么想都觉得匪夷所思。"

另一边,林加禾回到宿舍,刚打开灯,就看到了面无表情地坐在座位上的顾词。

他被吓得倒退了两步,反应过来后才问道:"唐季他们不是吃饭去了吗,你怎么没去?"

"没胃口。"

林加禾迟疑了一下,试探着开口:"又失恋了?"

顾词转过头,目光冷淡。

林加禾连忙说道:"开玩笑,开玩笑,不是,主要你这脸色真跟前年网恋奔现被'渣'那会儿一模一样。"

说到这里,林加禾又忍不住在心里嘀咕,顾词这千万里挑一的脑子跟长相,怎么感情路就这么坎坷呢?

顾词动了动眉头,似乎想说什么,又忍了下去。

过了一会儿,他才说道:"你也觉得我喜欢她?"

"谁?"林加禾愣了愣,"那你又是买奶茶,又是送饭的,还不是喜欢?"

顾词说道:"买奶茶是因为让她做事。"

林加禾继续说:"那送饭呢?"

"她受伤了,总吃外卖没营养。"

林加禾长长地"哦"了一声,不紧不慢地说道:"怎么没见你对孟宁音也这么好?"

顾词:"……"

林加禾拉了椅子坐在他旁边:"说真的,网恋那事都过去这么久了,你也别放在心上了,要是这个人不行,我重新给你介绍一个。"

顿了顿,林加禾又说道:"你班上那个省状元长得漂亮,又是个学霸,正好还是这么多年唯一一个答对你出的题,进我们社的人,你们两个这不是天作之合?"

顾词冷笑了一声:"我谢谢你。"

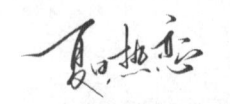

林加禾深藏功与名，抬手表示："客气了，客气了。"

顾词懒得理他，起身去了阳台。

林加禾看着旁边无人问津的半个西瓜，朝他的背影喊道："欸，这瓜你不吃我吃了啊？"

站在阳台上，顾词拿出手机，点开了和隋意的对话框，不知道在想什么。

听着简乐说的话，隋意何止觉得离谱儿，事实简直和简乐说的情况相差十万八千里，完全对不上号。

她甚至开始怀疑，这个网恋事件中的"渣女"到底是不是她了。

顾词游戏打得那么厉害，想要抱他的大腿的人，应该不止她一个吧？

但……靠着他游戏上分，约好了见面又"放鸽子"，这种巧合还是很少见的。

可他们就是游戏好友的关系啊，怎么到头来就成网恋奔现的时候，她把他给"渣"了？

晚上，躺在被窝里，隋意翻来覆去睡不着。

她从枕头下摸出手机，点开了和顾词的对话框，输入了好几行字却又都一一删除了。

不行，不行，她要是就这么问，那就不打自招了。

隋意退出对话框，胡乱刷着朋友圈。

没几下，她便刷到孟宁音几个小时前发的一条分享生活的朋友圈。

隋意忽然想起孟宁音说过，她和顾词谈恋爱的事也是以讹传讹,解释了还没人听。

这样的话,关于网恋那事估计也是被人夸大其词地传出来的。

只要不是顾词因爱生恨故意诋毁她就行。

思及此,隋意看向那对不知道什么时候又靠在一起的公仔,伸手强行分开了它们。

她倒也不是自恋,就是觉得这种事应该从根源上阻断。

转眼间,大一上学期已经过去大半,进入深秋后,天气也越来越冷。

隋意涂了一段时间的祛疤膏,见没什么效果,耐心告罄,将药膏扔在一边了。

不过唯一值得庆幸的是,自从上次她对顾词说了那番话后,他除了给她发一些学校的公告和让她去系主任室拿资料外,便没再因为其他事找她了。

他们见面的次数更是屈指可数。

大概也是觉得她说的话有几分道理,顾词开始避嫌了。

十一月中旬,隋意接到了孟宁音的电话。

下个月就是学校一年一度的音乐会,孟宁音问她愿不愿意参加。

隋意正好闲得无聊,答应了。

第二天下课之后,她就去了礼堂。

孟宁音远远看见她便挥手:"这里。"

隋意走了过去:"学姐。"

孟宁音拉着她坐在了椅子上:"我正在排节目单呢,你想要表演什么节目?"

其实隋意小时候还是学过不少才艺的，但都只是学了一段时间就没兴趣了。

甚至在上高一的时候，她还偷偷跑去学过相声，后来发现她实在没有那个天赋，还是学习这种只用动脑子的事适合她。

隋意想了想，问："只唱歌行吗？"

孟宁音点头："当然行了，你定好歌后发我就行了，至于伴奏……"

孟宁音四下看了看："吉他可以吗？"

"可以。"

"好，那就这么定了。"孟宁音拿起东西起身，"为了感谢你支持我的工作，我请你吃饭吧？"

隋意婉拒道："学姐不用客气，我室友还在外面等我。"

孟宁音说道："这样啊……那就改天吧。"

隋意微微笑了一下："那我先走了，学姐再见。"

回到宿舍，隋意戴上耳机打开音乐播放器，哼着调子开始选歌。

当天晚上，隋意就把选好的歌发给了孟宁音。

歌曲定下来之后，孟宁音也把给她伴奏的人找好了，是音乐系大三的一个男生。

男生没有听过这首歌，调子总是出错，排练了好几次才逐渐找到感觉。

很快便到了音乐节那天，隋意要出宿舍去彩排时，陶圆圆给她加油："我们就是你最坚强的粉丝团，冲！冲！冲！"

隋意轻轻笑了一下："你们早点儿来，不然前面的位子没了。"

她刚到礼堂，就看见给她伴奏的男生正匆匆往外走。

孟宁音追了出来:"音乐会还有两个小时就开始了,你……"

男生回道:"学姐,我也没办法了,我女朋友早上喝水被烫到了,跟我闹了一天的脾气,说我要是再不去找她,她就要跟我分手了。"

路过隋意身边时,他又说道:"不好意思,你们想想其他办法吧!"话音未落,他已经跑远了。

隋意满脸震惊之色,喝水被烫到了,这也行?

孟宁音走到她的旁边,叹了一口气:"你先进去准备吧,我去想办法。"

隋意收回思绪:"学姐,实在不行的话,就把这个节目取消吧。"

"那怎么行?你准备了这么久,现在取消多可惜?"孟宁音回道,"放心,我有办法,你先进去,我马上回来。"

隋意刚进后台,就有女生过来拉着她去换衣服,化妆。

孟宁音之前去租借礼服的时候,给隋意发过照片,她最后选了一条黑色长裙。

不过看照片的时候她没发现,这条长裙竟然还有细碎的闪片,很有舞台效果。

弄完妆发,女生问道:"你穿高跟鞋吗?"

隋意摇了摇头:"不用了吧,我穿不习惯。"

"也行,反正你这么高,不穿高跟鞋也没事。"女生又说道,"那我先过去了,你有事叫我啊。"

隋意应道:"好,谢谢。"

她拿起手机,走到前面的舞台边,其他节目的人正在彩排。

隋意看了一眼之前孟宁音发给她的节目单,下一个节目就是她

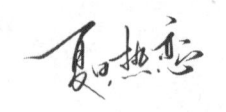

的了。

看样子，节目估计悬了。

隋意转身，到了走廊上，准备在自动贩卖机上买瓶水，结果有一个男生红着脸过来问她要微信。

隋意微微笑了一下："不好意思，我的手机没电了。"

男生似乎并没有因此而放弃，而是看向了旁边的自动贩卖机。

而好巧不巧地，隋意刚点了扫码支付。

隋意："……"

场面一度变得尴尬与胶着。

男生也没有拆穿她，拿出了手机："那我帮你付吧。"

"不……"

"用的，用的，等你的手机有电了，你再把钱转给我吧。"

隋意真恨不得抽自己两个嘴巴子，找的什么烂借口？

就在男生准备拿起手机扫码的时候，突然有只骨节分明的手出现在他们面前，取消了扫码支付的页面，重新按了下按钮，放入了十块钱的纸币。

紧接着，自动贩卖机里掉了两瓶水出来。

顾词弯腰，把水拿起来之后递了一瓶给隋意："你的？"

隋意回过神来，下意识地伸手接过水："谢谢。"

顾词淡淡地"嗯"了一声，迈着长腿往前走去。

隋意对男生礼貌性地点头，随即也转身离开。

男生看着这一幕，整个人都呆住了。

还带这么截和的？

顾词走在前面，明显也没有要等人的意思，隋意也没去追他，而是慢悠悠地走着。

等她重新回到后台，孟宁音已经回来了。

她对隋意说道："已经找到人了，我们去彩排吧。"

隋意愣了愣："这么快？"

孟宁音回道："我求了他好半天呢，总之先凑合着试试吧，不行就再想其他办法。"

刚站上舞台，隋意就看见了不远处正在调试吉他的顾词。

隋意："……"

这么离谱儿，他到底有什么是不会的？

孟宁音走过去，问道："好了吗？"

顾词抱着吉他，停下手里的动作："好了。"

孟宁音又去拉隋意："来的路上我已经把曲子给他听过了，先来试试。"

隋意勉强地挤出一丝笑容："好。"

她接过其他学生递过来的话筒，深深地呼了一口气，调整着自己的情绪。

孟宁音退到舞台下，很快，全场灯光暗了下来。

等灯光再亮起时，身后的吉他声也缓缓响起。

唱完一首歌，隋意意外地发现伴奏声完全没有中断，也没有卡顿，一直都很流畅。

顾词和她的配合出乎意料地默契。

隋意转过头看向顾词，刚想要开口，孟宁音便走了过去："可以啊，你只听一遍就记住了？"

顾词回道："以前听过。"

隋意闻言，有些意外。

Better Than A Hallelujah 这首歌已经是十年前的了，而且有些小

众,她没想到顾词居然听过。

孟宁音说道:"那你们再来一遍吧,刚刚算练习,这次是正式彩排了,没问题的话,我们就进行下一步了。"

彩排结束后,隋意慢吞吞地走在顾词后面,几次张嘴,却都是欲言又止。

忽然,前面的身影顿住。

顾词回过头看向她:"你有话说?"

隋意:"……"

这人的后脑勺儿是长了眼睛吧。

隋意正色道:"谢谢你啊。"

顾词单手插在裤子口袋里,神色淡淡地问:"谢我什么?"

"刚刚买水的时候,帮我解围。"

顾词说道:"你们挡着我买水了。"

顿了顿,顾词继续说:"一会儿把钱转我。"

隋意"哦"了一声,补充道:"还有你来帮我伴奏的事,也谢谢你。"

"那是帮孟宁音的忙,和你没关系。"顾词瞥了她一眼,慢悠悠地开口,"你完全不用误会。"

他不说这话还好,一说隋意就明白他今天这呛人的火气是从哪里来的了。

都过去这么久了,他不……不至于吧?

她试探着开口:"你还生气呢?"

顾词面无表情地看着她:"我生什么气?"

隋意抬手,中止了这场没有硝烟的战争:"对不起,那天我不该那么说,我跟你道歉。"

顾词没说话。

隋意又说道:"你今晚结束演出后有时间吗?我请你吃饭,赔礼道歉,这算是有诚意了吧?"

顾词仍旧没什么反应。

隋意小声说:"想吃什么你挑,行吗?或者,你还想要我做什么,尽管开口,只要是我能做到的事,我都万死不辞。"

她的话音落下几秒后,顾词才缓缓出声:"什么都可以?"

看着他突然走近,隋意下意识地后退,和他保持着距离,"啊"了一声:"理论上来讲,只要不是违背道德底线以及我做人的原则的事,都可以。"

"你做人的原则是什么?"

隋意退到墙边,退不动了,双手往后撑着墙面,闭上了眼睛,试图做最后的挣扎:"别打脸!"

顾词:"……"

他停下脚步,不紧不慢地出声:"会打游戏吗?"

隋意偷偷睁开一只眼睛,愣了愣:"什么?"

顾词也不着急,重复问道:"会打游戏吗?"

"不……不太会吧。"她别了别头发,强装镇定地说,"毕竟像我这种成天遨游在知识海洋里的好学生,哪有什么时间打游戏?"

顾词轻笑了一声:"那就好。"

隋意咬紧了牙关,好什么好?!

他这又是给她下什么圈套呢?

"你……"

顾词瞥了她一眼:"晚会快开始了,不去补妆?"

隋意掏出手机照了照,口红有点儿掉了。

她靠着墙,往旁边慢慢挪着。

等离顾词有一段距离了,她才撒开腿跑起来。

看着她的背影,顾词抬了抬眉梢,不着痕迹地勾起了嘴角。

音乐会开始之后,隋意站在后台,不停地喝水。

顾词懒懒地靠在旁边的栏杆上:"紧张?"

隋意拧上水瓶的盖子,神色从容不迫地说:"呵,一会儿让你看看什么叫全场沸腾。"

"我拭目以待。"

隋意转过头避开他的视线,偷偷吐了一口气。

虽然她从小就在全校师生面前说着各种各样的演讲致辞,但这还是第一次当着这么多人的面唱歌,说不紧张就是觉得不能在顾词面前丢人,死鸭子嘴硬而已。

没过一会儿,有人过来通知道:"隋意,下一个就是你了,做好准备啊。"

隋意点了点头:"好。"

临上场之前,隋意为了转移注意力,随口问道:"你是什么时候听的这首歌?"

顾词拿上吉他,淡淡地回道:"一年前。"

隋意:"哦……"

她想起来了,一年前他们打游戏那会儿,她刚好那段时间天天在听这首歌,偶尔还会哼两句,不仅如此,还给他推荐过好几次。

隋意瞬间沉默下来,只希望这茬儿赶紧过去。

顾词开口道:"走了。"

隋意立即应声:"好的。"

站在舞台上,隋意看着前排伸长脖子往前望的陶圆圆她们,微微呼了一口气。

这时候,一束灯光在她的头顶亮起,吉他的伴奏声也随之响起。

隋意拿着话筒,轻轻唱出了声音。

Better Than A Hallelujah 是美国歌手 Amy Grant 的单曲,整支曲子温柔动听。她用最温暖的嗓音,唱出了最感人的故事。

这首歌的 MV 讲述的是老人无意间发现一封陈旧的信,是 50 年前的女朋友寄来的,他还一直没看过。于是老人想起 50 年前和女友分别的场景,就照着信上的地址去找她,结果找到的是女孩和她肚子里的孩子的坟墓,这时才发现信上写的是"你要当爸爸了"。

隋意之所以喜欢这首歌,也是偶然间看到了这个 MV。

她的嗓音不同于 Amy Grant 的温暖调子,带了几分清冷的感觉,把这首歌的悲伤与孤独感体现得淋漓尽致。

一曲结束,隋意对着台下鞠躬。

顾词坐在黑暗的角落里,若有所思地看着她。

台下众人安静了片刻后,突然爆发出震耳欲聋的掌声。

隋意站直身体,见状微微扬起嘴角。

挺好的,她拿捏住了这场面。

下了舞台,隋意刚准备回后台换衣服,就有个男生跑过来:"省状元同学,可以认识一下你吗?我是新闻系大二的学生。"

隋意点头致意:"你好。"

"我能请你吃饭吗?"

隋意刚要开口拒绝,身后便传来一道不冷不热的男声:"她没空。"

男生见状,以为顾词是她的男朋友,说了声"抱歉"后,识趣

地离开了。

隋意转过头看向顾词,后者对上她的视线,慢条斯理地开口:"你欠我的那顿饭,打算拖到什么时候?"

隋意猛地反应过来,连忙往休息室跑去:"今晚!今晚!就现在!等我去换一下衣服,你先看看你想吃什么。"

她差点儿把这事忘了,就说他怎么一副看她不爽的样子。

隋意换完衣服从后台出来时,陶圆圆和简乐她们也正好来找她。

陶圆圆激动地说道:"你唱得也太好听了吧!那首歌叫什么名字啊?我也要去听!"

"Better Than A Hallelujah."

"Better……什么?"

隋意说道:"回去我分享给你。"

"好的!好的!"

隋意看了一眼手机:"你们吃饭了吗?没吃的话一起?我请客。"

简乐回道:"不用,不用,还是AA制吧。"

"没事,反正我今晚也要请人吃饭,正好一起了。"

陶圆圆抱住她的胳膊:"那我们就不客气啦。"

第六章

糖炒栗子

半个小时后,学校门口的中餐馆里。

隋意点完菜,转过头却见陶圆圆她们三个人挤在一起,都显得有些拘谨和不好意思。

顾词一个人坐在一边,微微抿着薄唇,脸上没什么情绪,两边的位置大面积地空了出来,生人勿近的气场和疏冷气氛瞬间就拉满了。

隋意:"……"

陶圆圆凑了过来,小声说道:"你请的人是学长啊。"

隋意点了点头:"他之前……帮过我,我说了请他吃饭。"

简乐也小声说道:"你是不是没提前和学长说啊,我感觉他好像……不是很开心的样子。"

"有吗?"隋意悄悄瞥了顾词一眼,见他正低着头玩儿手机,"他最近一直这样,应该是我之前把他得罪了,不是你们的原因,没事的。"

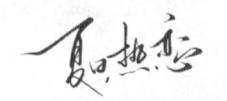

这时候，孟宁音给她发来消息，说音乐会已经结束了，问她要不要和他们一起去吃饭。

隋意回复，说他们已经在吃了。

退出对话框，隋意又抬头看了一下顾词，随即点开了和他的对话框。

隋意：你怎么不说话？

顾词：说什么？

隋意：你平时不是挺能说的吗？

顾词大概是不想理她，只回了一个微笑。

隋意见状，挠了挠眉毛。

说要请宿舍的人吃饭的时候，她确实没想那么多，毕竟顾词是他们班的代理辅导员，也不是什么陌生人，大家一起吃顿饭应该没什么。

可是现在看来，她好像有些失算了。

没人说话，她也不是一个擅长活跃气氛的人，场面一度非常尴尬。

好在没过多久，菜就陆陆续续地上来了。

隋意咳了一声，趁机打开了话题，问顾词："你要喝什么饮料吗？"

陶圆圆也趁机说道："他们家的生榨椰奶还不错，学长你可以尝尝。"

顾词"嗯"了一声："就这个吧。"

瞬间，几个人都呼了一口气。

果然这就是全国最高分的人的气场啊。

简乐也找了个话题："我听说之前未来领域有场招聘会，我们学校计算机系的去了好几个人，学长你怎么没去啊？"

顾词淡淡地回道："忘了。"

陶圆圆闻言，也参与了进来："什么时候的事啊？"

简乐想了想，说道："挺久了吧，好像是我们军训那段时间？"

旁边，隋意喝水的动作顿了顿。

军训的时候？

隋意想起她晕倒被送去医务室那天，顾词一开始是说他还有事来着，但后面也不知道为什么他没走，一直等在那里，最后送她回了宿舍。

难道他是因为这个才没去参加面试？

不能够吧？

借着陶圆圆她们聊到其他地方去了的工夫，隋意放下水杯，朝顾词那边挪了一点儿，压低声音开口："你……"

"顾词、隋意？你们也在这里吃饭吗？"

不远处响起的是孟宁音的声音。

隋意嘴边的话戛然而止，她又挪了回去，仰起头微微笑了一下："学姐。"

孟宁音过来打了招呼，对顾词说道："我说到处找不到你，原来你跑这里来了。"

顾词拿起水杯，淡淡地说道："有人请吃饭。"

孟宁音愣了愣，下意识地看向隋意："不是吧你，让学妹请吃饭，你这……？"

顾词微抬眉梢。

隋意连忙开口："我应该的，自从开学以来，顾……学长挺照顾我的，我早就该请他吃饭了。"

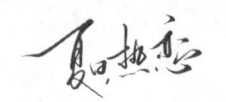

孟宁音说道:"可是也不能……要不这样,今天这顿饭我来请吧,上次也说过请你吃饭的。"

"谢谢学姐,还是我来吧。"

见隋意态度挺坚决的,孟宁音也不好再说什么:"那我就先过去了,你们吃。"

隋意点头:"好的。"

等孟宁音走后,陶圆圆小声八卦道:"学长,学姐是你的女朋友吗?"

顾词回道:"不是。"

简乐接着问:"那你有女朋友吗?"

"没。"

陶圆圆追问道:"那你有喜欢的人吗?"

顾词闻言,拿着茶杯的动作顿了一下,没有立即回答。

隋意的一口气就这么被吊了起来,撑在长凳上的手指不由得抠紧了边缘。

简乐试探着出声:"学长你是不是还对那个网恋对象念念不忘呢?其实我觉得学姐挺好的,你要不试着坚强一点儿走出来,重新开启一段新的感情?"

顾词:"……"

隋意用力咳了几声:"那什么,菜都快凉了,吃,吃,吃。"

"对啊,天涯何处无芳草,何必单恋一枝花……嗯!"

陶圆圆还没说完话,便被隋意塞了一嘴糍粑。

隋意保持着笑容:"你不是最喜欢吃这个了吗?快吃吧。"

总算把这个话题岔开之后,隋意感觉比跟人打了一架还累,刚要去拿水喝,旁边的人便递了一张纸巾过来。

隋意抬头看向他，有些疑惑。

顾词语调缓慢地说："流汗了。"

隋意："……"

她下意识地伸手摸了摸额头，确实是湿的。

隋意快速接过纸巾，含混地说了声"谢谢"。

顾词问道："你在紧张什么？"

隋意神色不变，镇定地说道："有吗？可能是天气太热了吧。"

这时候，隔壁桌传来声音："服务员，能不能把这空调的温度调高一点儿啊，有点儿冷。"

隋意闭了闭眼，恨不得把桌角抠出一个洞。

顾词不着痕迹地勾了勾嘴角："是挺热的。"

隋意选择性地忽视了这句话，拿起筷子吃饭。

吃完饭，隋意去结账。

简乐站在门口，踌躇着道歉："学长，我刚刚那些话都是乱说的，你别生气啊。"

顾词低笑了一声，缓缓开口："你说得对。"

简乐：哪里对了？是说对网恋对象念念不忘，还是尝试着走出来开启一段新的感情？

顾词说道："我还有事先走了，你们跟她说一声。"

隋意结完账出来后，没有看到顾词的身影。

陶圆圆说："学长让我们告诉你，他还有事，先走了。"

隋意点了点头："我们也走吧。"

回到宿舍，隋意坐在座位上，点开了和顾词的对话框，想问问他没去参加面试是不是她军训晕倒那一天的事。

虽然她也没让他不去，可如果真是因为这个的话，那她多多少

少还是有些责任的。

可这条消息,她始终没想好该怎么发。

半晌,隋意放下手机,仰起头看着天花板长长叹气。

顾词这个人看上去挺冷的,嘴也毒,怎么就不能做点儿和他的外表相符的事呢?

他这么关心她,又说不是喜欢她,她真搞不懂他在想什么。

唐季和林加禾刚回宿舍,见顾词冷冷地坐在桌前,唐季问道:"欸,你不是被孟宁音拉去帮忙了吗,什么时候回来的?"

林加禾也问道:"今晚的音乐会怎么样啊?我听说好多人在论坛上讨论省状元,美貌与才华并存,你真的不考虑一下?"

顾词侧目扫了他们两个一眼:"谁传出去的?"

唐季换了鞋子过来:"什么?"

顾词薄唇微掀,吐出了两个字:"网恋。"

唐季:"……"

林加禾:"……"

两个人对视了一眼,拔腿就跑。

唐季:"突然想起东西忘楼下了!"

林加禾:"我去帮他找找!"

"站住。"顾词不冷不淡地出声,"来一局。"

唐季转过头问:"来什么?"

林加禾吃惊不已:"你不是退游了?"

顾词拿起手机:"用这个,一对一,谁先上?"

唐季推了推林加禾:"你先,你先。"

林加禾回道:"客气了,客气了,都是兄弟,不分你我。"

唐季还没来得及继续说话，就被林加禾摁在了座位上，满脸不情愿地拿起了手机。

过了五分钟，唐季生无可恋地开口："我的 KD……"

顾词头也不抬地说："下一个。"

最后，林加禾也没能逃脱这残酷的命运。

两个人不约而同地望着天空，想要挤出几滴眼泪，悼念这死去的战绩。

顾词放下手机："还胡说八道吗？"

唐季强词夺理："这……这也不能怪我们吧，你又不是不知道，想要你的微信的女生多的是，她们不敢找你，就来找我们了。那都是些含羞带怯的小学妹，咱们也不能拒绝得那么狠，就只能帮你找借口拒绝了。"

林加禾附和道："对，对，对，现在都什么时代了，网恋嘛，不丢人，谁能知道对面是人是鬼，是男是女？我跟你讲啊，你就是没谈过恋爱，太纯情了，才会被'渣'。这不是吃一堑长一智吗？你看你都退游了，说明不会再陷入网恋的坑里了。"

唐季接着说："话说回来，那省状元是真的漂亮，成绩也好得变态，和你正好一对，你们也能有共同话题。"

说着，他又用胳膊捅了捅林加禾："是吧？"

林加禾附和："是，是，是，我完全赞同。"

顾词转过头看向他们，不紧不慢地开口："再来一局？"

两个人异口同声地拒绝："不了！洗澡去了！"

周六下午，隋意刚从图书馆里出来，就看到外面正下着小雪。

她双手合拢，朝掌心哈了一口气，正准备回宿舍的时候，包里

的手机开始振动。

隋意拿出手机一看,屏幕上闪烁的是顾词的电话号码。

她走到旁边接通电话,声音很轻:"喂。"

顾词的声音传来:"在哪儿?"

"图书馆门口。"

"我马上过去。"

隋意还来不及再说什么,电话里就只剩一阵忙音了。

她把手机放在衣服口袋里,下了图书馆的阶梯,站在树下等着。

隋意刚在那里站一会儿,就有两三个男生过来打招呼,要微信,她微笑着拒绝了之后,又把毛衣的领子卷上来,裹住了下半张脸。

过了十多分钟,顾词终于来了,看见她这样,出声问道:"冷?"

隋意又把毛衣拉了下来:"还好,有什么事吗?"

顾词把手里的伞递给她:"带你去一个地方。"

隋意接过,看到了伞上还没有拆的吊牌。

顾词顺着她的视线看了一眼,单手插在裤子口袋里,看向别处:"来的路上顺便买的。"

隋意扬了一下眉梢,没有说什么,只是把伞撑开举到了头顶。

这是今年冬天的第一场雪,原本空荡荡的校园里瞬间多了许多人。

隋意撑着伞,转过头看了顾词好几次,但都欲言又止。

顾词淡淡地开口道:"有话就说。"

隋意收回视线,咳了一声,盯着前面的路:"我听说,你开学那会儿有个招聘没去啊?"

"你听谁说的?"

"就……偶然间听到的。"隋意顿了顿又问道,"你为什么没去啊?"

顾词说道:"不想去。"

闻言,隋意有些意外:"不想?"

"嗯。"

隋意"哦"了一声:"我看招聘会的日期好像是我军训晕倒的那天,我还以为是我耽误了你。"

顾词侧目看向她:"你想问的就是这个?"

"我是觉得问清楚比较好,不然……"

话到嘴边,隋意连忙止住,差点儿咬到自己的舌头。

好险,好险,她差点儿就把心里话说出来了。

顾词慢条斯理地问道:"不然什么?"

隋意拨着头发,神色从容镇定:"没什么。"

可顾词偏偏不如她所愿,不紧不慢地开口:"不然你又要误会我是因为喜欢你才没有去面试?"

隋意:"……"

这人真讨厌。

过了一会儿,顾词才又说道:"不是因为你。"

"我知道了。"

你不用再强调了!!!

顾词解释道:"那天是我不想去,而你刚好晕倒,算是帮我找了个借口。"

隋意疑惑:"为什么不想去?"

话问出口后,隋意才意识到自己好像问得有点儿多了。

她开始往回找补:"我的意思是,那家公司在游戏领域做得挺厉害的,好多人连他们的面试机会都争取不到。但他们好像是主动邀请你去参加面试的吧?"

顾词说道:"你知道的事倒挺多。"

"我也是……听别人说的。"

简乐和陶圆圆天天在宿舍里聊他的八卦消息,她想不知道都难。

二十分钟后,他们在一家网吧前停下。

隋意疑惑地问:"来这里做什么?"

顾词推开门,微微偏头,示意她先进去。

隋意收起伞,往里面迈了一步。

由于是周末,她一眼望过去,网吧里已经没有空位了。

顾词走到前台边,转过头对隋意说道:"身份证。"

隋意"哦"了一声,从包里拿出身份证递了过去。

两分钟后,顾词把身份证还给她:"走吧。"

进了包间,隋意看着那两台电脑,终于后知后觉地意识到大事不妙。

她硬着头皮说道:"我突然想起小组作业还没做完,我得回去……"

"哪门课?"

隋意对答如流:"微观经济学。"

顾词坐在沙发里,摁开了电脑的主机,不紧不慢地开口:"下周三的课,你着什么急?"

隋意叹气:"你可能不知道,我这个人吧,习惯先把事做完,作业也总是第一个交。"

顾词轻轻抬眼看向她:"既然是这样,周三布置的作业,你为什么现在还没完成?"

隋意:"……"

算了,她还是放弃挣扎吧。

隋意坐在他旁边的位子上,找了半天才找到主机的按钮在哪里。

电脑开机后,她刚准备打开网页,找点儿论文来看看充实自己的时候,旁边便传来冷冷淡淡的男声:"左上角,往下数第三个,打开。"

隋意开始装傻:"这个是什么?我没见过。"

顾词神色没有变化:"学习资料。"

隋意:"……"

他真当她是傻的吗?

隋意把鼠标移了过去,迟缓着动作双击图标。

等游戏页面弹出来后,隋意决定装傻到底:"然后呢?"

顾词起身,就在隋意以为他终于忍不住要打她的时候,他却只是站在她后面,俯身握住了她手里的鼠标。

他的手就这么直接放了上来,甚至没有停顿。

隋意愣了愣,下意识地垂眸看向了被他的掌心盖住的那只手。

从第一次见面开始,隋意对他最大的印象就是手特别好看,骨节分明,手指修长。

而他现在握着她的手,手指均匀有力,温暖干燥,不论是视觉的碰撞,还是心理的冲击,都把这细节放大得更加明显。

顾词登录了账号,发现她僵在那里,顺着她的视线看过去后,

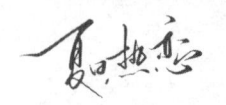

手上的动作微顿。

下一秒,两个人同时把手收了回来。

隋意盯着电脑屏幕,一本正经地开口:"我们现在要做什么?"

顾词单手插在裤子口袋里,语调淡淡地说:"教你打游戏。"

隋意诧异地转过头,快速镇定,同时起身:"谢谢你的好意,但我没有这个想法,我还是先回……"

对上顾词不冷不热的视线,她又慢慢坐了下来,试图做最后挣扎:"我对这个东西真没兴趣,还不如做张英语卷子呢。而且,我也不会啊。"

"不会才要学。"顾词重新坐在她旁边,缓缓开口,"你不是说我喜欢你吗?"

话虽这样说,可这两者之间有什么必然的联系吗?

隋意重新看向电脑页面,顾词给她登录的是一个新号,看样子是才注册的。

她偷偷瞄了瞄旁边,如果顾词现在登他自己的号,应该能看到她一年前给他的留言吧,或许能消消气,给她留一个全尸?

说不定他还能针对这半年来对她的各种丧心病狂的报复行为,而感到深深的愧疚与自责。

就在隋意屏住呼吸,万分期待的时候,却见顾词登录的也是一个新号。

隋意:"……"

大概是她的目光太过强烈渴望,顾词转过头对上她的视线:"有事?"

"哦,没什么。"

可能这就是成年人的世界吧。

顾词微抬眉梢:"知道都要用哪些按键吗?"

隋意放弃挣扎了:"知道,知道,开始吧,速战速决。"

赶紧打完她要回去看书了。

由于他们两个的号都是新的,所以进去也是新手局,两个人遇到的都是机器人,或者菜鸟玩家,没一会儿就赢了,毫无技术性可言,也没有一点儿成就感。

两个人玩儿了几局之后,匹配到的玩家不再那么好打,局势逐渐变得胶着起来。

就在隋意紧张得全神贯注时,转过头却发现顾词坐在那里,神色和往常一样没有什么变化,看起来极为轻松,但手利落地操作着键盘和鼠标,一枪一个目标。

这么看起来,他确实挺帅的。

原来他以前,就是以这样的状态带她打游戏的啊。

就在隋意看得有些出神时,一道低低的男声从耳机里传来:"左边。"

隋意没反应过来:"嗯?"

下一秒,她应声倒地。

隋意连忙想要找个掩体躲起来,等顾词来拉她,可对面的人已经补枪了。

游戏才开始不到五分钟,剩下的时间里她只能干坐着,完全失去了这把游戏的体验资格。

隋意有些气,刚点开顾词的视角观战,就见杀了她的那个人被一枪爆头。

那种畅快的感觉,瞬间冲到了天灵盖,舒服得她都想原地跳起来了。

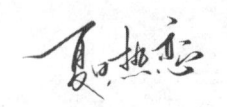

而顾词在杀掉那一队人后，转过头看向双手托腮地对着电脑屏幕发呆的隋意，找了个草丛蹲着，摘下耳机说道："你来。"

隋意："嗯？"

她收回思绪："算了吧，你也看到我打得多垃圾了，一会儿给你掉 KD 了。"

顾词问道："你不是不会玩儿游戏吗，还知道 KD？"

隋意："……"

大意了，她说漏嘴了。

她咳了一声："没吃过猪肉，还没见过猪跑吗？我博览群书，见多识广，不行吗？"

顾词似乎勾了一下嘴角，起身说道："这号掉不掉都一样，就算你掉了，我也能打回来。"

隋意正好坐着无聊，闻言便开始摩拳擦掌："既然这样，那我就不客气了。"

正好她也想试试，顾词的号打着和她的到底有什么不一样的感觉，反正一定不是差在智商上。

隋意坐在顾词的位子上，戴上耳机，开始缓慢地在草地上爬行。

顾词："……"

他忍了忍才问道："你打算就这么爬到圈里去？"

隋意连忙起来，扛起枪往前跑去。

一路上隋意躲躲藏藏，哪里有枪声，就绕远了跑，总算是混到了决赛圈里。

顾词站在旁边，抬手挠了挠眉毛，有些后悔把号拿给她玩儿了。

有些东西，隔着游戏页面和肉眼目睹，还是有一定差距的。

等到只剩两个人的时候，隋意屏住了呼吸，终于重新感觉到电子竞技的那种紧张气氛。

她两只眼睛一眨也不眨地扫着电脑屏幕，脊背绷直，嘴里小声念叨着："在哪儿？在哪儿？"

就在这个时候，枪声响起，她的血瞬间掉了一大半。

隋意找不到那个人在哪里，只能连忙朝旁边挪。

第二声枪声响起的时候，她闭上了眼睛，不忍看这惨状。

忽然间，她放在键盘和鼠标上的手分别被握住。

隋意甚至还没来得及看清楚到底发生了什么，只感觉顾词的手挨着她的手指轻轻一摁，游戏便结束了。

她望着电脑屏幕，眨了眨眼睛。

她这是……赢了？

耳边，顾词的声音传来："看出来了。"

隋意下意识地偏头看向他："看出什么？"

"你确实不会玩儿游戏。"

隋意："……"

顾词退出游戏账号，直立起身："走了。"

隋意试探着开口："不再玩会儿？"

这人真没劲，让她玩儿出兴趣了，他又要撒手走人了。

"你还是……回去多做英语卷子吧。"

这是什么？

这是对她的人格的侮辱。

隋意技不如人，只能打碎了牙齿往肚子里吞。

不过这样也好，顾词切身领教到了她有多菜，估计以后也不会

再有今天这样的想法了。

回去的路上，隋意说道："对了，上次那个保温桶还放在我的宿舍里呢，什么时候给你啊？"

"元旦你回家吗？"

隋意默了默才回道："大概，不回吧。"

回去了点外卖也不知道吃什么，她还不如就在学校里，去食堂吃饭也方便。

隋意想起她家里还有几个保温桶，后知后觉地"啊"了一声："你要是着急的话，我也可以元旦回家拿给你，不着急的话，等寒假可以吗？"

顾词侧目看向她："随便你。"

这时候，雪渐渐下得小了。

隋意收起伞："这好像是今年的第一场雪，可惜了。"

"可惜什么？"

"可惜学校附近没有卖糖炒栗子的，不然下着雪，吃着栗子多快乐。"

顾词说道："我还以为你的快乐是下着雪做题。"

隋意"啧"了一声："你真能破坏氛围，你以为做学霸很简单吗？我也是牺牲了很多自己的时间好吧。"

"没有牺牲过，不太能感同身受。"

隋意瞬间捏紧了拳头。

瞧瞧这人说的是人话吗？

她的成绩虽然算是人群中的佼佼者了，可付出的努力也不少。

顾词大概就是那种完全不需要努力的天赋型选手，成绩好，游戏打得好，长得好，篮球打得好，就连吉他也弹得好，实在是令人生气。

隋意转过头看着他，目光幽幽的。

顾词："嗯？"

隋意小声说道："你偷偷告诉我，你是不是掌握了什么人类的智慧密码？我保证不外传。"

隋意回到宿舍的时候，陶圆圆她们正在讨论期末考试的事。

陶圆圆感慨："下个月就要期末考试了，感觉还没做什么呢，一个学期都要完了。"

简乐在旁边说道："你是还没做什么，隋意都快把CFA（特许金融分析师）的一、二、三级教材看完了。"

陶圆圆："……"

她僵硬地回过头问道："CFA的一级证书，不是要大四才能考吗？"

隋意坐在椅子上："没什么事，闲着也是闲着。"

陶圆圆生无可恋地瘫在椅子上，过了一会儿，又跟打了鸡血一样瞬间振作了起来："不行，从明天开始，我一定要天不亮就去图书馆，好好学习！"

这已经是她这学期以来第无数次说这样的话了。

过了一会儿，简乐起身说道："外面雪小了，我们去吃火锅吧。"

隋意刚刚才回来，不想动："你们去吧，我有点儿困。"

她打了一下午游戏，眼睛都酸了。

陶圆圆问道："那要不要给你带点儿吃的东西回来啊？"

隋意摇头："我还不饿。"

"那行，你先睡吧，一会儿我们吃完回来给你打电话，你想吃什么再给你带。"

"好。"

等她们离开后，隋意关了宿舍的灯，躺在床上打了个哈欠，随手抓了一样东西抱在怀里，闭上眼睛睡了。

不知道过了多久，床头的手机开始振动，隋意以为是陶圆圆打来的电话，接通后迷迷糊糊地问道："你们这么快就吃完了吗？"

电话那头的人顿了顿，才问道："吃什么？"

听到冷冷淡淡的男声，隋意清醒了几分，坐起来揉着眼睛："没，我以为是我的室友，什么事？"

"我在楼下等你。"

"我在睡觉，要是没什么重要的……"

"快点儿。"

隋意："哦。"

她挂了电话，放下怀里抱着的东西，打开手电筒，慢吞吞地下床开了灯。

隋意去洗了个冷水脸，被冻得彻底清醒了过来。

她随手抓了抓头发，扎成一个马尾，穿上外套出了宿舍。

楼下，这会儿雪又开始下了，清冷的夜色中弥漫着白色的光点，雪花漫天飞舞。

隋意走到宿舍楼门口时，看见顾词站在不远处的路灯下。

他穿着黑色的外套，身形挺拔修长，五官隐匿在半明半暗的光线里，轮廓清晰。

隋意忍不住在心里"啧"了一声，这人真是连下颌线都好看到令人发指的地步。

她双手插在衣服口袋里，走了过去："有什么事吗？"

顾词把手里的东西递给她。

隋意接过，发现东西还有些烫手，一边打开，一边问道："是什么？"

"你的快乐。"

顾词的话音落下的同时，隋意也看到了纸袋里装着的糖炒栗子。

她顿了顿，隔了几秒，抬头看向顾词，后者单手放在裤子口袋里，看向别处，淡淡地说道："校门口看到随便买的。"

"可校门口不是……"

"今天下雪了。"

隋意"啊"了一声："我说呢。"

顾词又说道："你上去吧，我走了。"

他刚要转身，隋意便开口喊道："顾词。"

顾词看向她："什么事？"

隋意朝他扬起了一个笑容："谢谢。"

顾词抬了一下眉梢，只轻轻"嗯"了一声。

隋意抱着糖炒栗子朝他挥手，转身跑进了宿舍楼里。

顾词收回视线，嘴角隐隐勾着，刚走几步，就看到了不远处的孟宁音。

孟宁音在那里站了不知道多久，这时抱着书走了过来，试探着开口："你和隋意……在谈恋爱？"

顾词淡淡地回道："没。"

孟宁音若有所思地点头："这样啊。"

"我先走了。"

"等等。"孟宁音叫住他,"这学期马上就结束了,下学期你表姐应该就回来了吧。"

"嗯。"

"那……你找好实习的地方了吗?我上个星期和严亮学长吃饭了,他说未来领域还是希望你能过去。只要你愿意,随时可以去上班。"

顾词回道:"暂时没有这个想法。"

孟宁音不由得抱紧了怀里的书:"你是不是不想去未来领域啊?上次你没去参加面试,我就觉得奇怪。"

"有些事还没考虑好。"

隋意刚回到宿舍,陶圆圆便打来电话,问她想要吃什么东西。

隋意正在剥糖炒栗子,把手机开了扩音放在桌上:"不用了,我已经在吃了。"

陶圆圆说道:"哦,哦,好的,那我们就回去啦。"

"好。"

挂了电话,隋意看着面前的一堆糖炒栗子,拿起手机拍了张照片,又裁剪编辑,调了滤镜,发了朋友圈,配了一个雪人的文案。

将朋友圈发出去之后,隋意又开始专心剥栗子。

顾词买的这家的栗子,比她之前吃过的都要好吃,基本没什么坏的,而且也有开口,很好剥,大颗大颗的,口感绵密,甜而不腻。

隋意吃得有些口渴,接了水回来,打开手机见朋友圈已经有二三十个评论、点赞了。

这些评论之中,有个高中同学的尤为明显。

高中同学:"你来我们学校了吗?"

隋意回复了一个问号。

高中同学:"这家糖炒栗子店就开在我们学校旁边啊,挺有名的,经常好多人排队来买。"

隋意看着手机屏幕,另一只剥着栗子的手没注意,指尖被薄薄的脆壳划了一道细细的口子。

之前各大学校的录取通知书陆陆续续下来之后,老师都在班级群里发消息恭喜祝贺过,她记得这个同学的学校,和他们学校几乎隔了大半个城市。

隋意低下头,视线落在冒出血珠的手指上,不知道在想什么。

过了一会儿,她打开和顾词的对话框,输入了几个字,想了想,却又一一删除了。

隋意呼了一口气,放下手机进了洗手间,把血冲干净后,又打开柜子找了创可贴。

她刚要关上柜门,就看到了放在最上面的保温桶。

这时候,陶圆圆她们回来了,问道:"隋意,你吃的什么呀?"

隋意收回视线,关上柜子门转过身来:"糖炒栗子。"

陶圆圆打了一个饱嗝儿:"你在哪儿买的啊?我们学校附近好像没有。"

隋意坐在椅子上,撕开创可贴:"C大那边。"

顿了顿,她又补了一句:"不是我买的。"

好在几个人吃火锅都吃撑了,陶圆圆也是随口一问,没有过多在意,抢着去洗手间了。

隋意贴好创可贴,把垃圾捏成一个小团,扔到了垃圾桶里。

放在桌上的手机振动了一下,是顾词发给她的元旦放假通知,

以及元旦后的考试安排。

隋意直接将消息转发到了班级群里。

时间还是过得挺快的,一转眼就已经是期末了。

她记得,顾词当时说的是会当他们班这学期的代理辅导员。

也就是说,下学期原来的辅导员大概就会回来了。

雪下了一整夜,第二天整个城市的温度骤降。

元旦也在一片咳嗽声中悄悄到来。

上完下午最后一节课,不少人便按捺不住内心的激动,冲到了地铁站。

陶圆圆和简乐她们也都各自回了家。

隋意回到空荡荡的宿舍里,打开空调看了一会儿书后,又觉得有些闷,便走到阳台上,身体趴在栏杆上,看着楼下推着行李箱的人群。

而她,像是无家可归。

随着天色逐渐变暗,学校里的人也越来越少,路灯一盏接一盏地亮起,给寂静寒凉的夜色添了几分温度。

隋意站直身,活动了一下僵硬的四肢,准备下楼去食堂吃饭。

她走到座位旁,拿起手机,却发现有两通未接来电,是顾词打的。

见状,隋意打开柜子,从里面拿出保温桶,一边给顾词发消息,一边往宿舍楼下走去。

隋意:"我把保温桶还你,你方便下来拿一下吗?"

她的消息刚发过去,顾词就打了电话过来。

顾词嗓音淡淡的:"你在哪儿?"

"马上到楼下了。"

"我在校门口,你直接出来。"

隋意"哦"了一声,又应道:"好。"

她一路走到校门口,都没有遇到什么人。

看样子大家不是回家,就是去跨年了。

走到学校门口,隋意远远地便看见了顾词,小跑着过去,把保温桶递给他:"其他几个,等我回家寄给你。"

顾词伸手接过保温桶,放在了旁边保安室的窗口上:"给你打电话怎么没接?"

"我的手机开了静音,没听到。"隋意顿了顿,又问道,"有什么事吗?"

"今天跨年,你没活动?"

隋意拨了拨头发,从容地说道:"像我们这种一心扑在学习上的学霸,是没有任何娱乐活动的。"

顾词轻笑,嗓音低得几乎和晚风融为一体。

隋意正色说:"我认真的好吗?我从来不参加这种活动,没意义,还不如在家做题呢。"

"是你不想参加,还是没人叫你?"

隋意:"……"

之前高中时,也有过要好的同学约她一起跨年,但隋意为了保持高岭之花的人设,礼貌地拒绝了。

她不过就是矜持一下,哪里想到矜持过头了。

她们哪怕再多问她一句也好啊,她肯定会立即答应的。

顾词又开口道:"走了。"

隋意回过神来:"去哪儿?"

"诚挚地邀请你,参加今晚的跨年活动。"

隋意拒绝道:"还是算了吧,我……"

"再晚就没位置了。"

隋意咳了一声,看了看周围寂静的夜色,小跑着跟了上去。

路上,隋意问:"我们去哪儿啊?"

顾词回道:"市中心今晚有跨年演出。"

隋意顺口又问道:"谁啊?"

"Hope(希望)乐队。"

隋意怔了一下,下意识地扭过头看向旁边的人。

明明灭灭的路灯灯光下,顾词神色没什么变化,仿佛只说了件无关紧要的事。

当然,如果不是她曾经在打游戏的时候给顾词提过她挺喜欢这个小众乐队的,她也会觉得无关紧要。

隋意将双手揣在衣服口袋里,垂着脑袋踢着脚下的小石子。

两个人进了地铁站,灯光大亮,人瞬间变得多了起来。

他们刚到站台上,开往市中心的地铁也正好停下,人群蜂拥而出。

就在隋意被人流挤得往后退了几步时,手腕突然被温暖干燥的掌心握住,有一股力道拉着她往前走去。

上了地铁,顾词拉着她站在了角落里。

由于刚才下去了不少人,这会儿的地铁上人不算多,零零散散地站着。

隋意靠在车厢上,抬眼就是男生线条流畅、棱角分明的下颌,她不自然地左右看了看,又把下半张脸藏在了围巾里。如果不是条件限制的话,她恨不得把整个脑袋都蒙住。

不一会儿，地铁里的人越来越多，顾词离她也近了不少，近得她都能闻到他身上的洗衣液的淡淡香味，是檀香味的，透着几分沉静的冷调，很适合他。

就在隋意想得有些出神时，市中心到了。

在这个站下车的人是大学城的好几倍，她看着拥挤的人群，几乎是寸步难行。

就在这时，顾词牵住她的手，低声说道："跟着我。"

她有些体寒，到了冬天手脚都是冰冷的，即便在地铁里闷了四十多分钟，也没有好到哪里去。

可这一瞬间，手心里传来的温度格外明显，仿佛正在一点点地侵蚀她的灵魂。

两个人穿过人群，出了地铁站，四周总算是开阔起来，空气也变得新鲜了。

隋意拉下围巾呼了一口气，感觉整个人都轻松了许多。

她另一只手刚要去拿手机，却发现顾词还牵着她。

顾词大概也是意识到了这个问题，牵着她的那只手顿了一下后，缓缓收回，放进了裤子口袋里。

隋意快速拿出手机，看了一眼时间，强行转移注意力："跨年演出几点开始啊？"

"十点。"

"可现在才八点，要等两个小时吗？"

"先去吃饭。"

隋意点开APP："我看看这附近有什么好吃的东西。"

她刷了刷商圈美食热评，却发现一年多前他们约见面的餐厅离这里只有两公里，而且评分还排在前三名。

隋意立即关了手机屏幕，认真地说道："这里吃的东西这么多，应该都还不错，我们随便找一家吧。"

说着，她便闷头往前面走去。

顾词看着她的背影，弯了弯嘴角，迈着长腿跟了上去。

可是这个时间段，哪家店里人都多，需要排队，一排就是一个小时起步。

隋意不想把时间浪费在排队上面，就找了家不需要排队的汤锅店。

顾词说道："看不出来你还挺注重养生。"

隋意面不改色地回道："其实我今年已经五十八岁了，能保持这样年轻美貌，全靠在养生上花了不少工夫，你可以学着点儿。"

顾词："……"

第七章
新年快乐

两个人吃完饭,也还不到九点。

隋意看着外面来往的人潮,突然觉得,早知道还不如把时间浪费在排队上呢。

顾词结完账回来:"走了。"

隋意下意识地问道:"去哪儿啊?"

"随便转转。"

"哦。"

出了饭店,隋意又说道:"刚刚吃饭多少钱? AA 制吧。"

这时候,有个女生拿着一堆发着光的气球站在他们面前:"帅哥,给你女朋友买一个吧。"

隋意愣了一下,立即出声:"不……"

可她刚开口,顾词已经从女生手里拿过了一个兔子形状的气球,偏头对她说道:"给钱。"

语毕,他又淡淡地补了一句:"你不是要和我 AA 制付饭钱吗?"

隋意："……"

对面的女孩子见状，忍不住憋笑。

隋意被看得尴尬，赶紧拿出手机扫码付款。

女生说道："祝你们新年快乐！"

隋意微微笑了一下："新年快乐。"

女生走后，隋意呼了一口气，刚把手机揣到包里，一个兔子气球便出现在她面前。

隋意转过头看向他。

顾词看着前方，神色不变："帮我拿着。"

隋意藏在围巾下的嘴角微微翘起，伸手接过气球。

市中心这会儿很热闹，四周的人都沉浸在跨年的喜悦气氛中。

不远处的广场上，还有许多支起的小摊，卖着各式各样的东西，琳琅满目。

隋意漫无日的地逛着，晃眼间，看到一个吉他形状的蓝牙音箱，做工精致又可爱。

她转过头，刚想跟顾词说什么，却发现原本跟在她身后的人现在不知道去哪儿了。

隋意踮起脚看了看，远远望去，四处都没有发现他的身影。

算了，一会儿她到入口处等他。

隋意收回视线，走到摊位前拿起音箱："这个麻烦帮我包起来吧。"

卖东西的男生说道："美女你眼光真好，这是最后一个了。"

隋意拿出手机付了钱，这东西不算太大，刚好可以装进她今天背的包里。

买完东西，隋意往来的方向折回，没走几步就看到顾词朝她走过来。

隋意问道："你去哪儿了？"

"接了个电话。"顾词看了一眼时间,"差不多了,过去吧。"

"好。"

他们到的时候,跨年演唱会还没开始,聚集的人不多,他们轻而易举便找到了最佳观看位置。

十点整,舞台的灯光发生了变化,音乐声响起,人群中也发出了热烈的欢呼声。

Hope 乐队登场。

原本冷冷清清的广场瞬间被音乐点燃气氛,不少路过的人也被吸引了过来,人瞬间便多了一倍。

与此同时,第一首歌曲也正式开始演唱了。

随着场子越来越热,围观的人也越来越多,很快便有了演唱会的氛围。

隋意的情绪很快也被带动了起来,她跟着台上的乐队挥动着手,又蹦又跳,笑容在五颜六色的灯光下极其耀眼明亮。

顾词侧目看着她,勾了勾薄唇,拿出手机对着她拍了一张照片。

隋意察觉到,转过头看他时,顾词神色恢复冷淡,快速把手机挪向了舞台,若无其事地拍了几张照片。

隋意收回视线,重新看向舞台,脸上的笑容比之前更加璀璨。

台上的歌曲一首接着一首地演唱,音乐声充斥全场。

临近深夜,十二点的钟声也即将敲响。

乐队主唱停止了演唱,拿着话筒和所有人一起倒计时:"十、九、八、七、六、五、四、三、二、一……新年快乐!"

"新年快乐!"

在人群的欢呼声中,钟声响起,新的一年到了。

很快,吉他声响起,乐队开始了最后一首歌曲的演唱。

随着集体大合唱结束,人群陆陆续续地散开。

原本热闹拥挤的广场渐渐安静了许多。

隋意拿出手机想要打车,却发现排队都排到一百多位去了。

草率了,早知道她就该提前把车约好的。

隋意收起手机,对顾词说道:"现在人多,估计得等会儿。"

顾词"嗯"了一声:"想吃东西吗?"

"算了吧,好累,不想动了。"

刚刚兴致上头完全不觉得,可这会儿没有了音乐的带动,她恨不得找张床躺下。

顾词看了一眼不远处的长椅:"那边有位子,过去坐着,我很快回来。"

隋意"哦"了一声,走了过去。

坐下后,她打开手机,看到排队数只前进了五位,看来今晚有的等。

隋意退出打车页面,打开了微信,发现屏幕上满满都是小红点,全是祝她新年快乐的信息。

隋意一一回复。

回完消息,隋意看着手上发着光的兔子气球,拿出手机拍了一张照片,和跨年演唱会开始时拍的照片一起加了滤镜,发了朋友圈。

隋意:"新年快乐。"

发了朋友圈没一会儿,隋意就看到顾词朝她走了过来,手里还提着几个袋子。

顾词坐在她旁边,把东西递了过去。

隋意接过袋子,打开看了一眼,全是小吃。

她震惊于种类的齐全程度,抬头看向顾词:"这是不是多了点儿?"

"吃不完再说。"

说话间,顾词拧了一瓶水递给她。

隋意问道:"你不吃吗?"

"不饿。"

隋意想了想也是,看演唱会的时候,他就跟木头似的站在那里,估计也没耗费多少体力。

她拿起水喝了两口,吃了个章鱼小丸子,爆浆的感觉瞬间在嘴里蔓延开来。

隋意满足地跺了跺脚,也不知道是不是太饿了,觉得这家的章鱼小丸子格外好吃。

又吃了两个后,隋意把盒子放在一边,去吃其他的几样小吃。

看着被她选剩下的糖炒栗子,顾词问道:"你不是喜欢吃这个?"

隋意回道:"剥起来太麻烦了,等有时间的时候再慢慢吃。"

顾词没说话,只是拿过了装着糖炒栗子的纸袋。

本着不浪费粮食的原则,隋意基本还是把东西吃得差不多了,撑得有些蒙,打了一个饱嗝儿。

她一边喝水,一边打开手机,见车已经打到了,距离他们只有两公里的路程。

这会儿人已经很少了,路上也不堵,车两三分钟就能到。

隋意连忙放下水,起身把吃剩下的小吃食物袋都收在了一起,同时说道:"车马上就来,我去扔垃圾。"

回去的路上,隋意靠在后座上,接连打了两个哈欠。

她拿出手机看了一眼,距离学校还有半个小时的车程。

隋意双手揣在衣服口袋里,整个人往下缩了缩,用围巾遮住了半张脸,闭上了眼睛。

困意汹涌袭来，没一会儿她就睡着了，脑袋左摇右晃了几下后，平稳地靠在了右边。

顾词正回消息，手一顿，侧目看向她。

车内的光线很暗，只有偶尔投射进来的路灯灯光，明明灭灭。

隋意的睫毛很长，在眼底投下一片阴影。

再往下，是她挺翘的鼻子。

这时候，隋意忽然动了动，大概是被闷到了，伸手把围巾拉了下来。

顾词立即收回视线，看向前方。

很快，隋意的呼吸再次变得均匀。

顾词偏头，静静的目光重新落在她的脸上。

可能是才吃了东西没多久，又被闷了一会儿，隋意的唇瓣饱满湿润，透着淡淡的粉色。

顾词喉结微动，看向窗外，放在膝上的手也微微收拢。

微信群里，消息还在不停地出现。

唐季：麻辣烫我要加辣。

林加禾：再给我来俩腰子吧。

林加禾：或者烤鱼也行。

唐季：这条狗怎么不回消息了，干什么去了？

林加禾：算了，算了，看在我的面子上算了。

林加禾：顾词今晚能回来就算不错了。

……

车停在学校门口的时候，已经快要两点了。

顾词叫醒隋意："到了。"

隋意睡得有些蒙，睁开眼反应了几秒，才意识到自己是在车里。

她揉了揉眼睛，拿起旁边的兔子气球，打开车门。

在车里睡了一觉，这会儿突然下车，冷意从四面八方涌来，隋意忍不住打了个哆嗦。

顾词走到她旁边，把车门关上，看向她："很冷？"

隋意搓着手，朝掌心哈了一口气："回宿舍就好了，快走吧。"

她这会儿又困又冷，只想快点儿回去躺在床上，迈开了步子走得很快。

顾词跟在她身后，不紧不慢，刚好能跟上她的速度。

腿长的优势在这时候充分发挥出来了。

到了宿舍楼下，隋意停下脚步，转过头看着他，气喘吁吁地说："那我上去了。"

顾词点头，轻轻"嗯"了一声。

隋意把手里的气球递给他："这个还你。"

顾词不动声色地舔了下嘴角，伸手接过气球，另一只手放进了衣服口袋里。

隋意刚要走，忽然又想起什么，打开包把那个吉他音箱拿了出来："这个给你，新年快乐。"

顾词微抬眉梢："给我的？"

"对，新年礼物。"隋意把东西放在他的怀里，合上了包，"我走了，今天谢谢你。"

他让她度过了一个很开心的跨年夜，她好久都没有像今天这样放松过了。

她刚转过身，身后便传来顾词的声音："隋意。"

隋意回过头："怎么了？"

顾词放在衣服口袋里的那只手缓缓拿了出来，一个精美小巧的礼盒出现在她面前。

他嗓音低而缓地说道："新年快乐。"

回到宿舍，隋意取下围巾，把刚刚分开时顾词给她的东西放在了桌上，进了浴室洗漱。

洗完澡，隋意揉着困倦的眼睛，拿着手机正要爬上床时，视线却落在了书桌上。

她脚步一顿，又折了过去，低头打开了纸袋。

里面是已经冷掉、被剥了壳的糖炒栗子，用一层干净的纸巾垫着，和原本的纸袋隔了一层。

隋意见状怔了几秒后，才想到等车时她在吃东西，顾词一直侧身背着她，不知道在做什么。

她怎么都没想到，他居然是在剥栗子的壳。

这无疑是在她已经日渐塌陷的心房上又给了重重的一击。

可能因为徐曼是个女强人，一年三百六十五天能有三百天不在家，小时候是隋崇光在家里负责隋意的温饱问题，不过他一个男人，也做不出什么好吃有营养的东西，顶多就是填填肚子，但也因此，他对徐曼的抱怨与日俱增。

等隋意再大点儿，便时常能听到他们隔着一部冰冷手机，说出这个世界上最伤人的话语。

隋崇光说道："你搞清楚，我是一个男人，不是你请的保姆！我也有我自己的工作和要做的事，凭什么每天要在家里做这些事？"

徐曼不甘示弱地回："你做那些事怎么了？女儿是我一个人的

吗？！你以为我不想回家吗？这个项目离开我就进行不下去，你让我怎么办？"

"既然你这么忙，当初生她做什么？"

"我生她做什么？隋崇光，你摸着良心说，当初是不是你让我生孩子的？现在反倒怪我了？"

"我让你生孩子，是希望我们能好好经营家庭，可现在这个家哪里像个家？！"

"我还有工作要处理，等我回去再说。"

电话里只剩下一片忙音。

那晚，隋崇光负气出走，把门摔得巨响。

隋意坐在卧室的书桌边，面前是期中考试的满分卷子。

她随手拿了本书遮住卷子，开始做家庭作业。

那次吵架之后，隋崇光便很少回家了，都是隔一段时间给隋意钱，让她自己出去吃。

隋崇光和徐曼吵架的电话也越来越少。

每次徐曼回家时，两个人就装装样子，气氛倒也算是融洽。

这样的日子不知道持续了多少年，直到她撞破了隋崇光和小三手挽着手约会的场景。

这段伪装了多年的平静生活，终于被打破。

因为这些事，隋意从小就很独立，很多事是自己亲力亲为。

她从来都没体会过被人关心、照顾是什么感觉。

隋意拿起一颗糖炒栗子放在嘴里，淡淡的甜味在唇齿间蔓延开来，但也是真的硬。

隋意无声地笑了一下，合上纸袋，躺在了床上。

她打开手机，见之前发的那条朋友圈已经有不少人点赞和评

论了。

隋意清空了消息,刚想返回,却看到顾词在两分钟前给她点了一个赞。

隋意翘起嘴角,把手机放在枕头边,闭上眼睡了。

她身后,那两个公仔娃娃不知道什么时候又被放在了一起,脑袋挨着脑袋,像是一对难分难舍的小情侣。

另一边,顾词从女生宿舍离开后,又去校外给林加禾和唐季买了夜宵。

他回去的时候,两个人正坐在电脑前打游戏。

听见开门声,两个人齐刷刷地回头。

唐季说道:"我还以为你不回来了呢。"

林加禾:"你今晚……你手里那是个什么东西?"

顾词没理他们,把夜宵放下,坐在了自己的位子上。

唐季和林加禾对视了一眼,示意对方去问情况。

顾词看着还在发光的气球,不知道想到了什么,扬了扬嘴角。

他打开抽屉,找了透明胶,把气球下方的塑料吸管贴在了桌边。

顾词伸手拨了拨气球,兔子脑袋立即在空中来回摇晃。

唐季:"……"

林加禾:"……"

这人是完全陷进去了吧?

唐季咳了一声:"那什么,这气球挺可爱的,在哪儿买的啊?"

顾词淡淡地回道:"别人送的。"

林加禾试探着开口:"定情信物?"

顾词转过头,面无表情地看着他们。

两个人立即噤声，去拿自己的夜宵。

没过一会儿，顾词进了浴室。

唐季压低声音说道："他到底是什么情况啊，追到还是没追到啊？"

林加禾"啧"了一声："我看悬，追到了他能是这个表情？这明显就是对方一直吊着他啊。"

"该不会是之前送奶茶那个吧？这都一个学期了，干什么呢？"

"不行，不行，我感觉顾词这次肯定又被骗了，那妹子估计就是把他当备胎，压根儿就没上心。"

唐季不解："这得是什么样的仙女啊？"

林加禾叹气："我觉得吧，顾词在感情这方面真不行。一次被'渣'也就算了，毕竟是网恋，没见到人，他也没什么损失，可这次不同啊，很明显他用了许多心思。要是这次再被'渣'……"

林加禾说着，直摇头。

唐季说道："欸，我记得你之前不是说要给他介绍个靠谱儿的人吗？你倒是介绍啊。"

"这学期都快结束了，下学期吧，我找找机会。"

"你赶紧的，别让他越陷越深。"

"好，好，好，我明天就把这件事提上日程。"

话是这样说，但林加禾觉得，突然间就找隋意撮合她和顾词，这也太冒昧了，还是先慢慢铺垫比较好。

于是，第二天隋意就收到了林加禾的好友申请。

见对方是通过手机号码添加的，隋意以前也经常收到这种好友申请，大多是骗子，便没有管。

林加禾以为她是放假去玩儿了，没有看见，想着假期打扰别人

确实也不是很好。

直到元旦假期结束以后,林加禾给她打了一个电话,以把这学期的社团作业发给她为由,终于加上了她的微信。

不过隋意的朋友圈是三天可见,昨晚刚好自动隐藏了。

看着隋意的微信,林加禾露出了满意的笑容,第一步已经成功了,接下来就是第二步,胜利近在咫尺。

等时机一到,他就以社团聚会的名义把隋意约出来,给顾词创造机会。

这省状元漂亮又聪明,肯定比顾词喜欢的那个三心二意的"渣女"好几百倍。

元旦之后不久,便是各个系的考试周,金融系是最晚的,尤其是大一的学生。

随着其他系的人考完试离校,学校也逐渐空了许多,图书馆的人少了一半儿,不再像前段时间那样拥挤。

下午,隋意正在看书时,放在桌上的手机小幅度地振动起来。

她拿起手机,看了一眼正趴在桌上睡觉的陶圆圆,走到了图书馆外。

电话接通,隋崇光的声音很快传了过来:"意意,快要放寒假了,你有什么安排吗?"

隋意淡淡地回道:"没有。"

"我猜也是这样,那你到东城来过年吧。"

隋意想也不想地拒绝:"不用了。"

隋崇光说道:"你妈妈过年大概也是不在家的,你一个人难免冷清。更何况,你很久没来看爷爷奶奶了,放假就过来,多待一段时间陪陪他们,我给你订机票。"

隋意握着手机,想起了爷爷奶奶。

爷爷奶奶一直身体不大好,没怎么到过云城来,但每次她跟隋崇光一起去东城,他们都会给她做上一大桌子菜,临走时,还把隋崇光买回去的那些营养品全部塞进了她的书包里,叮嘱她吃好一点儿,照顾好自己。

隋意默了一会儿,说道:"我自己订机票吧。"

隋崇光闻言,也没再说其他的:"那你订了机票把时间发给我,我去机场接你。"

挂了电话,隋意抬眼看向前方,过了许久才收回视线。

她刚回到位子上坐下,陶圆圆猛地惊醒,抹了抹嘴角:"怎么了,是不是天黑了,要回宿舍了吗?"

隋意回道:"没,睡醒了吗?"

陶圆圆揉着眼睛,又往里面滴眼药水:"都怪我表妹,昨晚拉着我带她上分,都没怎么睡,眼看着就要考试了,我不能再这样堕落下去了。"

隋意把书推到她面前:"国际金融学考试的重点,我都给你画出来了。金融学导论,你记一下,考试就没问题了。"

陶圆圆感动落泪:"呜呜呜——隋意你太好了!"

隋意笑了笑:"行了,看书吧。"

没过一会儿,简乐和另一个女生也来到了图书馆里。

四周只剩下一片"唰唰"的翻书声,以及笔尖落在纸上的"沙沙"声。

属于金融系的考试,就在这紧张的时刻悄悄来临。

接着考了几天试,大家都有点儿累。

晚上,陶圆圆躺在床上叹气:"真怀念以前一天就能考完所有

科目的日子。"

简乐附和道:"是啊,这样的话,我们早就能回家了。"

陶圆圆又说道:"估计现在学校还没走的人,就剩我们系的了吧?不过还好,明天就是最后一场考试了,考完了事。"

简乐问道:"你们都是考完试直接走吗?"

"我的东西有点儿多,我爸爸要来接我,你们要一起吗?"

简乐说道:"不了吧,我明天晚上的机票,直接坐地铁去机场了。"

陶圆圆又问:"隋意你呢?你家好像在市中心那边吧,我让我爸爸送你回去呀?"

隋意轻声回道:"不用了,我要去东城。"

另一个女生惊奇地问道:"你去东城干吗呀?"

"去看我爷爷奶奶。"

最后一门考试结束后,已经是下午四点了。

隋意和简乐以及另一个女孩子约了一起去机场,由于机票的时间都挺晚,她们便慢悠悠地回宿舍收拾东西。

宿舍里,陶圆圆的爸爸妈妈都来了,热情地和她们打招呼,拿在楼下买的水果。

几个人手里都多了一个苹果,意味回家的路上平平安安。

隋意笑了笑,把苹果放下后,开始收拾行李。

除了国庆节以外,有时候周末她也回去,拿换季的衣服来,再加上也在网上买了不少东西,她的东西还挺多的。

想着要在东城那边待上一个月,她便把能带的东西都带上了,实在带不上的,到时候在那边买就好了。

没过一会儿,陶圆圆便将东西收拾好,和她父母一起离开了。

走之前,陶圆圆朝她们飞吻:"你们到家之后,都在群里报个平安啊。"

隋意点了点头:"明年见。"

"明年见!"

陶圆圆走后,简乐感慨道:"也太羡慕圆圆了,我也想我爸妈能来接我,这么多东西,都快要重死了。"

另一个女孩子叹气:"我男朋友本来说来接我的,可他们系的考试延后了,他比我们还要晚几天。"

简乐说道:"这都半年了,你们这异地恋谈得不错啊,我听说好多毕业后就分手的情侣,你们也算是熬过去了。"

"谁知道未来会怎么样呢?反正就先谈着呗,走一步算一步。"

她们两个聊天儿之际,隋意放在桌上的手机响了一下,她把衣服叠好放在行李箱里,起身去拿手机。

消息是顾词发来的,他问她什么时候回家。

隋意靠在柜子上,想了想,打了几个字。

隋意:我不回家,得去东城。

很快,顾词回复。

顾词:在那边过年?

隋意:嗯……

顾词:什么时候回来?

隋意:开学前吧。

顾词:几点的机票?

隋意:十点的。

隋意:我和两个室友一起去机场。

顾词：知道了。

隋意看着聊天页面，吐了一口气，放下手机，继续去收拾床上的东西。

整理好床单和被套，她看着床头的两个公仔娃娃，抬手挠了挠眉毛。

下面，简乐的声音传来："隋意，我们出去买点儿吃的东西，你要吃什么？"

隋意转过头来："我要一瓶水就行了。"

"好。"

简乐她们离开后，隋意从床上下来，没过一会儿，手机响起，是徐曼打来的电话。

隋意扣上行李箱，接通电话。

徐曼不满的声音响起："你爸跟我说，你要去东城过年？"

隋意"嗯"了一声："很久没有去看爷爷奶奶了。"

"你别的什么时候去不行？不知道那个女人和她的儿子正住在那里？他们一家人过年，你去凑什么热闹？！"

隋意语气淡淡地说："都要过年了，凑个热闹还不行吗？"

"你……"徐曼一时语塞。

她手里的这个项目，等到完成至少都是二三月份了，过年她肯定赶不回去。

隋意继续说："我还在收拾东西，如果没什么事就先这样。"

电话那头，徐曼默了片刻，才又说道："你过去之后，要是那个女人欺负你，你就跟我说，别一个人闷在心里。"

"知道了。"

"你什么时候去？"

"今晚的机票。"

徐曼皱眉，本来还想说什么，但旁边有人叫她。

她压低声音快速地对隋意叮嘱道："妈妈还有事，你路上注意安全，需要钱就跟我说。"

说完，她便直接挂了电话，连一丝停顿都没有。

隋意放下手机，见东西都收拾得差不多了，便坐在椅子上看书。

没过一会儿，宿舍门被打开，简乐和另一个女孩子小跑着进来，激动地说道："隋意，隋意，你猜我们在楼下遇见谁了？"

隋意转过头："谁啊？"

"学长！他听说我们要去机场，说他家就在那附近，可以顺路送我们！"

隋意："……"

顾词家住在机场附近？

不能够吧？

另一个女孩子握紧了拳头，满脸都是兴奋之色："我们本来觉得不好意思想拒绝的，可学长说，我们几个女孩子晚上过去不安全，反正他也没什么事！"

简乐忙不迭地点头："对，对，对！现在看来，考试晚点儿也不是没有好处的！"

隋意一时不知道该说什么，扯唇干笑了一下。

她收回视线，重新打开手机，看着不久之前和顾词聊的那几句话，嘴角翘了一下。

他挺会的嘛。

等她们都收拾好东西后，简乐拍了拍书包："走吧，学长说他

在校门口等我们。"

三个人一人拉着一个行李箱，关好了水电后，出了宿舍。

刚出校门，隋意就看到不远处那个挺拔的身影。

看见她们过来，顾词拿着车钥匙，打开了后备厢。

简乐站在他旁边，好奇地问道："学长，这是你的车啊？"

顾词接过她的行李箱，放在后备厢里，淡淡地回道："借学校老师的。"

语毕，顾词又去放另一个女孩子的行李箱，同时说道："上车吧。"

"好的，好的，谢谢学长。"

两个人一前一后地上了车。

隋意站在那里，拉着行李箱，下半张脸被围巾遮着，只露出两只湿漉漉的眼睛，小声问道："你真顺路啊？"

顾词放好行李箱，看向她："你是打算按照顺风车的价格给我转账？"

隋意："……"

顾词接过她手里的行李箱，转身时，嘴角不着痕迹地勾了一下。

看着他的背影，隋意忍不住挥了挥拳。

她轻轻"哼"了一声，刚绕到车旁，车窗便降了下来，简乐说道："隋意，你坐副驾驶座吧，后面东西有点儿多。"

隋意点头："好。"

隋意坐上副驾驶座后，顾词便上了车。

他系着安全带，对隋意说道："导航。"

隋意"哦"了一声，身体微微前倾，慢慢输入位置。

从学校开车去机场,要一个半小时,他们到的时候差不多八点。

车开了一阵,隋意看着外面灰蒙蒙的天空,打了个哈欠,手指抹了抹眼角泛出的眼泪。

这两天她也不知道怎么了,眼睛酸涩,不是很舒服。

顾词的声音传来:"东城今晚有雪,带伞了吗?"

隋意顿了顿,过了几秒才说道:"我爸来接我,应该用不上伞。"

顾词低低"嗯"了一声,没再说话。

车内重新安静下来,只剩下一片均匀的呼吸声。

隋意转过头看了看,见简乐和另一个女孩子已经头挨着头睡着了。

街边五颜六色的光影从车窗折射进来,灯光不停地交相辉映着。

而车外,路灯在冷寂的夜色中散发着暖色灯光。

隋意从包里拿出耳机,戴上一个之后,刚拿起另一个,也不知怎么的,转头看向了顾词。

他正在等红灯,右手握着方向盘,左手搭在车窗上,百无聊赖地看着前方。

晦暗的光线中,他的眉眼显得冷淡疏离,唇线平直,脸上也没什么表情。

大概是她的视线过于明显,顾词有所察觉,偏头看向她,微抬眉梢,似乎是问她在看什么。

隋意平静地收回目光,从容地把耳机取下来,放进了包里,装作什么事也没有发生过。

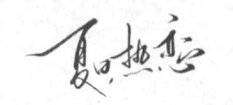

这时候，绿灯亮起。

顾词升上车窗，双手握着方向盘，继续往前行。

本来他们以为放假已经够晚，路上应该不会堵，可没想到还是堵了二十多分钟，等车子到机场时，已经是八点二十了。

停下车，顾词解开安全带，绕到后面把她们的行李箱拿了出来。

隋意见状，也跟着下车，站在他旁边刚要说什么，简乐便揉着眼睛过来，拉着自己的行李箱："居然睡着了……谢谢学长。"

这时候，另一个女孩子也打着哈欠走近："谢谢学长！"

顾词关上后备厢的门："没事。"

一股冷风吹来，简乐打了个哆嗦，顿时清醒了许多："那我们就进去了，学长再见。"

"我送你们进去。"

"不用了，不用了，学长把我们送到这里来，我们已经很不好意思了，我们自己进去就行，学长你快回家吃晚饭吧。"

另一个女孩子点着头："对啊，对啊，时间挺晚的了，学长快回去吧。"

顾词站在那里，舌尖不动声色地舔唇。

隋意低下头，藏在围巾下的嘴角弯了弯，没有说话。

顾词看了一眼时间："你们都是几点的机票？"

简乐回道："我是九点半的。"

另一个女孩子说道："我最晚，十一点的。"

顾词继续说："到家之后，在群里发消息。"

简乐和另一个女孩子接连点头，又说了几声谢谢和再见后，拖着行李箱往候机大厅走去。

顾词看着她们的背影，单手揣在裤子口袋里，挺拔的身影被路灯灯光拉长。

隋意走了几步，回过头朝他挥了挥手。

顾词勾了勾薄唇，收回视线，上了车。

三个人一人捧了一杯热奶茶，坐在候机大厅里。

简乐和另一个女孩子在聊艺人八卦，隋意没什么兴趣，拿出了手机。

她刚刷了一会儿朋友圈，手机便振动了一下。

隋意退回聊天界面。

顾词：你刚才要和我说什么？

隋意：你到家了？

顾词：回学校，还车。

隋意默了默，继续打字。

隋意：没什么，你回去的路上注意安全。

凌晨十二点五十五分，飞机在东城机场降落。

隋意刚走出航站楼，就看到了站在人群外面的隋崇光。

她拉着行李箱走过去，叫了声："爸。"

隋崇光点了点头："车在外面，走吧。"

东城的温度比云城要低四五摄氏度，夜色似乎也更深一些。

回去的路上，隋意窝在车后座里，看着窗外的景色。

东城是座二线城市，比不上一线城市发达，却也并不落后，一栋栋高楼拔地而起，只不过跟一线城市比起来，没那么浮躁，多了几分舒适与惬意感。

车开了一阵,外面落起了白色的光点,在黑夜里尤为明显。

隋意喃喃道:"真的下雪了。"

前面隋崇光的声音传来:"这两天东城都有雪,天气冷,衣服要是带得不够的话,明天去买,别感冒了。"

隋意轻轻"嗯"了一声,把车窗降下来一点儿,凛冽的寒风呼啸而来,夹杂着几滴水珠,冷意刺骨。

隋崇光又说道:"你爷爷奶奶已经睡了,房间给你收拾出来了,还是住之前那间。"

隋意看着窗外,应了一声。

默了一阵后,隋崇光继续说:"杨阿姨也在,你见了她记得叫人,她给你生了个弟弟,很可爱。你小时候不是一直说想要个弟弟或者妹妹吗?现在……"

隋意淡淡地打断他的话:"虽然你和我妈早就没感情了,可我并不觉得你婚内出轨的这段感情有多光彩,所以你也不用一再跟我强调你的新的家庭成员。"

隋崇光皱了一下眉,沉声喊道:"隋意。"

"你们怎么样都和我没关系,我是来看爷爷奶奶的,不是来看你如今家庭有多美满幸福的。"

"你是不是还在怪我?在那之前,我已经和你妈妈提出离婚了,她说过会考虑,只是因为她工作太忙,才一拖再拖。"隋崇光似乎有些无奈,"我也没想到会正好被你看见。"

隋意升上车窗,闭上了眼睛,不想和他就这个话题再说什么。

剩下的时间里,隋崇光也没再开口。

四十分钟后,车在院落前停下。

夜已经深了,四周只有暗淡的路灯灯光,凄凄惨惨地勉强照亮了被雪水浸湿的小巷。

隋意的房间在二楼,隋崇光把行李箱给她拿上去之后,叮嘱她早点儿休息便下楼了。

等他离开,隋意关上门,打开行李箱,开始收拾东西。

没过多久,包里的手机响了一下。

隋意拿出手机来看,是顾词发来的消息。

她下飞机那会儿给他发了条消息,说她已经到东城了。

顾词一直没回消息,她还以为他已经睡了。

聊天页面上,是他刚刚发来的消息。

顾词:到家了吗?

隋意:刚到,正在收拾东西。

隋意:你还没睡?

顾词:有点儿事。

隋意走到窗边,雪似乎下得比刚才更大了,纷纷扬扬地从空中落下。

她打开相机,调整成夜拍模式,对着天空拍了一张照片。

漆黑的夜空里,漫天的飞雪。

她重新点开对话框,把照片发了过去。

隋意:东城下雪了。

另一边,顾词看着隋意刚发来的消息,勾了勾嘴角。

正在玩儿游戏的唐季和林加禾对视一眼,纷纷从对方眼里看出了痛惜与同情之色。

他们两个放假了不回家,是不想回去听父母唠叨,而顾词父母在外地,他不回家的理由就只有一个了。

他笑得这么荡漾,看来这次的这个"渣女"段位挺高啊。

林加禾想了想,觉得不能就这么眼睁睁地看着顾词越陷越深。

他拿起手机,埋头开始搜罗相关消息。

五分钟后,顾词收到了林加禾分享给他的几条新闻。

"大学生网恋一个半月被骗318万元"。

"男孩子出门在外也要保护好自己,警惕以下几种女生"。

"谈恋爱千万别被冲昏头脑!进来测测对方到底爱不爱你,准确率高达99%!"。

顾词抬头,面无表情地看向林加禾。

林加禾微笑着朝他点头,表示不用客气,深藏功与名。

顾词懒得理他,靠到椅背上,视线落在了电脑旁的那个蓝牙音箱上,脑海里浮现的是跨年那晚,嘈杂的音乐声中,隋意站在人群中,脸上的笑容明媚得有些晃眼睛。

第二天,隋意早早就被楼下传来的婴儿哭声给吵醒了。

她拿起手机看了一眼时间,不到七点。

隋意把手机塞到枕头下面,拉上被子蒙住脑袋继续睡。

没过一会儿,她掀开被子,睁开眼睛吐了一口气,睡不着了。

隋意打着哈欠起身,推开窗户。

外面天色未亮,雪下了一整夜,已经是白茫茫的一片,寒意扑面而来。

被冻得清醒了一点儿后,隋意关上窗,进了浴室洗漱。

她下楼的时候,刚才还哭闹不止的婴儿此刻正窝在他母亲的怀里抽噎着,脸上的泪痕还没干。

看见隋意的身影,旁边正在兑奶粉的隋奶奶问道:"意意,是不是吵醒你了？"

隋意摇了一下头："没有，我平时也差不多是这个时候醒。"

"你昨天到得晚，肯定没休息好，吃了早饭再去睡一觉吧。"

隋意眼睛还是有些酸涩，这一上午也没什么事，她还不如去睡觉，便应了一声。

隋奶奶又笑道："快过来，看你弟弟多可爱，白白胖胖的。"

隋意说道："奶奶，我出去走走。"

隋奶奶脸上的笑僵了一瞬："那你别走远了，你爸爸和你爷爷出门晨练去了，一会儿就回来。"

"我就在附近转转。"语毕，她转身出了门。

隋奶奶目送着她出门后，才走到杨佳慧身旁："你也别介意，等时间长了，她会接受的。"

杨佳慧三十来岁，保养得不错，看上去比隋意大不了多少。

她抱着孩子说道："妈，我没介意，知道她会是这个反应。"

杨佳慧也从来没指望过隋意会把她生的这个孩子当弟弟看。

说到底，她是嫁给隋崇光的，而且隋意是跟着自己的母亲，一年到头她们也见不了几次。

既然这样，她也不想费力做些什么，反而是费力不讨好。大家井水不犯河水，面子上看得过去就行了。

隋意站在巷口，双手插在衣服口袋里，低头踩着自己留下的那一串脚印，来来回回地走着。

时间一分一秒地过去，远处的天色渐亮。

有路过的邻居认出她来，打着招呼："隋家那丫头回来了啊。"

隋意抬头："奶奶好。"

"我听你奶奶说,你考上了全国排名第一的大学吧?可真有出息。"

隋意微微笑了一下表示回应。

"我们先去买菜了,你有空上我家来玩儿。"

"奶奶再见。"

邻居奶奶笑着应了一声,提着菜篮子往前走去,没走几步,旁边的人便开始小声八卦:"听说她那后妈生的是儿子吧,我之前见过那孩子,长得白白胖胖的,老隋家算是有福了,儿女双全。"

"可不是嘛,我们只有羡慕的份儿咯。"

"不过说来也奇怪,我怎么感觉她爸妈好像才离婚没多久,后妈生的孩子就这么大啦?老隋家那个该不会是还没离婚,就在外面有人了吧?"

"嗐,你又不是不知道,她那个妈也不知道到底是做什么的,总说工作忙工作忙,嫁过来二十年了,连我都没见过几次。女人结了婚不就该专注于家庭吗,成天忙工作算什么事?她妈和她爸感情早淡了。"

"要你这么说,是该离,老隋家现在这个媳妇儿,我看着还挺面善的,关键是肚子争气,生了个儿子。我看他们一家人,每天高兴着呢……"

两个人越走越远,谈话声也越来越小。

隋意始终低着头,情绪淡淡的。

没过多久,隋崇光和隋爷爷回来了。

隋崇光对隋意说道:"大早上在这里站着做什么?"

"没什么,随便走走。"

隋爷爷说道:"别继续站着了,外面冷,意意,回去吃饭吧。"

可能是人多的原因,一顿早饭显得格外热闹。

隋奶奶怕隋意饿,给她加了两个鸡蛋。

"奶奶,我吃不下……"

隋奶奶说道:"多吃点儿,你看你都瘦成什么样了,在学校没好好吃饭吧。"

隋爷爷也说道:"学校那都是吃大锅饭,哪里有什么营养?这段时间你想吃什么,就跟你奶奶说,让她做给你吃。"

"我们学校食堂的菜挺好吃的,我就是减肥,吃得少。"

隋奶奶说道:"你就没胖过,减什么肥?你妈妈也是,都不说说你。平时学习都那么累了,营养没跟上怎么能行?"

隋爷爷又说道:"依我看,以后放假你也别回去了,直接来我们这儿,这里也是你的家。"

这时候,杨佳慧起身:"爸、妈,我吃饱了,去看看孩子。"

隋奶奶跟着说:"我也去看看。"

隋崇光开口:"你妈妈还是经常不在家吗?"

隋意语调淡淡的,没什么起伏:"我都是住校,她在不在家都一样。"

隋爷爷"喊"了一声:"还是那个样子,一点儿都没变。"

隋崇光没再说什么,低头吃饭。

吃完饭后,隋意上了二楼睡回笼觉。

可她越想睡,大脑反而越清醒,脑海里忍不住浮现的,是她第一次见到杨佳慧和隋崇光的场景。

那天,隋意和顾词约好了见面。

她正好想去附近买点儿东西,便提前出了门。

买完东西后,隋意提前四十分钟到了约好的地点,刚准备找个

地方坐下,就看见隋崇光和一个女人手挽着手从前面经过。

隋意愣了片刻,立即起身跟着他们进了商场。

一路上,隋崇光和那个女人有说有笑,俨然一对恩爱有加的夫妻。

隋意知道隋崇光对徐曼不满,两个人也仅仅是保持着表面的和谐关系,但从来没有想过,有朝一日会亲眼看见他和另一个女人做出如此亲密的动作。

至少现在,隋崇光和徐曼还保持着婚姻关系。

任何借口都不足以成为他在婚姻中出轨的理由。

那一瞬间,隋意感觉到前所未有地恶心。

隋崇光看到她时,也愣怔了一瞬,却没有和那个女人拉开距离,只是理智又冷静地对她说:"意意,这是杨阿姨。"

当然,隋意没叫人,还说了些让他们极其难堪的话。

这一面,只能用非常不愉快来形容。

隋崇光让杨佳慧先离开,和隋意回了家,本来想要把事情和她说清楚,但巧的是,那天徐曼刚好出差回来了。

她见两个人脸色都不好看,便笑着问道:"怎么了,吵架了啊?"

隋意张了张嘴,正要开口,隋崇光便对徐曼说道:"我们离婚吧。"

徐曼嘴角的笑容一点点地消失。

隋崇光说道:"我们早就没感情了,这么拖着没意思。"

徐曼冷冷地说道:"是,你的感情都放到别人身上了,哪里还有多的?"

徐曼虽然工作忙,但也不傻。

隋崇光外面有人这件事，她早几年就发现了，只是她不想撕破脸，工作的压力让她根本分不出时间来应付这件事，也不想自己的家事成为别人的饭后谈资。

只要隋崇光不做得太过分，她睁一只眼闭一只眼就算了。

她没有想到，隋崇光会这么明目张胆地提出离婚。

不出意料地，他们又爆发了激烈的争吵。

隋意不想听，既然徐曼知道了隋崇光出轨的事，她也没有什么好说的，便回房间戴上了耳机，听英语磁带。

当天下午，徐曼和隋崇光就去民政局办了离婚手续。

隋意在卧室里坐了一整天，抱膝看着外面不知道什么时候开始下的雨出神。

忽然间，她的脑海里闪过什么东西。

隋意猛地起身，拿上手机就往外跑。

等她到约定的地点时，还差五分钟到十二点，店门早就关了，四周只剩下深沉的夜幕和滂沱的大雨。

回到家，她立即上游戏给顾词留言，解释今天是因为家里有事耽搁了，能不能换个时间重新见面，并且表达了万分诚挚的歉意。

不过从那以后，顾词再也没有登录过游戏。

直到现在，他也没看到那条留言。

没过多久隋意高三开学，还要补之前因为车祸小腿骨折在家里休养而落下的课程，也就没再碰过那个游戏。

久而久之，她便忘了这件事。

她也没想过，会和顾词以那样的方式再见面。

第八章

仙女回天庭了吗？

在东城待了大半个月，隋意每天不是窝在房间里看书，就是去附近溜达。

一转眼，就快到除夕了。

杨佳慧要在家里照顾孩子，买年货就是隋意和隋奶奶两个人的事了。

路上，隋奶奶问："意意，这段时间住得还习惯吗？"

隋意回道："挺好的。"

"东城比云城要冷一些，就怕你不习惯。"

"没有，奶奶，我穿得多，不冷。"

隋奶奶牵着她的手，一边拍着，一边叹着气："其实有些话我很早就想对你说了，只是一直没有找到合适的机会。"

隋意猜到她想要说什么，低垂着脑袋没有开口。

隋奶奶继续说："你爸妈会走到今天这一步，其实也怪不了任何人，原因还是出在他们自己身上，虽然说你妈妈工作忙，疏忽了家庭,但你爸爸也不是没有责任,婚姻本来就是两个人的事……

"我知道你在生你爸爸的气,觉得他不应该婚内出轨。这些年你过得怎么样,我都看在眼里。只是意意啊,有时候人和人之间,不是三两句话就能说清楚的。"

半晌,隋意才轻轻出声:"我知道他们早就没感情了,也做不到对婚姻忠诚。"

在隋崇光对这个家庭厌倦透顶的时候,他刚好遇到了杨佳慧,情不自禁地被她的温柔体贴的性子吸引,她的嘘寒问暖也和徐曼的强势形成了强烈对比。

那一瞬间,估计在隋崇光心里,这段婚姻对他来说,是可有可无的。

他选择出轨,仿佛是重新选择了一条人生正确的道路,路上铺满了鲜花与掌声。

因此,他从来不会觉得,束缚住这段不幸婚姻的,不是那张纸,而是一个人最起码的道德底线。

在婚姻的结尾,他们留给彼此的不是体面的好聚好散场面,只剩下狼狈与怕被人提起的不堪事。

隋奶奶又叹了一口气:"你已经这么大了,奶奶知道你有自己的想法,也不指望你能原谅你爸爸。奶奶想告诉你的是,他们离婚是他们的事,这里永远都是你的家,你想什么时候回来,就什么时候回来。"

隋意闻言,抱着隋奶奶的胳膊:"我会经常回来看您和爷爷的。"

隋奶奶笑道:"好,好,好,奶奶等着你。"

闲聊了几句后,隋奶奶试探着开口:"意意,你在学校里有喜

欢的男孩子吗？"

隋意怔了一下，刚想说没有，脑海里就出现了一张清清冷冷的脸。

隋奶奶了然道："奶奶明白了。"紧跟着她又问道，"那个男孩子怎么样？对你好吗？"

隋意张了张嘴，好半天才说道："他对我……挺好的。"

他会冒着大雨去医院看她；会在她受伤时，每天中午给她送饭；会因为她的一句想吃糖炒栗子的话，去城市的另一边排队买栗子；会带她去看她喜欢的乐队的跨年演出；会因为她到东城来，特地看了这边的天气预报。

想到这些，隋意不自觉地翘起嘴角。

隋奶奶见状欣慰地说道："这样就好，这样就好，我还怕你爸妈的事给你造成什么不好的影响，让你对谈恋爱这件事有抵触，现在我就放心了。"

买完年货后，隋奶奶又拉着隋意去了商场四楼，想要给她买两件衣服。

刚进一家店，隋奶奶就看中了模特身上穿的那件粉色羽绒服。

让导购员拿来了隋意的尺码的衣服后，隋奶奶说道："意意，快换上。"

隋意说道："奶奶，我的衣服够穿……"

"这大过年的，怎么着都得添两件新衣服。"

旁边的导购员也附和道："对，新年新气象嘛。"

隋奶奶劝道："来，快试试，看看合身不。"

到底是老人的一番心意，隋意也就没再拒绝，脱了外套。

在穿羽绒服的时候她才发现，帽子后面还有两个大大的白色兔子耳朵，摸上去毛茸茸的，怪可爱的，但不是她的风格。

隋意一转头，就对上了隋奶奶期待又鼓励的目光，只能把到嘴边的话收回去，默默地穿上了羽绒服。

她刚穿好，隋奶奶就满意地说道："我就知道这件衣服适合你，多可爱啊，好看！"

导购员也羡慕地说道："你皮肤白，长得又漂亮，穿这件衣服太好看了！粉粉嫩嫩的，像个小公主似的。"

隋意："……"

隋奶奶脸上露出了几分骄傲的神色："是吧，我孙女不仅长得漂亮，学习成绩还好呢，回回考试都是第一名。"

说着，她又对导购员说道："就这件，先包起来吧，我们再看看其他的。"

隋意把羽绒服脱下来递给导购员："谢谢。"

隋奶奶又给隋意选了一件白色的大衣，说是开春之后穿正合适，也是可爱的那一类的。

买完衣服，出了女装店，隋意提着购物袋："奶奶，我去给你和爷爷也买一套衣服吧。"

这次回来她虽然带了礼物，但奶奶说得对，过年的仪式感还是要有的。

隋奶奶笑着拍了拍她的手："不用了，前段时间你爸爸和……已经带我和你爷爷买过了，我们俩的新衣服，多得都穿不完了，买了也是浪费。"

隋意淡淡地牵了牵嘴角，没再说什么。

下扶梯的时候，隋意发现奶奶一直扭着脖子在看三楼的童

装店。

大概是怕隋意不开心,所以隋奶奶没有提出去里面逛逛。扶梯在三楼停下后,隋奶奶收回视线径直往下二楼的扶梯走去。

隋意垂着头,在到了扶梯前时,却停下了脚步。

隋奶奶看向她:"怎么了?"

隋意转头看向后面的童装店:"我看到门口挂着的几件衣服挺可爱的,想去看看。"

隋奶奶一喜,拍着大腿说:"欸,好!我们去看看。"

"小孩子的钱最好赚"这句话果然不假,一进童装店,隋意这种不喜欢小孩子的人都觉得这些衣服小巧又可爱,甚至到了让人移不开目光的地步。

在隋奶奶对着一双小鞋子爱不释手的时候,隋意拿出手机,把旁边的几件小衣服拍了下来,又打开微信给顾词发了过去。

顾词发了一个问号过来。

隋意:哪件好看啊?

顾词:……

顾词:没太看出来区别。

隋意:去借双眼睛吧你[微笑.jpg]。

顾词:你买这个做什么?

隋意:给亲戚家的小孩买新年礼物。

另一边,梁诗从厨房里出来,把果盘放在茶几上,偏过头见顾词坐在沙发里,眉头微蹙,目光专注地盯着手机,便坐在一侧,剥了一个小橘子:"你看什么呢这么认真?"

顾词把手机递到她面前:"选一个。"

梁诗看了看手机页面忍不住乐了:"你这是给你侄子挑衣服

呢？不过他太小了，穿不了这些衣服，你还是封红包吧。"

"谁说给他买了？"

顾词拿回手机，最后选了一件颜色最鲜艳的衣服。

顾词：这件吧。

隋意：你的眼光和我奶奶真像。

顾词：……

隋意：但过年是得穿得喜庆一点儿。

隋意：那我去付账了。

顾词刚放下手机，就看见梁诗正目不转睛地盯着他。

顾词一脸疑惑地对上她的视线。

梁诗兴奋地问道："跟谁聊天儿呢？"

"你不认识。"

"我认识还问你吗？"梁诗说着又问道，"女朋友？"

顾词沉默了几秒，才回道："不是。"

梁诗拖长调子"哦"了一声，十分了然地说道："那就是还在暧昧期了，快跟我说说，是什么样的女生？怎么认识的？"

顾词不紧不慢地开口："你儿子哭了。"

梁诗愣了愣，下意识地就站了起来，定神一听，却没有听见孩子的哭声，又坐了下来，没好气地说道："你吓我呢。"

顾词抬了一下眉，没说话。

梁诗又说道："欸，我一直忘了问你，班上的那群小朋友都怎么样，好带吗？一想到下学期就要回去了，我还有些紧张。"

"你紧张什么？"

"我听说，去年的省状元是在我班上吧，她好相处吗？"

顾词："……"

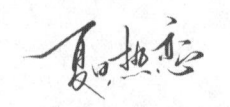

他看向梁诗："你跟她有什么好相处的？"

梁诗说道："学霸不都总是有些奇奇怪怪的想法和行为？我就怕跟不上她的思维，那我这个辅导员当得多窝囊？"

"她没有。"顿了顿，顾词不知道想到了什么，改口道，"有一点，但和你也没什么关系。"

梁诗轻哼了一声："是，你们智商高的人才有共同话题。不过我听说她长得挺漂亮，有男朋友吗？"

顾词面无表情地开口："看来你在家里的这半年确实很闲。"

"那可不是，都快闲出病来了。"

她唯一的消遣就是在工作群里看老师们的吐槽八卦，其中他们最经常提起的，就是这个省状元，说她不仅脑子好使长得漂亮，而且还有才艺。

这时候，厨房里传来顾词的母亲的声音："顾词，帮我下楼买点儿东西。"

顾词应了一声，走到厨房门口问："买什么？"

"买个保温桶，一会儿给你表姐夫送单位去。"她说完，还嘀咕道，"真是奇怪了，我记得家里有两个保温桶，怎么一个都找不着了？"

"……"顾词单手抵唇咳了一声，"我现在去买，还要什么吗？"

"随便买点儿年货吧，我买得少，可能不够。"

"知道了。"

这时候，梁诗抱着睡醒的孩子从卧室里出来："我爸妈到楼下了，让他们带上来吧。"

顾词拿上外套："不用，我下去一趟。"

除夕的早上,连日不见的太阳终于露出了头,阳光落在了小巷里的每一个角落。

隋意推开窗,看着外面正在融化的雪景,舒服地伸了一个懒腰。

吹了一会儿冷风清醒后,她打了个哈欠,进了浴室。

洗漱出来,隋意打开衣柜,看着里面的衣服,最终还是拿了昨天和奶奶去买的那件粉色羽绒服。

她下楼的时候,隋爷爷正在贴对联,隋奶奶在厨房里做早饭,杨佳慧抱着哼哼唧唧的孩子在客厅里转着,隋崇光应该去外面扫雪了。

隋奶奶端着盛好的粥出来,看见隋意的身影,放下手里的东西朝她走去,笑着开口:"看看,这衣服多适合你,多可爱。"

说着,她还试图和门口的隋爷爷进行情感上的共鸣:"是吧,老隋?"

隋爷爷也看了过来,点头应和道:"对,好看,小姑娘就是要穿这种带点儿颜色的衣服,看上去有活力。"

隋奶奶满意地说道:"欸,对,还是我的眼光好,一眼就知道意意穿这衣服好看。"

隋意笑了笑,转过头时,正好和杨佳慧目光相接。

两个人大概也是没想到会有这样的情况,一股淡淡的尴尬气氛隐隐弥漫开来。

杨佳慧愣了几秒,才轻轻点头:"我也觉得不错。"

隋奶奶一听这话,更加开心了,拍了拍隋意的胳膊:"去外面叫你爸爸,回来吃早饭了。"

"好。"

隋意收回视线，朝门外走去。

昨天从商场回来之后，她很客气地把给小孩子买的衣服给了杨佳慧，杨佳慧也很客气地跟她道了谢。

她们就像是同住在一个屋檐下，尴尬不失礼貌，还要把不喜欢对方的情绪隐藏在心里的陌生人。

吃完早饭，隋奶奶见今天天气好，便想要推着小孙子去附近的公园走走。

去公园的路上，隋奶奶推着婴儿车，和杨佳慧走在前面。

隋意双手插在衣服口袋里，慢悠悠地跟在后面。

大概是除夕的原因，许多离开家乡已久的人都回来了，一路上都有和隋奶奶打招呼的人。

隋奶奶笑眯眯地回应，遇到熟人就停下来和他们聊几句。

有些人的目光在杨佳慧脸上流连着，似乎想要问什么，但又不好意思问出口，便看向了隋意："这是你们家孙女啊，一转眼都长这么大了，真漂亮。"

隋奶奶便朝隋意招手："意意过来，这个叫秦阿姨。"

隋意走过去，微微点头："秦阿姨好。"

秦阿姨满脸都是笑容："你好，你好，上次见你的时候，你还不到我的腰高呢，现在都比我高出一个头了。"

隋奶奶说道："你也不想这都多少年了。"

秦阿姨问道："至少得十年了吧？"

两个人说了一阵后，秦阿姨又看向隋意："这孩子在哪儿读书呢？"

"在云城大学。"

"哟，云城大学可是个好地方，真有出息。"秦阿姨又意有所指道,"那你现在有男朋友吗？我有个侄子也在云城读大学,明年就毕业了,要不你们认识认识？"

隋奶奶拉过秦阿姨的手拍了拍:"不着急,不着急,我们意意今年才上大学呢,还是个小姑娘,等过几年再说吧。"

秦阿姨笑道:"也是,还是以学业为重,以学业为重,等过两年阿姨再介绍你们认识啊。"

知道都是客套话,隋意笑了笑以示回应,没再作答。

和秦阿姨分开后,隋奶奶松了一口气:"这人还是老样子,就喜欢我们家的人,当年还差点儿嫁给你……"

隋奶奶的话戛然而止,隋意和杨佳慧同时看了过来。

面对她们两个人的目光,隋奶奶讪笑了一下:"也没什么,就是二十多年前,你爸爸大学刚毕业,他们家就找媒婆来说媒了。你爸爸那会儿已经在云城找了份稳定的工作,当然是不想回来的,后来这事也就不了了之了。"

过了一阵,杨佳慧轻笑了一声:"他年轻时魅力还挺大。"

隋奶奶一边回忆一边感慨道:"那可不是。崇光啊,遗传了我,长得好,年轻那会儿经常有小姑娘在我们胡同外转悠。"

这个话题点到即止,谁也没再继续下去。

隋奶奶推着婴儿车往前走:"我们得快点儿,一会儿该中午了。"

到了公园之后,隋奶奶选了一个刚好能被阳光照到的地方坐着,把婴儿车里的小孩子抱了出来,杨佳慧则在婴儿车旁边挂着的袋子里找着尿不湿。

隋意在不远处的长椅上坐下,抬头看了看头顶有些晃眼的阳光,抬手挡了挡,可尽管如此,早晨的风依旧带了几分凛冽之意。

冬天里的阳光并没有夏日那般灼热,仿佛还夹杂了一层寒意。

正当隋意准备换个地方坐时,旁边突然有了动静,有人坐了下来。

她转过头,看到了杨佳慧。

隋奶奶抱着孩子正在和偶遇的熟人聊天儿,而杨佳慧坐在她旁边,神情平静,明显是要和她谈谈的意思。

隋意慢慢收回视线,看向前方,没有说话。

过了片刻,杨佳慧的声音才传来:"我知道,你现在还把我当小三看,我也反驳不了什么,因为我和你爸爸确实是在他还没有离婚时在一起的。

"但你的家庭,不是我破坏的。"

隋意放在长椅上的手逐渐收拢。

杨佳慧继续说:"我遇见你爸爸的时候,一开始不知道他是有家庭的。在后来的接触中,我慢慢被他吸引,对他产生了感情。也就是在这个时候,我才知道他结婚了,但是婚姻并不幸福,他和他妻子之间早就没了感情,只剩下不断的争吵与越来越远的距离。

"当我知道这些事后,却还是选择和他在一起,你可能会更看不起我。但是隋意,你应该清楚,就算没有我,他们这段婚姻也不可能持续下去,离婚只是早晚的事。"

良久,隋意才淡淡地问道:"如果我爸一直不离婚,你还会选择和他在一起吗?"

她这么一问,倒是把杨佳慧问蒙了。

隋意又说道:"你有没有想过,他和我妈妈也是相爱过的,那时候的海誓山盟、甜言蜜语,应该不比和你在一起的时候少。只是婚姻这个东西大概很奇妙吧,它能让原本互不相识的两个人走进一间屋子里,相敬如宾地过完一辈子,也能让原本相爱的两个人产生怨恨情绪,从此形同陌路。

"我爸和我妈,是感情走到了尽头,但这不是婚内出轨的借口,一段婚姻是两个人的责任。你和我爸现在感情好,可谁又能预料到未来的事?有可能你们会携手过完这辈子,有可能会因为其他的事,各持不同的意见而争吵。"

隋意说着,扭头看向杨佳慧:"所以你觉得,在这个时候我爸再在外面遇到一个能对他感同身受,并且无时无刻不对他温柔体贴的女人,你会轻飘飘地用一句'婚姻并不幸福'来成全他吗?"

杨佳慧的脸有些白,她动了动嘴唇,却没有发出声音。

"杨阿姨,你现在来和我说这些话,不如在当初明知道我爸有家庭时,坚决地对他说,'如果你不离婚,我就不和你在一起',要更能让人尊重。

"你骨子里觉得你没有做错,你只是拯救了一个婚姻和家庭不幸福的男人,并没有对不起谁,你在爱情里甚至比其他人勇敢和伟大。可同时,你又不想背上小三这个骂名,因为你觉得你伟大的爱情不应该掺杂这些世俗的东西。

"你之所以会跟我解释,是因为你们出轨的场面被我亲眼看见,那就像是一根刺,扎在你的心底里,令你无法坦然地面对这段婚姻,走向新的生活。所以你想要说服我,得到我的认可。

"不过你可能得失望了,我这个人认死理。哪怕你们是上辈子转世的恋人,这辈子经历了种种磨难,冲破了世俗,最终才走到了一起,但只要他没有离婚,他的行为就是出轨。

"我不会非要和你争执一个什么结果,你也别试图扭转我的想法。"

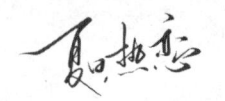

杨佳慧沉默了一阵，低着头挤出笑容："真没想到，你年纪不大，却对婚姻理解得这么透彻。"

隋意说道："我只是有一直坚持的观点。"

到了中午，他们原路折返。

杨佳慧推着婴儿车走在前面，隋奶奶拉着隋意小声问："刚才我见你们在那儿嘀嘀咕咕地说了好半天，都说了些什么呢？"

隋意回道："就随便聊了一些有的没的。"

隋奶奶松了一口气："那就好，我还怕你们吵起来呢。"

隋意挽着隋奶奶的胳膊："奶奶，你放心，我想要和她吵早吵了，不会等到现在。"

隋奶奶叹息："奶奶知道你懂事，从小到大都是。"

一段不幸的婚姻里，离了婚的两方都会觉得是种解脱，但承受这一切后果的，永远都是孩子。

下午，隋意正在和隋奶奶包饺子，放在旁边的手机响起。

她看了手机一眼，是徐曼打过来的电话。

隋意擦了擦手，起身去拿手机。

隋奶奶明显也是看到了来电显示，对隋意说道："告诉你妈妈，大过年的别总忙着工作，该休息还是得休息，祝她新年快乐。"

隋意轻轻点头："好。"

她走到了门外，才五六点，天色就已经完全暗下来了，外面已经有了放烟花的小孩子。

隋意找了个安静的地方接通电话："妈。"

徐曼问道："吃饭了吗？"

"还没呢，正在包饺子。"

"你这段时间住在那里，那个女人为难过你吗？"

"没有。"

徐曼轻嗤了一声:"她生了个儿子,所以才那么有恃无恐。你平时多留意一点儿,别被坑了还不知道。我倒是不在乎你爷爷奶奶的东西,但该是你的东西,你必须拿到,不能让他们母子占了便宜。"

隋意微抿嘴角,深吸了一口气:"爷爷奶奶身体很好,你不用想这些。"

"我不是想,是担心你在那边被欺负。你又不是不知道那个女人都有些什么手段,我怕你被……"

隋意打断她的话:"奶奶让我转告你,过年别总忙工作,该休息还是得休息,祝你新年快乐。"

电话那头,徐曼愣了片刻。

对她常年忙于工作不回家这件事,不仅是隋崇光有意见,隋崇光的父母也一直对她很不满意。

她意外于,在离婚之后,隋意的奶奶竟然还会问候与关心她。

隋意说道:"快要吃饭了,没什么事就先这样。"

徐曼默了默才说道:"也祝他们新年快乐。"

"好的,我会带到。"

挂了电话,隋意刚要往里面走,就被一个小女孩拽住了袖子。

小女孩递给她一盒仙女棒:"姐姐,你能帮我点一下这个吗?我有点儿不敢。"

隋意蹲了下来,摸着小女孩的脑袋:"你家里的大人呢?小孩子不能单独玩儿这个。"

小女孩垂下头,小声说道:"我爸爸妈妈在吵架,我自己跑出来了。"

隋意想了几秒，问："你有打火机吗？"

小女孩从衣服口袋里掏出打火机："有的。"

隋意从盒子里拿出一根仙女棒，点了一根放在小女孩的手里："你就这样拿着，等快要燃到木棒时，就扔了，姐姐再给你点新的。"

小女孩开心地点头："谢谢姐姐！"

"不客气。"

仙女棒燃烧的速度很快，没一会儿，一整盒便见了底。

这时候，胡同外传来一个女人的声音，在叫小女孩回家吃饭。

小女孩应了一声，把盒子里的最后一根仙女棒拿出来递给隋意："这个给姐姐，祝你新年快乐！"

隋意轻笑，伸手接过仙女棒："谢谢，你也新年快乐。"

小女孩转身，跑到了她妈妈那边，又回过头朝隋意挥手。

等她们走远后，隋意低头看着手里的仙女棒，点燃的同时，拿出手机拍照。

她拍了几张照片后，仙女棒也刚好燃完。

隋意把剩余的木棍扔到了垃圾桶里，然后点开和顾词的对话框，选了一张刚刚拍得最好的照片发给他，然后打着字。

隋意："仙女祝你除夕快乐。"

发完这条消息后，隋意顺势把手机揣进了衣服口袋，朝屋里走去。

这时候，远处天际也慢慢出现了月亮的身影，月亮高高地挂在半空中，清冷皎洁。

胡同里的路灯也接连亮起，给充满寒意的夜晚平添了几分朦胧的暖色。

隋意回去的时候，年夜饭已经上桌了，整个屋子里弥漫着温馨祥和的气氛。

隋奶奶端着煲好的汤从厨房里出来："意意回来啦，洗洗手就可以吃饭了。"

隋意应了一声后，脱下外套放在沙发上，进了洗手间。

隋奶奶又对抱着孩子的杨佳慧说道："孩子给我吧，你先吃点儿？"

杨佳慧笑着摇头："没事，他现在闹腾，估计是想睡觉了，把他哄睡着就好了。"

"那行，一会儿吃饭的时候我叫你。"

"好嘞。"

小孩子的脾气都是和困意一起来的，没过几分钟，他就躺在杨佳慧的怀里睡着了。

杨佳慧想着他这一觉至少得睡上两三个小时，便把他抱到卧室去。

卧室里，隋崇光似乎正在和谁通话，看见杨佳慧进来，便低声说道："就这样吧，等开学我送她去学校。"

杨佳慧把孩子放在婴儿床里，转身问道："谁啊？"

隋崇光握着已经结束通话的手机，也没隐瞒："隋意她妈妈。"

杨佳慧问："你们还有联系？"

"没什么联系，她就是问问隋意在这里过得怎么样。"

杨佳慧叠着一旁的小孩子的衣服，语气平静地说："是怕我欺负她吧。"

隋崇光说道："没有的事，隋意生下来就体寒，这边的气温比云城低，她妈妈只是担心她感冒。"

"我记得隋意刚接了她妈妈的电话不久吧,有没有感冒她妈妈没问清楚吗,非要给你打个电话?"

隋崇光眉头微皱,似乎是觉得她多少有点儿胡搅蛮缠。

杨佳慧没有理会他的不开心情绪,继续说道:"我刚刚听你说,你要送隋意去学校?"

隋崇光回道:"开年公司有个项目在云城那边,我正好过去看看,顺便送她去学校。"

"那你是不是还要顺便再去见见隋意的妈妈?"

"我见她做什么?"

"谁知道你呢?你当初不是那么讨厌她吗?离婚这么久了,你们居然还会私下电话联系。"

隋崇光沉声说道:"我和她是没感情了,但隋意是我的女儿,她是隋意的母亲,有些联系是必不可少的。"

杨佳慧看向他,神色没什么变化:"你当初整夜整夜不回家,在外面住的时候,想过你还有一个女儿吗?现在反倒向往父慈女孝了,你觉得隋意会接受吗?你在她眼里,不过就是一个对待婚姻不负责的人罢了,你以为你树立了什么好父亲的形象吗?"

隋崇光起身:"今天过年,我不想和你因为这些事情吵架。没什么事就出去吃饭吧。"

看着卧室门被关上,杨佳慧有些怅然,后知后觉地反应过来自己刚刚都说了些什么话。

她放下手里的衣服,脑海里突然浮现的是中午隋意在公园里和她说的那些话。

难不成她真的会一步一步走上隋崇光和徐曼的老路吗?

杨佳慧心里虽然清楚,隋崇光当初和徐曼离婚时有多坚决,他们也绝对不可能死灰复燃，但是不得不承认，徐曼那样的女人，优秀、强势、漂亮，不受家庭束缚，在职场上更是混得风生水起，甚至比很多男人都要强，是每个女人心底深处都会隐隐羡慕的对象。

和隋崇光离婚后，徐曼身边应该不会缺优质的追求对象。

所以，在听到隋崇光和她通电话时，杨佳慧才会觉得心里如同卡了一根刺。

客厅里，年夜饭已上齐。

隋奶奶一边解着围裙一边问隋崇光："孩子睡着没？我去叫佳慧吃饭了。"

隋崇光说道："我去吧。"

他刚起身，杨佳慧便从卧室里出来了。

一家人也算是齐了，坐下开始吃饭。

随着春节联欢晚会开始，整个除夕夜的气氛达到了顶点。

但隋意敏锐地捕捉到隋崇光和杨佳慧之间的气氛不太对。

两个人表情正常，好像什么都没说，又好像什么都说了。

不只是她，隋奶奶和隋爷爷也察觉出来了。

隋奶奶拿起酒杯："今天除夕夜，我们一家人好不容易能坐在一起吃饭，把过去一年里所有不愉快的事都忘掉，从现在开始，都开开心心的！"

隋爷爷附和道："来，来，喝了吃饭。"

这样缓和下来，氛围好了许多，一顿年夜饭吃下来，大家也算是其乐融融。

吃完饭，隋意正在收拾碗筷，却被隋爷爷叫了过去："意意，你过来。"

旁边，隋奶奶把杨佳慧拉进了厨房，应该是要说什么。

隋意放下手里的东西，往客厅走去。

隋爷爷坐在沙发里，从怀里拿出了一个大大的红包："意意，新年快乐。"

隋意接过红包："谢谢爷爷。"

拿到红包的那一刻，隋意抬起头说道："爷爷，这太多了……"

隋爷爷摁住她准备还回红包的手："不多，不多，你现在一个人在云城念书，你妈妈也经常不在，别的事我们也帮不上什么忙，你自己身上有点儿钱，做什么事也方便一些。"

"我有奖学金的。"

这时候，隋崇光也走了过来："你收下吧，这是你爷爷奶奶的心意，你平时放假的时候，多回来看看他们就行了。"

说着，他把手里的红包也递给了隋意，虽然没有隋爷爷给的多，但也不少。

隋爷爷又说道："意意，有些话我们一直想跟你说，但总是找不到合适的时机，索性就现在说了。"

隋意握着两个沉甸甸的红包，轻轻点头。

隋爷爷继续说道："你爸爸再婚这事，已经有一段时间了，孩子也生了，有几个月了。我和你爸爸呢，前几天去做了财产公证，我和你奶奶名下的所有财产都留给你。至于你爸爸的公司，你和弟弟一人一半儿。"

隋意微微皱眉："爷爷，我不用这些。"

"爷爷知道你的想法，只是有些东西还是应该算清楚。这件事，我们和你杨阿姨也商量过了，她没有意见。"

隋崇光也说道："虽然我和你妈妈离婚了，有了新的家庭，但你永远都是我的女儿，这些东西是你应得的。"

隋意何尝不清楚，他们做出这样的选择，是因为爷爷奶奶觉得，隋崇光和杨佳慧结婚这件事，他们对她有所亏欠，才会把他们名下的所有财产都留给她。

虽然隋意对那个孩子没有任何感情，可是他对爷爷奶奶来说，和她一样，手心手背都是肉。

他们是怕有朝一日会因为种种事情厚待那个孩子，从而疏忽了她，所以才会早早去做财产公证。

这时候，窗外响起了烟花绽放的声音。

远处的河边上，五颜六色的光芒璀璨又绚烂。

隋爷爷起身道："好了，我要出去转转了，你们没什么事也往外走吧，看看烟花。"

隋爷爷刚出去，杨佳慧便从厨房里出来，往卧室里走去。

隋崇光见状，起身跟了上去。

隋意不关心他们到底是闹别扭了，还是吵架了，走进了厨房想要帮隋奶奶洗碗。

隋奶奶说道："哎哟，我已经收拾完啦，你别管我，外面在放烟花呢，你出去玩儿吧。"

于是，隋意被隋奶奶赶出了厨房。

窗外的烟花还在一声接一声地响起。

隋意穿上羽绒服，走出了屋子。

原本安静的胡同巷子里这会儿有不少拿着玩具跑跑跳跳的小孩子。

昏黄的路灯，也在费力地照着众人回家的路。

隋意双手揣在衣服口袋里，走出了胡同，朝河边走去。

没过一会儿，手机开始不停地振动。

隋意摸出手机，见各个群里大家都说着除夕快乐，红包也一个接一个地抢着。

也有不少人给她私聊送祝福。

隋意找了张长椅坐下，一一回复后，翻到下面的未读消息，是来自顾词的。

在她发了那条"除夕快乐"十分钟后，顾词给她打了个电话。

那时候她应该在吃饭，没有听到电话铃声。

紧接着，顾词给她发了一条消息。

顾词：仙女回天庭了吗？

隋意：……

她点了刚才没接通的语音电话，回拨了过去。

铃声响了一阵，顾词的声音才传来："原来天庭有信号。"

他的声音清冷低沉，又带着几分笑意，和在手机屏幕上看似有些调侃的语调完全不同，像是落在平静湖面上的一滴雨水，激起了层层涟漪。

隋意听着他的声音觉得心里有些痒，也有些麻。

她握着手机，低头看着脚尖，索性破罐子破摔："知足吧你，一般人是得不到仙女的祝福的。"

电话那头安静了一瞬，顾词没说话，她只能听到他均匀的呼吸声。

隋意仰头看着新一轮绽放的烟花，云城从前几年开始就已经禁止燃放烟花爆竹了，还得是有点儿仪式感，才有过年的感觉。

散开的烟花在隋意眼底映出一道道灿烂的影子。

过了几秒，她忽然出声道："顾词。"

"嗯？"

"你听到烟花的声音了吗?"

顾词回道:"听到了。"

隋意翘起嘴角,声音轻轻地说道:"除夕快乐。"

从初一开始,家里的客人便络绎不绝,来了一拨又一拨。

隋意每天不是被七大姑八大姨拉着,让她给弟弟妹妹们辅导寒假作业,就是让她给他们制订新学期的学习计划,搞得双方都苦不堪言。

房间里,一个小堂弟正在对着初中的语文作业咬笔杆儿,隋意坐在一旁回着顾词的消息,脸上浮着浅浅的笑意。

堂弟转过头小声问道:"姐,你是不是谈恋爱了?"

隋意:"……"

她咳了一声,收起手机:"别瞎说,没有的事。"

小堂弟"哼"了一声:"谈了就谈了嘛,我又不是会打小报告的那种人。"

见隋意不说话,小堂弟又凑了过来,八卦道:"他的成绩好吗?他能进年级前十名吗?"

隋意被他逗笑了:"要是没进呢?"

小堂弟咂舌:"那你还是分了吧,你成绩这么好,犯不着找个成绩差的男朋友委屈自己。连年级前十名都进不了,他以后能有什么出息?"

隋意问道:"我记得刚刚听你妈妈说,你这次期末考了全年级第九十九名?"

小堂弟红了脸,狡辩道:"我……我这是发挥失常,平时我都是考全年级第三名的!"

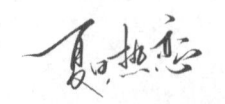

隋意拿着卷子轻轻敲了敲他的脑袋:"好了年级第三名,你已经对着这道阅读理解咬了半个小时的笔了,还没想出答案吗?"

"想到了!马上就想到了!"

他一边写,一边忍不住悄悄回过头看隋意,心里"啧啧"了两声。堂姐脑子这么好用,怎么找男朋友的眼光这么差?

到了初七、初八,小学、初中、高中的学生陆陆续续地开学了,隋意终于安安静静下来。

很快,也到了她该离开的那一天。

一转眼,隋意在东城已经待了一个月了。

隋奶奶拉着她的手,满脸不舍的表情:"意意,到了学校后要照顾好自己,你这么瘦就别减肥了,每天多吃点儿,钱要是不够了就跟爷爷奶奶说,别委屈自己。"

隋意笑着抱了抱她:"放心吧奶奶,我会好好吃饭的。"

隋爷爷站在一旁叮嘱道:"到了学校给我们打个电话报平安。"

隋意又抱了抱他:"我知道了,爷爷。"

说着,她退后一步:"爷爷奶奶,你们保重身体,我暑假再来看你们。"

隋奶奶抹了抹泪,朝她挥手:"走吧,走吧。"

隋意转身时,看到抱着孩子站在门口的杨佳慧,朝她微微点头致意后,弯腰上了车。

隋奶奶又对隋崇光叮嘱道:"你开车要小心,到了云城也跟我们说一声。"

隋崇光点头:"知道了,爸妈,你们回去吧。"

紧接着,黑色轿车缓缓驶出了小巷,朝远处驶去。

第九章
暧昧期

到了云城,已经是晚上十点了,隋崇光问隋意:"你回学校还是回家?"

隋意回道:"回家吧。"

她正好回去把保温桶拿给顾词。

到了小区门口,隋崇光把行李箱从车上拿了出来:"你回去吧,我不上去了。"

隋意拉着行李箱,点了点头。

隋崇光又说道:"该说的你爷爷奶奶已经和你说了,我也没什么好交代的了,有事你就打电话。"

"知道了。"

隋崇光最后说道:"上去吧,我走了。"

随着车门被关上,出租车的尾灯闪烁了几下,车子重新汇入了车流。

隋意收回视线,上了楼。

徐曼大概是很久都没有回来了,屋子里已经积了一层薄薄的灰。

隋意给爷爷奶奶打电话报了平安后,把屋子简单地打扫了一下,又把保温桶找出来装进纸袋,放在玄关的柜子上,免得明天走的时候忘记。

做完这一切,她洗了澡直接倒在了床上,几乎是头挨着枕头便睡着了。

第二天隋意到学校的时候,简乐和另一个女生已经到了,陶圆圆还在路上。

隋意刚坐下,正准备收拾床铺,放在桌上的手机便开始振动,是一个陌生的电话号码打来的电话。

隋意拿起手机接通:"你好,哪位?"

电话那头传来一道女声:"你好,我叫梁诗,是你们的辅导员。"

隋意顿了顿,很快便反应了过来。

半学期已经过去,原来的辅导员回来了。

梁诗又说道:"是顾词给我的你的电话,他说你是班长?"

隋意收回思绪:"是。"

"那你通知一下同学们,晚上七点在B01点到。"

"好的。"

"这是你的微信吧?我加一下你。"

"对,是。"

梁诗最后说道:"好了,你看看,那我就先挂电话了,晚上见。"

隋意应了一声,慢慢放下了手机。

简乐听着这番对话，不由得有些好奇，转过头问道："隋意，谁给你打的电话啊？"

隋意回道："辅导员。"

"学长吗？"

"不是，原本的那个辅导员。"

简乐恍然大悟，遗憾道："那个辅导员回来了啊，那我们以后岂不是都见不到学长了？"

另一个女生同样惋惜："生活中能看到帅哥的概率又大大降低了。"

隋意想起加微信的事，又拿起手机，通过了梁诗的好友申请，把她拉到了班级群里，顺便通知了七点去教室点到的事。

等她收拾完床铺再去看群的时候，发现顾词已经退群了。

隋意坐在床上，看着旁边挨在一起的两个娃娃，点开了顾词的头像。

隋意：你怎么退群了？

顾词：舍不得我？

隋意给他回了一个"你在想屁吃"的表情包。

这时候，简乐和另一个女生也发现顾词退群了，痛心疾首地讨论着这件事。

隋意想了想，又给他发了一条消息。

隋意：保温桶我带来了，什么时候给你？

顾词：我这两天不在学校，下个星期回去。

隋意想也是，他都大四下学期了，不在学校很正常。

隋意：那等你回来再说吧。

等了一会儿，顾词也没再回复消息，隋意便锁上了手机屏幕，

下了床。

没过多久,陶圆圆也回来了。

隋意见已经六点半了,说道:"时间差不多了,我们走吧。"

虽然已经过了年,可天气依旧寒冷,天色暗得也早,几个人出了宿舍楼,路灯便一盏接一盏地亮了起来。

四周都是去点到的学生,成群结队,有说有笑。

新的一年,又开始了。

梁诗是个漂亮又具有亲和力的人,在晚点到的时候,只用两三句话便把那些对顾词离开而小声抱怨的同学成功安抚了下来。

在晚点到结束后,梁诗说道:"班长留一下,其他人可以走了。"

此话一说出口,同学们陆陆续续地离开。

陶圆圆小声对隋意说道:"我们在外面等你啊。"

隋意点头:"好。"

等人都离开得差不多了,隋意站到了梁诗面前:"梁老师。"

梁诗朝她笑道:"我比你们大不了几岁,你叫我梁诗姐,或者诗姐都可以。"

隋意重新开口:"梁诗姐。"

梁诗整理着面前的资料,将其抱进了怀里:"你还没吃饭吧,我请你吃火锅?"

隋意婉拒道:"不用了,我的室友在外面等我。"

"这样啊,"梁诗又说道,"那你叫上她们一起吧,我正好有点儿事找你们帮忙。"

隋意还来不及拒绝,梁诗已经十分热情地拉着她出了教室。

半个小时后，隋意她们和梁诗一起坐在了火锅店里。

梁诗点完菜，又问了她们都想喝什么饮料，把菜单递给了服务员，对她们说道："这家火锅的味道挺不错的，你们来吃过吗？"

陶圆圆连连点头："吃过，吃过，学校附近好吃的店，我们都吃遍了。"

梁诗羡慕道："真好啊，我已经好久没敞开吃东西了，今天一定要吃个过瘾。"

简乐小声问："梁诗姐，你上学期是回家生孩子去了吧？"

"是呀。"梁诗回道，"哺乳期的时候这个不让吃，那个也不让吃，都快馋死我了。"

除了梁诗以外，其他女生只有一个有男朋友，忽然间听到"哺乳期"这个词，难免都有些不好意思。

梁诗察觉到这点，便岔开了话题："不过想想还是值得，我儿子挺可爱的，你们要看吗？"

陶圆圆连忙说道："要，要，要，要看！"

梁诗掏出手机，放在了她们面前："都是我儿子的照片，你们随便翻吧。"

陶圆圆刚打开第一张照片，就忍不住小声惊呼道："好可爱呀！"

简乐和另一个女生也凑了过去，一同围观着孩子的照片。

隋意本身是不太喜欢小孩子的，听见她们的夸赞话语，也忍不住偏头看过去。

照片里的小孩子长得胖嘟嘟的，粉粉嫩嫩，睫毛很长，两只眼睛像是圆圆的葡萄，又大又亮，确实很可爱。

陶圆圆又往下滑了一张，手机屏幕上出现了一个熟悉的身影。

照片上，顾词正站在窗边打电话，随手拎住了爬到他旁边捣乱的小东西。

他身上穿了一件黑色休闲毛衣，眼尾下垂，不知道在和对面的人说什么，表情带了一丝慵懒的感觉。

他手里的小孩子则是穿着厚重又可爱的衣服，就这么无辜地被他拎在手里，表情茫然又委屈。

这个画面看上去有些滑稽。

看到这张照片，隋意和陶圆圆几个人皆顿了顿，纷纷把诧异的目光投向了梁诗。

梁诗拿起面前的茶杯喝了一口茶水，笑道："你们还不知道吧，顾词是我表弟。"

此话一说出口，几个人俱震惊不已，不可思议的同时，又觉得在情理之中。

难怪顾词会答应来做他们班的代理辅导员，原来还有这一层关系。

这时候，菜陆陆续续地被端上来，梁诗说道："来吧，来吧，我们边吃边聊，有什么你们好奇的事，你们都可以问我。"

隋意拿起茶壶，给所有人的杯子里添了水。

陶圆圆把手机还了回去，问出了大家都最关心的问题："那学长有女朋友吗？"

梁诗小声给她们八卦着："应该暂时还没有，不过……"

简乐紧跟着问道："不过什么？"

"过年那会儿，两个人天天打电话、发消息，估计是还在暧昧期吧。"

闻言，隋意直接被刚喝进去的水呛了一下。

几个人同时看了过来。

梁诗问道："你没事吧？"

隋意一只手去扯纸巾擦着嘴角的水渍，一只手摆了摆："没事，没事……"

经过这么一打岔后，锅里烫的毛肚也好了，梁诗喊她们快吃，聊着聊着，话题也就转到了其他地方。

吃完火锅，走到门口的时候，隋意开口道："梁诗姐，你之前说有事想找我们帮忙，是……？"

"这个啊……"梁诗接道，"我不是请了半学期的假吗？我才回来还有很多事来不及上手，对班里同学的一些情况也不了解，所以得麻烦你们了。"

陶圆圆拍着胸脯保证道："梁诗姐你放心好了，有什么事尽管开口，我们保证随叫随到。"

隋意也点头道："我这里还有一些班上同学的资料表，明天送到你的办公室去。"

梁诗笑道："那就太好了，辛苦你们了，时间不早了，你们快回宿舍吧。"

"不辛苦，梁诗姐再见。"

梁诗朝她们挥了挥手，走向了停在路边的白色小车。

回宿舍的路上，陶圆圆忍不住开口道："学长身边居然有正在暧昧的女生？你们说，会是谁啊？"

简乐皱眉沉思："会不会是孟宁音啊？"

另一个女生说道："应该不是学姐吧，他们都认识这么多年了，要暧昧早就暧昧了。"

陶圆圆百思不得其解："可是学长上学期大多数时候在给我们

当辅导员啊,没有认识其他女孩子的机会吧?"

紧接着她又说道:"欸,你们看到过学长和哪个女生走得近吗?"

简乐说道:"没有吧,我总共也没见过他几次。"

另一个女生立即说道:"学长不是经常和隋意见面吗?他们好像走得挺近吧?"

一时间,三个人的视线都齐刷刷地转了过来。

走在最后面不知道在想什么的隋意突然被提及,下意识地抬头对上了她们的视线,瞳孔微微放大,连呼吸都停止了几秒。

陶圆圆抬手挥了一下,否定了她们刚才的猜测:"哎,怎么可能?隋意和学长见面,都是因为班上那些杂七杂八的事。而且,学长喜欢的不是隋意这种类型的女生。"

另外两个人同时松了一口气,觉得她说得有道理。

隋意安静了两秒,还是没忍住问道:"那他喜欢什么类型的女生?"

陶圆圆诧异地问道:"你不知道吗?论坛上已经传遍了。"

隋意问:"什么?"

就在放寒假前的那会儿,顾词网恋被"渣"的事又被人翻了出来,这次甚至配上了不知道从哪里找来的照片,说得绘声绘色,有模有样,真实到像是女主角自己出来爆的料。

而那个照片上的女生,大大的眼睛,翘翘的鼻子,尖尖的下巴,整过的痕迹十分明显。

也不知道谁又开始爆料,说顾词高中时追过一个网红,那女生也是这种长相。

因此,顾词喜欢"网红脸"的事,便被他们证实了。

不过那会儿已经临近放假，大家都在为了期末考试而熬夜冲刺，这篇帖子便没有引起多大的热度，加上又过了那么久，自然而然便沉了下去。

隋意："……"

这简直就离谱儿。

莫名其妙地，她的罪恶感似乎又深了一些。

回到宿舍之后，隋意打开电脑，上论坛找到了陶圆圆她们说的帖子，看着屏幕挠了挠眉毛。

还好帖子已经沉到十几页去了，顾词之前应该也没有看到，不然早阴阳怪气地说她了。

隋意呼了一口气，刚要关电脑，却发现帖子的上方出现了一个小红点，代表这篇帖子又被人回复了。

@小钱要暴富回复楼主：哇，这篇帖子这么劲爆啊，没想到学长居然喜欢这种类型的女生，还有其他照片吗？想看！！

几秒后，@旺旺仙贝：我看见了什么？这篇帖子居然这么沉，好奇怪啊，起来起来朋友们，我八卦的欲望正在熊熊燃烧着！

@jzkdkdjdh：妈耶，今天开学没什么事来论坛逛了逛，居然吃到了这口"大瓜"，我要不能直视学长了……

@啊呔啊呔：这个女的，一看面相就不是什么好人，估计没少干缺德事，网恋骗人的社会垃圾，心疼学长居然被这种人"渣"了。

@ccc：学长下次别带这种人打游戏了，带我！我人美声甜游戏还打得贼棒！最重要的是我不会"渣"你！

没到两分钟的工夫，这篇已经沉到十几页去的帖子，突然活跃起来，瞬间便多了几十条留言。

隋意现在的感觉就是，有个人站在她身后，朝她的脑袋抡了一棍子，她整个人都是晕的。

她现在已经不想抱怨命运不公了，她觉得老天爷是公平的，这就是她当初放顾词的鸽子的报应。

隋意打开通讯录，找了个学计算机的同学，问能不能帮她黑一篇帖子。

对方立即表示没问题，这种学校论坛的帖子，黑起来很容易。

在等待的过程中，隋意的手机振动了一下。

她打了一个激灵，以为是顾词找她算账来了，屏着呼吸拿起手机，却发现只是公众号的推送。

隋意松了一口气。

半个小时后，同学发消息过来了，说事情已经解决好了。

隋意道了谢，并拿出了自己的诚意，让对方以后有什么事就开口，她一定帮忙。

确定帖子已经不在了之后，隋意合上电脑，今晚总算能睡一个好觉了。

她刚躺在床上，手机便又振动了一下，是林加禾发来了消息。

林加禾：你好，学妹，睡了吗？

经过这段时间的联络，林加禾跟隋意熟了不少。

现在正好开学，他的计划也是时候该被提上日程了。

林加禾打着字，说着自己的安排。

林加禾：学妹，是这样的，这已经是我们在学校的最后一段时间了，我还是对这个社团挺不舍的，所以在离开之前，我想组织一次社团活动，你看你什么时候方便？

隋意：我很理解并且尊重学长现在的心情，可是我目前对这个社团没有任何不舍的心情，学长你们好好聚吧，我就不去打扰了。

林加禾：……

唐季见他握着手机沉默，转动着椅子凑过来，瞄了一眼屏幕上的字，"啧啧"了两声："这就是你这两个月的成果？"

林加禾受不得挑衅，蔫了两秒后，瞬间重整旗鼓，继续给隋意发消息。

林加禾：学妹，有件事忘了告诉你。

林加禾：我已经决定了，你就是社团的新社长！

两秒后，隋意缓缓打出了一个问号。

林加禾：你也知道，我们社团就这么几个人，我们毕业走了，就只能你来接任这个职务。

林加禾：这次其实也不只是为了聚一聚，主要还是进行一下社团的交接仪式。

林加禾越说越来劲。

林加禾：我知道学妹你加入社团肯定是为了学分，放眼整个学校，你已经找不到比我们社团更好混学分的地方了，我们这社团要是没了，你还得重新加入新的社团，多耽误事啊。

隋意看着他发过来的这一连串消息，陷入了沉思之中。

当初她加入这个社团，本来就是觉得事情少，方便。

情况也确实如此，如果不是期末林加禾找她，她甚至忘了她还入了个社团。

学分倒是没什么，不过林加禾说得有道理，要是系主任知道她的社团没了，又得拉着她说半天，指不定大二还要让她进新的社团，继续给大一新生做表率。

这么算的话，好像她还是把社团接过来方便一些，顶多就是出

去参加一次活动。

就在隋意思考的时候，林加禾继续发了消息过来。

林加禾：如果你觉得和我们不熟的话，可以叫上你的室友一起来玩儿，大家都是一个学校的，就当多认识几个朋友嘛。

他的这句话，打消了隋意最后的顾虑。

她确实不想一个人和几个不认识的男生出去。

隋意：我问问她们吧。

隋意微微撑起身，探出脑袋，见她们床上都还亮着手机的光，便轻声问道："我的社团要组织一个活动，你们去玩儿吗？"

一听到去玩儿，陶圆圆立即撑了起来："玩儿，去哪玩儿？"

简乐也说道："要去，要去，我想看看学霸都是长什么样子的，万一有帅哥呢？"

另一个女生问道："什么时间啊？我有可能要去找我男朋友。"

隋意回道："我问问他。"

隋意又给林加禾发消息。

隋意：学长，我和室友都去，具体时间和活动你决定好了吗？

林加禾看着她发过来的消息，握拳欢呼了一声。

成了。

林加禾的话音刚落，坐在电脑前的唐季看着屏幕，凉凉地开口："你看论坛了吗？"

"没呢，怎么了？"

林加禾一整晚都沉浸在怎么把隋意诓去参加社团聚会中，哪里还有心思去看论坛？

唐季说道："顾词网恋的事，又被人翻了出来，图文并茂，绘声绘色。"

林加禾："……"

顾词这事被传出去，是因为有一次打游戏的时候，有人说要去见一个打游戏认识的妹子。

林加禾当时顺口就说道："网恋需谨慎，连顾词都遭殃了，你们把眼睛擦亮点儿。"

他哪里知道，这个消息就这么一传十，十传百，到了现在无法控制的地步。

偏偏顾词又是个不爱解释的人，更何况……还是这么糟心的一件事。

难不成让顾词亲自站出来说，网恋被"渣"是真的，但其他事都是假的吗？

那不是往他心上捅刀子吗？

林加禾想想那个场景就觉得可怕，连忙跑到唐季旁边："讨论的人还多吗？干脆我们趁着顾词还没发现，直接把论坛黑了？"

唐季双手抱胸："还用得着你？帖子早被删了。"

"你删的？"

"不是。"

林加禾瞬间觉得毛骨悚然："该不会是顾词删的吧？"

唐季说道："他跟教授出去参加研讨会，哪里有那么多的闲心？"

"那就奇怪了，还有谁会删帖？"

唐季一副看热闹不嫌事大的样子："与其想这个，你还不如想想顾词回来，你应该怎么跟他解释。"

林加禾严谨地说道："你说这话就见外了，咱俩谁也别想跑，都有份儿。"

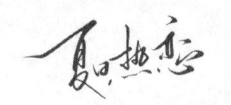

唐季懒得理他，关了电脑睡觉。

林加禾看了一眼手机上隋意回复的消息，拍了拍胸脯。

也算是还有救，他不至于就直接被宣判死刑了。

开学后的一个星期，隋意出了梁诗的办公室，在综合楼遇到了系主任。

系主任手背在身后，笑眯眯地问道："下课了？"

隋意轻轻点头，向他问好。

系主任又问道："你们原本的辅导员已经回来了，你跟她相处得怎么样？"

"挺好的，谢谢系主任关心。"

系主任继续问道："我记得你上学期想要转系，现在还想转吗？"

隋意干笑了一声："不……不用了。"

她当初本来就是为了躲顾词，现在顾词已经不是他们的辅导员了，她也大可不必转系了。

系主任顿时露出了满意的笑容："哎，这才对嘛，我们金融系不比其他系差，你这么聪明，就该多为我们国家的经济做贡献。"

"系主任过奖了。"

离开综合楼后，隋意抱着书，缓缓走在校园里。

虽然刚过新年，可这几天阳光持续，有开春的迹象了。

原本堆在各处的积雪也融化了，再也看不见半点儿白色痕迹。

路过篮球场时，听着里面嘈杂的声音，隋意脚步一顿，像是有什么东西驱使着她，视线不由得看了过去。

一缕阳光正好照了过来，就落在她的眼前。

隋意的目光越过重重人群，她却没有看到她想看到的那个身影。

半晌，隋意才收回视线，不由得有些失笑。

她在期待什么呢？

正当她抱着书准备离开时，旁边传来一道男声："在找我？"

隋意猛地转过头，正好对上男生一双漆黑清亮的眸子。

她不由得别开了目光，清了一下嗓子，随便找了个借口："我只是觉得刚才那场篮球打得挺精彩的……"

她顿了顿，又问道："你什么时候回来的？"

顾词回道："半个小时前。"

隋意"哦"了一声："我以为你不会回学校了。"

"为什么？"

"你们大四的人，不都去实习了吗？人越来越少了。"

顾词转身，一边走一边说道："还有点儿事没处理完。"

隋意走在他旁边，又想起了他错过游戏公司的面试那件事。

不过上次她也问过他，可他好像不想说。

正当她想得出神时，顾词问她："一会儿有课吗？"

隋意下意识地"啊"了一声，整理好思绪才回道："没了。"

"去看电影吗？"

隋意侧目看他，他的声音和神情都很平静，她听不出也看不出有什么情绪，就像是随口问今晚吃什么那么平常。

隋意停顿了几秒才回道："好啊，但是我得回寝室放书。"

说完这句话，她的心跳快了不少，连带着呼吸也有些重。

听见她的回答，顾词不着痕迹地轻弯嘴角，揣在衣服口袋里的手慢慢松开："好。"

两个人就这么走在学校里，有一搭没一搭地聊着，身后的阳光笼罩着整个校园，温暖又明媚。

到了宿舍，隋意放下书正准备下楼时，路过门口的镜子，扫了里面的自己一眼，又折了回来，从书柜的最下边拿出了化妆品盒子。

虽然她平时不爱折腾这些东西，但可以不化妆，不能不备着。

这是一个美女的自我修养。

隋意拿出手机给顾词发消息，说她还有一会儿，让他先回宿舍等她之后，便开始捯饬自己了。

她刚涂好睫毛，陶圆圆和简乐就气喘吁吁地回来了。

陶圆圆见状，匪夷所思地开口："我去，今天是什么日子啊，隋意居然在化妆？！"

距离大一入校到现在差不多大半年了，陶圆圆好像就看到隋意化过两次妆，一次是开学演讲，一次是参加音乐会。

隋意本来就漂亮，皮肤底子也好，就算是素颜每天也不知道拒绝了多少来要微信的男生，到底是什么重大场合，居然值得她把学习的时间浪费在这上面？

看着她们两个人的震惊表情，隋意干笑了两声，脑海里飞快地找着借口："我高中几个同学约我晚上去看电影，我就……"

陶圆圆突然凑近，神色暧昧地说道："这些同学里一定有你喜欢的人吧，不然你不会花心思搞这个了。"

隋意差点儿咬到舌尖，却也……无法反驳。

半晌，她轻轻点头。

陶圆圆和简乐都疯了，这还是她们第一次听说隋意有喜欢的人，连忙追问道："你那个高中同学帅吗？成绩是不是也很好？你有没有他的照片啊，我们想看看！"

隋意快速涂了一层口红，抿了抿就拿着东西起身，逃似的离开："时间要来不及了，我先走了！"

隋意小跑着出了宿舍楼，心有余悸地回过头呼了一口气后，拿出手机正准备给顾词打电话时，却见他就站在不远处和人说话。

而他对面的人，就是孟宁音。

顾词脸上虽然没有太多表情，孟宁音的神色却是愉快的，看样子两个人似乎聊得不错。

隋意撇了撇嘴，把手机举到面前理了一下头发，确定妆容没有丝毫问题后，才气定神闲地往前走去。

她刚经过他们身边，孟宁音就看见了她，笑着开口："隋意，好久不见了。"

隋意转过头，朝她微微点头致意："学姐好。"

孟宁音问道："天快黑了，你是要出学校吗？去哪儿啊？"

"本来是和人约了看电影的，不过他临时有其他事，我自己去看。"

闻言，孟宁音似乎有些诧异："自己看电影？"

隋意说道："我以前经常一个人去看电影，习惯了。"

语毕，她朝孟宁音露出一个恰到好处的微笑："那我先走了，学姐再见。"

孟宁音还沉浸在刚才的话题中，下意识地朝她挥了挥手："再见……"

可能是她从小到大身边都有朋友陪着，所以孟宁音觉得一个人去看电影也太不可思议了。

看来学霸的世界果然是不同寻常的。

顾词看着隋意的背影,不着痕迹地勾了一下嘴角。

孟宁音回过头,看见的就是这个场景,愣了愣,随即问道:"一起去食堂吃饭吗?正好我也有点儿和实习相关的事想要问……"

顾词回道:"和人约好了,有什么事下次再说。"

不等孟宁音回答,他便抬腿离开。

孟宁音站在原地,有些气馁,又有些无奈。

大学四年,马上就毕业了,她还是走不进他的心里。

一路出了学校,隋意双手揣在衣服口袋里,脚尖踢着时不时出现的小石子。

刚才她和孟宁音说的是实话,一个人看电影这种事,对她来说早就习以为常了。

她不喜欢声势浩荡地去约人,太麻烦,一般就是自己做完作业想要放松的时候,就出去逛逛街看看电影。

她不喜欢没有必要的社交活动,也不觉得自己去做什么事就孤独了,与其一群人吵吵闹闹,她觉得一个人安安静静的更舒适。

可就是在这种习惯并享受孤独的情况下,顾词不去,她明明应该感到开心的,但不知道为什么,心里空落落的,还有那么点儿难过。

就在她想得出神时,身后传来一道声音:"看什么电影选好了吗?"

隋意停下脚步,缓缓转过头去。

顾词不知道什么时候跟上来的,就站在不远处的银杏树下。

隋意问道:"你不是不去了吗?"

顾词微抬眉梢:"谁跟你说我不去的?"

隋意压了压忍不住翘起的嘴角,"哦"了一声,收回视线,继续往前走着,语调平静地开口:"我还以为你跟学姐有事要说呢。"

顾词迈了几步,和她并肩走着:"没什么事,遇见了随便聊聊。"

"你没回宿舍吗?"

"来回跑麻烦。"

隋意顿了顿,也就是说,他差不多在楼下等了她一个小时?

顾词的声音从旁边传来:"看什么?"

隋意收回思绪,视线落在他递过来的手机屏幕上,神情立即专注了几分,装作认真挑选影片,看着那一排稀奇古怪的名字,最终选了部文艺点儿的。

她一本正经地开口:"这个吧,我看网上评价还不错。"

顾词应了一声,收回手机开始订票。

他们到电影院时,离电影开场还有二十分钟。

顾词问道:"要去吃点儿东西吗?"

隋意摇了摇头:"我不是很饿,一会儿看完再吃吧。"

"那我先去取票。"

"好。"

等顾词转身往取票机那边走去后,隋意左右看了看,去柜台买了两杯饮料。

电影院的工作人员问她:"要爆米花吗?我们有一个套餐,两杯可乐加爆米花,打七折哟。"

隋意刚想说不用了,就看到旁边有一对情侣正抱着盛爆米花的桶,手挽手地从她后面经过。

她的脑海里瞬间就闪过了一些在电视剧里看到过的镜头。

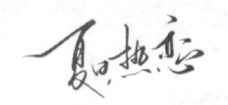

隋意说道:"那就要这个套餐吧,谢谢。"

"好的,稍等。"

顾词取完票过来时,隋意已经买好了东西,她两只手一边拿着一杯饮料,怀里还艰难地抱着一桶爆米花。

看见他,隋意说道:"你快帮我拿一下,我……"

她本来想让他拿着爆米花,可没想到的是,顾词抬手接过了那两杯冷饮。

他站在她面前,挨得极近,低头看了一眼她怀里的爆米花:"买这个做什么?"

隋意不敢正眼看他,怕暴露自己的目的,信口胡诌道:"看电影总得有点儿仪式感吧。"

她顿了顿,看向顾词,有些愣地说:"我忘了你不喜欢喝甜的饮料了,我再去买瓶矿泉水……"

顾词转身往检票口走去:"偶尔也能喝。"

隋意看着他的背影,嘴角扬起笑容,跟了上去。

检票时,由于顾词两只手都拿着冷饮,他偏头对隋意说道:"右边衣服口袋,拿一下。"

隋意:"……"

她动了动手指,在工作人员全程的微笑注视下,尽管内心已经心绪起伏,可脸上仍然保持平静,手快速伸进顾词的衣服口袋里,把两张电影票拿出来递了过去。

也不知道是还没到周末,还是这场电影实在过于冷门的原因,偌大的电影院里,除了他们以外,就只剩下两对情侣,分别坐在最后面的左右两个角落里。

而他们的位置,是在整个放映厅的正中间,最好的观影位置。

坐下后，顾词递了一杯可乐过来。

隋意接过可乐，放在了左边的饮料框里，又把那桶爆米花放在了中间的位置。

很快，放映厅里的灯光暗下，大银幕上开始播放新片的预告。

几分钟后，电影正式开始。

这部电影确实很文艺范儿，开场的灯光和镜头都运用得很好，再配上几句旁白，氛围感瞬间就有了。

电影讲的是女主人公在结婚当了几年家庭主妇后，被生活消磨掉了所有的兴趣和激情，和丈夫之间的感情也是平淡如白水，没有任何火花。

在一次接孩子的路上，她意外遇到了多年前的初恋，两个人越聊越投机，那种熟悉的感觉瞬间又回到了他们身上。

于是二人突破了道德的底线，双双出轨在一起了。

电影前面的节奏非常快，也非常"狗血"，不得不说，期待感和紧张感都是有的，隋意也看得很专注，只等着他们出轨被发现，迎接正义的审判。

可她怎么也没想到的是，一个转场后，男女主人公居然在酒店里难分难舍地激吻起来。

隋意："……"

她手上的动作瞬间停住。

隋意下意识地低头，这才发现不知不觉间爆米花已经被她吃掉三分之一了。

她手里还捏了一个黏糊糊的爆米花。

而顾词好像自始至终都没有吃过这个。

借着放映厅昏暗的光线，隋意不动声色地看了他一眼，发现他

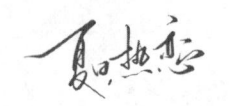

还看着大银幕,神情没有丝毫变化。

银幕上昏暗交替的暖色光芒折射在深黑色瞳孔里,像是一个光怪陆离的世界,沉静又神秘。

而随着电影里男女主角进展越来越不能描述,电影院后面的两对情侣也不甘示弱地加入了这个战场之中。

暧昧声像是 4D 环绕一样在耳边响起。

隋意觉得自己不太好。

她正打算喝口可乐压压惊的时候,顾词却转过头,对上了她的视线,身体往前倾了几分,低声问道:"怎么了?"

隋意微愣,感觉心跳比刚才快了不少。

她转了转眼睛,却觉得不管是看前面还是后面都不合适,还是顾词更赏心悦目一点儿。

隋意没说话,只是这么看着他。

一秒,两秒,三秒……

有了周围环境的渲染,气氛逐渐变了味道。

顾词的眼神有些黯,喉结微微滚动。

就在隋意感觉他要有所行动时,一声尖叫突然响彻整个放映厅。

"啊!"

隋意被吓得激灵了一下,手里的那颗爆米花也应声而碎。

电影已经进行到高潮部分,两个人被捉奸在床了。

隋意连忙转过头,拿起可乐接连喝了几口。

而后面的角落里,也传来了压低又愤怒的辱骂声。

这一激烈的场面瞬间就把刚刚那点儿暧昧气氛给冲得烟消云散。

隋意最喜欢看这样的戏码，很快便重新进入了剧情，完全忘了刚刚差点儿就要发生什么事。

旁边，顾词右手手肘撑在椅子的扶手上，托着腮，看着她握紧了拳头想要冲进去帮忙的样子，气笑了。

然而这部电影的结尾并不是隋意想的那样，两个狗男女被挂在耻辱柱上被世人唾弃。

相反，他们各自得到了另一半儿的原谅，回归了家庭，继续之前那索然无味的日子。

电影的最后又用了一段旁白来首尾呼应，纪念他们那爱而不得只能埋藏在心底的爱情。

这拍的是什么鬼玩意儿？

隋意看得脸都青了，忍住了在心里翻腾的数千万骂人的词汇。

电影散场的时候，有一对情侣的男生骂道："这导演和编剧都有毛病，我一定要给他们差评！"

出了电影院，隋意这口气还是没消。

她朝顾词伸出手："把你的手机给我用一下。"

顾词没有问什么，将手机解了锁递给她。

隋意打开购票软件，手指快速地在屏幕上用力敲击着，以此来表达自己的愤怒情绪，洋洋洒洒地发了几百字的影评来批判这部电影。

她评论完之后发现，这部电影下全是差评，甚至有比她还生气的人，觉得自己人生中的两个小时被侮辱了，宁愿去看楼下的大爷大妈吵架，也好过看这部电影。

每看一条恶评，她就感觉心灵得到了一丝慰藉与治愈。

就在她往下浏览评论时，顾词的声音响起："还生气？"

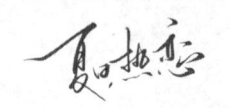

隋意头也没抬,继续翻看评论:"当然了,也不知道这样的电影到底是怎么过审的,向社会传播的什么不良价值观?浪费了我两个小时,你看了难道不生气吗?"

闻言,顾词停顿了两秒才点头,缓缓说道:"是挺生气的。"

隋意觉得他话里有话。

因为他和她的愤怒压根儿不在同一等级上。

似乎是终于想起她被浪费的这两个小时里,还发生了一些别的事情,隋意退出了APP,把手机还给他,理了理耳边的头发,正色道:"差不多了,我们回去吧。"

"不去吃饭吗?"

隋意微笑着看着他:"爆米花是我一个人吃完的,你觉得我还能吃下东西吗?"

顾词说道:"我以为你喜欢吃,没和你抢。"

隋意:"……"

他还是有点儿东西的。

隋意被这部电影气得够呛,也没什么别的想法了,那些旖旎的小心思早就不知道去哪儿了,她说道:"不然你自己去吃吧,我先回宿舍了。"

顾词:"……"

隋意刚走了两步,衣服后面的帽子就被人拉住了。

顾词说道:"陪我吃。"

二十分钟后,他们坐在学校旁边的面馆里。

现在已经过了晚餐的高峰期,店里的人很少。

隋意是真的不饿,坐下后,又点开了刚才那部电影的影评。

或许是骂的人太多,导演也着急了,跳出来在微博上解释,这些都是艺术,没看懂这部电影的人都是不懂爱情、不懂家庭的意义,甚至在评论区和网友对骂起来。

这时候,隋意的手机振动了一下,是林加禾发来的消息,说是已经确定了社团活动的时间和地点。

隋意切换页面,回复了消息后,想了想还是抬头看向顾词:"问你个事啊?"

"嗯?"

"社团社长这个职务,能在毕业时加分吗?"

顾词回道:"能,但你不需要。"

听见他的这个回答,隋意挺开心的,至少她的实力被认可了。

顾词继续说:"社团加分都是需要具体的社会实践和内容,你不愿意参加活动,什么社长都没用。"

隋意不接受他的质疑:"谁说我不愿意参加活动了?我周末就要参加一个社团交接仪式,去山顶露营看日出呢。"

顾词顿了顿,问:"谁告诉你的?"

"当然是我那个社团的社长啊,他说我的室友也可以一起去,也在学校那边申请备案了,应该挺靠谱儿的。"

宿舍里,唐季和林加禾正在打游戏,听见开门声,林加禾转过头来:"哟,终于舍得回来了。"

顾词坐在椅子上,长腿随意地搁着,拧开桌上的矿泉水喝了一半儿:"什么?"

唐季对着电脑屏幕,头也不回地调侃:"我听说张教授他们下午三点就到学校了,你这么晚才回来,干吗去了?"

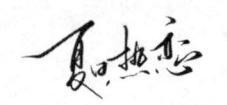

顾词没答，舌尖顶着下腭，慢慢放下手里的水，看着林加禾："你在搞什么名堂？"

林加禾不明所以，这时候正好遇到了一拨敌人，一边用键盘疯狂厮杀着，一边抽空回答："我正在为了祖国和人民战斗。"

顾词瞥了一眼他的战绩，懒懒地开口："你要实在没什么事做，出去找个工厂拧螺丝吧，别再给祖国蒙羞了。"

林加禾："……"

果不其然，在顾词的话音落下后，林加禾光荣"牺牲"。

这局游戏惨败。

对面的外国选手发来了无情的嘲讽话语。

林加禾气急，刚想要骂回去，顾词的声音继续传来："说说，社团活动是怎么回事？"

闻言，林加禾瞬间冷静下来，眉头上挑，但又怕顾词不去，就没直接说："你说那事啊，这不是马上就要毕业了，还是纪念一下大学生活嘛。"

"你纪念大学生活，叫几个女生去做什么？"

林加禾说道："就我们三个人有什么意思，不如待宿舍里得了。"

顾词懒得理他，打开电脑继续写研讨报告。

林加禾又凑了过来："欸，这是省状元告诉你的吧，看来你们两个聊得不错啊，干脆趁这个机会好好再发展一下？你也忘掉那个让你痛不欲生的女人。"

顾词踹了一脚他的椅子，将人踢了回去："滚蛋。"

唐季打完游戏，也参与了游说行列："听说周六有流星雨，那帮小女生肯定最爱看这个了，你好歹给她们当了半年辅导员，不跟着去尽尽责任？"

"对，对，对，"林加禾附和道，"忘了跟你说，唐季上学期开学的时候还追过你们班的省状元来着，你要是不去，他可就下手了。"

他的话音刚落，又挨了唐季一脚："早八百年前的事了，你提个屁。"

那时候他根本就不知道那是谁，就觉得是长得挺好看的一个学妹，如果不是之前林加禾拿着音乐节上的照片来说，这省状元怎么越看越像是大一开学那晚给他扫了两块五毛钱的妹子，他都快忘记这回事了。

顾词略略侧目，冷淡的目光在唐季的脸上停留了几秒。

唐季：这个眼神是什么意思？

顾词收回视线，拿起手机没说话。

林加禾见事情似乎有峰回路转的余地，便继续添把火："所以啊，你怎么能眼睁睁地看着一个聪明漂亮、才华横溢的金融界未来新星落入魔掌泥足深陷？！"

唐季没好气道："怎么说话呢？"

林加禾给他使了一个眼神：大丈夫能屈能伸，成大事者不拘小节，只要能把顾词劝去参加露营活动，年轻人背负点儿骂名算得了什么？

半晌，顾词才开口："别在隋意面前瞎扯。"

唐季和林加禾对视了一眼，他这是同意了？

顾词放在旁边的手机屏幕还亮着，上面隐隐约约有一行字。

Eta Aquarids，水瓶座流星雨，宜表白。

第十章

吃了爱情的苦

周六那天，晴空万里，阳光明媚，是个难得的好天气。

所有人都脱去了厚重的冬装，换上了轻便的春装。

等隋意她们到约定地点的时候，林加禾已经在那里等着了，他朝隋意挥手："学妹，这里，这里。"

隋意走了过去："学长。"

紧接着，她又给陶圆圆、简乐她们跟林加禾互相介绍。

林加禾脸上满是笑意，夸赞道："你们宿舍的女生都好漂亮啊，很高兴认识你们。"

陶圆圆作为社交能手，当即表示："学长你们宿舍的人都是像你一样长得帅、成绩又好的学霸吗？"

林加禾摸了摸后脑，有些不好意思："过奖了，过奖了，不管是成绩还是长相，我都是垫底儿的那个，我们宿舍里的那几个人，一个比一个厉害。"

隋意问："学长，我们怎么过去？"

林加禾定的地方是附近挺有名的一个景点，据说是观测流星雨的绝佳位置。

林加禾拿着手机看了看："稍等，他们马上就到了。"

说着，他又解释道："我们一共有七个人，就借了两辆车。"

隋意点了点头："好的。"

林加禾悄悄看了她一眼，开始铺垫："一会儿你坐顾词那辆车吧。"

有一瞬间，她以为自己听错了。

隋意蒙了："谁？"

林加禾说道："顾词啊，他之前不是还给你们当过一学期的代理辅导员吗？"

正在聊天儿的两个女生也凑了过来，满脸都是震惊和意外的神色："顾词学长也要去？"

"他是我的室友啊。"林加禾看向隋意，诧异地问道，"顾词没给你说吗？我还以为你知道……"

话说到一半儿，他看着隋意的神情，声音慢慢收了回去。

林加禾转动脖子，迟疑地看着另外三个人，发现她们也是同样的疑惑表情。

几秒后，隋意的声音传来："所以，他也是你们社团的成员？"

"对，你入社团做的那道题就是他出的。"

随着林加禾的话音落下，两辆车一前一后地在他们面前停下。

唐季率先下车，朝她们打了个招呼："都站在这里做什么？走啊，到了该吃午饭了。"

陶圆圆和简乐都没搞清楚情况，朝他挥了挥手："学长好。"

隋意看向林加禾，指了指唐季的方向："我能坐那辆车吗？"

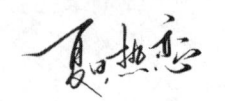

她的眼里明明没有任何情绪,偏偏林加禾却感觉无形中像有一把刀架在他的脖子上。

今天他要是说一个"不"字,就是死。

林加禾结结巴巴地说道:"可……可以啊。"

隋意说了声"谢谢"后,直接上了唐季开的那辆车的后排座位。

唐季:"……"

顾词走过来时,只听到关车门的声音。

在场的人除了他以外,身体都抖了一下。

顾词收回目光:"先上车。"

陶圆圆和简乐说道:"那……我们还是和隋意坐一辆车吧。"

说着,她们一个拉开了副驾驶座的门,一个绕到了后座的另一边。

唐季默了默,说道:"我这辈子还没开车载过这么多女生。"

林加禾推他:"别废话了,当你的司机去。"

很快,唐季开着那辆车缓缓驶离。

林加禾自然而然地坐在了顾词这辆车的副驾驶座上,一边系安全带一边问道:"到底怎么回事啊?我感觉省状元刚刚那眼神像是准备拿四十米的大刀给你来一下。"

顾词将手搭在方向盘上,淡淡地说道:"她当初加入社团,是我骗她来的。"

林加禾不理解:"你骗她做什么?"

顾词刚要开口,侧目看见林加禾发光的眼睛,瞬间收住了话头,启动车子:"别在她面前提网恋的事。"

林加禾说道:"我还能不知道吗?放心,我不会揭你的短的。"

不过林加禾没说的是，就算他不说，论坛上这事闹得那么大，整个学校的人估计都知道了……

另一边，隋意从上车后就没说过一句话。

陶圆圆坐在副驾驶座上，咳了一声，试图打破尴尬又压抑的气氛："学长，我能放首歌吗？"

唐季回道："可以啊，直接连蓝牙吧。"

陶圆圆又转过头问："隋意，你想听什么歌啊？"

陶圆圆叫了她两声，隋意才收回思绪，应道："我都可以。"

"那我随便放了？"

"好。"

唐季看向后视镜时，正好对上了隋意淡淡的视线。

唐季咳了一声，专心开着车，也随口开启了一个话题："我们之前好像见过。"

隋意说道："记得，像学长这么乐于助人又大公无私的人已经不多了。"

唐季："……"

也不是什么光彩的事，她不用记得那么清楚。

陶圆圆转头看着唐季，惊呼道："原来是你啊！"

唐季干笑了两声："不是要放歌吗？来一首吧。"

车里再次安静下来，几秒后，歌声充满了整个车厢。

简乐没吃到"瓜"，给陶圆圆发微信询问。

两个人"噼里啪啦"地在手机上共享八卦消息。

隋意降下车窗，看着外面的风景，缓缓吐了一口气。

她现在已经有些不明白了，顾词到底是真的喜欢她，还是故意

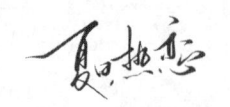

报复她?

毕竟这种爱情骗子还挺多的。

像他那样的男生,长相出众,学习拔尖,家境优渥,从小到大肯定没受到过什么挫折,可偏偏被她放了鸽子。

不仅如此,关于他网恋被骗的帖子还满天飞,形象被诋毁得一塌糊涂,换作是她,也咽不下这口气。

隋意闭上眼睛,觉得心里酸酸胀胀的,又有些闷。

爱情骗子就爱情骗子吧,正好大家扯平了,以后她也不用觉得亏欠他什么了。

一个半小时后,车在山脚停下。

林加禾他们几乎也是同时到的,尽职尽责地说着今天的安排:"我们先在这里吃午饭,休息一会儿后,就准备去山上露营了。"

简乐见隋意脸色不是很好,问道:"你是不是哪里不舒服,要不要买点儿药?"

隋意摇了摇头:"没事,就是有点儿晕车而已,一会儿就好了。"

她调整了一下自己的情绪,轻轻吐了一口气。

这趟既然是大家一起出来玩儿,那她不能因为自己影响他们。

林加禾附和道:"对,对,对,晕车吃点儿辣的东西就好了,我们进去吧?"

吃饭的时候,一直都是陶圆圆、林加禾他们在说话,隋意没什么胃口,也没吃多少东西,水倒是喝了不少。

她跟旁边的简乐说了一声后,起身出了包间。

站在洗手间的镜子前,隋意看着里面神色恹恹的自己,感觉好像比考了全校第二名还要颓废许多。

这就是还没尝过爱情的甜,就吃了爱情的苦吗?

她真的是作了什么孽?

隋意呼了一口气,关上水龙头,扯了张纸,一边擦手一边往外走。

她没有回包间,而是出了饭馆,准备去外面透透气。

饭馆外,有几只小猫小狗正在晒太阳。

隋意蹲在它们旁边,见一只小猫正在伸懒腰,便伸出手轻轻挠了挠它的下巴。

小猫神情懒洋洋的,看上去很舒服。

隋意抬眼看了看,头顶上太阳的光晕一圈接着一圈,炙热又刺眼。

她收回视线,正要站起来时,却眼前发黑。

本身她就有点儿贫血,又没怎么吃午饭,蹲着突然起来,感觉确实不太妙。

隋意站在那里不动,闭上眼睛想要等这一阵眩晕感缓过去。

等她再睁开眼时,面前却猝不及防地出现了一张脸。

顾词看着她,似乎对她的举动不太理解:"你在作法吗?"

隋意:"……"

这个人真的好烦。

隋意扭过头,不想理他。

顾词把手里的东西递到她面前。

隋意垂眸扫了一眼,没有接:"干吗?"

"你不是晕车没胃口吗?吃这个会好点儿。"

看吧,他张口就是老"海王"了。

她陷入了这场爱情骗局,一定不是自己的原因,而是他的手段

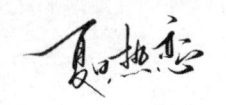

太高明了。

隋意看了一眼不远处的橘子摊，是有些疑惑的："景区的橘子还有按个卖的吗？"

"不卖，老板送我的。"

这次不等隋意开口，顾词便继续说："我跟他说，我把一个很漂亮的女孩子惹生气了，得哄哄。"

隋意："……"

这人的段位太高了。

恰好这时候林加禾吃完饭出来，隋意也顺势往旁边挪了一点儿，拉开了和顾词的距离。

林加禾走近，知道他们两个之间的氛围不太对，便致力于打破沉默气氛："你还买了橘子啊，正好吃多了肉，解解腻。"

他从顾词手里拿过橘子，两三下剥了皮扔进嘴里，又接连把剩下的两个吃了。

林加禾问："剩下的呢？拿出来吃啊。"

顾词冷冷地睨了他一眼，收回手插在裤子口袋里："等着，我再去给你买两个。"

隋意闻言，嘴角总算弯了弯，唇畔溢出了浅浅的笑容。

林加禾终于反应过来这是被占了便宜，但碍于隋意在这里，只能咬着牙把这口气咽了下去。

也不知道是感谢老板刚才送的那三个橘子，还是故意的，顾词直接称了三斤橘子，全部放在了林加禾的包里。

上山的时候，林加禾走得气喘吁吁，跟唐季和陶圆圆他们拉开了一大截距离。

不过还有比他更慢的人。

要是隋意知道这次活动中还有爬山这个环节,是说什么都不会来的。

虽然她的包里没有像林加禾那样装什么重东西,都是自己的洗漱用品,可她依然走在了最后面。

陶圆圆和简乐本来一开始是陪着她的,但隋意也知道自己行动有多缓慢,便让她们先上去。

山上有专供露营的商品,这些用品都是可以租借的,不过到了下午四点店就会关门。

两个人一想也是这个道理,这大白天的,上山就这么一条路,隋意不会走丢,周围陆陆续续也有人,很安全,便拉着背包,干劲十足地和唐季一起往上走了。

隋意走了一会儿,实在是累得不行,便找了块石头停下来休息,拧水的时候手都在抖,没什么劲儿。

喝完水,她又休息了几分钟,才重新呼了一口气,继续往上走,可步伐依旧很艰难。

就在她准备原地坐下时,一只骨节分明的手却突然出现在她面前。

隋意顿了顿,没好气地挥开来人的手,又有了往前走的动力。

这次她确确实实是憋了一口气在心里,不能认输。

顾词没说什么,只是把手收了回来,跟在她身后。

和她累得已经不顾形象相比,顾词看上去轻松了许多,连大气也没喘几下。

隋意也不知道自己是怎么爬到山顶的,只感觉就剩一口气吊着命了。

简乐跑过来扶她:"你终于上来了,我们刚把帐篷弄好,正说

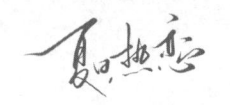

去接你。"

林加禾只比她先到二十分钟,还没缓过来,喘着气开始推销:"渴吗?吃两个橘子吧,不枉我那么远背上来。"

隋意摆了摆手,整张脸都是白的:"我歇会儿。"

她们进帐篷的时候,陶圆圆正在铺床:"隋意你来啦,快过来坐。"

隋意坐着坐着,便直接躺了下去。

她实在是太累了,又困。

见她睡着,陶圆圆把被子给她盖在身上,悄悄出去了。

这一路走来,她们已经和唐季还有林加禾聊得不错,那种生疏尴尬感完全没有了。

隋意没睡多久就醒了,帐篷里投射进来的是夕阳的余晖。

她拿起手机看了看,四点了。

她睡了半个小时。

隋意收起手机,打开帐篷,

外面,几个人正坐在地毯上打扑克牌,输了的人脸上贴条。

顾词不在,不知道去哪儿了。

陶圆圆见她醒了,便问道:"隋意,你要一起吗?"

隋意摇头:"你们玩儿吧。"

说完,她往前走了一步,站在石壁的台面上伸了一个懒腰。

一眼望去,全是翠绿的山峰和缭绕的烟雾,她看着感觉还挺开阔舒心的,突然觉得这山爬得也值。

不远处,帐篷也稀稀拉拉地有十几二十顶,每个人都兴致勃勃。

看样子大家都是为了今晚的流星雨来的。

隋意站着活动了一会儿筋骨，刚转过头，就见顾词朝她走近。

隋意想要避开，却发现这后面就是万丈深渊。

所以都这样了他还不消气，想给她来个毁尸灭迹？

顾词在她面前停下，直接拉住她的手腕往前拽："站那么靠边做什么？"

隋意显然没有料到他居然不是推她，无意识地往前跌了两步，鼻尖轻轻地在他胸前的衣服上擦过，痒痒的。

隋意很快便退开，抽出手和他保持着安全距离，嗓音冷淡平和："学长有什么事吗？"

顾词把手里的保温杯递给她："刚才去商店接的，喝点儿会舒服些。"

隋意移开视线："我不要。"

顾词没说话，只是拉起她的胳膊，把保温杯塞在她的手里，然后转身离开。

隋意："……"

他去哪里学的这套？

几秒后，隋意低头盯着手里的保温杯，感觉是因为爬山有点儿口干舌燥的。

算了，感情都被骗了，她喝点儿他接的水怎么了？

隋意拧开保温杯盖子，仰头喝了几口水，温度正好合适。

晚上，十来顶帐篷前，陆陆续续地亮起了小夜灯，架起了烧烤摊。

聚会的氛围感还是挺浓的。

陶圆圆和简乐见隋意一整天都闷闷不乐的，以为她是心情不好，便过来拉着她一起拍照。

唐季见状,一边翻着烧烤一边说道:"你们让顾词给你们拍啊,他学过一段时间的摄影。"

陶圆圆瞬间眼睛都亮了,看向顾词的目光饱含期待之意:"真的啊?"

林加禾在旁边吃着橘子,接连点着头:"真的,每次我们出去参加比赛的那些照片,都是他拍的,他有两下子。"

简乐也试探着开口:"学长……"

顾词放下手里的东西走了过去,淡淡地开口:"手机给我。"

两个人脸上瞬间露出了笑容。

隋意刚想走,就被她们一左一右地挽住了胳膊,架在了中间。

陶圆圆小声说道:"隋意,笑笑嘛,难得出来玩儿一次,看流星和日出呀,多么珍贵的回忆。"

简乐也劝道:"是呀,是呀,都已经出来了,有什么烦心事,等明天回去我们一起想办法解决吧。"

听她们这么说,隋意深呼吸一口气。

也是,都出来了,别人又没得罪她,她玩儿开心才是最重要的事。

重新调整好情绪后,隋意看向手机摄像头,脸上扬起了浅浅的笑容。

拍了几张合照,陶圆圆和简乐就跑去吃东西了。

隋意站在刚才那个位置,不知道在想什么,头发被风吹得有些乱,她抬手理了理,顺势看着远处清冷皎洁的月亮。

这里的风景,比她过去将近二十年里看到的都要好看许多。

抛开其他事不说,她这一趟来得还是挺值的。

过了一会儿,陶圆圆和简乐从顾词那里拿回了手机,翻着照片，嘴里赞叹不已："学长真的拍得好好啊，也太好看了吧！"

林加禾附和道："我说得没错吧，你们以后有需要也可以找他拍，随叫随到。"

知道林加禾是开玩笑的，两个人也就笑着应了两声。

两个人往后翻了几张照片后，没了她们的合照，只剩下隋意的身影。

虽然模特不知道自己入镜了，但不可否认，这几张单人照拍得一点儿也不比专业摄影师拍的差，太有感觉了。

尤其是隋意站在山顶，理着头发侧目看月亮的那一张照片，她眼睛里映出的是头顶的灯光，鼻梁挺直，嘴唇呈淡淡的粉色，下颌线清晰，五官笼罩着几分淡淡的光。

那种清冷的氛围感恰到好处。

漂亮，却不艳俗，优秀，却不骄傲，隋意不愧是高岭之花。

简乐忍不住感慨道："隋意这张照片也太绝了，是我想要当头像的程度了。"

陶圆圆也开口："这妥妥就是神明少女风啊，爱了。"

林加禾不解："神明少女风是什么？"

"就是……"

隋意走了过来："怎么了？"

陶圆圆把手机凑到了她面前："这张照片好看吧？"

隋意将视线落在了手机屏幕上，愣了愣，不由得看向顾词，他又偷拍她？

顾词站在陶圆圆的另一侧，明显也听到了她们刚才的对话，在隋意看过来时，转头做其他事去了。

唐季的声音也响起："烤好了，可以过来吃了。"

陶圆圆收起手机，拉着隋意往那边走去："先吃吧，先吃吧，一会儿我把照片发给你。"

由于这些食材都是从山上的速冻柜里买的，所以并不是那么新鲜，口感也并不好，基本就是图个氛围。

除了一些素菜还能吃外，肉类的东西味道几乎不太对，满是加工合成的味道。

简乐和陶圆圆都没吃多少，就吃其他零食去了。

相比她们，从小就吃惯了这种加工类食品的隋意对这些东西倒没那么难接受。

林加禾和唐季吃到后面都有些吃不下了，看隋意还吃得那么自然，对视了一眼，都有点儿不可思议。

在他们的认知里，像隋意这样的学霸，长得漂亮，家庭条件也不错，从小到大应该都是娇生惯养的，却没想到，她居然这么不挑？

隋意倒也不是不挑，其实吃得也有点儿难受，但是这么多东西扔了很浪费。

还好唐季没有把买来的那些东西全部烤完，只是这些，都够够的了。

就在她又拿起一串牛肉时，手腕被人握住了。

顾词的声音淡淡地传来："别吃了。"

隋意扫了一眼桌子，没剩多少东西了，都是一些已经冷掉的肉串。

也行，不吃就不吃了，隋意刚放下手里的烤串，林加禾便递了一个橘子过来："解解腻。"

隋意这次没有拒绝，欣然接受。

她确实感觉挺腻的。

林加禾累死累活地背了这些橘子，自己解决了一大半，现在总算推销出去第一个。

隋意吃橘子的时候，顾词起身把剩余的垃圾全部收拾好，拿去了不远处的垃圾站点。

林加禾看着他的背影，朝隋意努了努嘴："他惹你生气了啊？"

隋意放了一瓣橘子在嘴里，垂着头："没有啊。"

林加禾叹道："你们女孩子就是这样，不高兴总说没有，其实已经把情绪写在脸上了。"

隋意："……"

林加禾又说道："我大胆猜测一下，今天观察下来，你应该是对他有点儿好感的吧？是不是因为网上那个帖子的事？虽然顾词不让我跟你讲，但我觉得，这事还是应该给你说清楚比较好。"

隋意的注意点停留在"顾词不让我跟你讲"上。

她便没有打断林加禾，一边吃橘子一边听着。

林加禾说道："那网恋的事吧，也是有那么一茬儿，但完全不是论坛上说的那样，他那会儿确实带一个女孩子打过一段时间游戏，但在见面那天就被'放鸽子'了，两个人根本连面都没见过，那些乱七八糟的事，全部都是他们杜撰的。"

隋意尽量用最正常，又带着一点儿好奇的语气问："被'放鸽子'以后呢？他是不是感觉自尊心受挫，很生气？"

林加禾皱眉沉思："这个啊，我倒是不觉得，就觉得他那天挺惨的，淋着大雨回来，全身都湿透了，还感冒了好几天。"

隋意："……"

剧情怎么又绕回来了？

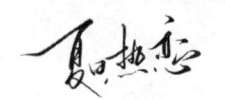

林加禾见她对这件事挺感兴趣的,便压低声音继续说了下去:"再给你说一件别人都不知道的事,他感冒好之后,还去了新闻系一趟,听说找了什么人,但估计没找到,回来后脸色难看得吓死人。

"从那以后,他再也没碰过游戏。"

隋意拿着橘子的手一顿,他去了新闻系一趟?

当初打游戏那会儿,她就是说自己是云城大学新闻系大一的学生,还胡诌了一个名字。

隋意想起了乔然,那个新闻系大二的学长。

她以为顾词是故意找了这么一个人来报复她的。

可这样的话,那就是他当初被她"放鸽子"之后,感冒了好几天,然后抱着最后一丝希望去了新闻系找她。

然而,他找到的那个人是个同名同姓、什么都不知道的男生?

想到那个场面,隋意忍不住打了一个寒战。

这该是多高的愤怒值啊……

讲真的,如果这事发生在她身上,爱情骗子又算得了什么?她能把对方锉骨扬灰。

隋意想了想,主要问题确实还是出在她身上,怪不了顾词。

见她不说话,林加禾继续说道:"我跟你讲啊学妹,你要真喜欢顾词,就勇敢点儿上,千万别犹豫,犹豫就会败北。尤其现在还有一个高段位的'渣女'吊着他。"

隋意转过头,一脸疑惑的表情。

所以他果然一边和她暧昧,一边往自己的池塘里"养鱼"呢。

林加禾说道:"就去年年底那会儿,他还和那个女生跨年去了,大半夜才回来。放寒假的时候,他还借了学校老师的车,送那个女生去机场，我看他那样子就知道他是陷进去了，被拿捏得死死的。"

说着，林加禾还有些慷慨激昂："你说，那个女生成天和他这么搞暧昧，却又不和他在一起，是不是个高段位'渣女'？我们顾词虽然成绩好，智商高，但在感情这方面真的没什么经验，被骗得太惨了。"

林加禾拍了拍隋意的肩膀，苦口婆心地劝道："所以啊，学妹，努努力，就当是拯救顾词于刀山火海、水深火热之中吧！我很看好你！"

隋意："……"

我谢谢你。

听林加禾说了这么多，她现在头都是晕的。

那个高段位"渣女"……

其实是她？

跨年那天，顾词全程和她在一起，总不至于还有机会奔赴第二场约会吧？

还有送她去机场那天，他回去也挺晚的了。

林加禾见她眉头时而皱起时而舒展，也开始反省自己刚才是不是说多了，还是应该给顾词留点儿底的。

正当他想要往回找补一点儿时，隋意却忽然开口："那你觉得，他喜欢那个女孩子吗？"

"当然喜……"话说到一半儿，林加禾冷静下来，"喜不喜欢不重要，反正他们没在一起呢，我们都是站在你这边的！而且我觉得，顾词对你也挺有好感的，他可能也是被那个'渣女'伤透了心，想重新开始吧。"

隋意："……"

林加禾见她沉默，又觉得自己说错了："学妹你别误会，我不是说你是'接盘侠'的意思，我就是觉得你和顾词不论从哪方面来说都挺合适的，他总是遇到一些奇奇怪怪的人，如果和你在一起的话，我就没什么好担心的了。"

隋意扯了扯嘴角，露出了十分尴尬的笑容。

她该怎么告诉他，他骂的这两个奇奇怪怪的人，都是她呢？

由于林加禾的目光过于期盼，隋意难免被看得有些心虚，试探着开口："那我……试试？"

林加禾立即拍手："那就成了！"

众人吃完烧烤，便进入了游戏环节。

不过，因为今天爬山大家都累了，明天三四点就要起来看流星雨，没玩儿多久就撤了，分别回帐篷里睡觉。

陶圆圆刚准备躺下，手机就振动了一下，是顾词发来的消息，只有几个字。

顾词：照片也给我一张。

陶圆圆看着消息，猛地瞪大了双眼，摇了摇隋意的肩膀："你看，你看，学长是不是想要你那张照片？"

隋意看着屏幕，轻轻舔了一下唇，没说话。

简乐也凑了过来，发表自己的意见："那张照片确实拍得挺不错的，学长作为摄影师，想要一张感觉也还挺正常的。"

陶圆圆摇头，继续翻着相册："我觉得不是，这后面几张照片，拍的全是隋意……"

说着，她扭头看向当事人："学长是不是喜欢你啊？"

凌晨两点半，闹钟接连响起。

陶圆圆和简乐都是迷迷糊糊地摁了闹钟，转身把脑袋埋在被子里继续睡。

隋意也觉得头晕脑涨的，眯着眼睛缓了两分钟后，到底还是坐了起来。

她穿上衣服，轻声去叫陶圆圆和简乐。

两个人都睡得很熟，不知道应着什么。

隋意望向外面，决定先出去看看外面是什么情况。

她拉开帐篷，寒意便从四面八方涌来，冷得她打了个哆嗦，瞬间清醒。

隋意连忙转身，把帐篷重新拉上。

这会儿整个山顶都是寂静的，流星雨还没来，天上只有散发着清辉的月亮。

不远处的那些帐篷里也是安静无声，她依稀能看到两三个人。

大多数人还没起来。

隋意转过头，见身后不知道什么时候燃起了火堆。

顾词坐在那里，唐季和林加禾都不在。

他们那边应该是和她这边同样的情况。

隋意走过去，坐在顾词旁边的小凳子上，搓了搓手问道："你什么时候起来的？"

顾词回道："没睡。"

隋意愣了愣："睡不着吗？"

顾词看向她，安静的黑眸被火光照得分外灼热："我在等你。"

四周很安静，只有料峭的寒风和"噼里啪啦"燃烧着的火堆。

隋意顿了一下，本来想问"你等我干吗？"，话到嘴边，又改了："你这么确定我一定能起来？"

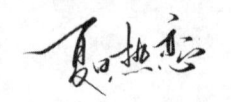

顾词说道:"你如果不是为了这个,中午看到我应该就扭头走了。"

而且隋意一直都对自己的事有规划和安排,是一个理性且冷静的人,没可能因为赖床错过这次流星雨。

别人不一定起得来,但她一定能起来。

隋意撇嘴:"我是不想影响别人出来玩儿的心情。"

顾词看着她,嗓音低沉缓慢地问:"你还生气吗?"

隋意别开视线,看向远处漆黑的山谷,小声回道:"我又没生气……"

但语气里,多多少少有些难掩的委屈之意。

虽然她能客观地分析她和顾词之间的那些问题以及矛盾,是源自她,也深刻地自我检讨了,可这会儿听到他这么问,心里还是止不住地泛酸。

她因为他这场爱情的骗局,难过了一下午也是真的。

"那时候你总躲着我,还想转系。"

"所以你就把我骗去了你们社团?"

顾词平和地说道:"讲点儿道理,不是我骗你去的,你想去一个事情少的社团,我只是给你提供了这个建议。"

隋意:"……"

他在这种时候给她讲道理?

顾词继续说:"事实证明,我的建议似乎没错,你上学期过得很轻松。"

隋意提不起什么兴趣:"哦。"

顾词垂眸看着面前的火堆,淡淡地开口:"不过建议你去社团,我确实有私心。"

隋意隐隐有些激动,看吧,他终于承认了!

他就是咽不下这口气,想要报复她!

顾词说道:"你确实很优秀,令我无法自拔。"

隋意:"……"

这话听着为什么有点儿熟悉?

不是,画风为什么突然偏了,刚刚他们不是还在针对骗局与报复行为进行辩论吗?

顾词重新看向她,目光直白又热烈:"所以,你现在有和我谈一下恋爱的打算吗?"

隋意对上他的视线,不由得愣住,感觉心跳快得仿佛要跃出胸腔,连带着灵魂都无所遁形地被面前这团火焰照得滚烫。

她想起这段话是什么时候说的了,在操场她拒绝顾词那次。

她说:"别爱我,没结果。"

她说,她知道自己很优秀,令他无法自拔。

她说,他们两个的关系不合适。

她说,她现在没有谈恋爱的打算。

她说,让他换别人喜欢。

他还记得她当初说过的那些话。

那时候,他还是她的代理辅导员。

现在不是了,他在问,现在她有和他谈恋爱的打算吗?

从林加禾那些复杂又没有逻辑的话里,她是能感觉出来,顾词确实是喜欢她的。

她脑补的那些爱情骗局并不存在。

短短几秒的时间里,隋意的脑海里涌上了无数想法。

她心绪有些乱,有些蒙,又有些……难以遏制地感到开心。

隋意不由得抬起原本放在膝上的手,理了理被风吹乱的头发,以此来缓解紧张情绪。

她开口道:"谈恋爱这事,还真没在我的计划里……"

顾词的嗓音低低的:"嗯?"

隋意看着他,眼神和态度十分诚恳:"但我也不想当一个高段位'渣女'。"

顾词问:"林加禾告诉你的?"

隋意扬了扬眉,反问道:"你怎么没跟他们说?"

她是指他怎么没说她就是当初"渣"了他的那个网恋对象,以及林加禾口中那个总是吊着顾词又不和他在一起的高段位"渣女"。

顾词回道:"说了他们只会瞎起哄。"

隋意翘起嘴角:"那他要是知道这些事,肯定会很后悔极力撮合我们两个在一起。"

顾词轻轻抬眼,又把话绕了回去:"你刚刚的回答,我应该可以理解为你答应了。"

隋意不自然地看向其他地方,没有回答,也没有反驳。

她的脸颊和耳朵都有点儿泛红,也不知道是被火烤的,还是其他什么原因。

顾词也没动,静静地等着她回答。

半晌,她的声音才断断续续地响起:"你……你理解能力这么好,做完形填空一定每次都是满分吧?"

顾词无声地笑了一下:"确实是。"

他还真是一点儿都不谦虚。

隋意转过头,目光再次和他的碰撞在一起。

周围重新安静了下来。

这时候的气氛,明显和刚才不同,多了几分连呼吸间都隐隐可见的暧昧感。

隋意想起那天在电影院时被打断的某个场景,放在腿上的手不由得攥住了裤子,却没有挪开。

顾词视线下移,目光从她轻颤的睫毛上,落到了她挺直的鼻梁上,再到……因为紧张微微抿起的粉色唇瓣上。

他的喉结上下滚动,眸色黯了下去。

在他凑近时,隋意的睫毛颤得更厉害,缓缓闭上了眼睛。

闭眼后,她甚至能清晰地感觉到,他灼热克制的呼吸离她越来越近。

就在这时候,身后不知道是谁喊出了声音:"流星雨来啦!"

天空中,流星雨如约而至。

被这么一打断,隋意的注意力明显被转走了,她抬起头,看着一颗又一颗流星从天空中划过,脸上的笑容也更加明显,还不忘拿出手机拍了几张照片。

她回过头,对顾词说道:"你看见了吗?很漂……"

剩下的话,她没有再说出口。

周围真正意义上地回归了平静。

而隋意的世界,气氛变得汹涌又浪漫。

经过接连两次意外后,顾词没有再犹豫,直接吻上了她的唇。

流星雨在寂静的夜里争先恐后地奔跑,照亮了整个夜空。

两个人都是第一次接吻,就这么唇贴着唇,没有更深一步的举动,青涩又甜蜜。

隋意慢慢闭上了眼睛,感觉四周的那些欢呼雀跃声都成了背景。

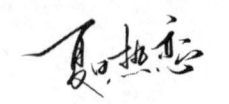

她只听得见自己心跳的声音，那么热烈、疯狂。

帐篷里，林加禾几乎整个人贴在透明胶垫上了。

唐季双手环胸地站在他后面，只能看到他十分惹人厌的后脑勺儿。

唐季不耐烦地开口："外面到底是什么情况？"

林加禾"嘘"了一声，目不转睛地啧啧称奇："这学妹够猛啊，不愧是省状元，刚刚才跟我说试试看，结果转头就亲上了，这效率我喜欢！"

唐季慢悠悠地开口："有没有一种可能，顾词喜欢的本来就是她？"

林加禾头也不回地摆手："瞎说什么呢？顾词喜欢的是那个总吊着他的'渣女'好不好？我们省状元漂亮、聪明又优秀，小心我告你诽谤啊。"

唐季"喊"了一声，重新躺回了睡袋里，懒得理他。

就那两个人今天从开始到现在的氛围，说他们之前没有什么事情，鬼都不相信。

也就只有林加禾这个傻子，觉得他们两个是在这场流星雨的照耀下，点燃了爱情的火花。

陶圆圆和简乐也是在人群的喧闹声中被吵醒的，两个人连忙穿上外套，手忙脚乱地出了帐篷，总算赶上了最后一场流星雨。

两个人同时发出了感叹："好漂亮啊……"并拍下照片，纪念这历史性的时刻。

隋意和顾词就站在离她们不远的地方，一起看着夜色回归沉寂。

光影交错中，隋意的手也被轻轻握住了。

她垂眸看了一眼，脸上的笑容扩得更大。

重新回到帐篷里后，陶圆圆和简乐已经没了睡意，兴致勃勃地打开手机，准备玩儿两局游戏。

隋意坐在旁边，看着手机上的照片，是顾词之前给她拍的那一张。

隋意想了想，把这张照片用作了头像。

这时候，陶圆圆的声音传来："隋意，你是不是闹钟响的时候就起来了啊？"

隋意连忙放下手机，抬头应了一声："对。"

简乐说道："难怪呢，我是感觉迷迷糊糊听到你叫我们了，可我们睡得太死了，差点儿就错过了流星雨。"

如果不是今晚突然被表白了，隋意是有回来叫她们，让她们一定不虚此行的打算，可……

虽然过程有点儿曲折，但好歹结果是好的，她们也赶上了最后一场流星雨。

隋意思及此，思绪又开始跑偏，手指慢慢地放到了唇上，这里的触感似乎还酥酥麻麻的，又有些难以言喻的燥热感。

见她一个人低着头坐在那里摸着唇，脸上时不时露出几分难掩的笑意，陶圆圆和简乐都觉得匪夷所思，对视了一眼。

她们还从来没见隋意这样过。

所以看流星雨能让人心情变好是真的？

陶圆圆由于过度走神，游戏里被杀了一次，她干脆爬过来坐在隋意身边，小声问道："你下午不开心的事，已经解决了吧？用不用我们帮你？"

隋意闻言，立即正色，理了理耳边的头发："没……没事，解决了，就是一个小误会而已。"

说完，她还特意强调："已经彻底解决了。"

陶圆圆呼了一口气："那我就放心了，你下午那个样子，我总感觉你能抓着那个让你不痛快的人从山顶上扔下去。"

隋意："……"

她放轻了声音，不免有些心虚："有吗？"

简乐点头附和："有的。"

陶圆圆拍了拍她的肩膀："嘿，既然已经过去了就好了，开心点儿，我们可是才看了流星雨的人！幸运女神会眷顾我们的！"

简乐开口道："别等幸运女神了，你再不拿起手机就要被他们投诉了。"

陶圆圆连忙去找手机："来了，来了。"

看着她们打游戏的样子，隋意弯了弯嘴角，慢慢钻进了被子里。

她重新摸出手机，见顾词两分钟前给她发了条消息。

顾词：睡了？

隋意点开对话框，回复消息。

隋意：没有，在聊天儿。

顾词：聊什么？

隋意：你看过一部剧吗？叫《隐秘的角落》。

顾词：没。

隋意慢慢地打着字。

隋意：这部剧讲的是一个女人被男人欺骗感情，然后心中郁结难忍，气愤难当，便约了男人去爬山，趁他不注意，把他推下山的故事。

顾词:"……"

那边的人没回复了,隋意却忍不住笑弯了眼睛。

很快,手机重新有了动静。

顾词发来了《隐秘的角落》的剧情梗概图文介绍。

隋意进可攻退可守。

隋意:不是这部啊,那可能是我记错了吧。

隋意:反正我记得看过这个剧情,就是不记得名字了。

顾词:那看来是我的问题,没有为艺术献身。

隋意回了一个无辜的表情。

他懂她在讲什么,她也懂他在讲什么。

这种感觉很奇妙,也很舒服。

大概这就是所谓的灵魂契合吧。

过了一会儿,顾词又发了消息过来。

顾词:明天早上要叫你吗?

隋意:不用,我自己起得来。

顾词:那早点儿睡。

顾词:晚安。

隋意:晚安。

回复完消息后,她把手机塞在枕头下,抱着被子把脸埋了进去。

她从来没有想过,她会在大一这一年交个男朋友。

或者说,谈恋爱压根儿就不在她原本的计划里。

隋意一向很讨厌别人打乱她事先的规划和原本的正常生活节奏,但是这一次非常坦然并且开心地接受了。

可能这就是爱情的力量吧。

见隋意抱着被子睡了,陶圆圆和简乐打游戏的时候也就没有再说话,结束一局便躺下了。

但隋意其实睡不着,一闭上眼睛,脑子里就是顾词亲她的画面。

恍惚间,她好像听见了他喉结滑动,轻轻吞咽口水的声音。

这个画面完全不能细想,一想下去,她就会控制不住地想更多。

隋意猛地睁开眼睛,掀开身上的被子,深呼吸了几下。

她也没有勉强再继续睡,而是拿出耳机戴上,开始听英语单词,试图转移注意力。

事实证明,这方法果然有用。

隋意没听一会儿,便恢复了冷静与理智,大脑变得异常活跃,也就更没有睡意了。

听了一会儿单词,她又找了一部没有字幕的英文电影看,很快便熬到了天亮。

北风未眠 著

夏日热恋
xiari relian

下 册

青岛出版集团 | 青岛出版社

第十一章

恋爱的风险评估

早上,林加禾半眯着眼睛出帐篷的时候,隋意已经坐在小桌前收拾他们带来的东西了。

林加禾走过去,揉了揉眼睛坐在她旁边,打着哈欠问道:"早啊,学妹,那么晚才睡,你不困吗?"

隋意回道:"不困。"

她拿起剩余的半袋橘子,问道:"这你还吃吗?"

林加禾接过橘子,剥了一个扔进嘴里:"吃啊,扔了多浪费……"

话音未落,他的牙齿被吹了一晚上冷风的橘子给冰得打了个冷战,将橘子吞下后,他又感觉五脏六腑都是冰的,瞬间也不困了,变得神清气爽。

隋意见他哆嗦了两下,隔着空气都感觉到了冷:"要不你还是装包里,带回去吧。"

林加禾把手里的橘子皮扔垃圾桶里,拍了两下手:"没事,留着路上吃。"

说着,他想起了昨晚的事,朝隋意靠近了几分,八卦地开口:"学妹,我问你个事啊,你和顾词,你们……?"

这时候,一个保温杯被放在了他面前,响起的是顾词的声音:"我们怎么了?"

林加禾立即摊手,一脸正气,坦然道:"我问你们吃不吃橘子。"

隋意抽了抽嘴角:"你自己慢慢吃吧。"

她收着东西,刚要转身,手腕便被顾词拉住,随即一个保温杯落在了她的手里。

隋意垂眸扫了保温杯一眼,愣了愣才说道:"这山上的商店不是还没有开门吗?你去哪儿……"

林加禾半倚在桌上,又往嘴里扔了一瓣橘子:"山腰那儿有个休息站,二十四小时供应热水。"

隋意更加诧异,他这是去了山腰,又折回来的?

林加禾的视线在他们身上来回扫着,随后他看戏一般故意问道:"顾词,你这不够意思啊,怎么就省状元学妹一个人有,我们的呢?"

顾词瞥了他一眼,淡淡地开口:"你都说了,别人是省状元,你是什么?冷水喝不死你。"

林加禾:"……"

隋意握着保温杯,嘴角扬起笑容,朝他指了指身后的帐篷,小声说道:"我先进去了。"

顾词点头:"好。"

语毕,他便收回了手。

隋意回了帐篷里,把保温杯的热水分给陶圆圆和简乐用了,自己留了一点儿喝。

陶圆圆震惊地问:"这大清早的,你从哪儿搞的热水?"

隋意含糊地回道:"就……那边有个热水桶,我就接了。"

简乐说道:"那我再去接点儿,这些不太够。"

隋意拉住她:"没了,将就这些用吧,等回去再洗漱。"

陶圆圆一边套着衣服一边说道:"也是,这山上人这么多呢,能接到这一杯已经很不错了。"

简乐只得作罢。

等她们穿好衣服,拿上自己的东西,又把帐篷收起来,放在指定归还地点后,太阳已经冲出了云层,整个天空都是绚烂又夺目的朝霞。

陶圆圆伸了一个懒腰,做着深呼吸,感受着大自然的原始气息:"这里的空气也太好了,完全舍不得走了。"

唐季慢悠悠地说道:"你再在这里住两天,都能返祖了。"

陶圆圆:"……"

情感瞬间被现实打败。

确实,这里什么都没有,感觉人都跟世界脱节了。

他们再待下去,说不定能深入大自然,变成大猩猩。

下山的路上,除了林加禾他们两个男生走得比较快之外,陶圆圆和简乐都没了来时那样的活力,走得慢了许多。

大概是还想着昨天她们上山时就抛下隋意一个人走,今天说什么她们都不能再留她自己下山了。

隋意在山上觉得还好,可走了几步下坡路,就感觉双脚发软打战,昨天爬山的后遗症太明显了。

她刚想停下来歇歇,就看见简乐和陶圆圆站在原地,目光中充满关怀地看着她,大有如果她不行的话,她们就上来扶她的意思。

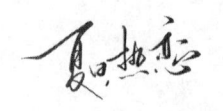

隋意："……"

她没有让别人等的习惯，而且下山的路都不好走，昨天大家爬的都是相同的距离，她们两个估计也没比她好到哪里去。

隋意缓缓地吐了一口气，正打算迈出脚步时，顾词的声音从身后传来："我的东西丢了，你们先走，隋意陪我去找。"

陶圆圆和简乐本来想说隋意看上去不大行了，她们陪他去找，但话到嘴边，又想起了上次跟顾词一起吃饭没话找话的尴尬场面，于是直接宣布放弃。

她们同时说道："那我们先走了，麻烦学长照顾隋意了。"

两个人转身时，脚步整齐得惊人。

隋意不由得笑了笑，等她们离开后，回过神，刚要往山上走时，顾词却拉住她："去哪儿？"

隋意对上他的视线："你的东西不是丢了吗？我……"

顾词神色平静地说："骗她们的。"

隋意："……"

顾词的目光落在他握住的她的那只手腕上，随即掌心下移，自然而然地牵住她的手："走了。"

他的掌心很干燥，有些烫。

隋意微怔，又忽然反应过来，他们现在是男女朋友关系了。

她控制不住地嘴角上扬，慢慢回握住他的手，跟着他的步伐慢慢下了山。

下山的人不少，他们是最慢的两个，没过一会儿就被远远地甩在了后面。

到了半山腰，隋意找了块大石头坐下，朝顾词摆手，喘着气说道："我不行了，你自己走吧，我休息一会儿再走。"

顾词四下看了看,没有找到拐杖之类的辅助工具:"我背你。"

隋意脑袋都是晕的,腿也颤得厉害:"这是下山呢,又不是平路。真的,你走吧,我不会怪你把我一个人扔下的……"

顾词没有再和她费话,直接转身背对着她蹲下,言简意赅地开口:"上来。"

隋意看着他的后背,想起了之前她的脚被烫伤时,他也是这样,蹲在她面前,然后背着她上车。

顾词见她半晌没有动静,回过头说道:"再晚太阳要下山了。"

隋意"哦"了一声,这才慢吞吞地趴在他的背上,忍不住说道:"太阳刚升起来呢,离下山还早。"

顾词背着她,起身继续走着:"按照你这个速度,能在太阳下山前回去,都该给你颁个奖。"

"喊。"她小声嘀咕,"我拿的奖状可多了。"

顾词勾了勾嘴角,没再说话,背着她往前走着。

由于是下山路,隋意也不敢和他说话,怕他分心一不小心踩空,就这么轻轻地趴在他的背上,不知道什么时候睡着了。

察觉到身后的人没了动静,顾词放缓了脚步。

远处,太阳正在缓缓升高。

隋意醒过来时,感觉脑袋都是晕的,像是在做梦一样。

她四下看了看,见他们已经到了山脚。

隋意不可思议地出声:"我睡了多久啊?"

顾词回道:"没多久,不到半个小时。"

他居然背着她走了那么长的下山路!

隋意连忙说道:"你赶紧放我下来,我自己走。"

在她的坚持下,顾词停下脚步,微微屈膝,隋意顺势跳了下来。

她看着顾词,脸上满是自责与懊恼之色:"你还行吗?"

顾词活动了一下手腕,气息微喘:"再背你半个小时都行。"

隋意觉得,他就是故作坚强,不想在女朋友面前丢了面子,也就没在这个问题上非要跟他掰扯个明白。

这人就是一生要强的男人。

隋意看着顾词被汗水浸湿的额角,从包里拿出纸,踮起脚给他擦了擦。

面对她的突然靠近,顾词身形微顿,目光落在她的眉眼、鼻梁上,再往下,就是淡粉色的唇。

昨晚的那一幕快速地在他的脑海里闪烁。

她的唇很软,似乎还带着一丝甜味。

顾词突然觉得喉咙有些痒,别开视线,接过她手里的纸巾:"前面就是停车的地方了,还要再休息一下吗?"

隋意把剩下的纸放进了包里:"我是不用了,你呢?"

顾词说道:"走吧。"

山下的休息站里,林加禾都准备去找搜救队了,看到这两个人平安无事,好胳膊好腿儿地慢悠悠出现,一颗心终于落了下来。

吃完午饭回去时,林加禾刚要跟着顾词走,却被唐季摁住了。

林加禾满脸茫然地看着唐季:"你干吗啊?"

唐季低声说道:"你有病是不是?坐我那辆车去。"

"来的时候不都……"林加禾说到一半儿,终于反应过来了,朝唐季露出了会心一笑,咳了一声,回过头对身后的三个女生说道:"省状元学妹,我和唐季有事要聊,咱俩换一下车吧。"

隋意没什么意见，轻轻点头："好。"

林加禾又对陶圆圆和简乐说道："那我们走……"

陶圆圆抱住了隋意的胳膊："我们坐一辆车就好了，不打扰学长你们聊天儿。"

林加禾："……"

正当他绞尽脑汁地想对策时，唐季开了口："是这样，隋意不是我们社团的嘛，也是下一任的社团社长，顾词有事要和她交代。"

简乐长长地"哦"了一声，做了个"OK（好）"的手势，随即拉着陶圆圆说："我们走啦。"

陶圆圆被她拉着，依依不舍地转头："这也不是什么秘密，我们应该可以听的吧……"

林加禾保持着微笑，快速地给她们开了车门，自己钻进了副驾驶座的位置。

上车前，唐季对隋意挥了挥手："我们先走了啊。"

隋意微笑着点头。

等他们离开后，隋意才走到不远处停着的那辆车前，拉开车门坐上了副驾驶座。

她刚系好安全带，顾词的声音便响起："想去哪儿？"

隋意问道："不是回学校吗？"

顾词转过头看向她："回学校只需要一个半小时，还有一下午的时间。"

"你不回学校补觉吗？"

她昨天一晚没睡，虽然下山那会儿趴在他的背上睡着了，但还是感觉很困，腰酸腿疼，整个人都没什么精神。

顾词舌尖顶着牙，缓缓吐了一口气，启动车子："那等你睡醒

了再说。"

隋意觉得差不多，她睡醒了正好吃晚饭。

来的时候隋意压根儿没有心情去看沿途的景色，现在才发现一路上的风景都很漂亮，甚至远远地还可以看到他们露营的那座山，在浮云的环绕下，映着朝阳的光辉。

每一处，都是来自大自然独有的魅力。

她微微闭上眼，感受着周围新鲜的空气。

当车行驶上高速后，隋意关上窗，靠回了座椅上，忍不住打了个哈欠。

隋意默了两秒，转过头询问顾词："需要我陪你聊天儿吗？"

顾词看着前方："聊什么？"

"聊什么都可以啊，要不然我睡着了留你一个人开车挺不好的。"

闻言，顾词无声地笑了一下，侧目看了她一眼："你困了就睡觉，没什么不好的。"

隋意想了想，说："那我给你把歌放着。"

她用自己的手机连上了蓝牙，点开了最近常听的歌曲，然后靠在座位上闭上了眼睛，很快，呼吸声变得均匀。

到了午后，太阳越来越炙热刺眼。

顾词转过头，见隋意微微蹙着眉头，睡得不是很好，便伸手把副驾驶座的遮光板放了下来。

车内，歌声轻轻回荡着。

Sunrise but the night still young

太阳虽已升起但请相信时间还早

No words, but we speak in tongues

无须语言你我灵魂如此契合

Even sober I'm not thinkin' straight

即使清醒着也不再理性

Cause I'm off my face, in love with you

因为我放弃理智爱上了你

I'm out my head, so into you and I don't know how you do it

你用什么方法让我情愿把心交给你

But I'm forever ruined by you, ooh, ooh, ooh

无论如何我永远为你沉沦

…………

由于这两天爬山下山，运动量是以前的好几倍，加上昨晚通宵没睡，身体透支到了极限，回去的这一路上，隋意都睡得很熟。

等车缓缓驶到宿舍楼前的时候，她睁开眼睛打了个哈欠："这么快就到了吗？"

顾词"嗯"了一声："你再睡会儿，都能直接拿毕业证了。"

隋意："……"

这人真能计较，她问过要不要陪他聊天儿的。

顾词把车停在路边，前面陶圆圆和简乐几个人都纷纷伸着懒腰下了车。

隋意扭过头去解安全带，但浑身没劲儿，卡扣又扣得有些紧，她摁了几次都没有摁开。

顾词见状，侧过身轻而易举地帮她解开了安全带。

隋意看着近在咫尺的男生，眨了眨眼睛，忽然开口："你是不是想和我约会啊？"

"省状元的反射弧是从山顶洞人时期还是从钻木取火时期开始的？"

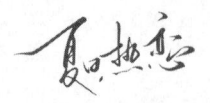

隋意真的想给他两拳，转身想要下车："不去就算了。"

顾词直接将手撑在车门上，拦住她的去路。

隋意就这么被他困在车座狭小的空间里，甚至能感受到他温热的呼吸喷在她的皮肤上引起的战栗感。

她小声狡辩道："你自己又不说清楚，我哪里知道你是想……"

"不是你说困了要回宿舍睡觉？"

隋意态度十分诚恳："确实也是这样，那我们就改天再说吧。"

说话间她又想走，顾词却没有要让她下车的意思。

他看了一眼时间："两个小时够吗？"

隋意问："什么两个小时？"

顾词说道："现在是下午三点，五点我在楼下等你。"

隋意想了想也行，又补充道："那我到时候给你发消息吧，你别在楼下等我，万一又……"

闻言，顾词嘴角微勾："万一又什么？"

隋意面不改色地回道："没什么。"

她才不会提起上次顾词在楼下等她，却偶遇孟宁音的事。

顾词刚想要继续开口，一张脸便贴在了车窗上，惊奇地看着他们。

隋意连忙推开了顾词，快速下车。

陶圆圆脸上满是暧昧之色，指了指车里，看向隋意，八卦地问道："你和学长在说什么悄悄话？"

隋意胡诌了个话题："纳维-斯托克斯方程的存在性与光滑性。"

"那……是什么？"

回到宿舍后，三个人轮着洗了热水澡，然后趴在了床上。

简乐和陶圆圆在回来的路上一直跟林加禾、唐季聊天儿，完全没睡，这会儿放松下来，很快便进入了梦乡。

可隋意睡了一路，这会儿没了困意。

她躺了一会儿，发现实在睡不着，睁开眼睛时，映入眼帘的就是那对靠在一起的公仔娃娃。

隋意伸手拨了拨公仔娃娃，让它们都坐正了些，可当她收回手后，它们又靠了回去。

隋意脸上露出笑容，它们怎么就那么喜欢贴在一起呢？

谈个恋爱真麻烦。

隋意摸出手机，正想给顾词发消息的时候，却意识到他应该也没怎么休息。她好歹在车上一直睡，但他来回都充当了司机。

她还是等五点再说吧。

隋意静悄悄地爬了起来，戴上耳机打开了一部国外的电影看着。

没看多久，倦意重新袭来，她打了个哈欠，设置了四点半的闹钟，倒头睡了。

与此同时，男生宿舍里，等顾词洗完澡出来时，林加禾正在开电脑，手和嘴各忙各的："顾词，你是不是得请我吃顿饭？"

顾词坐在电脑前，把半干的黑发撩到了脑后："你中午没吃饱？"

"这话怎么说的呢？"林加禾仰了仰下巴示意，"这不是庆祝你脱离了被'渣女'吊着的苦海，走向了新生活吗？"

唐季走过来，手拍在林加禾的肩膀上："你还是消停会儿吧，他没看到论坛帖子你就该偷着乐。"

林加禾连忙给他使眼色，压低声音说道："哪壶不开提哪壶，我们顾词哥哥好不容易才找到他的真爱，你瞎添什么乱？"

顾词没理他们两个人,打开了电脑上的游戏。

唐季跟林加禾对视了一眼,后者试探着开口:"来一局?"

顾词淡淡地"嗯"了一声:"来。"

林加禾:"嗨!"

看来他这招儿果然有用,不仅帮顾词摆脱了那两个"渣女",还让顾词重回游戏了。

省状元太灵了。

顾词差不多快有两年时间没登过这个号了,加载游戏花了挺长时间。

等待的过程中,他拿起手机打开了和隋意的对话框,最后目光停留在她新换的头像上。

那是他昨晚给她拍的那一张照片。

过了几分钟,游戏加载完毕,顾词放下手机,输入了账号和密码。

旁边的林加禾已经摩拳擦掌了:"今天我就不信拿不了第一名。"

他组了战队,把唐季拉了进去,又拉顾词。

顾词说道:"等会儿,我的消息一直在弹。"

密密麻麻的系统消息不断出现在屏幕上,除此之外,还有一些战队好友的信息。

顾词一一关闭消息后,视线落在了最下面的一条未读消息上。

来自"考第二名真的好难":对不起,对不起,我今天家里临时有点儿事,我到的时候餐厅已经关门了,实在抱歉,我们换个时间见面吧,时间、地点都由你定。

消息发送时间是凌晨十二点十五分。

顾词看着这条两年前的消息,靠坐在椅子上,微抿着唇。

两年前约定见面的那天下了很大的雨,他从上午十一点等到了晚上十点,她都没有出现。

回到宿舍后,他登上游戏账号,想要问她为什么没有来,可是看着那灰色的头像,没了要问的欲望。

她没来就是没来,他问了又有什么意义?

当天晚上他便生了一场大病,等病稍微好一点儿,他去了新闻系找她,找一个叫乔然的大一新生。

然而等对方出现在他面前,表情茫然地表示没玩儿游戏不知道他在说什么时,顾词差点儿被气死。

从此以后,他再也没有登录过游戏,直接把她划为了骗子那一类人。

但如果在那几天时间里,他再登录一次游戏,就能看到她的这条消息。

林加禾喊道:"顾词来啊,人已经齐了,就等……"

他话音未落,顾词已经起身:"你们先玩儿,我出去一趟。"

闹钟响起,隋意坐了起来。

陶圆圆和简乐都还在睡,隋意摁了闹钟,然后慢慢爬下床,进到洗手间,拧开水龙头接了一捧冷水浇在脸上,原本困倦的神经立即精神了许多。

她抽了一张洗脸巾把脸上的水擦掉后,回到衣柜前,看着里面清一色的白裙子和淡蓝色牛仔裤,陷入了长久的沉默之中。

她原本就是过得这么清心寡欲的吗?

隋意站在衣柜前挑挑拣拣半天,才选出来一件杏色的及膝连衣裙换上。

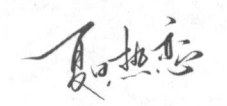

昨天和今天都没有洗头，隋意索性把头发扎成一个马尾，从盒子里拿出顾词跨年时送她的那条项链戴上。

一切准备就绪，隋意临出门路过镜子前，看着镜子里面的自己，想了想还是尊重一下顾词，擦了擦脸，又涂了豆沙色的口红。

出了宿舍后，隋意看了一眼时间，四点五十分。

挺好，这次终于是她等他了。

然而隋意刚走了两步，便看到了站在不远处的树下的男生。

他身形高瘦挺拔，五官清俊，神色冷淡，有着同龄男生没有的疏离感，只是站在那里，便能吸引无数人的目光。

隋意始终觉得，顾词应该是高傲自负、目空一切、不融于世俗的，但他偏偏还挺纯情。

尽管她从玩儿游戏认识他开始，就始终背了一个"渣女"的名声，他却能不计前嫌，被她的人格魅力吸引。

唉，这就是过于优秀的烦恼。

当看到顾词拒绝了第三个问他要微信号的女生后，隋意走了过去："你什么时候来的啊？不是说我给你发消息再……"

顾词面不改色地开口："我刚下来。"

隋意压住上扬的嘴角，没有戳破他："走吧，我们去哪儿？"

顾词和她并肩走着："游戏城。"

闻言，隋意脚步一顿，本来以为顾词要约她看电影呢。

顾词偏头看向她："不想去？"

隋意立即跟上他的脚步，回答道："没有，很想去。"

顾词勾了一下嘴角，刚要出声，隋意便看见了班上的同学，立即往右迈了一大步，和他拉开距离。

两个女同学热情地跟顾词打着招呼："学长好啊。"

顾词点了一下头，缓缓侧目看了隋意一眼。

那两个同学顺着他的视线看去，发现了她："隋意，你也在啊，你和学长一起去吃饭吗？"

以前隋意还能坦然回答，一起吃饭就吃了，但是现在正儿八经地谈恋爱了，她反倒心虚起来，立即否认："没有，我们就是……去食堂不都这个方向吗？"

说着，她一脸不熟地朝顾词说道："还挺巧的，是吧学长？"

顾词单手插在兜里，懒懒地"嗯"了一声，不紧不慢地回答："挺巧。"

隋意保持着脸上的微笑，对两个女同学说道："那我就先走了，你们聊。"

语毕，她匆匆看了一下顾词，然后快速离开了。

一口气出了校门，确定周围没有熟悉的面孔后，隋意才停下来，找了个不显眼的角落等着。

过了快十分钟，顾词才走出来。

隋意连忙上前，把他拉到了旁边人少的巷子里："你干吗呢，这么慢？"

顾词回道："你看我那一眼，不是让我跟她们多聊一会儿吗？"

隋意："我是让你快点儿走，我在门口等你。"

顾词慢悠悠地说道："走那么快，不怕她们发现我和你是一起的了？"

隋意咳了一声，试图辩解："我是觉得暂时没必要让别人知道，万一哪天我们因为观念不合分手了呢，那多尴尬？"

说话间，她想要把手收回来，还没付出行动，顾词已经察觉她的意图，直接将她的手握在了掌心里。

"所以你一开始就是抱着会分手的想法在跟我谈恋爱？"

隋意坦然地说："我这是风险评估，避免因此受到损失。"

顾词嘲讽道："看得出来省状元平时都在认真听课。"

隋意一点儿都不觉得顾词这话是在夸她，这人损得没边。

不过这件事，她确实是理亏的。

隋意试图跟顾词商量："我们就先……不告诉别人可以吗？我怕观念不合分手是一方面，你之前是我们的代理辅导员，如果被别人知道我们在一起，可能大家会觉得我们那个时候关系就不正当了。"

顾词没说话。

隋意进一步说道："而且你都快毕业了，马上就要离开学校，如果我们那时候还没有分手，就再说？"

顾词看着她，认真地说道："说你'渣'，确实不冤枉。"

隋意："……"

他干吗又开始人身攻击？她就事论事嘛，而且还说得那么有道理。

这对他们双方都是一个不错的选择好不好？

他们又不是小孩子，谈恋爱要弄得尽人皆知，那样分手了都不体面。

她正打算反驳的时候，顾词开口道："撒个娇来听听，我就答应你。"

"……"

隋意两次提气想要说什么，都将话咽了回去。

这是人能说出来的话吗？

顾词就这么看着她，眉梢微抬，等着她开口。

隋意轻轻舔了舔唇，决定豁出去了："我……"

谁知道她刚开口，一个字在她的喉咙里转了几圈，愣是说不下去了。

隋意干脆摆烂，转身想走："我说不出来。"

顾词拉住她的手，把她拽了回来。

这么一拉一拽，隋意直接贴在了他的胸前，抬眼便看到了他棱角分明的下颌线。

顾词垂眸看着她说："你再努努力。"

隋意小声嘟囔："这又不是学习，努力了也没用。"

"我还以为，你学习不用努力就能成功。"

"谢谢夸奖，跟你比起来还是差点儿的。"

顾词不着痕迹地弯了一下嘴角："那我努努力。"

隋意刚想说他怎么可能那么好心，下一秒，他便低下头，吻在她的唇上。

隋意没料到他会突然这样，还是在街上……

她微微睁大了双眼，还没来得及反应，顾词便退开了点儿："定金。"

隋意："……"

顾词："你的风险评估理论，我同意了。这是定金，利息分期还。"

隋意忍了忍，还是没忍住："你是真的一点儿亏都不能吃。"

"避免因此受到损失。"

他把话原封不动地还给了她。

隋意握紧了拳头。她现在就想分手了。

到了游戏城,顾词买了一筐币回来,问她:"想玩儿什么?"

隋意毫不畏惧地指了指旁边的射击游戏。

她就是属于典型的又菜又爱玩儿的类型。

顾词没说什么,抬腿走了过去。

刚好两台射击机器都是空着的,他分别投了币,然后给隋意戴上耳机:"跟在我后面,别乱跑。"

隋意一边调整耳机的高度,一边点头。

游戏城里的射击游戏和电脑屏幕上的又不同,3D感觉更强烈一点儿,刚开始没一会儿,隋意就头晕目眩的,感觉自己被打了,回过头四处蹦着还没找到打她的人在哪里,顾词的声音便传来:"倒了。"

游戏的全程,隋意就跟在他的身后,捡各种稀奇的物资和玩意儿。

起初她还饶有兴趣,但逐渐开始后悔,她为什么要玩儿这种抬高他人贬低自己的游戏?

好不容易等到一局游戏结束后,隋意摘下耳机:"我头晕,你玩儿吧,我试试其他的游戏。"

这时候,刚好顾词的手机响起,他"嗯"了一声:"我一会儿去找你。"

隋意在游戏城里逛了一大圈,都没有遇到她满意的游戏项目。

直到看见一群学生站在智力问答机前,一个个抓耳挠腮的,她仿佛看见了希望的曙光、人生的转折点,跨步走了过去。

这时候,屏幕上的题是——

"海洋中最多的生物是?"

隋意站在他们身后慢悠悠地开口:"浮游生物。"

几个学生闻言,瞬间转过头来,表情质疑地看着她:"姐姐,你不要瞎猜,这是我们的第三道题了,如果错了,前面的积分就全部白费了。"

隋意双手环着胸,轻"哼"了一声:"这题要是错了,我请你们吃冰激凌。"

听到她如此笃定的语气,小孩子们交换了一下眼神,决定相信她一次。

很快,屏幕上显示第四题——

"电子计算机发明于哪一年?"

几个人同时转过头看向她,隋意答道:"1946年。"

答案再次正确。

几个小孩子完完全全把隋意当成了天才,一口一个姐姐地叫着,眼睛里充满了崇拜的光芒。

隋意被踩在地上摩擦的自信心在此刻充分找了回来。

接下来的几道题,隋意也轻轻松松地帮他们解决了。

十道题全部答对后,孩子们手拉着手欢呼,高兴得原地蹦跳。

有人开口:"姐姐你也太厉害了!"

剩下的小孩子紧接着附和。

隋意迷失在一声声"姐姐你也太厉害了"的称赞中,摆了摆手,深藏功与名:"这些题都太简单了,不算什么。"

等那些小孩子跑去找老板兑换奖品后,隋意才笑着收回视线,刚准备再去找其他游戏玩儿,便看见了倚在不远处的墙上,目光含笑地看着她的顾词。

隋意:"……"

两个人四目相对了几秒,顾词朝她走近。

隋意默了默才问道:"你什么时候过来的,怎么没叫我?"

顾词回道:"我看你好像玩儿得很开心,就没有打扰你。"

隋意面不改色地为自己刚才的行为解释着:"我是看他们挺有求知欲的,助人为乐是美德。"

顾词看着她,眉梢微动:"是挺美。"

意识到这人又开始没谱儿之后,隋意便懒得理他了。

这时候,刚才的小学生跑过来,递了一个冰激凌给她:"姐姐,这是刚才的奖品,我们多要了一个,送给你。"

这毕竟是他们的一番心意,隋意也就没拒绝,接过冰激凌说道:"谢谢啊。"

面前的小学生嘴里说着"不客气",然后扭头跑走了。

隋意看着手里的冰激凌,朝顾词仰了仰下巴:"看吧,这就是助人为乐的回报。"

顾词问道:"还没到夏天,你吃这个确定不冷?"

隋意低头尝了一口冰激凌,香草味的,有点儿甜。

她回道:"不冷啊,今天外面太阳那么大。"

顾词闻言没再说话,只是扫了一眼她穿着的连衣裙,等到太阳下山,她就会觉得冷。

然而还没等到那个时候,隋意吃完冰激凌,便打了个哆嗦。

顾词问她:"冷?"

毕竟刚刚还信誓旦旦地说不冷,隋意只能挺直脊背嘴硬道:"没有,怎么可能?"

顾词弯了弯嘴角,没有拆穿她,看了一眼时间:"吃饭去吧。"

两个人出了游戏城,天色已经暗了下来。

一股冷风吹来,隋意感觉汗毛都要竖起来了,倔强地握紧了拳头，牙齿冷得直打战。

就在她深呼吸的时候，一件温热的外套搭在了她的肩上。

隋意下意识地偏过头看去。

顾词直视前方，手牵住了她攥紧的拳头，握在掌心里："现在天气挺冷，别穿这么少。"

隋意小声嘀咕："要不是为了和你约会，谁这么穿？"

顾词没听清楚，朝她凑近了几分："嗯？"

隋意轻轻咳了一下："没什么，我是说……你把衣服给我穿了，你不冷吗？"

他里面也只穿了一件短袖T恤。

顾词回道："还好。"

随着晚风越来越凛冽，隋意觉得他也挺倔强的。

走了几步后，隋意拉近了他们之间的距离，被他牵着的那只手紧紧挨着他的胳膊："这样应该会好点儿。"

顾词嘴角扬起笑容："嗯，好点儿。"

进了餐厅，温度适中，没有外面那么冷了，隋意把衣服递给他："你穿上吧。"

顾词没接衣服，给她的杯子里倒着茶水："放你那里，一会儿再说。"

"也行。"

隋意把衣服放在了旁边，然后开始点菜。

她之前在网上看过关于这家店的测评，便选了几个特色菜。

把菜单递给服务员后，隋意拿起面前的水杯喝了两口水："我们是吃了饭直接回学校吧？"

顾词问道："你还有其他想去的地方吗？"

隋意摇头，现在就想赶紧回床上躺着。

昨天爬了山，她到现在都还腰酸腿疼。

顾词说道："那就回去。"

隋意想了想，问："可是……约会的时间会不会太短了，你能接受吗？"

顾词："……"

他双手横在桌上，看着她说："你是不是把和我约会当成是做任务了？"

隋意别开了眼，心虚地开口："那倒没有……"

只是她觉得，谈恋爱这事本就不在她的大学计划里，现在既然谈了，不得打起十二分精神对待吗？

今天能约完的会，她绝对不能拖到明天。

然而面对顾词沉默且直白的眼神，隋意又没那么理直气壮了，小声说道："明天不是还要上课吗？你也要毕业了，不忙着找工作吗？"

顾词懒得理她："快点儿吃，吃完回学校。"

隋意撇了撇嘴，他怎么还生上气了呢？

吃完饭，他们出餐厅的时候，外面下起了小雨。

隋意冷得汗毛都竖起来了，双手抱住了自己，同一时间，外套重新搭在了她的肩上。

她抬起头，只看到顾词挺拔的背影。

隋意拢紧了衣服，打了个喷嚏。

很快，他重新回来，手里还拿着从便利店买的伞。

顾词把伞撑在她的头顶："走了。"

回去的路上，两个人各走各的，一副不太熟的样子，和来的时候形成了极大的反差。

隋意几次想要开口，但她就不是擅长道歉的人，便只能把话咽了回去。

而且，她也不觉得自己有错。

那学生不就是应该以学业为重吗？

隋意想得出神，没注意到旁边有辆车开过来，猛然间，她被人搂着肩拽进了怀里。

她愣了两秒，才后知后觉地看向从她旁边疾驰而过的小轿车。

顾词的声音从头顶传来："不看路想什么呢？"

隋意仰头看着他，认真道出了心里的疑问："你是不是……恋爱脑啊？"

顾词："……"

隋意连忙继续说："我没有别的意思，就是……你如果真的是恋爱脑的话，我就做个计划表呗，尽量在学习之余挤出更多的时间和你约会。"

"等到结婚那天，我再来接你就行了，还做什么计划表？"

隋意："……"

她难得红了耳朵，说话也没刚才那么利索了："谁……谁说要和你结婚了？"

顾词不着痕迹地勾了一下嘴角，牵着她继续往前走着。

隋意这才发现，他手臂冰冷。

她像之前那样，抱住了他的胳膊。

隋意回到宿舍时，陶圆圆从床上撑起来问道："隋意，下这么大的雨，你去哪儿了啊？"

隋意一边用干毛巾擦着头发，一边回应道："哦，那个……我

高中同学来找我了,出去吃了个饭。"

简乐也探出了脑袋:"高中同学?是不是上次来找你那个啊?他是不是喜欢你啊?"

隋意干笑了一声:"没……是女生。"

说完,她怕她们继续问下去,连忙拿着换洗的衣服进了洗手间。

洗完澡出来,隋意坐在书桌前,打开了电脑。

陶圆圆正下来上洗手间,见状问道:"不是吧你,这么晚了还学习呢?"

"我就……有点儿东西要处理一下,很快就好。"

隋意收回视线,吐了一口气,开始做她的计划表。

她刚打了几个字,就撑着脑袋对着电脑发起呆来。

他们一个星期约一次会应该可以吧?

不行,不行,顾词是恋爱脑,一个星期只约一次会他肯定会生气的。

那……他们两天一起吃个饭,一个星期一起去看一场电影,应该可以吧?

隋意觉得可行,然后想了想,又整理了一份更详细的表格,给顾词发了过去,随即上床睡觉了。

另一边,顾词洗完澡坐在电脑前的时候,刚好收到隋意发过来的消息——约会时间安排表。

顾词揉了揉眉心,打开了表格。

周一,中午食堂吃饭。

周三,下课后图书馆见面。(备注:安静学习。)

周五,学校外吃晚饭。

周末,任意一天去看电影。

（备注：周一的午饭和周五的晚饭可以按情况交换。）

顾词往后靠在椅子上，舌尖抵着牙，笑了。

林加禾见状问道："顾哥哥，笑什么呢这么开心？"

唐季瞥了顾词一眼："还能为什么？你懂点儿事。"

林加禾立即露出了心照不宣的表情，八卦地看向唐季："看到没？进展得挺快啊。"

"能不快吗？昨晚都亲上了。"

顾词吐了一口气，合上了电脑。

周一，所有人都在疲倦中开始了新一周的课程。

上午的课结束后，陶圆圆打着哈欠问："我们中午去吃什么啊？"

简乐建议道："吃干锅吧，怎么样？"

隋意整理着书，起身说道："我……有点儿事要请教学长，你们去吃吧。"

"学长，顾词学长吗？"

隋意心虚地点了点头："那我先走了啊。"

简乐挥手道："去吧，去吧。"

隋意走后，陶圆圆神秘地说道："我总感觉隋意跟学长之间有点儿什么。"

简乐点头，小声附和："我也觉得。"

"之前那帖子你还记得吧？我怎么总感觉学长在感情方面有一点点……不正常呢？要不，给隋意提个醒？"

"再说吧，万一隋意跟学长没那个意思，我们这不是多嘴吗？"

"也是，有道理。"

第十二章
你果然是恋爱脑

隋意一口气跑出了教学楼,一边往食堂走,一边拨了顾词的电话号码。

电话刚打出去,她的肩膀就被人拍了一下。

隋意转过头,有些诧异:"学姐?"

孟宁音笑道:"你有时间吗,一起吃个饭吧?"

隋意看了看她,又看了看手机,随即立即挂断电话:"有时间。"

孟宁音又说道:"这会儿人多,我们去外面吃吧。"

"好。"

坐在餐厅里,隋意点完菜后,看向孟宁音:"学姐来找我是有什么事吗?"

孟宁音给她的杯子里添了水:"其实也没什么,就是我马上要去实习了,今天估计是我在学校待的最后一天了,想着请你吃顿饭。"

"学姐……找好工作了吗？"

"找好了，程序员。"

隋意想了想，问："会很累的吧？"

孟宁音叹了一口气："是啊，累肯定是累点儿，我不像顾词，那么多工作等着他挑选，我只有哪个适合去哪个咯。"

"那顾……学长，他找好工作了吗？"

孟宁音耸了耸肩："这我就不清楚了，我只知道他之前拒绝了一家大型游戏公司，我也问过他，他没告诉我原因。"

隋意拿起水杯喝了一口水，笑容干干的。

孟宁音又说道："不过他这个人有自己的想法，估计是已经有了明确的目标吧。"

很快，她们点的菜陆续端上来，话题也被扯到其他地方去了。

隋意举着水杯："学姐，祝你前程似锦。"

孟宁音笑道："也祝你学业有成，成为金融界未来的新星！"

这顿饭，隋意和孟宁音聊得挺开心。分开时，隋意看着孟宁音的背影，突然有些感慨。

孟宁音是她见过的最温柔的人，以后见面，不知道会是什么时候了。

正当她转过身准备回宿舍时，却发现顾词正站在不远处，斜斜地靠在墙上，面无表情地看着她。

隋意："……"

完了，她竟然把他给忘了。

隋意看了看四周，确定没什么认识的同学后，才快步走过去站在顾词面前，小声说道："不好意思啊，我刚才在跟学姐一起吃饭。"

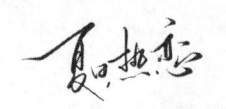

顿了顿,她又试探着开口,"你……吃了吗?"

顾词不紧不慢地回答:"你说呢?"

隋意干笑了几声,趁着附近人少,连忙拉着顾词的手朝学校外面走去。

为了防止遇见熟人,她特意多走了点儿路,选了和学校隔了几条街的地方。

隋意看看左右:"就这里吧,你想吃什……"

她的手往回收了一半儿,又被顾词拽了回去。

他牵着她进了一家面馆。

隋意理亏,难得乖巧地跟在他身后,进了饭店坐在位子上,双手抽出筷子朝他递过去,态度十分诚恳。

顾词瞥了她一眼,接过筷子:"你吃饱了?"

"很饱。"

"看来孟宁音比我下饭。"

隋意:"……"

这时候,顾词点的面被送了过来。

他淡淡地说了声"谢谢"。

隋意双手横放在桌面上,身体不由得往前倾了几分,眼睛都在发亮:"我可以问你个问题吗?"

"问。"

"学姐既漂亮又温柔,你跟她认识那么多年,对她就没有一点点心动吗?"

她要是男生的话,孟宁音一定是她的"白月光"。

顾词回道:"我不喜欢温柔的人。"

说话间,他抬眸看了她一眼:"也不喜欢漂亮的女生。"

隋意瞬间如鲠在喉，捏紧了拳头。

这话伤害性不大，但侮辱性极强。

她轻"哼"了一声，决定不和他一般见识。

过了一会儿，隋意的姿势又改为双手托腮，她感慨道："学姐今天就要离开学校了，你是不是也快走了？"

"舍不得我？"

"倒也没有。"

但她其实挺想知道，顾词未来的计划是什么。

顾词似乎看出了她眼里的疑问，说道："我保研了。"

隋意突然明白了什么："那你是因为这个才不去游戏公司的？"

"不是。"

隋意默了两秒，露出匪夷所思的神情："你该不会真的是因为我吧？"

顾词闻言轻笑了一声："你要这么想，我也不介意。"

"我猜得没错，你果然是恋爱脑。"

顾词："……"

说归说，玩笑过后，隋意又正经地问道："那你已经决定留下读研了吗？"

"以前没考虑好，现在决定了。"

"为什么？"

"因为我是恋爱脑。"

隋意直接被呛住，接连咳了两声。

这话题怎么又绕回来了？

她发现，有时候从顾词嘴里听到一句真话挺难的。

隋意不想和他聊天儿了，敷衍道："你快吃吧，吃完回去了。"

顾词看着她，不着痕迹地勾了一下嘴角。

不管是进未来科技还是保研，其实都不在他的计划中。

之后的一段时间里，隋意都严格按照她的约会计划表谈着恋爱。

临近毕业，顾词也有挺多事要忙，没什么机会落实恋爱脑这件事。

随着天气越来越炎热，正式入夏后，便迎来了毕业季。

顾词他们毕业典礼那天，隋意正在上课。

她听着教学楼下的声音，不自觉地看了出去。

整个大四的毕业生全部回来了，穿着学士服，成群结队地往礼堂的方向走去。

陶圆圆见状羡慕道："真好啊，我也想毕业，也想穿着学士服拍照。"

简乐提出了不同的意见："毕业有什么好的？我表姐去年毕业，现在都没找到一份儿稳定的工作呢，还是待在学校里好，每天只用考虑早上吃什么，中午吃什么，晚上吃什么。"

隋意："……"

陶圆圆："……"

隋意单手托着腮，定定地望着窗外："可是外面的世界好像更广阔。"

临近下课时，简乐看着手机，连忙用胳膊肘碰了碰身旁的两个人："欸，欸，欸，毕业生代表讲话，是学长啊！"

她的话音刚落下，教室里的其他人大概也看到了同样的消息，有些蠢蠢欲动。

下课铃刚响起,一群人便蜂拥而出。

陶圆圆和简乐一人拉着隋意的一只手,奋力地挤在了最前面。

等她们到礼堂的时候,外面已经聚集了很多来看毕业典礼的学生。

她们只能隔着人群远远望过去。

开场表演结束后,便是毕业生代表讲话。

顾词缓缓走上台。他穿着简单的白衬衣、黑西裤,身形挺拔,单单往那里一站,便吸引了所有人的目光。

隋意昨天是听他说过,他今天要作为毕业生代表发言,但像这样的事,她从小也没少做,便没怎么放在心上。

可这会儿亲眼看着他走上台,又觉得好像和想象中是不同的。

顾词本就是天之骄子,意气风发。

隋意远远地看着他,嘴角慢慢扬起了笑容。

她突然觉得,有这么个优秀的男朋友也挺好的。

毕业典礼结束后,毕业生在操场上拍照。

隋意觉得,顾词今天应该挺忙的,便打算不打扰他了。正当她打算和陶圆圆她们一起回宿舍的时候,林加禾突然看见了她,朝她招手道:"学妹,你过来,我们一起拍一张照片。"

隋意愣了一下,左右看了看:"我?"

林加禾跑过来拉她,又对陶圆圆和简乐说道:"我们社团的人先拍一张照片,你们等会儿也一起拍啊。"

两个人同时点头。

隋意被林加禾拽了过去,然后站在了顾词旁边。

林加禾和唐季也不知道是不是故意的,一个挤着她,一个挤着顾词,愣是让他们两个紧紧挨在了一起。

隋意还没反应过来，顾词便握住了她的手。

她不由得瞪大了眼睛，抬头看向他。

顾词却若无其事一般，神色不变。

四周拍照的人多，都是人挨着人，说说笑笑地挤在一起，这个小小的亲密举动大概只有他们两个人知道。

隋意和他们拍了几张照片后，林加禾又招呼着陶圆圆和简乐过来一起拍照。

自从上次露营结束后，他们几个人就互相有了联系方式，还建了一个小群，偶尔在朋友圈点点赞，在群里聊聊天儿。

拍完照，他们几个一起去看照片了。

好不容易没有再被挤着，隋意刚要挪开一点儿，顾词便拉住了她的手："花呢？"

隋意有些蒙："什么花？"

顾词看向不远处，抬了抬下巴。

隋意这才发现，好多人怀里抱了一束花，有送人的，也有被送的。

她干笑了两声，把手抽了出来，找着借口："唐季学长和林加禾学长，他们不也都没……"

"他们没女朋友。"

隋意："……"

她咳了一声，怎么又理亏了？

毕业这种事，确实还是需要一个仪式感的。

但现在去找花也来不及了，隋意想了想，抬手取下了头上的头绳，然后举到了顾词面前："喏，送给你。"

黑色头绳上穿着一朵淡紫色的小花。

顾词一言不发地看着她。

隋意把头绳往他手里塞,小声说道:"不要这么小气嘛,这个也是花,你要是嫌小了的话,下次我补你一束最大的,好不好?"

说完,她怕顾词不满意又找她的麻烦,拢了拢头发,连忙跑过去和陶圆圆他们一起看照片了。

顾词垂眸,看着掌心里的头绳,无声地笑了一下,随即将头绳戴在了手腕上。

孟宁音走过来的时候,刚好看到这一幕。

她缓缓地站在顾词面前,笑着开口:"恭喜你,毕业了。"

顾词抬眼:"也恭喜你。"

孟宁音转头看了看隋意的背影,轻轻抿了抿唇:"你和隋意……是不是在一起?"

"嗯。"

"什么时候?"

"你是问我什么时候喜欢她的,还是问我们什么时候在一起的?"

孟宁音闻言,张了张嘴却没发出声音。

是啊,她知道这些有什么用呢?

孟宁音收回视线:"隋意是个很好的女孩子,我很喜欢她,既然你和她在一起了,那也恭喜你们。"

顾词回道:"她也很喜欢你。"

孟宁音顿了两秒后,突然笑了:"那这么看来,你好像是多余的。"

顾词:"……"

孟宁音朝他挥了挥手:"那我就先走了,替我跟隋意问好。"

顾词轻轻点头。

孟宁音走了一会儿,有其他女生鼓足勇气跑过来,红着脸开口:"学长你好,我喜欢你很久了,我……"

顾词举起手腕,露出上面的头绳:"谢谢,有女朋友了。"

隋意转过头来,正好看见这个场景。

她忍不住抽了抽嘴角,这个东西原来是这么用的吗?

隋意再次理了理头发,一定不能让人看出那根头绳是她的。

中午,顾词跟林加禾他们是和同学一起吃的饭,隋意也和陶圆圆她们一起吃的。

晚上,林加禾则组织着露营小分队的人一起聚餐。

坐在火锅店里,林加禾拿着酒杯说道:"从今天开始,我们就正式从百无一用是大学生升级成打工人了,在人生道路上跨了一大步距离,让我们喝一杯!"

"干杯!"

聚餐结束后,除了隋意和顾词,其余人都喝得有点儿醉。

到了宿舍楼下,隋意一边扶着一个室友,对顾词说道:"那我先带她们上去了,你也赶紧……"

她还没说完,林加禾便拍着胸脯喊道:"学妹,你放心好了,我会把顾词安全送回去的,不会让你男朋友……"

顾词直接捂住了他的嘴巴,看向隋意:"你先走。"

隋意点了点头,赶紧扶着陶圆圆和简乐上楼了。

林加禾看着她们的背影,半眯着眼睛,脚步不稳,打着酒嗝:"她们怎么走了?欸,不喝啦?"

顾词瞥了他一眼:"跟两个女孩子喝成这样,你真出息。"

旁边,唐季揉了揉发涨的太阳穴,明显也没比林加禾好到哪里去。

林加禾是真坐实了害人害己这句话。

顾词把他们送上楼后,又出了宿舍楼。

另一边,隋意把陶圆圆和简乐扶上床,也是累得够呛。

她坐在椅子上吐了两口气,热得拢起头发,往手腕上去拉头绳的时候,才忽然想起已经把头绳送给顾词了。

隋意在桌上扒拉了一下,重新找了一根纯黑色的头绳系上。

她倒了一杯水,喝了几口,又分别拿着陶圆圆和简乐的水杯,接了水放在她们旁边。

做完这一切,隋意刚想去洗澡,手机便振动了一下,是顾词发来了消息。

顾词:我在楼下等你。

隋意收起手机,往门口走了几步,又折回,在自己的书桌和床上来回打量着。

最后,她的视线停留在了床头的布偶娃娃身上。

隋意出宿舍的时候,楼下已经没什么人了,只有顾词坐在路灯下。

她走了过去,坐在他旁边:"你怎么下来了?"

顾词放了一个纸袋在她怀里:"解酒药,给你室友的。"

隋意应了一声:"哦,谢谢。"

顾词抬头看向远处的月亮,不知道在想什么。

隋意顺着他的视线看过去,过了一会儿才说道:"你是不是明天就要离开学校了?"

他挑了挑嘴角,扭头看向她:"舍不得我?"

这次，隋意回答得很诚恳："有点儿。"

顾词大概也是没料到她会这么回答，眉梢动了一下，静静地看着她。

他的眼神太过炙热，让隋意有些无法直视。

她不自然地别开视线，含糊地说道："我是觉得，这一年时间基本每天都能看见你，突然就看不见了，有些不习惯，不过我适应能力还是挺强的，过段时间就……"

"那你剩下这三年怎么办？"

隋意一时愣住，没有回答。

顾词将手肘搁在她身后的椅背上，单手托着脑袋，缓缓出声："不然我去读研陪你，这样每天都能见面。"

"不要——"

"你拒绝得太大声了。"

隋意："……"

她清了清嗓子，从理智方面出发："如果你真想读研，那我肯定没什么意见，但如果你是为了陪我才去，那我觉得还是算了，毕竟……"

"毕竟我是恋爱脑，为了你做什么事都愿意。"

隋意的负罪感"噌噌噌"地往上涨，恋爱脑是一方面，他为什么能面不改色地说出这么油腻的话？

她转过头对上他的视线，刚想出声，就看见了他含笑的眼眸。

隋意明白了，他故意捉弄她的。

顾词继续说："我认真的，你考虑一下。"

隋意问道："那你本来打算做什么？"

"去年这个时候，我和国外一家公司共同研发了一款软件，软件在国外试运行效果还行,他们准备年底开始在国内投放。"

隋意愣了愣。她还从来没有听顾词说起过这事。

"一旦决定在国内的市场投放这款软件,有些数据程序会进行更改,我要去总部。"

"哦,那你……去多久啊?"

"三个月到半年。"

隋意没说话了,这时间确实挺长的。

难怪顾词不去那家游戏公司,被保研了也拒绝,原来是早有其他打算。

顾词盯着她问:"现在考虑好了吗?你想让我留下来读研还是去国外?"

隋意想了想,认真说道:"我觉得这事还是要看你自己,我之前不是跟你说过吗?恋爱只是生活的一部分,不能主导生活,更何况两个人谈恋爱是可能分手的,但你的未来是不会……"

"可我是恋爱脑。"

隋意:"……"

他还有完没完了?

话到嘴边,隋意忽然意识到什么,试探着开口:"你该不会真的舍不得我吧?"

顾词缓缓开口:"你说呢?"

隋意叹了一口气,开始自我检讨:"怪我,太优秀了,让你念念不忘,宁愿放弃大好前程也想要天天看见我。"

"那么,优秀的省状元,你为什么总是想着要分手?"

"我……"隋意没想到他突然就将话题转到这个上面了,垂着脑袋,抠了抠纸袋上的回形针,"这不是风险预估吗?再说了,两

个人结婚都还能离婚呢,谈恋爱分手多正常?我这是提醒你不要沉迷于世俗的欲望之中。"

"我沉迷什么欲望了?"

隋意被噎住:"这不是字面的意思,你要从大局观的角度出发,我……"

"我还是比较注重眼前。"

顾词话音刚落,隋意还没反应过来他是什么意思的时候,他便倾身往前,吻住了她的唇。

隋意眨了眨眼睛,呼吸窒了几秒。

顾词轻轻抚上她的后颈,慢慢闭上了眼睛。

隋意的唇齿间都是他的气息,带着淡淡的酒味。

她忽然想起,顾词今晚也是喝了不少酒的。

难怪他刚才说的那些话听上去比平时更不着调。

这里好歹是宿舍楼下,平时人来人往,当隋意清醒过来后,她便有些紧张,手攥着他的胸前的衣服,一再暗示他可以了,万一等会儿被人看到就不好了。

四周的风静静地吹着,路灯灯光显得无限绵长。

半响,顾词才放开她,斜斜地靠在她的肩头。

隋意推了推他,试图叫他起来。

顾词握住她的手,嗓音比平时低哑了几分:"别动。"

"怎……怎么了?"

"世俗的欲望。"

隋意愣了几秒才反应过来,脸"噌"地红了。

顾词继续说:"如果是你的话,我愿意沉迷。"

隋意:"……"

救命啊！！！

过了一会儿，顾词微微松开她。

隋意立即起身："我……回宿舍了。"

同时，她旁边有什么东西掉在了地上。

顾词弯腰将东西捡了起来："这是什么？"

隋意差点儿忘了这个，"哦"了一声："送你的毕业礼物。"

顾词微抬眉梢，拿着布偶娃娃翻来覆去地看了看，然后拨开它的头发："它的脑袋上怎么有我的名字？"

隋意含糊地回道："送你的当然写你的名字。"

"那它的头为什么这么扁？"

"你嫌扁的话，回去塞点儿棉花进去就鼓了。"

隋意怕被他看出更多破绽，知道这是超市买东西送的，话还没说完就想走。

顾词握住她的手腕："你该不会是把它当作我，每天都要揍它一顿出气吧？"

隋意："……"

他要不要猜得这么准？

她当然不可能承认，睁着眼说瞎话："我是那种人吗？"

"那就是你从很早开始就暗恋我，每晚都要抱着它睡。"

隋意沉默了三秒，才说："其实你刚才说得非常正确，我每天都要揍它一顿出气。"

顾词拉着她的手放到了自己的脸边："给你这个机会。"

隋意："……"

看来他是真的醉得不轻。

不过隋意看着面前这张脸，突然起了一丝恶趣味，伸手捏住了他的脸。

顾词："……"

他低了嗓音唤她："隋意。"

隋意立即收回手，正经地说道："是你说给我这个机会的。"

语毕，她转身就跑。

跑了几步，隋意又折回来，拿上顾词买的解酒药，重新跑走。

顾词坐在长椅上，看看她的背影，又低头看了看手里的布偶娃娃，勾起了嘴角。

回到宿舍，隋意倒了水把解酒药给陶圆圆和简乐吃了后，出了一身的汗。

她拿上衣服进了洗手间，洗完澡站在镜子前吹头发的时候，发现自己的嘴唇好像有点儿肿。

隋意凑在镜子前，用手指碰了碰嘴唇，感觉麻麻的。

早知道他这么可恶，她就不送他毕业礼物了。

隋意吹干头发，收起吹风机出了洗手间。

外面，陶圆圆她们都已经睡着了。

隋意轻手轻脚地上床，然后拉上帘子，打开了床头灯。

她刚打算拿出书看看，就看见陶圆圆送她的那个布偶娃娃正孤零零地躺在旁边。

隋意瞬间便没了看书的想法，倒在床上，把布偶娃娃举到头顶，点了点它的鼻头，小声说道："以后就只有你一个了。"

布偶娃娃始终保持着淡淡的神情，没有丝毫变化。

隋意叹了一口气，将它抱在了怀里。

知道顾词要离开学校那会儿,她还觉得没什么,现在莫名其妙地觉得,心里有那么一点儿空落落的感觉。

这将近一年的时间里,他好像在不知不觉中已经融入了她的生活。

而她也已经习惯了总能在学校看见他。

过了一会儿,隋意猛然坐起来,放下布偶娃娃,重新拿起书,深深地吸了一口气。

不行,恋爱果然使人堕落,她得打起精神来。

隋意看了一会儿,不知道怎么又倒了下去,把书盖在了脸上。

谈恋爱真的好烦啊。

第二天,大四最后一批学生终于离开了学校。

其中就有顾词他们宿舍的人。

陶圆圆和简乐趴在阳台的窗户上,一个比一个没精打采。

没过两分钟,简乐又干呕了一下,一边往浴室跑,一边说道:"不行了,不行了,我——哕!"

陶圆圆也同时感觉到不适:"我也得去……"

隋意坐在书桌前,收到了梁诗给她发的消息,让她去一趟办公室。

临近期末考试了,事情也变得多了起来。

隋意每天不是去辅导员办公室就是去宿舍和图书馆,三点一线,有时候连饭都顾不上吃,经常就是吃点儿水果和面包垫垫肚子。

她感觉几乎是一眨眼,就到了期末考试那一周。

炎炎烈日下,每一场考试都让人格外疲倦。

最后一门考试结束后,陶圆圆仰头望着天,欲哭无泪:"完了,完了,我下半场睡着了,有好几道理论题都没写,我肯定要补考了。"

隋意收拾着东西:"不要紧,老师说会按照综合表现来给分,你每次点到都在,老师不会让你补考的。"

听了这话,陶圆圆抱住她的胳膊,满眼都是激动之色:"如果不是你给我做榜样的话,我不知道翘多少次课了。隋意,你就是我的神!"

隋意:"……"

她倒是想翘课,但新生代表讲话的时候,老师就把她认熟了,上课时也喜欢让她来回答问题,她想逃也逃不掉。

回宿舍的路上,简乐问道:"欸,你们暑假要不要出去玩儿啊?"

陶圆圆拿着小风扇对着自己吹:"这天气太热了,我就想待在家里,抱着西瓜吹空调。"

简乐又问:"隋意呢?"

隋意说道:"我……我应该要去东城吧。"

爷爷奶奶上个月就给她打电话了,问她暑假要不要过去。

她其实还没有想好,过去后势必会再见到杨佳慧母子。她不想和他们有太多接触,但又不想让爷爷奶奶失望,所以还在考虑。

简乐又说道:"东城好像温度比这里低几摄氏度吧,应该挺凉快的。"

隋意点了点头。

陶圆圆说道:"今年哪儿都热啊,才六月呢,学校就跟个蒸笼似的,七月、八月肯定更热。"

几个人有一句没一句地聊着，回了宿舍。

简乐和另一个女生都是买的今天下午的机票，一起离开。

而隋意本来也打算和陶圆圆一起走的，中途却接到了徐曼的电话。

徐曼说道："意意，妈妈在你学校附近办事，一会儿就结束，你等我，我去接你。"

隋意应了一声，放下手机对陶圆圆说道："那你先走吧，我再等等。"

陶圆圆拉着行李箱，对她挥手："好，那我先走啦，我爸爸已经在楼下了。"

隋意也笑着跟她挥了挥手。

陶圆圆离开后，隋意拉上行李箱，坐在书桌前，随手拿了一本书翻开看着。

等她再抬眼时，外面火辣辣的太阳正在缓缓降落，夕阳的余晖笼罩着整个学校。

隋意看了一眼时间，已经快七点了。

距离徐曼给她打电话已经过去了将近三个小时。

隋意拿起手机，拨了徐曼的电话号码，没有人接。

她把书放在书架上，垂着头坐了两秒后，起身拉着行李箱离开。

这会儿学校里已经没有什么人了，只有寥寥的几盏路灯在余晖下稍显寡淡地发着光芒。

隋意垂着脑袋，一边走一边踢着不知道从哪里来的小石子。

她走了没多久，行李箱忽然顿住了，她怎么也拉不动。

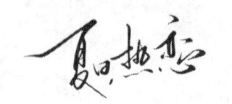

隋意拢了一下裙子，蹲下身查看，有个塑料袋卡在轮子上了。

她伸手用力拽了拽，可塑料袋卡得很紧，她怎么都拽不出来。

天色越来越暗，四周静悄悄的，只有偶尔一丝夏日的晚风掠过。

隋意抱膝蹲在地上，盯着那个塑料袋，手已经没有力气了。

忽然间，头顶传来一道男声："这么晚了还能看到蚂蚁搬家？"

隋意："……"

她抬起头的瞬间，顾词也蹲了下来，侧头看了一眼行李箱的滑轮。

隋意小声嘀咕："你怎么来了？"

"回来拿点儿东西。"顾词将手肘横在胳膊上，看向她，"你不是说考完试就和陶圆圆一起走？"

隋意又去扯塑料袋，不想正面回答："有点儿事。"

顾词见她不想回答，便没有再问下去，伸手握住了她的手腕："我来。"

听他这么说，隋意把手收了回来。

顾词往前一点儿，一只手抬着行李箱的底部，另一只手微微用力，卡在滑轮上的塑料袋就被拽了出来。

他站起身，拍了拍手上的灰，顺势把塑料袋扔进了旁边的垃圾桶里："好了，走吧。"

隋意仍然埋着头蹲在地上。

顾词问道："怎么了？"

半响，她才含糊地小声说道："蹲太久，脚麻了。"

顾词默了两秒，环顾了一下四周："我抱你？"

几乎是他话音落下的那一刻，隋意便站了起来："突然不麻了。"

隋意拉着行李箱，闷着脑袋就往前面走去。

顾词腿长，轻轻松松便跟上了她的步伐。

快要到学校门口的时候，隋意突然停了下来，转过头看向他："你开车了吗？"

"没。"顾词回道，"这会儿市内堵车，坐地铁吧。"

隋意拿着手机："我就要打车。"

"行……"

停车的时候，顾词偏头看向她，总感觉隋意今天有点儿不对劲儿，像是憋着一股气。

可隋意偏不让他看，将头扭到旁边去。

顾词冷不丁地开口："你再扭脖子就要断了。"

隋意转了个身，背对着他，仍不说话。

顾词站在原地，舌尖顶了顶上颌。

过了一会儿，隋意出声道："你怎么不说话？"

"我在想，我是不是什么地方惹你生气了？"

隋意默了默，回道："没有。"

顾词突然出现在她旁边："那你这是在做什么？"

隋意完全没有料到他会有这个举动，闪躲不及，泛红的眼睛里满是错愕之色。

顾词看着她睫毛上挂着的泪水，明显也愣住了。

他完全没有发现，她竟然在哭。

隋意连忙扭过头，用手背抹了抹眼泪："我是因为晚上的风太大，所以才……"

"我懂，你不用逞强，我知道你是因为看到我太感动才哭的。"

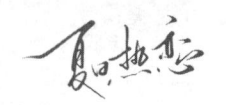

隋意："……"

不知道多少次，隋意早就已经习惯了徐曼忘记承诺过她的事，包括徐曼主动提出要给她做饭，主动提出要来接她，结果都是因为一件小事，把她遗忘在角落里。

刚才那个塑料袋卡住行李箱，本来也是很小的一件事，她相信自己再花一些时间，总能把塑料袋弄出来的。

可刚好这时候，顾词出现了。

在看到他的那一刻，隋意积攒的情绪好像终于再也控制不住，她觉得委屈又难过。

等她意识到自己在哭时，第一个反应就是不能让他看到，不然按照他的性格，他又得记好久。

可是她怎么都控制不住。

顾词扳过她的肩膀，抬手给她抹了一下滑落的泪珠，声音难得温柔又正经："好了，带你去吃饭，想吃什么？"

隋意也确实饿了，不过忽然想到了什么，垂下睫毛，看着顾词的手："你刚才弄了行李箱，是不是没洗手？"

顾词抬了一下眉头，手微微抬起了一点儿，看着隋意脸上的那一道灰色痕迹，嗓音克制了几分："sorry（对不起），还没来得及。"

隋意精准地捕捉到他眼里一闪而过的笑意，咬了咬牙，刚想拿出手机看看自己现在是什么样时，顾词便扣住了她的肩膀："别动，我给你擦。"

他屈起手指，在她的眼角抹了抹。

隋意抬眼看着他："好了吗？"

顾词垂眸对上她的视线，她刚哭过的眼睛红红的，泛着水光，脸上还有一道没擦干净的痕迹。

一直以来，隋意的性格就像是她的名字一般，随意又自在，更何况她还要维持她学霸的人设，清清冷冷的高岭之花，从来没有像现在这样过，把她的脆弱一面展现得这么明显，而且是只展现在他一个人面前。

顾词往下勾了勾手指："还有一点儿。"

说话间，他微微低下头，越靠越近。

隋意的睫毛颤了颤，手抓住了他腰间的衣服。

氛围已经到这步了，隋意觉得自己要是拒绝的话，是不太合理的，于是她慢慢闭上了眼睛。

就在顾词快要碰上她时，身后一道洪亮的声音传来："欸，是不是你们叫的车啊？电话都要打烂了也不接。"

同一时间，隋意猛地推开面前的人，转过身拉着行李箱就小跑着上前："不好意思，不好意思，手机开静音了……"

顾词足足被她推出了半米远，看着她慌张的背影忍不住失笑，这么大的力气，看来她也没那么脆弱。

隋意站在车尾，刚摁下了行李箱拉杆，顾词就从她手里把行李箱接过，放进了后备厢里："上车。"

路上，隋意不知道刚才司机师傅都看到了什么，尴尬得要死，尽力和顾词拉开了距离，一副"我和他不熟"的样子。

而顾词好像也有事，接了好几个电话。

车开进了市里后，确实很堵。

隋意降下车窗，呼吸着新鲜空气。

没过一会儿，顾词的声音响起："靠边停吧。"

隋意转过头看向他："还没到呢。"

顾词打开车门："先去吃饭。"

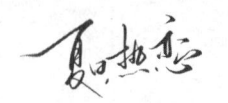

隋意"哦"了一声，再看向窗外时却发现，前面不远处的那家餐厅有些眼熟。

坐在餐厅里，隋意喝着茶水，趁机悄悄看着对面的人。

他选择在这里吃饭，她很难不怀疑他是故意的。

顾词点好了菜，抬头问她："还想吃什么？"

隋意立即收回视线，放下茶杯："我都行，你点了就行了。"

顾词把菜单交给服务员："麻烦给我两条热毛巾，谢谢。"

服务员应声离开。

隋意单手托腮撑在桌上，看着外面熙熙攘攘的人群，想起了很久之前那天的场景。

她怎么都不会想到，那天被她"放鸽子"的游戏队友会成为……她的男朋友。

缘分有些奇妙。

很快，服务员拿了热毛巾过来。

隋意刚拿起一条毛巾擦手，顾词就拿着毛巾放在了她的脸上。

隋意抬眼看着他："干吗？"

顾词大概是有些心虚，没有回答。

隋意忽然意识到了什么，快速打开手机的前置摄像头看了看，右边眼睛下面还有十分明显的一道灰色痕迹。

隋意："……"

难怪刚才服务员看她的眼神那么奇怪。

隋意拿着毛巾在脸上搓了搓，确定擦干净后，起身朝洗手间的方向走去。

顾词慢慢将手收了回来，看着她的背影，抬手摸了摸眉毛，她生气了吗？

洗手间里，隋意又从包里拿出纸巾，对着镜子重新清理了一下脸上的脏东西。

刚才她在手机上看不觉得，现在头顶灯光明显，也显得她的眼睛愈加红肿。

隋意打开冷水，捧了冷水洗脸，顺带用水在眼皮上敷了一会儿。

等她回到位子上时，菜差不多已经上齐了。

顾词问道："他们这里的梅子酒还不错，要喝点儿吗？"

隋意一脸警惕的表情："你这是诱拐女大学生喝酒？"

顾词："……"

他把菜单还给了服务员，正色道："谢谢，不要了。"

隋意见状，忍不住笑了一下。

她抬头对服务员说道："要一瓶吧。"

服务员应声离开。

顾词双手横放在桌面上，盯着她说："不怕喝醉了我诱拐你？"

"就这度数，别说一瓶了，喝十瓶我走路都不带晃一下的。"

顾词歪了一下头，微抬眉梢。

半个小时后，隋意抱着还剩三分之一的酒瓶，双眼迷离地看着顾词，含混地说道："你知道吗？我小时候看过一本童话故事，卖火箭的小女孩，她咻地一下点燃了一支火箭，火箭直接送她回到了月球上……"

顾词手托着脑袋，就这么听着她胡说八道。

用餐的客人频频侧目，忍俊不禁。

就在隋意又要去倒酒时，顾词拿过了酒瓶："好了，别喝了，

不知道的人还以为你失恋了呢。"

隋意哼笑了一声："我？失恋？开什么玩笑呢？只要男朋友换得快，没有悲伤只有爱。"

顾词："……"

他就不该让她喝酒。

顾词叫来了服务员结账。

买完单后，他一只手扶着隋意，另一只手拖着她的行李箱站在路边打车。

隋意抱着他的胳膊干呕了两声，随即哼哼唧唧地说："我想吐，我不要坐车……"

顾词抬眼看了看，这里离她家有二十分钟的车程，走路至少五十分钟。

隋意这会儿是真的不舒服，想吐又吐不出来，又恶心又难受。

顾词转身背对着她，蹲下身道："上来。"

隋意见状，乖乖趴了上去。

顾词把她往上托了托，又扭过头说道："我要拉行李箱，你别松开手，不然会摔下去。"

隋意点头，紧紧抱住了他的脖子。

顾词被勒得够呛，轻轻拍了一下她的手："也不用这么紧。"

隋意又松了一点点，整个人趴在了他的背上。

顾词拖着她的行李箱往前走，一边走一边说道："你酒量这么差，以后还是别喝酒了。"

隋意闻言，本来半合着的眼立即睁开，有力地反驳："胡说，我酒量明明很好！"

紧接着，她又小声嘟囔："我什么都很好，成绩好，长得好……没什么是我不会的。"

顾词无声地笑了一下，过了一会儿才低声开口："你今天为什么哭？"

隋意将下巴搁在他的肩膀上，半晌才回道："我妈妈没来接我。"

"都多大了还要你妈妈来接？"

"可是……"隋意脑袋一歪，靠在了他的颈窝里，"我小时候她也从来没有来接过我。"

顾词没有说话，关于隋意家里的事，他从来没有了解过，这也是第一次听她提起。

隋意大概是今天委屈过头了，又喝了一点儿酒，终于有了明显的情绪，说着说着，便哽咽起来："明明是她自己说要来接我的，我等了好久好久，她又把我忘了，每次她都会把我忘了……"

顾词把她放在行李箱上，垂眸看着她泛着水光的眼睛，缓缓说道："以后我来接你，好吗？我不会把你忘了。"

隋意扭过头，撇着嘴。

顾词单腿屈膝，蹲在她面前，给她擦了擦眼泪，忽然笑道："你怎么这么可爱？"

隋意挥开他的手，小声说道："我不喜欢别人夸我可爱。"

"那夸你长得漂亮，成绩好，聪明？"顿了顿，顾词又补充道，"找男朋友的眼光也不错。"

隋意明显很受用，嘴角不由得翘了翘。

顾词重新背起她："好了，我送你回家。"

回去的路上，隋意的声音越来越小，慢慢睡着了。

随着夜色渐深，一盏一盏相连的路灯的灯光把人影拉得很长，

原本拥挤的街道也逐渐只剩下夏日里温暖干燥的晚风。

到了她家门口，顾词把她放下来，正准备问她密码的时候，门从里面被打开。

徐曼看了看昏睡的隋意，又看向顾词，眼里满是戒备之色："你们这是……？"

顾词回道："阿姨您好，我叫顾词，是隋意的学长。"

徐曼把隋意扶了进去，皱着眉说道："她怎么喝了这么多？"

顾词伸出的手收了回来："可能是因为心情不好。"

徐曼依旧不太相信的样子："心情不好？"

"听她说，她等了你一下午。"

徐曼顿时变了脸色，一时无话。

顾词把隋意的行李箱放了进去："那我先走了。"

徐曼点了点头，伸手去拉门："麻烦你送她回来。"

顾词微微颔首。

看着那扇门在眼前关上后，顾词才收回视线，转身离开。

早上，隋意一睁开眼就感觉脑袋又疼又晕，嗓子也干涩发痒。

她掀开被子，半睁着眼睛穿着拖鞋出了卧室。

隋意走到餐桌前，拿起水壶倒了一杯水仰头喝下。

这时候，徐曼的声音从身后传来："怎么一大早起来就喝凉水，不是跟你说早上要喝温水的吗？"

隋意抬手擦了擦嘴角："太渴了，忘了。"

徐曼问道："你昨晚怎么喝那么多酒？"

隋意一时竟然不知道该怎么回答，自己好像连一瓶梅子酒都没喝完呢……

亏她还大言不惭地跟顾词说，再来十瓶她都不会醉。

见她不说话，徐曼走到她旁边，又说道："一个女孩子，大晚上喝成那样回家，你觉得安全吗？"

隋意收回思绪："我以后不会了。"

那么丢脸的事，打死她也不会有下次了。

徐曼见她认错态度还算不错，也没有过多责备，而是换了个话题："昨晚送你回来的那个男生，说是你的学长？"

听出她语气里试探之意，隋意抬头对上她的视线："是。"

"你怎么会和他一起吃饭？"

"他回学校拿东西，遇上就一起吃饭了。"

"意意，妈妈知道你这个年纪容易对异性产生好感，只是你现在年纪还小，应该以学业为重，不要和一些乱七八糟的人走在一起，妈妈怕你受到影响。"

隋意觉得好笑："什么叫作乱七八糟的人？"

徐曼神色不变："妈妈只是想提醒你，不要轻易相信别人，尤其是那些不怀好意的人。"

"他怎么不怀好意了？"

"他带着你一个女孩子去喝酒，喝成那样，还不是不怀好意吗？昨晚如果不是我在家，他说不定就……"

隋意看着她，表情没有任何情绪起伏，淡淡地说道："昨天如果不是你，我不会那么晚回家，也等不到他回学校拿东西，更不会和他一起去吃饭。"

闻言，徐曼默了片刻，才解释："我本来是要去接你的，只是那个客户说要一起吃饭，我实在推不掉。"

"你不用跟我解释，我已经习惯了。"

语毕,隋意转身往卧室走去。

徐曼看着她的背影说道:"意意,总有一天你会明白我是为了你好,不要相信任何花言巧语,总有一天他们都会背叛你,只有依靠自己,才能得到自己想要的一切东西。"

隋意将手放在门把上,回了一点儿头:"如果我是你,就不会事业和家庭两边都想要。"

徐曼僵在了原地。

下一秒,隋意进了房间,关上了门。

她倒在床上,觉得太阳穴一抽一抽地疼。她是真的没有想到,喝青梅酒居然能醉成这样。

隋意在床上躺了一会儿,伸手拿过了手机。

顾词十分钟前给她发了条消息,问她醒了没有。

隋意扔下手机不想回复消息,觉得太丢人了。

过了一会儿,手机再次振动了一下。

顾词:给你买了一些早餐,放在门口了,你醒了就去拿,一会儿凉了。

隋意立即精神了,翻身快速打着字。

隋意:你买的?

顾词:外卖。

隋意:哦。

顾词:感觉你有点儿失望。

隋意笑了一下,找了个表情包给他发过去。

她想了想,又打了几个字。

隋意:你跟我妈说,你是我的学长?

顾词:难道不是?

隋意：那你怎么不说是我的辅导员，还省事了。

顾词不用想也知道昨晚那个情况，她今天肯定挨训了。

顾词：可以，下次我这么说。

隋意：别想了，没有下次了。

她一边打着字，一边下床，走到了玄关打开门，果然看到旁边放了一个纸袋。

客厅里没有徐曼的身影，她应该又是回房间处理工作了。

隋意关上卧室门，拆开纸袋，把里面的东西一一拿了出来，有南瓜小米粥、鸡蛋、酸奶、奶香小馒头、生煎包，还有一杯蜂蜜水。

这么多东西她怎么吃得完？

隋意拿出手机拍了一张照，正准备发给顾词，却看见他两分钟前又发了一条信息过来。

顾词：等你什么时候准备好了，我再以男朋友的身份见你父母。

隋意看着这行字，不由得翘了翘嘴角，清了一下嗓子，咳了一声，手指摁住语音条："我妈说让我不要相信任何花言巧语，你不要给我画饼。"

顾词那边安静了一阵。

正当隋意想问他干吗去了的时候，屏幕上出现了一条语音。

"我现在过去。"

隋意："……"

隋意："我开玩笑的。"

她坐在椅子上，把刚才那张照片发了过去，一边吃着小馒头，一边给他发语音："太多了，我吃不完。"

她刚将消息发过去，手机便接连振动起来，顾词的视频电话打了过来。

她连忙放下小馒头，转身对着镜子整理了一下自己的头发，又拍了拍脸上的食物渣，才仓促地接了电话，只露出了一只眼睛。

顾词见状问道："你的眼睛不舒服？"

隋意疑惑："没有啊。"

"那你把摄像头对着眼睛做什么？"

隋意："……"

去死吧。

隋意正经地回道："我还没洗脸。"

顾词问道："早饭吃了吗？"

"正在吃呢，你怎么买这么多东西？"

"不是还有你妈妈？"

隋意是真没想到这个，她还在第一层，他已经到了第二层。

她小声嘀咕："你要是知道她是怎么说你的，就不会想给她吃了。"

顾词没听清："什么？"

隋意抬起头："没什么，她在工作呢，一会儿我拿给她。"

顾词无声地笑了一下："先把蜂蜜水喝了。"

隋意"哦"了一声，正要去拧瓶盖时，却看到一个小萝卜头一摇一晃地走到了顾词旁边，抱着他的腿，嘴里含混地说着什么。

顾词拎着他的后颈，把他转了一个弯："找你妈妈去。"

他抬头，见隋意目不转睛地看着孩子，解释道："我姐的儿子。"

顿了顿，顾词又补充了一句，"梁诗的。"

隋意笑:"我知道啊。"

顾词对上她的视线:"眼睛不疼了?"

隋意:"……"

她刚刚拿蜂蜜水,所以把手机立放在了桌面上。

两秒后,隋意伸手扣下了手机,开始认真地想,男朋友这种生物,能七天无理由退换吗?

好像不行,顾词已经超过时限了。

第十三章
矫情的男朋友

吃完早饭,隋意拿着南瓜小米粥和生煎包站在徐曼的房间门口,抬手敲了敲门。

徐曼出来的时候,身后的电脑上还开着视频会议。

隋意把早餐递给她,什么也没说,转身回了房间。

徐曼张了张嘴似乎想要叫她,但是想到还有工作,便关上门回到了办公桌前。

一上午的时间里,隋意都待在房间里无所事事,也不知道是不是头疼的原因,完全不想看书,对任何电影都没有兴趣。

到了中午,正当她昏昏欲睡时,房间门被敲了两下,徐曼的声音传来:"意意,出来吃饭吧。"

隋意睁开眼睛,慢慢出了房间。

餐桌前,徐曼给她盛着汤:"这几天的工作我已经提前安排好了,你有想要去玩儿的地方吗?我可以陪你去。"

隋意拒绝道:"不用了,我没什么想要去的地方。"

她可以忍受徐曼因为工作太忙把她扔在家里，或者不来接她，但是无法忍受一起出去旅游时，徐曼因一个电话就把她给忘了。

徐曼把汤碗放在她面前："意意，你是不是还在生我的气？早上那些话，我没别的意思，只是不希望你被人骗。妈妈经常不在你身边，所以……"

隋意说道："我不是小孩子了，知道好与坏，如果我真的有那么容易被人骗，也等不到现在了。"

徐曼没再说什么，一顿饭两个人相对无言。

老实讲，她的厨艺很一般，做的菜是一荤一素一汤，但隋意好像已经很多年没吃到她做的饭菜了。

等要吃完饭时，徐曼又说道："天气热，你要是不想出去玩儿也没关系，妈妈这几天就在家陪你。"

隋意扯了扯嘴角，起身道："我去洗碗。"

徐曼也知道她是故意岔开话题，几次想要开口说什么，但都将话咽了回去。

正巧，一个电话响起，她回到了房间里。

听到徐曼离开的脚步声，厨房里洗碗的隋意也松了一口气。

接下来的几天里，徐曼确实也如她说的那般，没有去工作，待在家里。

这么一来，隋意觉得她们两个人好像都不是很自在。

每天徐曼就像是完成任务似的，做好一日三餐叫她，隋意也跟做任务似的吃完饭，去洗碗。

两个人除此以外，没有任何交流。

隋意一个人在家的时候，偶尔还会去客厅看看电影，现在几乎

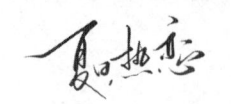

每天除了吃饭,就是窝在自己的房间里。

好在徐曼也没有彻底放下工作,一天到晚不是电话不断,就是开视频会议。

她们两个人就这么保持着默契客套有礼的母女关系,互不打扰。

隋意坐在书桌前,手托着腮看着窗外的夕阳落下,不知道在想什么。

没过一会儿,她的手机响起,是隋崇光打来的电话。

隋意收回思绪,接通电话:"爸。"

隋崇光问道:"你放暑假了吗?"

"放了。"

"那你什么时候来东城看你爷爷奶奶?他们这几天都在念叨你。"

隋意回道:"过段时间我再看看吧,等……"

她还没说完,手机就被抢了过去。

紧接着,徐曼的声音响起:"隋崇光,你自己背叛这个家就算了,现在还要和我抢女儿吗?"

隋意转过头,皱眉喊道:"妈。"

徐曼朝她抬了抬手,示意她不要说话,满是工作上盛气凌人、居高临下那一套态度。

电话那头,隋崇光也不想和她吵,只是说道:"意意的爷爷奶奶想见她,我只是让她抽个时间过来待几天而已。"

"待几天?春节时她一个月都和你们待在一起,还不够?"

隋崇光听到她咄咄逼人的语气,也来了火:"如果不是你成天忙工作,把她一个人扔在学校里不管不顾,连过年也不回家,我能接她到东城来吗?"

徐曼冷笑了一声:"现在又开始怪我了是吧?你总是这套说辞,什么我成天忙工作,这都是你的借口而已……"

徐曼说到一半儿,听到了电话那头小孩子的哭声,以及杨佳慧哄孩子的声音,顿时火气更加大,然而不等她发作,隋意已经把手机拿回来,挂断了电话。

隋意看着她,平静地说道:"你要是觉得没吵够,我给你们两个拉个群行吗?"

徐曼沉了声音说:"意意,你要记得,是他先背叛我们的,不是我想和他吵,是他……"

"如果不是因为他婚内出轨,在你们离婚时,我就已经跟着他走了。"

徐曼厉声喝道:"隋意!"

隋意觉得有些累,越过她走了出去。

她就知道,这样母慈女孝的日子维持不了几天,最后都会原形毕露。

离开家以后,隋意漫无目的地走在大街上。

等到走累了,她找了张长椅坐下,拨了隋爷爷的电话号码。

电话一接通,隋奶奶的声音便传来:"意意,吃饭了吗?"

隋意笑了笑:"吃了,你们呢?"

隋爷爷的声音在旁边响起:"还有最后一道菜,马上就吃了。"

隋奶奶说道:"今天你爷爷做了你最喜欢的糖醋排骨,你要是回来就好了。"

听他们的语气,隋崇光应该没把刚才和徐曼吵架的事告诉他们。

隋意找了个借口："今年……学校放假晚，课业也比较多，我下个月就去看你们。"

隋奶奶应道："好，最近云城天气热，你注意别中暑了。"

隋爷爷也在旁边叮嘱："想吃什么你就去买，钱不够了就跟爷爷说。"

隋意握着手机，缓缓答应道："好。"

挂了电话，她靠在身后的椅背上，远处的夕阳已经彻底被淹没在了黑暗里，路边也亮起了星星点点的灯光。

微风燥热，整个大地就像蒸笼似的。

隋意起身，打算去商场里待会儿，吃点儿东西，再看场电影什么的。

她刚走到商场门口，顾词的电话便打了过来。

隋意接通电话："喂。"

顾词问她："吃饭了吗？"

都这么晚了，隋意下意识地回道："吃了啊。"

"在哪儿吃的？"

"家里。"

"你家住商场里面？"

隋意："……"

她转过头，就看见顾词站在身后不远处的路灯下，一只手握着手机，朝她轻轻扬眉。

眨眼间，顾词便收起手机朝她走了过来。

隋意看着站在面前的人，有些惊讶："你怎么会在这里？"

顾词回道："路过这附近。"语毕，他又扫了一眼街边，"看你在那儿坐了半个小时。"

隋意小声嘀咕:"你可真能看。"

顾词没有回答,只是握住她的手,抬腿往商场里面走去。

隋意下意识地问道:"你干吗?"

"吃饭。"

她不忘倔强地说:"我吃了的。"

顾词侧目看向她:"陪我吃,行吗?"

隋意正经地说道:"既然你这么诚恳,那也不是不行。"

顾词闻言,扬了扬嘴角,站在了商场的楼层分布图前:"你觉得我应该吃什么?"

隋意认真挑选着,最后手指落在一个图标上:"烤肉怎么样?"

"可以。"

隋意到底还是觉得有些心虚的,犹豫间又说道:"不然你再看看好了,我也是随便猜……"

话音未落,她已经被顾词拽走了。

他开口道:"不用再看了,你猜得很准。"

两个人坐在烤肉店里,全程都是顾词点菜,隋意喝着柠檬水,十分自觉地扮演着尽职尽责的陪吃角色。

这时候,隋意的手机响了一下,是隋崇光给她发来了消息。

隋崇光:我和你妈妈说的话,你不用放在心上。

隋崇光:东城就是你的家,你什么时候想来都可以。

隋崇光:你爷爷奶奶也是因为疼你,才会担心你过得不好,想要把你接到身边好好照顾你。

隋意敛着眸子,"噼里啪啦"地打字回复。

可她打了很多字,又都一一删了,最后只回复了几个字。

隋意:知道了,我会去看他们。

把消息发出去后,她缓缓吐了一口气,抬眼时,却对上了一双沉黑安静的眼眸。

顾词已经点完菜,正眼睛一眨不眨地看着她。

隋意被他看得不自在,咳了一声,别开视线拿起水杯时,却发现杯子已经空了。

顾词说道:"给你点了西瓜汁。"

隋意"哦"了一声,收回了想要去拿水壶的手。

顾词问道:"那个计划表还作数吗?"

她疑惑:"什么计划表?"

"约会时间安排表。"

隋意:"……"

顾词不说,她都已经忘记这件事了。

隋意咳了一声,战术性地看向别处。

顾词提醒道:"周一,中午一起吃饭;周三,图书馆见面;周五,一起吃晚饭;周末去看电影。"

"我……我知道,你记这么清楚做什么?……"

"温故而知新。"

隋意:"……"

刚好这时候,服务员开始上菜了,也算是短暂地把这个话题给盖过去了。

隋意一下午没吃东西,这会儿都快八点了,是真的饿了,双手握成拳头放在胸前,满脸期待地看着烤盘上"嗞嗞"冒油的烤肉。

顾词看着这一幕,黑眸里浮起笑意,拿出手机快速拍了一张照片。

隋意的注意力全在烤肉上,她压根儿没有发现他的动作。

给他们烤肉的服务员大概也招架不住她这个眼神，烤好第一块肉后，就立即放到了她的盘子里："这个可以吃了。"

隋意开心地拿起筷子，正准备去拿生菜包肉时，理智再次制止住了她。

她要时时刻刻记得自己是来陪吃的。

隋意只能抱着万分不舍的心情，把那块肉夹起来放在顾词的盘子里，云淡风轻地开口："你吃吧，我不饿。"

服务员："……"

你不饿你那要把桌子都啃了的表情是怎么回事？

顾词没有拒绝，拆开旁边的一次性手套，慢条斯理地戴上。

隋意咂了咂舌，提醒着看呆了的服务员："那块翻一翻，要煳了。"

服务员立即收回思绪："不好意思。"

隋意直勾勾地盯着那块肉，就在服务员快要烤好的时候，她眼前突然出现一双筷子把肉夹走了。

隋意抬头："你……"

顾词不紧不慢地开口："我饿了。"

算了，她活该的。

隋意只能把到嘴边的话咽了回去，开始期待第三块烤肉。

今天的肉怎么烤得这么慢，是火太小了吗？

正当隋意要往下看时，一块被生菜包好的肉突然出现在她面前。

顾词的声音传来："张嘴。"

在服务员的注视下，隋意脸上的错愕之色逐渐转为窘迫，耳朵瞬间红了。

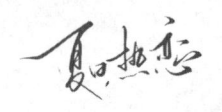

但当事人十分从容,丝毫没有要把手收回去的意思。

电光石火间,隋意快速低头,囫囵把生菜和烤肉咬在嘴里,而后快速调整了一下坐姿,一副正气凛然的样子。

与此同时,烤盘里的肉也全部被烤好了,服务员将肉分别放在了他们的餐盘里。

隋意面无表情地嚼着嘴里的食物,哪怕提前一秒烤好呢?……

服务员问道:"剩下的这些肉,现在给你们烤上吗?"

顾词回道:"不用了,剩下的肉我们自己烤。"

服务员应了声便快速离开了,大概也不想再留下当电灯泡。

这顿饭吃到最后,一直都是隋意在吃,顾词在给她烤。

隋意吃饱,长舒了一口气,看着顾词面前没怎么动过的餐具,问道:"你怎么不吃?"

"我看你吃就行了。"

隋意:"……"

他还是有点儿东西在身上的。

顾词放下手里的烤具:"吃饱了吗?"

隋意点头:"撑了。"

但肉还剩了一点儿。

顾词笑了一下,这才拿起了筷子。

他确实是吃了饭出来的,点的量也是她一个人的。

隋意端起旁边的西瓜汁,咬着吸管喝着,就这么看着他。

没过一会儿,顾词放在桌上的手机响起,隋意瞥到屏幕上闪烁着"梁诗"两个字。

顾词没有理会。

隋意放下西瓜汁:"你不接电话吗?"

顾词朝她摊了一下戴着手套的双手："没空，要不你接电话？"

隋意立即说道："那还是等你吃完再接。"

由于剩的肉不多，顾词很快便吃完，刚要去结账，隋意就抢在他前面站了起来："我去结吧，你给梁诗姐回个电话。"

见她瞬间便跑没影了，顾词又靠回座椅里，打开手机，回拨了电话过去。

电话一接通，梁诗便吼道："停车场是有谁把你拉住不让你走了吗？！我在这儿等了快一个小时了！！！"

顾词把手机拿得远了一点儿，等梁诗说完了，才淡淡地开口："我让你老公来接你了。"

"他人呢？！"

"应该快到了。"

尽管如此，梁诗还是没放过他："你到底去哪儿了？"

顾词抬眼，见隋意走过来，开口道："回去再说。"

语毕，他直接挂掉电话，站了起来。

隋意停住脚步："你……打完电话了？"

顾词"嗯"了一声："走吧。"

出了餐厅，隋意看了一眼时间，还不到九点。

从她出门到现在，徐曼自始至终没有给她打过一个电话、发过一条信息。

隋意放下手机，睫毛微微垂着。

顾词看着她，忽然开口："可以预支吗？"

隋意抬起头，茫然地问道："什么？"

"看电影。"

"啊？"

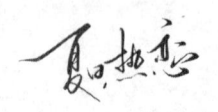

不等隋意反应过来，顾词便已经拉着她朝电影院的方向走了过去。

彼时，在三楼母婴区等得快要睡着的梁诗，抬头就看到了五楼的顾词的身影。

而他的右手还牵着一个女生。

梁诗瞬间睡意全无，拿出手机打开相机放大，想要看清那个女生的长相，但距离太远了，女生又走在顾词身侧，梁诗完全看不清女生的脸。

她就这么眨眼的工夫，他们便消失在她眼前了。

梁诗的嘴角露出几分意味深长的笑容，果然是有人把他给拉住了。

电影院里，他们随便选了一部最近场次的电影。

没看一会儿，隋意便接连打了好几个哈欠。

看片名这明明是部喜剧片，内容却无聊又枯燥，满是烂俗的桥段。

她觉得，看商场的宣传片和广告都比这部电影有意思。

当电影演到一半儿时，顾词感觉隋意轻轻靠在了他的肩膀上。

他侧目看着她，她睡得很香。

顾词黑眸里泛起了几分笑意，他重新看向大屏幕。

这电影确实挺烂的。

隋意这一觉直接睡到了电影结束。

她习惯性地刚想伸个懒腰，却发现脖子有点儿僵……

"醒了？"

听见他的声音，隋意也顾不得脖子僵了，连忙坐直身体，环顾了一下四周,才想起来自己在电影院里睡着了。

打扫卫生的阿姨就在前面,她只能小声说道:"你怎么不叫我?……"

顾词说道:"看你睡得那么熟,不好意思。"

隋意:"……"

他也有不好意思的时候吗?

隋意清了清嗓子:"走吧。"

她起身走了几步,却发现顾词坐在那里没有动。隋意又折回,拽起他的手闷着头出了放映厅。

这会儿商场已经关门了,他们是从电影院的通道离开的。

两个人出了电梯,一股炎热的气息扑面而来。

隋意看见旁边有卖柠檬水的小店,感觉有点儿渴,刚想走过去时,却感觉一股力道又把自己拽了回来。

她回过头才发现,牵着顾词的那只手一直忘了松开。

隋意问道:"我去买点儿水,你喝吗?"

顾词说道:"我去买,你想喝什么?"

"柠檬水就行。"紧接着,她又着重提醒道,"多加点儿冰!"

顾词没说什么,松开她的手,朝小店走了过去。

隋意坐在旁边的长椅上,舒展着四肢。

快十二点了,这附近都没什么人了。

很快,顾词拿了一杯柠檬水走过来,插好吸管递给她。

隋意接过柠檬水喝了一口,又举起杯子看了看标签:"怎么是去冰?我不是要多加点儿冰吗?"

顾词扯了下裤腿,坐在她身侧:"半夜了,喝那么冰做什么?"

隋意撇了一下嘴,勉强喝着。

她喝到一半儿，转过头时，见顾词一直在看她。

隋意立即把柠檬水护在怀里："你要喝就再去买一杯，我是不会给你剩的。"

顾词笑了一声，收回视线："喝完我送你回家。"

隋意停顿了一下，垂着脑袋，声音很小，像是在自顾自地说："我不想回家。"

顾词听清了，没表示什么看法，只是说道："你想要和我回家也行。"

隋意惊恐地抬起头，匪夷所思地看着他："你那是什么没有社会主义核心价值观的想法？"

他这是人性扭曲，还是道德沦丧？

顾词将手臂横在她身后的椅背上，开口道："不是你说不想回家？我还以为你是舍不得我。"

"我……"隋意起身道，"我还是回家吧。"

顾词也站了起来："在这里等我，我去开车。"

隋意"哦"了一声，又坐了下去。

在等顾词的这几分钟时间里，隋意喝完了柠檬水，又拿着手机百无聊赖地刷着。

过了一会儿，她见不远处的小店好像要收摊儿了，连忙跑过去，在他们下班之前买了最后一杯柠檬水。

等顾词把车停到街边时，隋意拉开车门弯腰坐在了副驾驶座的位置上，把手里的柠檬水递给他："刚才看你挺想喝的，最后一杯了。"

顾词回道："我在开车，不方便。"

隋意："……"

这车还没启动呢，他开什么？

顾词偏头看向她："系好安全带。"

隋意应了一声，把柠檬水放在腿上，转身拉过安全带扣上。

同一时间，车缓缓驶进了主道。

隋意打开手机，玩儿着小程序上的益智小游戏。

几分钟后，顾词的声音传来："隋意。"

她没抬头："嗯？"

"我渴了。"

隋意想也没想，把那杯柠檬水递了过去。

顾词还是刚才那句话："我在开车，不方便。"

隋意突然意识到了什么，若有所思地抬起头来。

顾词正在开车，神情十分坦然自若。

隋意放下手机，拆开吸管插在杯子上，递到他面前："喝吧。"

顾词不着痕迹地勾了一下嘴角。

隋意忍不住感慨道："我发现你这个人不仅有恋爱脑，还有点儿矫情。"

顾词："……"

也是在这一瞬间，隋意觉得自己肩上的担子有点儿重。

看来她以后得多抽点儿时间陪他，还得再细心一点儿。

比如说，今晚这个情况，他重复了两遍，她才明白他的意思。

以她的智商和情商，她应该在他说第一遍的时候，就能精准地猜到他的意思的。

她怎么感觉谈个恋爱，要学的东西比她过去这十几年学的知识还要多？

十分钟后，车停在了隋意家楼下。

她解开安全带的同时,伸手去拉车门:"那我先走了,你回家路上小……"

话音未落,隋意就发现车门打不开。

隋意伸手指了指,对顾词说道:"开一下锁。"

顾词缓缓转过头看向她,一言不发,面色沉静。

隋意一脸疑惑的表情。

就算……她理解能力再强,他也得说点儿什么吧?

这盲猜的难度还是有点儿高啊。

隋意试探着开口:"你是……还渴吗?"

说着,她伸手去拿放在杯座上的柠檬水,却在半空中被拽住了手腕。

顾词瞥了一眼旁边的水,徐徐开口:"不渴。"

"那你……"

他一字一顿地继续说:"你觉得,你扔下我这个恋爱脑又矫情的男朋友,就这么走了,合适吗?"

隋意沉默了足足半分钟,想了个办法:"那不然我送你回去,我再打车回来?"

没关系,往往越是优秀的人,肩负的责任越多。

她活该的。

顾词看着她,舌尖顶着上颌。

隋意示意道:"我没驾照,你要是不想开车的话,我们直接打车?"

顾词缓缓松开她的手,毫无征兆地笑了一声。

隋意突然觉得头皮有些发麻,他这又是怎么了?

不等她开口,顾词便解了车门锁:"算了,你上去吧。"

"不用我送你了吗?"

"不用。"

隋意去拉车门时,有些犹豫,直觉告诉她,他好像有些生气了,但她又不知道他为什么生气。

难道是因为她没有驾照?

隋意想,作为合格的、能送男朋友回家的女朋友,确实应该具备开车这项技能。

她又回过头说道:"我下个月得去东城看我爷爷奶奶,等我回来就去报个驾校学……"

隋意剩下的话,被卡在了喉咙里。

顾词贴着她的唇,嗓音很低,从两个人的唇缝中传来:"你自己不走的。"

隋意眨了眨眼睛,慢慢地把放在车门上的手收了回来。

顾词察觉她的动作,手抚上她的后颈,闭上眼,含着她的唇进一步地吻了上去。

最开始的时候,隋意还在想,她的男朋友果然很矫情,想要做什么事又不说清楚。她还能不让他亲怎么的?可没过一会儿,她就有些后悔了,完全呼吸不上来……

也不知道是不是车内属于密闭空间,又私人的原因,他亲得比之前每一次都要深入,她被抵在座椅上,完全没有后退的余地,只能任他予取予求。

不知道过了多久,顾词终于松开她,新鲜的空气从四面八方涌来,隋意气息微喘,漂亮的眸子里还带着氤氲的水汽,眼角也有些泛红,目光有些呆滞,像是被亲得有些蒙,娇俏又可爱。

顾词抬手,拨了一下粘在她眼尾的发丝,嗓音低而缓:"你是

我的女朋友，别总跟睡在我上铺的兄弟似的。"

隋意忍不住说道："你也不会抱着睡在你上铺的兄弟这么亲吧……"

顾词笑问："怎么亲？"

"就……"

隋意扭过头，理智及时扼住了即将说出口的话，她还是要脸的。

顾词的声音继续传来："什么时候去东城？"

刚才被他这么……隋意都快忘记这件事了。

她看着窗外，含糊地说道："就下个月吧。"

"那什么时候回来？"

"还不知道呢，如果没什么事，应该开学才回来吧。"

顾词抬眉："不去学驾照了？"

隋意："……"

她闷着头去开车门，离开时还不忘扔下一句话："不学了！"

谁爱学谁学，她是没有这个兴趣了。

顾词看着她的背影，眼里的笑意更浓。

五分钟后，他拿出手机给隋意发了条消息。

顾词：到家了吗？

隋意：到了。

顾词：早点儿休息，有什么事给我打电话，别再坐在街上发呆。

隋意回了个"知道了"的表情包。

顾词放下手机，重新系上安全带，驱车离开。

他刚回到家，客厅里的灯突然被打开。

顾词下意识地伸手挡了一下眼睛。

梁诗跑了出来,眼睛发光:"你是不是谈恋爱了?"

顾词:"……"

梁诗又说道:"别想狡辩,我今天在商场看到你了,你牵着一个女孩子。"

顾词朝饭厅那边走去,拿起水壶倒了一杯水,仰头喝着。

梁诗跟了上去,继续说道:"那女孩子是谁啊?你们怎么认识的,在一起多久了?"

她接连问了三个问题。

顾词慢条斯理地放下水杯:"你儿子哭了。"

梁诗条件反射地转过头看了一眼,又反应过来,撇嘴道:"你怎么总是这招儿?"

"管用就行。"

"说真的,是不是你过年打电话那个关系暧昧的女孩子?可以啊你,你们总算在一起了。"

顾词没有回答,默认了。

梁诗更加好奇了:"是谁?是谁?是谁?学校里的吗?"

"不是。"顾词打断她的话,"你不认识。"

按照梁诗八卦的性格,如果他告诉她他和隋意的事,要不了多久全校老师都能知道,隋意可能真的要和他做兄弟了。

"啊……"梁诗遗憾地说道,"我还以为是孟宁音呢,她多好啊,和你那么配,怎么就……"

顾词问道:"哪里配了?"

梁诗回道:"她又漂亮,又温柔,成绩又好,难道和你不配吗?"

"非要这么说的话,我觉得隋意更适合。"

"隋意啊,隋意也挺好的……人家才大一呢,你都毕业了,别想了。"

顾词:"……"

梁诗又说道:"而且,我觉得隋意和你不太适合。"

正要回房间的顾词停下了脚步:"为什么?"

"两个智商顶尖的人凑在一起,能有什么意思?我想象不出你们除了学习还能聊些什么,一点儿生活的情趣都没有。"梁诗继续说,"更何况,我觉得隋意是一个有自己明确目标的女孩子,她知道自己想要什么,怎么可能轻易谈恋爱?"

"我觉得你还是考虑换个职业吧,大学辅导员对你来说是难了一点儿。"

梁诗斥道:"怎么跟姐姐说话呢?我这么分析也是有依据的。"

"什么依据?"

"隋意她父母离异啊,我觉得对她来说,这多多少少有一些影响吧。你也知道,你们这种智商越是高的人,内心越是敏感……"

顾词皱眉:"你怎么知道?"

"家庭信息上不是写了吗?你当他们的辅导员的时候没注意看啊?"

隋意回去的时候,家里一片漆黑,安静得没有一点儿声音。

她打开灯,去了徐曼的房间,里面徐曼的随身物品和行李箱都已经消失了。

很明显,徐曼又去出差了。

隋意靠在门框上,突然觉得自己挺可笑的。

她这一晚上都在跟徐曼赌气，不想回家，内心甚至抱了一丝微不可言的期待。

她期待着……徐曼能给她发消息，问她怎么还不回家。

徐曼却压根儿没把这当回事，转头就扎进工作里去了。

隋意关上主卧的灯，回了自己的房间，倒在床上开始看去东城的机票。

看了一会儿后，她又翻了个身，鬼使神差地搜起了周围的驾校。

难得有个暑假，她是不应该白白浪费。

这些驾校各式各样，隋意挑花了眼睛，想了想，又给陶圆圆发了条消息询问这方面的事。

陶圆圆几乎是秒回消息。

陶圆圆：你算是问对人了！

陶圆圆：我爸前几天才给我报了个驾校，我看了看，离你家那边也不是很远，要不你来我们一起学？

隋意：好啊。

陶圆圆当即把她的驾校的教练推给了隋意，但现在时间太晚了，教练没有通过好友申请，估计已经睡了。

隋意又在网上查了查，最快一个半月就可以拿到驾照。

她下载了一个驾考APP，扫了一眼上面的题感觉也不难。不出意外的话，她暑假结束之前，就能拿到驾照。

隋意切出APP后，终于想起了去关心关心她那个矫情的男朋友。

隋意：到家了吗？

顾词没有回复消息。

隋意想着他可能还在开车,便放下手机,拿了睡衣进浴室洗澡。

过了半个小时,隋意一边擦着头发,一边从浴室里出来,拿起手机时发现顾词二十分钟前给她打了个电话。

隋意清了清嗓子,趴在床上,又把电话拨了回去。

等顾词接通电话后,她缓缓开口:"你……到家了啊?"

"到了,你干吗去了?"

隋意回道:"洗澡啊。"

电话那头的人陷入了沉默之中。

隋意说完后,也觉得这个话题在男女朋友之间稍显敏感,连忙转移话题:"对了,我打算过几天就去东城。"

顾词的声音重新响起:"你不是说下个月吗?"

"本来是这样打算的,但我回来想了想,最近也没什么事,闲着也是闲着。"

"你提前去,能提前回来吗?"

隋意闻言,忍不住翘了翘嘴角,翻了一个身,坐在床上故意说道:"那不一定,我爷爷奶奶可喜欢我了,舍不得我走的。"

顾词的嗓音不紧不慢地隔着听筒传来:"我也喜欢你。"

隋意:"……"

她的脸"噌"的一下就红了,连耳朵都开始发烫。

她说什么不好,非要往他的甜言蜜语里跳。

顾词重新开口时,语调里已经含了笑意:"什么时候出发?我去送你。"

隋意含糊地说道:"就这几天吧,你不用来送我,我直接打车去机场就行了。"

紧接着，她继续说道，"我要去吹头发，不跟你说了，拜拜。"

语毕，她立即挂了电话。

另一边，顾词淡笑了一下，把手机放在桌上。

面前的电脑页面上，是她两年前给他在游戏上的留言。

顾词靠在座椅里，抬手捏了捏鼻梁。

他现在确实挺后悔，去年才见到她那会儿总拿这件事来捉弄她。

隋意第二天上午联系教练后，当天便去报名交了钱。

她预约了科目一，需要等十天左右才能考试。

刚好她可以在这个空隙去一趟东城。

当晚回家，隋意就买了机票，收拾着自己的行李，然后给隋崇光发了消息，说她明天过去。

隋崇光对此也没有说什么，只是问需不需要派司机去接她。

隋意拒绝了。

为了防止顾词来送她，隋意直到坐上飞机才告诉他这个消息。

隋意思前想后，还是没有给他说报名学车的事。

她要悄悄拿到驾照，惊艳顾词。

这时候，空姐来通知关闭手机，或开成飞行模式。

隋意放下手机，戴上眼罩，开始了这趟为期十天的东城之旅。

东城。

隋意一下飞机就迎来了一场暴雨，热气也被冲淡了很多。

因为这场雨，车也比平时难打许多。

隋意愣是在机场外面排了一个多小时的队，才坐上一辆出租车。

她上车后,发现有个顾词的未接来电。

隋意给他回了一条语音过去:"我刚坐上车呢,怎么了?"

顾词:没什么,看到东城下雨了,问你带伞没有。

隋意看见这几个字,想起了过年那会儿顾词告诉她,东城下雪了。

这真是一些奇妙的巧合。

隋意打开相机,拍了张照片给他。

车窗上是蜿蜒流下的雨水。

车窗外,是撑着伞步伐匆匆的人群。

也因为这场雨,隋意被堵了一路,晚上才到家。

她刚走到门口,等候已久的隋爷爷就给她把箱子拎了进去,嘴里埋怨道:"下这么大的雨,你爸也不知道找个人去接你。"

隋意笑了笑:"我跟他说不用的,而且机场挺好打车的,我也没淋到雨。"

他们说话间,已经进了屋子。

隋奶奶也从厨房里出来:"意意,这么晚了,肯定饿了吧,过来吃饭吧。"

隋意左右看了看,没有看到隋崇光和杨佳慧。

隋爷爷放下她的箱子:"你杨阿姨和你爸爸去公司了,还没回来,我们先吃饭,不用等他们。"

隋意刚要说什么,就看见不远处坐在地毯上拿着玩具正玩儿得开心的小孩子。

那小孩明显也看到了她,大概是对陌生人好奇,放下玩具,"吭哧吭哧"地爬了过来。

隋奶奶见状，连忙把他给抱了起来，同时对他说道："禾禾，叫姐姐。"

小男孩眼睛弯弯的，露出了两颗小牙齿，嘴里含混不清地念着："借借（姐姐）。"

隋意扯了一下嘴角："他长得挺快的。"

隋奶奶乐道："小孩子嘛，几乎是一天一个样儿，上次你回来的时候，他还躺在婴儿床上只会哭呢，现在都能叫人了。"

隋爷爷看出隋意有些勉强，岔开话题道："吃饭吧，吃饭吧，菜都快凉了。"

他们吃到一半儿的时候，隋崇光和杨佳慧回来了。

隋禾一看到杨佳慧，便开心得手舞足蹈，嘴里不停地含糊念着："麻麻（妈妈）。"

杨佳慧跟隋意浅浅地打了个招呼，从隋奶奶怀里接过孩子，对她说道："妈，我来抱禾禾，你吃饭吧。"

隋奶奶说道："我都吃得差不多了，你抱着吧，我去给你们拿碗筷。"

隋崇光坐在隋意对面："什么时候到的？"

"路上堵车，刚到一会儿。"

"淋到雨了吗？"

隋意轻轻摇头："没有。"

隋爷爷在旁边说道："要我说，你还是应该去接意意，她一个女孩子，拎着箱子多不方便。"

隋崇光没说别的，只是提出："回去的时候我送你。"

隋意也没再拒绝，答应了下来。

很快，隋奶奶拿了餐具出来，去接杨佳慧怀里的孩子："给我吧，你去吃饭。"

杨佳慧说道："没事，你们吃，我去房间里给他换一下尿不湿。"

隋奶奶收回手："那你快点儿啊，一会儿菜凉了。"

杨佳慧应了一声，抱着孩子进了卧室。

隋奶奶坐下后，又拿起筷子往隋意碗里夹了几块肉："意意，我怎么瞧着你这半年又瘦了，是不是在学校食堂没有吃好？"

隋意笑了一下："奶奶，我这次回来，比过年的时候还胖了几斤。"

顾词还没毕业时，隔三岔五地就带她出去吃饭，她的体重从那时候开始就一直没下去过。

隋奶奶欣慰道："胖点儿好，胖点儿好，我们意意长得漂亮，学习又辛苦，不能太瘦了。"

隋爷爷又问道："你妈是不是还经常不在家呢？"

隋意回道："在家。"

隋奶奶用胳膊碰了碰隋爷爷："好了，好了，吃饭呢，不说其他事了。意意，你多吃点儿。"

隋意浅笑道："好。"

她吃完饭后，便回到房间收拾东西。

打开行李箱时，隋意才发现自己一件外套都没有带。

云城今年太热了，她怎么也没想到一到东城就遇到了这种天气。

隋意没了收拾的兴趣，靠在床头百无聊赖地打开了手机。

她觉得，有些地方确实应该向顾词学习，比如出门前看看天气预报这种事。

隋意无聊之余，点开了和男朋友的对话框，发了一个表情包过去。

过了两分钟,顾词回复了一个问号。

隋意:你在干吗呢?

紧接着,顾词发了一个小孩子满地毯爬的视频过来。

顾词:带孩子。

隋意:"……"

她扔下手机,仰起脑袋看着天花板。

她是捅了小孩子的窝吗,怎么处处都是小孩子?

很快,顾词打了视频电话过来。

隋意趴在床上,转了语音接通。

顾词的声音传来:"吃完饭了?"

隋意单手托着腮:"吃完了,你呢?"

"吃了。"

隋意又问道:"怎么是你在带孩子,梁诗姐呢?"

"她跟她老公出去逛街了。"

隋意"哦"了一声:"那他们感情挺好的。"

顾词说道:"我也可以和你一起去逛街。"

隋意:"……"

他怎么总能把话题扯到他们身上来?

这人果然是恋爱脑,没救了。

这时候,梁诗的儿子爬到了顾词的腿边,揪着他的裤子"咿呀咿呀"地说着什么,想让他陪自己玩儿。

顾词拿了个玩具,轻松转移了他的注意力。

隋意见状,忍不住问道:"他多大了啊?"

"下个月满一岁。"

那这孩子跟隋禾其实差不多大。

见她不说话了,顾词问道:"怎么了?"

隋意收回思绪:"没什么,我就是觉得时间过得挺快的。"

去年大一开学那会儿,梁诗因为去生孩子了,顾词成了他们的代理辅导员。

现在孩子都快满一岁了。

隋崇光和徐曼离婚两年,孩子也那么大了。

紧接着,顾词慢悠悠的声音传来:"我觉得时间过得挺慢的。"

隋意觉得他怎么话里有话,意有所指?

跟顾词聊了一会儿没有营养的话后,隋意总算从床上起来,开始收拾东西。

不过她这次来待的时间不长,东西也没带多少。

隋意整理完行李箱,本来想把带来的礼物给爷爷奶奶拿下去,出了房间,看到的便是一家四口其乐融融的景象,于是又默默地退了回来。

隋意知道,爷爷奶奶对自己很好,也时时刻刻照顾着她的感受,能给她的东西都已经给了,就是怕会委屈她。

可是有些既定事实,是谁也无法改变,谁也无法控制的。

杨佳慧带着孩子,已经和他们组成了新的家庭。

而她,始终是多余的那个。

隋意一直靠在门边,等孩子睡着了,杨佳慧抱着他回了房间,才打开门下楼。

隋奶奶看见她,高兴地问道:"意意,收拾完了?"

隋意点头:"收拾完了。"

她把礼物分别给了隋爷爷和隋奶奶。

隋爷爷说道:"我说你行李箱怎么那么重呢,这些东西我们都能买到,你还大老远地带过来,多辛苦。"

隋奶奶拉着隋意的手坐在了沙发上:"意意,爷爷奶奶知道你孝顺,我们真的什么都有,下次你来,就轻轻松松的,别再带这些东西了。"

隋意笑道:"真的不重……"

"你呀,从小就独立自强,什么事都喜欢自己来。你一个人在外面不说了,回到家总得撒撒娇,偷偷懒,你有什么事就让你爸爸去做,来回都让他接送。他是你爸,你一年才回来几次?这都是他应该做的。"

"我知道了。"

这时候,隋爷爷开口道:"意意,你老实跟爷爷说,你妈是不是不让你回来?"

隋意一脸正经地说:"没有啊。"

隋奶奶叹了一口气:"意意,其实那天你爸爸给你打电话,我都听到了,他又和你妈妈吵了一架是吧?"

隋意哑然,不知道该说点儿什么。

隋爷爷也一脸愁容,皱眉道:"没想到他们都离婚了,你还是夹在中间为难。"

隋意说道:"爷爷奶奶,事情也没有你们想象的那么复杂,他们一直是这样,随时都在吵架,什么事都能吵起来,没什么大不了的。"

隋奶奶拍了拍她的手:"意意啊,有时候奶奶其实也挺想你发发脾气、闹闹别扭的,你别总把事情憋在心里,时间长了会憋坏的。"

第十四章
我女朋友

隋意躺在床上，听着外面滴滴答答的雨声，不知道在想什么。

或许奶奶说得对，她不高兴的时候可以发脾气，受委屈的时候也可以哭出来。

但从小她就知道，这样的方式对她来说是没有用的，这同样也是懦弱的表现。

她需要时时刻刻在所有人面前表现最好的一面，不能有任何差错和漏洞，要永远考第一名，永远站在最耀眼的位置上。

可是她确实觉得挺累的。

过了一会儿，隋意拉上被子蒙住自己的脑袋，闭上眼睛睡了。

这场雨接连下了两天，使整座城市的温度都降了下来。

隋意没带外套，下雨天也不想出门去买，这两天穿的都是隋奶奶的衣服。

隋奶奶看着她，满脸都是笑容："我们意意就是漂亮，穿我的衣服都这么好看。"

顾词偶尔也会给她打电话，每次隋意都怕被爷爷奶奶听见，又不想太刻意地回房间，便一边接电话一边往门外走去。

几次之后，隋奶奶看出了端倪，拉着她小声问道："意意，你是不是谈恋爱了？"

隋意一时语塞："奶奶，我……"

隋奶奶拍了拍她的手："奶奶也是从年轻时过来的，最懂你们这个年纪的女孩子了。"紧接着又问道，"是不是上次过年那会儿，你喜欢的那个男孩子？"

隋意沉默良久，轻轻地点了点头。

隋奶奶感慨道："挺好的，大学嘛，就是得谈谈恋爱，不然只是读书多无聊。"

隋意试探着开口："奶奶，你不觉得我谈恋爱会影响学习吗？"

"怎么可能？奶奶还怕你天天就知道学习，人都学傻了呢。"隋奶奶说道，"而且奶奶知道你，你是个拎得清的人，就算是谈恋爱，也不会耽误学习。"

隋意笑了笑，看着远处的风景，抱着隋奶奶的胳膊，把脑袋枕在了她的肩膀上。

见状，隋奶奶也明白了，问道："是不是你妈说你了？"

隋意说道："我没告诉她，不过她挺反对我现在谈恋爱的。"

"你别理你妈，她就是这个样子，性格太强势了，她和你爸还不是上大学就在一起的？"

隋意："……"

她觉得，这是个恐怖故事。

隋奶奶似乎也意识到了，又轻声对隋意说道："意意，日子都是自己过出来的，他们那就是失败的个例，还有其他的呢。"

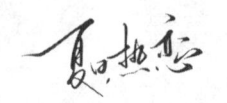

就这么靠着待了一会儿,隋意开口道:"奶奶,我过几天就要回去了。"

隋奶奶顿了一下,问道:"是你妈催你了吗?"

"不是,我报了驾校,想趁着暑假去把驾照考了。"

"这样啊,那挺好的,等你拿到驾照了,爷爷奶奶就给你买辆车。"

隋意笑道:"不用了奶奶,我现在还在念书呢,没什么需要开车的地方,就是觉得……把驾照拿了也不错。"

对她的这个想法,隋奶奶也很支持:"对,早点儿把驾照拿了好。"隋奶奶又问道,"找到合适的驾校了吗?奶奶一会儿把学费给你……"

"奶奶,我已经把学费交了,等回去就可以考科目一了。"

隋奶奶握着她的手,看向了远方:"奶奶还记得,你生下来时小小的一个,不管谁抱你都要哭,可我一抱你你就笑。转眼间,你都这么大了。"

隋意轻声说道:"奶奶,我会经常回来看你们的。"

隋奶奶点头道:"奶奶也知道,你现在大了,有很多自己的事情。你呀,有空给我和你爷爷打个电话就行。奶奶就希望啊,你下次回来的时候能把男朋友一起带回来,让奶奶看看,得是多优秀的男孩子才能让我们意意喜欢。"

隋意闻言怔了一下,耳朵有些发烫:"奶奶……"

隋奶奶笑了几声:"好了,好了,奶奶不逗你了,做饭去了。"

隋意本来要跟她一起去的,刚好手机响了一下,是陶圆圆问她什么时候去练车。

她正在回复的时候,突然感觉腿边痒痒的,像是有什么东西在挠她。

隋意低下头，看见隋禾正趴在她旁边，仰着脑袋对她笑，露出了两颗小牙齿。

这几天来，隋意都在避免和他接触，每天不是出去溜达就是回房间，很少会在客厅里。

隋意犹豫了几秒，还是放下手机，把他抱了起来，小声问道："你怎么出来了？"

隋禾听不懂她说的话，只会笑。

隋意拍了拍他身上的灰尘，又把他抱回了客厅里，放在地毯上。

她蹲在他面前："好好在这里玩儿，不准乱跑。"

隋禾哼哼唧唧了两声，扭过脑袋似乎又想往门口爬。

隋意拦住他，伸出手指道："不可以。"

隋禾一屁股坐在地毯上，然后拿了一个玩具塞在隋意手里，挥舞着小手，示意她陪自己玩儿。

隋意握着玩具，一时觉得有些僵硬。

她还没和小孩子玩儿过，也不会哄孩子。

这时候，隋奶奶大概从厨房出来拿东西，看到了这一幕："意意，你爷爷应该出去了，你陪禾禾玩儿一会儿吧。"

隋意只能应声："哦，好。"

她盘腿坐在隋禾对面，也不知道自己该干点儿什么。

相对来说，隋禾忙得就没有停过。他把自己大大小小的玩具都往隋意怀里放，等放完了，又挥动着小手，"咿咿呀呀"的不知道在说什么。

隋意虽然没听懂他说什么，但从他刚才的举动里，模模糊糊地

明白了一点儿。

她又把隋禾刚塞给她的玩具一个一个放在了他面前。

隋禾立即高兴得笑出声来。

隋意:"……"

小孩子的快乐,果然就是这么简单。

隋意脸上也扬起了一丝笑容,觉得小孩子好像也没有她想象的那么讨厌。

隋崇光和杨佳慧回来的时候,隋禾正乐得"咯咯"直笑。

杨佳慧看见这一幕,脸色微变,大步走了过来。抱起隋禾后,她轻轻松了一口气,又似乎察觉到自己的反应有点儿大了,朝隋意说道:"我……我带他回房间换尿不湿。"

语毕,她便匆匆走了。

隋意缓缓放下手里的玩具,什么也没说,去厨房里帮奶奶了。

隋崇光把这一切看在眼里,微微皱了皱眉。

房间里,杨佳慧正在给隋禾换尿布湿的时候,隋崇光便进来了。

杨佳慧背对着他说:"明天要是没什么事的话,我就不去公司了,这段时间爸妈带禾禾都累了,我……"

"你到底是觉得爸妈累了,还是不想禾禾跟隋意待在一起?"

杨佳慧手上的动作微顿,她回过头看着他问:"你什么意思?"

隋崇光说道:"我还想问你是什么意思呢。"

杨佳慧知道他指的是什么,默了一下才说道:"我承认我的反应是大了一点儿,但禾禾是我的孩子,我担心他受伤难道不是应该的吗?"

"他在家里能受什么伤?"隋崇光不悦,"你刚才那个举动太明显了,你觉得隋意看不出来吗?"

"那我能有什么办法?她本来就不喜欢我,万一她因此迁怒禾禾,我……"

隋崇光厉声说道:"你知不知道你在说什么?隋意是我女儿,不是仇人。"

杨佳慧讽刺地笑道:"你女儿?是,你眼里就只有你女儿,还有你爸妈,你们都把她看得比禾禾重要,把什么都给她,可禾禾也是你儿子,你们怕隋意在这个家里受委屈,难道就不怕禾禾也受委屈吗?"

隋崇光知道她指的是过年时,他父母把名下的资产都转移给隋意的事,眉头皱得更深:"当初不是跟你商量过了吗?你也同意了。"

"你那是……"

大概是因为他们的争吵越来越激烈,隋禾也哭了起来,一声大过一声。

杨佳慧把他抱在怀里轻轻拍了拍,嘴里不忘继续说道:"你们那是在跟我商量吗?那是你们的事,我一个外人有什么话语权,能不同意吗?"

"那你现在又说这些有什么意义?"

"没意义,我就是想提醒你,禾禾也是你儿子。隋意压根儿看不起你这个父亲,等她爷爷奶奶走了后,你觉得她还会认你吗?等你老了,陪在你身边的就只有禾禾!"

门外,隋禾的哭声夹杂着他们的争吵声,显得嘈杂又混乱。

隋爷爷站在客厅里,是听得最清楚的一个人,脸色越来越难看。

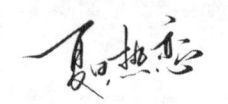

隋意和隋奶奶在厨房里，对视了一眼后，隋奶奶关上了厨房门，继续切着菜："别管他们，他们平时也会吵两句，生活在一起久了，难免有些磕磕碰碰，第二天就和好了。"

然而没过两分钟，杨佳慧就抱着隋禾，怒气冲冲地出了家门。

她从隋爷爷旁边经过时，脚步顿了一下，却什么也没说，闷头走了。

隋爷爷也没拦她。

紧接着，隋崇光出来，给她找了个借口："她带禾禾出去转转，一会儿就回来。"

隋爷爷转身，憋着火气坐下了。

这顿晚饭吃得很安静，偶尔只有隋奶奶说两句话，试图让气氛不再那么紧绷，但效果不佳。

吃完饭，隋意回了房间里，听见楼下隋爷爷压着声音与怒火说道："她是什么意思？意意半年才回来一次，也没待多长时间，她到底有什么不满的？我们又有哪点亏待禾禾了？她每天和你去公司，禾禾都是我和你妈在带，那是捧在手里怕摔了，含在嘴里怕化了，怎么就让她觉得禾禾在我们这里受委屈了？"

隋崇光劝道："爸，您别跟她计较。"

"我是可以不计较，但意意还在家里呢，她发脾气给谁看？"

隋崇光沉默不语。

隋爷爷明显被气得不轻："这样吧，反正我和你妈年纪都大了，也带不好孩子，你们搬出去住，自己找人带，没什么事也别回来了，我不想意意下次回家时，还要受她的气。"

明显这是他们最怕的情况，可没想到还是发生了。

半响，隋崇光说道："我知道了，我让人把公司那边的房子收拾一下，过两天就搬过去。"

隋爷爷捶着腰起身，说道："你啊，最后别落得两头都顾不好就行。"

隋意趴在床上，托腮看着窗外。

可能是接连下了几天雨的原因，今晚的月亮格外耀眼皎洁。

隋意想，在杨佳慧和隋崇光激烈争吵、然后杨佳慧抱着隋禾冲出家门的时候，她甚至阴暗地觉得有点儿暗爽。

这或许就是他们两个的报应。

但隋崇光好像是为了她才和杨佳慧吵架的。

这又让隋意在道德的边缘来回徘徊，她时而唾弃自己，时而告诉自己那是他们活该。

整个晚上，隋意脑子里都有两个小人儿在打架。

等到后半夜，她才迷迷糊糊地睡着。

第二天早上，隋意一下楼便看见隋禾在客厅里玩儿，杨佳慧也出现在了厨房里。

一切平静正常得好像什么事都没有发生过。

但吃饭时，隋爷爷起身去添饭，杨佳慧立即站了起来："爸，我去吧。"

隋爷爷板着脸："不用。"

说话间，他转身进了厨房。

杨佳慧尴尬地站在原地，讪讪地收回了手。

这次，就连隋奶奶也没有出声打圆场。

吃完饭，隋意像往常一样出门溜达。

她走了没几步，杨佳慧就跟了上来。杨佳慧憋了一阵才说道："隋意，昨晚的事对不起，是我太敏感了，公司里这段时间的事情

比较多，所以我也有些着急上火，我不是故意……"

"你是花了一晚上想通，觉得不应该对我这样，还是因为我爷爷奶奶生气了？"

杨佳慧只说道："我知道不管我现在说什么都于事无补了，但我也是真心想要向你道歉的。"

隋意淡笑了一下："如果你是真心向我道歉的话，那我也真心不接受。"

杨佳慧神情一愣。

隋意继续说道："我不会为了你的冲动与不理智行为买单，而且你的行为不只是伤害了我，更伤害了我爷爷奶奶。他们对你如何，对你儿子如何，你心里应该都有数，在你说出那番话的时候，就已经磨灭了他们所有的付出。"

"我不是……"

"我知道你没有针对谁的意思，只是每次我回来，都让你很没有安全感，在你眼里，我和他们才是一家人，你很怕我有一天会抢走属于你儿子的一切。"

这次，杨佳慧没有说话，默认了。

杨佳慧的态度和想法，对隋意来说并不意外。

即便一开始杨佳慧是真的不在乎那些东西，只是想要嫁给隋崇光，可随着她儿子的诞生、长大，原本她觉得那些东西可有可无，但到后面会觉得，那凭什么不是她的？

人心都是贪婪的，谁也不例外。

就像徐曼也会觉得，杨佳慧的儿子会抢走本该属于隋意的东西。

隋意淡淡地说道："你想为你儿子争取更多东西，就应该好好当你的妻子和儿媳，但是很遗憾，你的那些说辞，不但让我爷爷奶奶心寒，我爸也对你有意见了。"

杨佳慧试图解释："我……"

"是你的多心、疑虑、不甘情绪，亲手堵住了这条路。"

语毕，隋意没有再和她说其他的话，径直离开了。

杨佳慧站在原地，脸上没有丝毫血色，翕动着唇，好几次想要开口，却始终没有发出声音来。

两天后，隋崇光和杨佳慧搬离了老屋，住进了公司附近的房子。

其间，杨佳慧也去找过隋爷爷、隋奶奶道歉，但老两口正在气头上，效果甚微。

而杨佳慧和隋崇光似乎也还没彻底和好，交流几乎就是最基本的那几句话，两个人之间的气氛也不大对。

他们搬走之后，原本热闹的屋子显得空旷了许多。

隋爷爷和隋奶奶坐在沙发上，显得有些无事可做，背影也透露着几分孤独感。

隋意站在楼梯上看着这一幕，微微抿起了唇。

她又何尝不知道，爷爷奶奶是为了照顾她的情绪，所以才会那么坚决、不留余地地让他们搬出去？

他们这个年纪了，即便嘴上说着生气，可怎么能不疼隋禾，不希望他承欢膝下？

隋意转身回了房间。

到了她回云城的那天，隋崇光来接她去机场。

跟爷爷奶奶依次道别后，隋意坐上了车。

路上，隋崇光忽然开口："前几天的事你别放在心上，以前该

是什么样,以后就是什么样。"

隋意闻言,淡笑了一声:"其实我也很好奇,就如同她说的那样,隋禾也是你儿子,现在你觉得对我有亏欠,所以还一直偏向我,等到过两年呢?等隋禾大了,越来越能讨你欢心,你是不是就会逐渐觉得我这个既不听话也不孝顺的女儿不要也罢了?"

隋崇光沉声说:"隋意,我说过,不管发生什么事,你都是我女儿。"

"好听的话谁都会说,你当初领结婚证宣誓的时候还说过会爱我妈一辈子呢。"

隋崇光语塞,半晌才说道:"这两件事不是一个性质。"

"可对我来说,这两件事没什么差别。"

隋崇光默了默才又说道:"过年时,你爷爷奶奶不都已经把他们名下的资产转移给你了吗?还有我的公司,你和禾禾以后一人一半儿,这就是给你的保障。"

隋意好笑道:"你觉得我想要的,是这些东西吗?"

"爸爸能给你的,也就这些东西了。"

隋意没再说话。

剩下的一段路,车内都很安静。

等车子快要到机场时,隋意冷不丁地开口:"等过几天爷爷奶奶气消了,你们就搬回去吧。"

隋崇光有些意外,回过头看向她。

隋意继续说道:"我知道他们是为了给我个交代,才让你们搬出去的。爷爷奶奶年纪大了,你们在家还能照顾他们,要是他们不小心摔倒了,你们也能第一时间发现。"

过了一阵,隋崇光应道:"好,我知道了。"

隋意下车前,又忍不住说道:"不行,还是等半个月吧,我气还没消。你也不能告诉她这件事,等到要回去时再说。"

杨佳慧好像觉得爷爷奶奶成天带孩子很轻松似的,让她自己带带,她才知道时时刻刻盯着一个小孩子不让他乱跑有多折磨人。

隋崇光点头笑了笑:"意意,爸爸虽然能给你的东西有限,但是我保证,你担心的那种情况永远不会发生。"

隋意纠正:"我没有担心,我就是假设。"

紧接着,她从隋崇光手里接过行李箱,朝他挥了挥手:"我走了,你回去吧。"

"到家后,给你爷爷奶奶打个电话。"

"知道了。"

回家休息了两天后,隋意收到了科目一考试的短信通知。

科目一题目对她来说很简单,她几乎是扫了一眼就会了,因此考试直接满分过了。

几乎没浪费什么时间,她直接开始了科目二练习。

由于天气炎热,所以去练车的人不算多,隋意常常是第一个到的,能比别人更多练一会儿。

等到她考完科目二,开始练科目三时,陶圆圆还在哀号,她科目一还没去考,理由是太阳太大了不想出门。

对这一点,隋意深表认同。

即便她每天去练车时把自己裹得跟木乃伊似的,只露出一双眼睛,可还是不可避免地被晒黑了一点儿,每天都像要被热化了。

但她总较着一股劲儿,一定要在暑假拿到驾照,狠狠惊艳顾词一下。

他到现在都还以为她在东城呢。

所以她每每在太阳下被暴晒的时候,都不得不咬着牙,云淡风轻地告诉他,她在家里吹着空调吃西瓜。

不过科目三,对隋意来说稍微有了那么一点儿难度。

她不是一个胆小的人,但也承认,自己胆子没有多大。

每每上路时,她旁边若有车疾驰过去,她就忍不住抓紧方向盘,浑身紧绷。

教练对此乐道:"没事,你们女生开车都是这样,多上路跑跑就习惯了。"

这话隋意不怎么爱听。

怎么就女生都是这样了?

这妥妥是性别歧视。

个人行为不上升集体。

练完车,隋意渴得不行,进了路边的一家商场,准备吹吹空调,买杯冷饮。

她刚付完钱,一扭头就看到了一个熟悉的身影。

隋意下意识地想躲,可又猛地想起,她现在裹得那么严实,徐曼来了都不一定能认出她来。

于是,她就那么坦然地站在了那里。

顾词站在离她不远的地方,确实没注意到她。他时不时看一下时间,眉头微蹙,显然有些不耐烦。

过了两分钟,一个女孩子朝他跑了过去,吐了吐舌头,害羞道:"对不起啊,你等很久了吧?你比照片上还帅,是我喜欢的类型!"

隋意:这是让她撞见了什么大型狗血现场?

正当隋意准备悄悄往前两步，听听顾词是怎么回答的时候，身后的工作人员叫她："你好，你点的饮品好了。"

隋意回过头，快速将冷饮拿了过来，转过身时，却已经不见顾词和那个女生的身影了。

这么短的时间，他们跑哪儿去了？

隋意插上吸管，一边喝着，一边漫无目的地往前寻找着人。

没过两分钟，隋意就在斜前方的扶梯上看到了他们，立即小跑着跟了上去。

顾词侧目扫视过来，隋意立即低下头。

不对啊，又不是她出轨被发现了，她心虚什么？

片刻后，隋意挺直了腰板。

前面的两个人已经下了电梯，进了一家蛋糕店。

隋意扒在墙后面，半眯着眼睛看着他们，随即拿出手机给顾词发消息。

隋意：你在干吗呢？

店内，顾词低下头，打字回复。

顾词：在外面，有点儿事。

隋意轻"哼"了一声，大大喝了一口冰水，才缓解内心的燥热感。

隋意：这么热的天，你跑外面去干吗？

隋意：是带梁诗姐的孩子出去玩儿吗？

顾词：不是，其他事。

隋意觉得，他还是有点儿水平的，这都套不出话来。

隋意：那你方便接视频吗？我现在好无聊。

顾词：不太方便，晚点儿我打电话给你。

隋意：哦。

这人原形毕露了吧，遮掩不下去了吧。

就在她狠狠摁着手机，"噼里啪啦"地编辑着一大串文字时，她这诡异的装扮终于被顾词旁边的那个女生察觉了。

女生朝顾词指了指："你看那个女生好奇怪啊，穿得跟一个木乃伊似的，跟我们一路了。"

顾词抬头看了过去，果然看到了半边身体藏在墙后的人。

他垂眸扫了一眼对话框上一直在输入的字样，勾了勾嘴角。

顾词说道："你买吧，我出去一趟。"

外面，隋意打了一大段字，字字珠玑地控诉着顾词的这种行为，打到后面几个字，忽然发现她好像真的有点儿难过。

最开始她看到顾词和那个女生在一起，怎么说呢？她整个人都是激动的，仿佛终于找到了他的犯罪证据，甚至来不及悲伤。

他们这要是吵起来得多热闹啊。

"我们分手吧"那几个字，就盘旋在她的指尖上，她却怎么也打不出去。

这时候手机振动起来，是顾词打的视频电话。

隋意手一抖，手机差点儿掉在地上。

她连忙抬头看了一眼，蛋糕店里已经没有顾词的身影了。

这狗东西还真是无缝衔接啊。

隋意用力摁了拒绝接听按键。

顾词发了个问号过来。

隋意把刚才那段话都删了，重新打着字。

隋意：突然间不想看到你了。

顾词：我挺想看你的。

隋意冷笑，果然甜言蜜语一套一套的。

隋意：看什么看，没见过美女吗？

顾词：没见过。

顾词：把你脸上那东西摘了，我看看。

隋意打了两个字，才忽然反应过来，猛地转过头，映入眼帘的就是那双漆黑含笑的眼睛。

她下意识地低下头，一副只是路过的样子。

顾词的声音不紧不慢地传来："你戴着那个，不闷吗？"

隋意现在气得有点儿上头，确实感觉又闷又晕。

尽管如此，她也没说话，扭过头不理他。

隋意只感觉现在喉间有些发涩，她期待的吵起来的热闹场景，看来是泡汤了。

她越想越委屈，越想越生气。

与此同时，那个女生买好蛋糕走了过来，看了看他们两个，问顾词："你认识这个……'木乃伊'啊？"

顾词回道："我女朋友。"

两个人都惊讶地看着他。

隋意心想，他已经这么肆无忌惮了吗，这是要公开脚踏两只船了？

女生反应过来说道："既然你女朋友来找你了，那我就自己去医院看他吧，不打扰你们了。"

隋意收回思绪，看了看女生，又看向顾词："等等……什么医院？"

顾词解释："唐季，中暑了，在医院里。"

隋意：道理她都懂，可是今天的这一出是怎么回事？

女生继续说:"我和唐季是在网上认识的,本来约好今天见面,可没想到他进医院了,我就买点儿蛋糕去看他。"

隋意越发不明白:"那照片是怎么回事?"

顾词解释道:"唐季发的是我们那次爬山的合照,她认错人了。"

女生也不好意思地说道:"在我心目中,唐季就是顾词这种长相,幽默又有趣……"

隋意忍不住干笑了一声:"他幽默有趣?"

"我觉得你也很可爱,你们太合适了。"

隋意:"……"

这一出闹的,怎么说呢,至少是今后的很长一段时间里,她都要理亏了,被顾词拿捏得死死的。

去医院的路上,隋意难得坐得很乖巧,双手放在膝盖上,腰背挺得笔直。

顾词偶尔瞥她两眼,隋意都觉得头皮发麻,仿佛在接受灵魂的拷问。

而那个女生坐在后面玩儿着手机,完全没有察觉到前排的风起云涌。

到了医院门口,隋意终于回过神来,拉住顾词的胳膊:"我是不是也得买点儿水果进去?"

顾词停下脚步:"等我一下。"

他转身回了车里,拎了一箱车厘子出来。

顾词走到隋意旁边:"本来打算晚上给你寄过去的,先这么着吧。"

隋意闻言有些遗憾:"啊……"

顾词笑了一下："舍不得？"

隋意立即正色："没有，我们进去吧。"

说完，她闷着头，疾步往电梯里走去。

顾词抬了抬眉梢，跟了上去。

病房里，唐季输着液，睡得正迷迷糊糊时，听到外面有脚步声传来，半睁开了眼，看着面前晃动的那个浑身上下一片雪白的身影，瞬间被吓得打了一个激灵，几乎是弹坐了起来。

他看着那个身影喃喃道："我就是中暑而已，不至于都能看见鬼了吧……"

隋意："……"

她终于想起，把遮阳的头套摘了下来。

唐季呼了一口气："省状元啊，你怎么来了？"

这个问题问得好。

隋意也开始思考，她怎么跟着来了

两秒后，隋意瞳孔逐渐放大，对啊，她来做什么？这样他们不是暴露了吗？！

好在唐季的注意力没有在她身上，或者说，他根本没有把这当回事。

那个女生提着蛋糕往前迈了一步，有点儿不好意思："顾词说你喜欢吃这个，我就买了点儿……"

唐季也一改往日吊儿郎当的样子，伸手接过东西："谢谢，等我好了请你吃饭。"

女生腼腆地点头。

就在隋意觉得他们之间弥漫着一股暧昧朦胧与生涩尴尬气氛时，顾词已经握住了她的手腕，对唐季说道："我还有事，先

走了。"

唐季应了一声，对隋意说道："再见啊省状元。"

隋意："……"

他这也能不忘了她。

隋意又跟那个女生点头示意，转身跟顾词出了病房。

到了医院门口，隋意小声开口："你有什么事就去忙吧，不用管我，我回家了。"

顾词："……"

他看着面前的人一言不发，面色微沉。

隋意觉得，他这是要秋后算账的意思了，率先认错："对不起，我不该怀疑你，更不该……"

"怀疑我什么？"

隋意干笑了两声，他非要她说得这么清楚吗？

她踌躇着说道："就是……我听见她说你是她喜欢的类型，你们两个又单独见面，这谁能不想歪啊？"

隋意现在很庆幸，她没有把那一大段字字珠玑的控诉话语发出去，否则她就真的被钉在耻辱柱上了。

见顾词不说话，隋意以为他还在生气，试探着开口："不然我请你吃东西吧？你想吃什么，我都陪你！"

隋意说这话大有一种上刀山下火海在所不辞的架势。

她也确确实实是真的豁出去了。

这要是放在其他人身上或许还能好点儿，偏偏她的男朋友不仅恋爱脑还矫情，又小气。

她不出点儿血，这关估计是过不去了。

顾词收回视线："走了。"

隋意连忙跟了上去:"你想好吃什么东西了吗?"

"没有。"

隋意"哦"了一声:"那不着急,你慢慢想。"

坐在车上,隋意正在系安全带时,顾词的声音响起:"什么时候回来的?"

隋意手里的动作顿了顿,她要是说回来快一个月了,会不会有血光之灾?

见她犹豫,顾词心里已经有了答案,他没再说什么,启动车子。

隋意双手拉着安全带,快要被车内安静的窒息感给憋死了。

她咳了一声,倾身往前,打开了车载音箱,舒缓的音乐声逐渐响起,充斥了整个车厢。

隋意从来就没有这么难熬过,如坐针毡。

他们这难道就是传说中的冷战吗?

真的不至于吧……

过了半个小时,眼前的景色变得熟悉起来,紧接着,车停到了小区门口。

隋意看了看窗外,又扭过头看向他:"你不吃饭了?"

她想了一下,重新问道:"你真的生气了吗?"

"你不是要回家吗?"

两个人的声音几乎是同时响起。

这下轮到隋意有点儿生气了。

她已经把姿态放得这么低了,也道歉了,问了他一路想要吃什么东西,他倒好,一点儿都不领情。

回家就回家,隋意利落地解开安全带,转身正要开门时,顾词

握住了她的手腕。

她头也不回，声音里憋着一股火："干吗？"

顾词缓缓说道："我没有生气。"

隋意嗤笑，骗鬼哪，口是心非的狗男人。

顾词继续说："我以为你想要回家。"

他这么说，隋意就得好好和他掰扯掰扯了："我一直在问你吃什么，你选择性屏蔽了吗？"

"你是在问我想吃什么，而不是你想吃。"

隋意："……"

他又要扯哪门子的歪理？

顾词继续说道："我可以合理地觉得，你并不想吃这顿饭，只是为了跟我道歉，不得不勉强陪我一起吃。"

隋意："……"

"我没有生气，你也不用跟我道歉，所以你不想去吃饭，就不去。"

隋意一时语塞，几次试图开口，都不知道该说些什么。

他这次完完全全站在了道德的制高点上……这谁能反驳？

尽管如此，隋意还是决定倒打一耙，含混地说道："那你不早说，你要是把话说清楚，能有这些事吗？"

"我只是在想，如果你拿这件事跟我说分手，我应该怎么办。"

隋意："……"

他是在她脑子里装了监控吗？怎么能那么清楚她的想法？

隋意心虚地别开视线："你又没有真的爱上别人，我干吗和你分手？"

"这大概率会出现在你的风险评估里面。"

隋意再次沉默。她确实短暂地有过这样的想法，这次虽然是个误会，但如果下次真的发生这种事了呢？她倒不如及时止损……

不过这个想法很快就被她遏制了。

她也觉得，这个想法太不是人了。

老实讲，顾词对她一直挺好的，除了有点儿黏人外，其他也没做错什么。

她要是单单因为没有发生的事就和他分手，那就是实打实的"渣女"了。

隋意当然不可能承认这点，本来就处于下风了，要是她再承认顾词的说法，那她这辈子都无法再理直气壮了。她又去拉车门："你就是这么想我的？那我成全你，分手吧。"

她颇有一点儿被揭穿后恼羞成怒的感觉。

顾词低笑了一声，又将她拽了回来："好了，我道歉，我不该这么想你。"

隋意扭过脖子，没说话。

她终于站在了道德的制高点上！总算是扳回一局了，绝对不能就这么轻易低头了。

顾词问道："想吃什么？我请你。"

隋意一板一眼地说道："我想回家。"

"行，去你家吃。"

"……"

顾词显然不是说说而已，松开隋意，伸手去开车门。

隋意迅速抓住他，万分诚恳地说："算了，看在我也有不对的地方，我们各退一步，各自回家吧。"

"还分手吗？"

"不分了，不分了，我开玩笑的！"

顾词勾起了嘴角，收回了手。

隋意缓缓吐了一口气。

他也太难应付了。

顾词重新启动车子："系好安全带。"

"去哪儿啊？"

"约会。"

好像这两个字本身就有一种能让人心情愉悦的魔力。

隋意忍不住弯了弯嘴角，清了清嗓子，把安全带拉过来系上，努力让自己表现得十分平静："好了，出发吧。"

也不知道是不是最近体能和精神消耗都过大，隋意晚上没控制住自己，吃得有些撑。

顾词就陪着她在街上散步。

走了快半个小时，隋意才长长地呼了一口气，舒服多了。

她开口道："我好了，我们回去吧。"

顾词看向她："你在学车？"

隋意愣了愣，下意识地回道："你怎么知……"

说到一半儿，她才反应过来，不打自招了。

顾词好笑道："天气这么热，如非必要，你是不可能出门的，你这身行头，也不像是第一次穿了。"

隋意："……"

顾词又问她："学到哪里了？"

"科目三。"

说起这事隋意就有些头痛，还有两天就考试了，她现在都还没有十足把握。

见她满脸惆怅之色,顾词问道:"哪里有问题?"

隋意坚决摇头:"没什么,没有问题,很好!"

"真的?"

"真的!"

真学霸怎么能说不行!

顾词说道:"我本来说陪你去考试的,既然你这么有把握,那看来是不需要我了。"

"……"

这人太讨厌了。

晚上回到家以后,隋意躺在床上翻来覆去睡不着。

她从小到大做什么事都是独来独往的,早就习惯了,但或许是这一年来顾词总在她身边,每次遇到了什么麻烦,他都能轻松解决,就这么在点点滴滴的小事中,潜移默化地,她好像已经逐渐有点儿依赖他了。

本来隋意是没想让顾词陪她去的,但是被他这么一说,她就总忍不住去想,如果他能陪她去,就算是憋着一股不让他看扁的劲儿,她也得把科目三过了,导致越想越烦。

半夜两点,隋意深吸一口气坐了起来。

她拿过床头的手机,拨了顾词的电话号码。

电话响了很久才被接通,顾词的嗓音含着沙哑与倦意:"怎么了?"

"没什么,就是问你睡着了吗?"

"睡着了。"

"那没事,你继续睡吧。"

语毕,隋意挂断了电话。

顾词:"……"

他盯着手机半响,也没想明白隋意是什么意思,又怕她是真的有什么事,把电话回拨了过去。

电话那头传来了忙音:"对不起,您拨打的电话已关机。"

隋意关了手机,把手机扔在旁边,心满意足地倒在了床上。

这下,她总算是睡着了,而且睡得尤其舒服。

不过由于睡得太晚了,隋意第二天早上差点儿起不来。

她匆匆洗漱后,连早饭也来不及吃,穿上自己的防护套装便出了门。

早上六七点的太阳已经开始显露它的威力。

隋意到了小区门口,刚要打车时,一辆白色轿车停在了她的面前。

她以为是接人的,便往前面走了走,让开了一点儿。

可谁知那辆车跟着她一起挪动。

隋意总算是抬起头来,看到那个熟悉的车牌号时,一时陷入了沉默之中。

那不是顾词这几次开的车吗?

这时候,副驾驶座的车窗降下,顾词的声音传来:"上车。"

隋意取消了刚打上的车,拉开车门坐了上去:"你什么时候来的?"

他居然起得比她还早。

顾词说道:"接了你的电话就来了。"

隋意:"……"

他认真的吗？

一股愧疚之情油然而生，隋意抓着安全带，小声说道："那个……我……"

顾词笑了一下，打着方向盘："骗你的，刚到一会儿。"

隋意隐隐咬牙，没再说话。

到了练车场地后，隋意一边解开安全带一边说道："你回去吧，今天也不知道去哪儿练车，结束后我随便找个地方就下车了。"

顾词"嗯"了一声："知道了。"

隋意今天是第二个来的，今天练科目三的就他们两个人。

她上车后，教练让另一个学员直接把车开出了学校。

他们在路上练了一会儿，便换由隋意练习。

她缓缓吐了一口气，踩刹车，挂挡，起步，踩油门，每个步骤都有条不紊。

教练一边吹着保温杯里的茶叶，一边说道："今天还不错嘛，我还担心你后天的考试呢，看样子也还……"

他刚说到一半儿，对面就快速开过来一辆大货车，隋意下意识地踩了踩刹车。

教练没有防备，一口茶水呛到了嗓子里。

他接连咳嗽了几声："夸你的话还没说完呢，得，又不行了。"

隋意握紧方向盘，开了一圈后，靠路边停了下来。

她对后面的人说道："你先练吧，我去买瓶水。"

下车后，隋意看着头顶炎热的太阳，觉得脑袋有些发晕。

人生第一次，她有了挫败感。

隋意去旁边的超市买了水，回来时却瞧见顾词的车停在路边的树荫儿下。

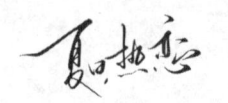

她走过去，趴在车窗上往里面看。

顾词靠在座椅上，已经睡着了。

隋意见状，忍不住翘了翘嘴角，又很快自责起来。

早知道他要起这么早来送她，她昨晚就不该给他打那个电话。

虽然顾词之前说才到一会儿，但他肯定没睡好。

隋意就这么看着他，内心无比感慨，真的是一个黏人的男朋友。

隋意再次回到车上时，已经调整好状态了。

看她系着安全带，教练本来拿起了保温杯，又放下了："你要不再休息会儿？这会儿大货车多。"

"没事，考试的时候也不能让大货车让我。"

"你不害怕了？"

"你们都不害怕，我害怕什么？"

车内的两个人："……"

隋意的想法是有点儿道理的，她觉得之前就是自己太过紧张焦虑了，有些事往往就是越在意，完成度越差。

一旦想通后，隋意的注意力就在自己的行驶路段上，任凭旁边有多少辆车经过，车子速度再快，她都心态平和，不焦不躁。

教练夸赞道："这就对了嘛，学车就是这样，多上路练练就好了。我看你挺聪明的，科目二都是一把过，这次考试肯定没问题。"

隋意练完车，已经快到上午十点了。

太阳火辣辣地炙烤着地面，连偶尔的一丝风都带着燥热感。

隋意下了教练车，抬眼就看见顾词不知道什么时候睡醒了，正斜靠在车门上看着她，眉梢微抬。

隋意快步走了过去，拉开车门的同时说道："这么热你不待在车里面，站这儿耍什么帅呢？"

顾词："……"

他转身坐进车里："我刚才看了，你开得没有问题。"

隋意丝毫不谦虚："那是当然。"

顾词勾了一下嘴角，看来他的担心果然是多余的。

到了考试那天，隋意早早便到了考试场地。

他们那一车考试的有四个人，包括她在内，三个人过了，第四个女孩子是最惨的，她前面每项考试都进行得很顺利，到靠边停车时，一辆车左转快速行驶了过来，那个女孩子估计是着急了，也不知道该怎么办，想要强行停过去，却被教练踩了刹车。

第二次机会，她也被这事影响了心情，调试灯光那里就出错了。

回去时，那个女孩子在她男朋友怀里哭得梨花带雨。

隋意站在旁边想，自己的男朋友呢？

他说考试不陪她，就真的没有来。

亏她还小小地期待了一下。

陶圆圆听说隋意过了科目三，终于鼓起勇气出了门，不过也仅限于坐在奶茶店里。

陶圆圆看着隋意的驾驶证，满脸都是羡慕之色："早知道我就每天和你一起去学车了，这样我也能拿到驾照了。"

隋意说道："今年确实太热了，你还是等过段时间吧，我要不顾……"

说到一半儿，她戛然而止。

好在陶圆圆将注意力全放在她的驾照上，也没注意到她都说了什么。

吃完饭，隋意和陶圆圆告别，一直到家，都没有收到顾词的一条短信。

隋意扔下看了一整天的手机，倒在了床上。

拿到驾照本来应该是件很开心的事，她却不知道为什么，总感觉心里空落落的。

也不知道是不是因为她真正想分享这份喜悦心情的人，迟迟没有出现在她面前。

最近一段时间考驾照压力前所未有地大，隋意躺在床上，没过一会儿就睡着了。

等她醒来时，外面天色一片黑暗，房间里一点儿光亮都没有。

隋意慢吞吞地坐起来，拿起手机时才发现顾词在半个小时前给她打了一通电话。

她回拨了过去。

过了很久，电话才被接通，顾词那边声音有些嘈杂："考完试了吗？"

隋意撇嘴："早考完了。"

顿了顿，她又问："你现在在哪儿呢，怎么那么吵？"

顾词回道："美国，纽约，肯尼迪机场，T8航站楼，行李提取处。"

隋意："……"

他倒也不用说得这么仔细。

她瞬间感觉自己清醒了几分："你怎么跑那儿去了？"

"还记得上次跟你说过，我和国外一家公司共同研发了一款软件吗？"

隋意慢慢咀嚼着这两个字："记得。"

虽然她差不多已经忘了,但顾词就不能临走之前提前跟她说一声吗?他搞得这么突然,让人一点儿准备都没有。

大概是察觉到她的想法,顾词解释道:"软件出了一点儿问题,昨晚半夜我临时接到的电话,没有来得及告诉你。"

隋意小声嘀咕:"那你怎么不给我发条消息?"

"你今天不是考试吗?我怕影响你的心情。"

闻言,隋意笑了一声:"你觉得这能影响我的心情吗?我高兴还来不及呢。"

"高兴什么?"

"当然是高兴你……"

顾词的嗓音低低的:"嗯?"

隋意觉得,她的开心还是不能表现得太明显了,不然这恋爱脑的男人会难过的,便神不知鬼不觉地转移了话题:"那你……什么时候回来啊?"

"还不知道,要先看看问题出在哪里。"

隋意"哦"了一声,正当她还想说点儿什么的时候,顾词旁边有人用英文叫他。

他们短暂地交流了两句,顾词对隋意说道:"我晚点儿打电话给你。"

"知道了,拜拜。"

挂了电话,隋意重新倒在床上,看了看手机的时间,已经是晚上八点了,晚点儿又是多久呢?

而顾词那边,在跟来接他的人出了机场后,直接去了公司。

这款软件本来试运行一直还不错,这次突然出现问题,也导致很大一批用户不满。

整个公司上下，都忙得不可开交。

顾词到的时候，负责的团队正在开会。他初步了解了一下情况，便坐在了电脑前。

顾词用了八个小时写了一个紧急应用程序出来，但这个程序只能维持二十四个小时，并且用户页面只能进行最基础的操作。

但这已经是极限了。

负责人看见，忍不住连连赞叹。

要知道，他们整个团队的七八个工程师想要完成这套紧急应用，至少也需要半天时间。

而他一个人仅仅用了八个小时就完成了。

面对负责人的夸奖，顾词没当一回事。

这个软件本就是他主研发的，没有人比他更了解、更熟悉。

顾词去了趟洗手间，接了捧水洗脸后，低头看了一眼腕表，国内现在是凌晨五点，也不知道该说是早还是晚。

顾词重新回到位置上，负责人拿着咖啡走了过来："Hey, Goo, won't you take a break?"

负责人问他不去休息会儿吗？

顾词摇了摇头："No, we don't have much time.（不，我们的时间不多了。）"

负责人没再说什么，把咖啡放在他旁边，也坐了下来，一起打这场战役。

第十五章
把这玩意儿染成绿色的

隋意在睡觉之前就知道等不到顾词的这通电话了,可没想到,一直到开学,都没接到顾词的电话。

他倒是给她发过几条消息,但每次当隋意看到,又给他回消息过去的时候,要等到第二天才能收到简短的回信。

两个人的时间总对不上。

顾词也很忙。

隋意也没想到,她好端端地谈了一个男朋友,却开启了异国恋。

不知道从什么时候开始,隋意莫名其妙地就有了手机振动一下,就连忙拿起来,最后又失望地放下的习惯。

逐渐地,隋意觉得难过的好像不是顾词,而是她……

她本来是应该高兴的,终于没人打扰她学习了,可怎么就高兴不起来呢?

看着眼前的专业课书,隋意也没了心情,合上书后靠在墙上

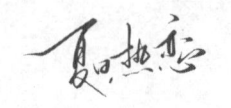

叹气。

简乐和陶圆圆见隋意那样,互相对视了一眼。

到底是什么样的题,能把隋意难成这个样子?

陶圆圆起身,走到了隋意旁边:"别学习了,今晚有迎新晚会,我们去看看吧。"

"不……"

隋意还没来得及拒绝,陶圆圆和简乐便一左一右地拉着她出了宿舍。

今年的迎新晚会格外不一样,是在操场上举办的,那一盏盏的灯看过去,就像是篝火。

新生更是临时组建了一支乐队,在搭建的舞台上表演得热火朝天。

陶圆圆拉着隋意的胳膊,大声喊道:"你看那个主唱,长得好帅啊啊啊!!!"

音乐声震耳欲聋,隋意虽然没有听见陶圆圆都说了些什么,但从她的神情中也能猜出几分。

隋意抬眼看过去,主唱是挺帅的。

乐队表演得很热烈,气氛也很欢快,隋意很快就把她远在异国他乡的男朋友抛之脑后。不过考虑到这是在学校,她还保持着最后一丝理智,没有跟着音乐一起跳起来。

而她旁边,简乐和陶圆圆都快跳脱力了。

隋意抽空遗憾地想,经营一个高岭之花人设要付出的东西可太多了。

迎新晚会随着乐队演出结束,后面几个节目都在前者的衬托下显得有些无聊。

陶圆圆看得打了个哈欠，转过头对隋意和简乐说道："我们回去吧。"

隋意点头道："走吧。"

简乐指了指旁边："我还有点儿事，你们先回去吧。"

说着，她便跑入了夜色中。

回去的路上，陶圆圆小声说道："你觉不觉得简乐最近有点儿奇怪？"

隋意没怎么察觉："哪里奇怪？"

"就是她最近总是单独行动，平时在宿舍里也是抱着手机不知道在跟谁聊天儿，笑个不停。"陶圆圆又神秘兮兮地补充道，"我觉得她肯定是谈恋爱了。"

隋意匪夷所思，陶圆圆说的这些，她完全没有注意到。

看到她脸上的震惊表情，陶圆圆说道："不过你每天一门心思地扑在学习上，没有发现也正常啦。"

隋意："……"

被人这么夸，她又有了心虚的感觉。

陶圆圆叹了一口气，感慨道："没想到我们宿舍里第二个谈恋爱的人居然是简乐，我还以为是我呢。"

隋意："这从何说起？"

陶圆圆解释道："简乐之前好像也没什么谈恋爱的想法，你又满脑子都是学习，就连学长喜欢你，你都不为所动，就我成天巴望地想找个男朋友。得，一年过去了，男朋友的半个影子都没有看见。"

隋意再次沉默。其实她之前没有告诉陶圆圆和简乐她和顾词在一起的事，一是觉得都在学校里，不好意思，还有一个原因是连她

自己都没适应这段恋爱关系。

现在她反倒不知道该怎么开口了。

这时候,一大拨新生从她们旁边走过。

陶圆圆摩拳擦掌:"我今年一定要好好努力,争取在那些大一的学弟进入社团时就把他们拿下!"

闻言,隋意猛地停下了脚步。

如果不是陶圆圆提起,她都忘了她还有个社团呢。

果不其然,没过几天,系主任就来找她了。

系主任一边擦着眼镜一边说道:"隋意啊,现在顾词毕业了,社团就剩你一个人了,还是得招新才行啊。"

隋意刚想说什么,系主任又说道:"你也是,不能总是学习,也得经常活动活动。上次你军训晕倒的事,到现在还被学校领导拿出来说呢,让我们要全面关注学生的德智体美发展,一项都不能落下。"

隋意:"……"

这是耻辱。

系主任戴上眼镜:"好了,你去安排吧,这也是很锻炼组织能力的,对你以后有不小的帮助。"

隋意没办法,只能当天下午在浩浩荡荡的社团招新摊位的角落里搭了个小棚子。

不过好在大多数新生有着一颗朝气蓬勃的心,纷纷选择了热门社团。

隋意的小棚子,倒是有两三个人过去,但都做不出来顾词留下来的题,只能作罢。

第一天完美结束。

只要她熬过这个星期，那她的任务就算完成了。

然而就在最后一天，隋意正在收拾东西时，一个男生站在了小桌前："学姐，你们社团还招人吗？"

隋意指了指手表："时间到了，不招了。"

男生说道："这不是还差十分钟吗？"

隋意沉默了一会儿，本着有始有终的原则，还是把题给了他。

"学姐，有笔吗？"

隋意将笔递给他。

"谢谢学姐。"

男生甚至没有坐下，弯腰就开始解题。

隋意觉得他有点儿眼熟，但是又想不起在哪里见过。

就在她收回思绪时，发现男生已经写了一页纸了。

隋意不可思议地瞪大了眼睛。

他居然真的会？

很快，男生把纸拿给了她："学姐，写好了，你看看对吗？"

隋意完全不用看他的答案，单是看到解题步骤时，就知道他是会的。

谁又能想到，面前这个一身摇滚装，头发说不上是蓝色还是绿色的男生，居然还是个隐藏款的学霸呢。

江山代有才人出，她就不该狗眼看人低。

男生又看了一眼时间："时间来得及，还差两分钟。"

隋意感觉手里的纸重达千斤，试图做着最后的挣扎："既然还有一点儿时间，不然你去别的社团看看吧，我这个……不好玩儿的，人也少。"

男生冲她咧出一个笑容："我就喜欢人少的。"

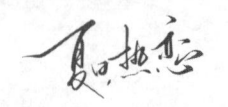

隋意给他拿出登记表的时候，感觉心都在滴血。

男生潇洒利落地在签名处写上了自己的名字：陈赋。

想不到他打扮得这么潮，名字还挺有底蕴的。

他把登记表还给隋意的时候问道："学姐你叫什么名字啊？"

"隋意。"

陈赋愣了一下，随即笑道："好名字。"

隋意把登记表收了回来："我们没有社团活动，每学期我会发道题给你，你做好了发我就行。"

陈赋问道："这么简单？"

"就这么简单。"

他摸出手机，说道："学姐我加一下你的微信吧，有什么事我方便联系。"

隋意看了看登记表："这上面不是有你的电话吗？有需要我会给你发消息。"

她的言下之意，除此之外，他们也没有其他联系的必要了。

回宿舍的路上，隋意都在懊恼，早知道就提前收摊儿了，也不会有这件事了。

到了宿舍，隋意刚推开门，就看见陶圆圆、简乐还有另一个女生正在对着电脑尖叫。

隋意放下手里的东西，随口问了一句："你们看什么呢？"

陶圆圆抽空回过头，满脸春光："隋意你快来看！快来看，好帅啊！！！"

隋意走过去，凑近几分看了看，原来是前几天迎新晚会时乐队演出的视频。

等等……那个主唱？

就在她惊讶之余，简乐看着手机激动地说道："新的'校草'名单出来了，就是陈赋！！！"

三个女生又开始尖叫。

隋意默默地回到了自己的位置上。

她觉得，命运对她其实有点儿不公。

这时候，学校论坛上已经开始讨论陈赋加入了哪个社团，听到自己的社团名单上没有他，顿时叹息声一片。

隋意合理怀疑，陈赋就是为了躲清静，才跑到她这里来的。

而她总有一种不祥的预感，他清净了，她就清净不了了。

不出意外，第二天上午，隋意下课时便被一群女生围得水泄不通。女生们纷纷乞求她，能不能破例让自己也加入社团。

隋意费了好大的力气才从人群中挤出去，在食堂吃饭时，又遭遇了新一轮围攻。

事情发展到这一步，她已经逐渐失去耐心。

到了晚上，她的微信不知道被谁推出去了，又是一群大一的新生加她的微信。

隋意扔下响个不停的手机，火气已经升到了头顶。

没过几分钟，一个陌生号码打了电话进来。

隋意深深吸了一口气，接通电话。

电话那头传来一道爽朗的男声："学姐，你还记得我吗？"

隋意咬牙："记得，你化成灰我都记得你的声音。"

陈赋受之有愧："不好意思啊，今天给你添了很多麻烦，明天我请你吃饭。"

"不用了。"隋意拒绝道，"你怎么有我的电话号码？"

"哦，刚才遇到了你们系主任，问他要的。"

隋意："……"

别的不说，她还挺佩服他这种不要脸的勇气的。

隋意不客气地说道："如果明天再有人来烦我，我就把你踢出社团。"

陈赋答应得很爽快："放心学姐，我保证绝对不会了。"

挂了电话，隋意把手机扔在一边，打开书准备安静地看一会儿。

可不到两分钟，手机再次响起，

她这次没了那么好的脾气，滑动屏幕后便火大地吼道："你烦不烦，又有什么事？"

电话那边的人安静了一瞬，随后一道熟悉的声音传来："我今天应该没有惹你生气。"

隋意："……"

顾词询问："怎么了？"

隋意靠在墙上，小声嘟囔："没什么。"

"那就是想我了。"

隋意立即正色，快速开口："你那个题有人做出来了，那人进了社团，今天一大群女生从教室追我到食堂，微信快被加爆了。"

说着，她又忍不住埋怨道："都怪你。"

顾词低声笑道："这也能怪我？"

"不怪你怪谁？你把题出难一点儿就没这些事了。"

顾词终究扛起了这口锅："怪我。"

听他这么说，隋意觉得更烦了。她怎么变得越来越无理取闹了？

深知自己不对的隋意默了默，才又说道："你今天怎么有时间给我打电话了,还是个陌生号码?"

"我的手机没电了,我借的别人的。"

"哦。"

顾词又说道:"我给你买了车厘子,明天应该就到了。"

自从上次将那箱车厘子给了唐季后,顾词又给她买过两次,隋意还挺喜欢吃的。

她重新靠在了墙上,语气恹恹的:"知道了。"

听到她兴致还是不高,顾词说道:"等我两分钟。"

隋意懒懒地"嗯"了一声。

等顾词的过程中,隋意转过头,却发现原本正在看陈赋的三个人正凑在一起,齐刷刷地看着她。

隋意:"……"

她被看得不自在了:"怎么了?"

陶圆圆试探性地开口:"你刚刚……和谁打电话呢?"

隋意的笑容已经快僵在脸上了,气氛烘托到了这里,她只能硬着头皮瞎扯:"我爸。"

几个人同时松了一口气,简乐拍了拍胸口:"难怪呢,刚刚听你好像是在撒娇,我们还以为你谈恋爱了。"

她比她们三个人更震惊:"撒娇?"

三个人同时点头。

虽然隋意的借口她们信了,并且她们觉得合情合理,但隋意无法接受这个事实。

她!怎!么!就!撒!娇!了!

很快,陶圆圆她们的注意力又被别的事吸引走了,几个人凑在电脑前"嘀嘀咕咕"地讨论着什么。

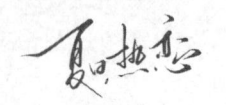

就在隋意走神之际，耳边传来一道不轻不重的男声，对方慢条斯理，语气揶揄："爸？"

"闭嘴！"

隋意也不知道今天是不是出门没有看皇历，怎么倒霉的事全凑在一起了？

电话那头，键盘的敲击声清晰可闻。

下一秒，顾词的声音再度传来："这下你应该能解气了。"

正当隋意疑惑时，身后传来了陶圆圆的惊呼声："学校论坛被黑了？！"

"关于陈赋的帖子全部没有了！"

陶圆圆恨恨握拳，重重地将拳头放在了桌面上："一定是哪个忌妒陈赋的人做的，我们'校草'的位置实至名归好不好！"

另一个女生也附和道："就是，除了顾词学长，陈赋就是'校草'最适合的人选了，谁不同意，我第一个站出来反对！"

简乐感慨道："要是学长还在就好了，那这次的'校草'人选可就热闹了。"

陶圆圆不赞同道："怎么可能？学长还在的话，'校草'肯定还是他的，陈赋虽然帅，但跟学长比还是差那么一截的。"

"对，而且学长还有学神的光环，谁都无可替代！"

隋意闻言，忍不住笑出声来。

有些人还活着，却已经开始被怀念。

不过幸好她们不知道，那个"忌妒"陈赋的人，就是她们口中无可替代的"校草"。

顾词显然没有注意那边的谈话，只是听到了隋意的笑声，问道："开心了？"

隋意收回视线，满脸都是正经之色，嘴角却控制不住地上扬："勉勉强强吧。"

顾词勾了一下嘴角："我去忙了，早点儿休息。"

"知道了，你也……别总是熬夜，小心猝死。"

顾词："……"

第二天，隋意的生活总算是恢复平静了。

因为整个学校里的人都在讨论，到底是哪个丧尽天良的人忌妒陈赋的相貌和才华，在论坛上黑了有关他的所有帖子。

就连陶圆圆和简乐她们三个人，也加入了讨伐队列中。

学校有义之士奋力追查黑客的 IP 地址，倒是有个有能耐的人查出了 IP 是美国的。

这下众人更加气愤了，这个人真没种，敢做不敢当，居然弄了一个假 IP 来逃避责任。

作为第三方当事人的隋意，心里莫名其妙地有些过意不去。

顾词这一天可能挨了他这辈子都没挨过的骂。

中午下课时，隋意接到了快递的电话，让她去宿舍大门口取包裹，应该是顾词给她买的车厘子到了。

隋意去拿快递的时候，抱了两下箱子，愣是没有抱起来。

之前的车厘子也没这么重啊。

最后还是陶圆圆和简乐一起给她抬回宿舍的。

陶圆圆活动着胳膊："隋意，你买的什么东西这么重啊？"

隋意也累得吐了一口气，用小刀把纸箱上的透明胶带划开，给她们每个人都分了很多车厘子。

即便如此，车厘子还剩下了一大半。

简乐瞪大了眼睛:"你中彩票了吗,买这么多车厘子?"

隋意干笑了两声,闭了闭眼睛:"我爸给我买的。"

不管了,死就死吧,反正顾词也听不到。

另一个女生羡慕道:"你爸对你真好啊。"

隋意真是恨不得给自己两个耳刮子。

她说的这些谎话,以后可怎么圆?

到了晚上,隋意终于收到了顾词的消息。

顾词:东西收到了吗?

隋意:收到了,你怎么买那么多?

顾词:知道你要分给朋友,怕你不够吃,就多买了点儿。

隋意:可是太多了,分给她们也吃不完。

而且这东西不能久放,会坏掉。

隋意等了半个小时顾词也没回消息。这是最近时常有的事,他应该又去忙了。

隋意习以为常地退出了聊天页面,刷了刷朋友圈。她看到梁诗五分钟前发了一条还在加班的动态。

隋意瞬间来了精神,拎着箱子里还剩一大半的车厘子,便急匆匆地出了门。

陶圆圆见状问道:"你去哪儿啊?"

"我有事出去一趟,不用管我。"

到了梁诗的办公室门口,隋意抬手敲了敲门。

梁诗的声音传来:"进。"

隋意推开门:"梁诗姐。"

梁诗扭头看见她,惊喜道:"隋意,你怎么来了?"

隋意走到梁诗面前,把手里的箱子放在她的办公桌上:"我看你发朋友圈还在加班,就给你拿点儿吃的东西过来。"

梁诗往箱子里看了一眼:"这也太多了吧。"

"你拿回家吃吧,宿舍里没冰箱,要不了两天就坏了。"

梁诗也觉得这么多车厘子坏了可惜,想了想便收下了:"行,明天我请你吃饭。"

隋意笑了笑,也没拒绝:"好。"

梁诗还是忍不住问了一句:"你怎么买了这么多?"

"我爸买的。"

隋意已经认命了。

她当初到底是为什么要开这个头?!

梁诗这会儿也差不多完成工作了,收拾了一下东西便和隋意一起离开了。

到了校门口,两个人告别,梁诗开车回家。

走在回宿舍的路上,隋意埋着头。其实她还真有点儿想顾词了,也不知道他什么时候才能回来。

就在这时,隋意的肩膀上搭上了一只手,她吓得抖了一下,回过头后,看见一颗绿油油的脑袋,来人冲着她嬉皮笑脸地喊:"学姐。"

隋意:"……"

她没好气地拍开他:"我们没这么熟,别勾肩搭背的。"

陈赋不以为然,走在她的身侧:"熟了就可以和你勾肩搭背了吗?"

隋意觉得,他的这句话里多多少少有点儿调戏她的意味。

她不客气地说道:"我们不可能熟。"

"学姐,话别说得太早,什么事都有可能发生。"

隋意嗤笑了一声，小屁孩儿。

陈赋走着走着，突然上前一步站在了隋意面前，一边倒退一边说道："学姐，我听说你是去年的省状元，真厉害，我还是第一次见到像你这么漂亮又聪明的女生。"

隋意懒得搭理他："我也是第一次见到像你这么五颜六色的男生。"

即便她的语气已经带有攻击性了，陈赋也只是笑，薅了薅自己的头发："你是说这个吗？"

隋意没说话。

陈赋又说道："学姐你以前看过《家有儿女》吗？从那个时候起，我就想把这玩意儿染成绿的，是不是酷毙了？"

隋意："……"

这人神经病啊。

过了一会儿，陈赋又问道："学姐，你有男朋友吗？"

隋意总算开口了："有。"

"我也有。"

隋意："……"

陈赋"哈哈"笑了两声："开玩笑的，我本来想追你的，谁知道你居然真的有男朋友，缓解一下尴尬的气氛嘛。"

隋意说道："你去问问你的发型师，给你染那玩意儿的时候，是不是把染色剂染到你的脑子里去了。"

陈赋顿时笑得更开心了："学姐，你太有趣了，要不要考虑和你男朋友分手，跟我在一起？"

"我对染色剂进了大脑的人没兴趣。"

"学姐你不喜欢我的这个发色吗？那我明天就去染回来。"

这时候，已经到了女生宿舍楼下，隋意朝他微微一笑："我对你的头发没兴趣，对你这个人更没有兴趣，你不要再来找我，就算是在学校里碰见，也请你装作不认识我。"

陈赋遗憾道："学姐你这么说我可就太伤心了。"

"不客气，你活该的。"

陈赋："……"

隋意说完，转身直接进了宿舍楼。

陈赋站在原地，单手叉腰，捋了一下自己的头发，又拿出手机照了照，这个颜色多帅啊。

如果说隋意从小就是别人家的孩子，那陈赋就是让老师又爱又恨的角色。他脑子好用，成绩每次都能名列前茅，但成天不是翘课就是捣蛋，一年到头他的父母能接到学校的无数个投诉电话。

而陈赋也是那种典型的前一秒被教导主任当着全校师生的面点名批评，下一秒又因为考了全校第一名被叫上台去分享学习经验的学生。

回到宿舍后，隋意给顾词发了条消息，说她把车厘子拿给梁诗了。

发完消息，隋意便倒在了床上。

而旁边，陶圆圆她们在讨论国庆节要去哪儿玩儿，也叫了隋意："你要不要和我们一起去呀？"

七天的假期，不冷不热，出去玩儿正好。

唯一的缺点就是哪儿都人多。

隋意问道："你们都打算去哪些地方？"

简乐回道："本来想去普吉岛的，但人肯定特别多，我们想去

个人少的地方。"

另一个女生说道："还是选个小众点儿的景点好了，好好休息一下。"

隋意诧异地看着她问："你不去找你男朋友了吗？"

女生轻描淡写地说道："分手了。"

"分……分手了？"

"对啊，异地恋就是这样，一开始还热情满满，可时间长了就累了，一年到头都见不了几次面，有什么意思？天天就只能对着手机宝贝长宝贝短的，我还不如养条狗呢，至少每天都能摸到。"

隋意："……"

简乐："……"

陶圆圆："……"

看来异地恋的伤害确实有点儿大啊。

陶圆圆又问道："隋意，你有什么想去的地方吗？"

隋意不知道在想什么，视线落在床头的人偶娃娃身上："我可能……国庆节有点儿事……"

几个人都表示理解："你又要回东城看你爷爷奶奶吧？"

简乐说道："那你帮我们跟叔叔说声谢谢，我们吃了他给你买的好多车厘子，嘿嘿。"

隋意直接被呛到了。

果然一个谎，需要无数个谎来圆。

隋意当晚就在看飞往美国的机票。她觉得出于人道主义关怀，她还是应该去探望一下她的男朋友的。

异地恋的结局往往是以分手而告终，更别说是异国恋了，她暂时还不想失去这个给她买车厘子的男朋友。

隋意看了一晚上的机票，第二天困得连眼睛都睁不开了。好不容易等到下课了，她正在收拾课本时，一个人突然坐在了她的前面："学姐，一起去吃午饭吗？"

隋意抬头，便看到了男生明晃晃的笑容。

她微愣，有一瞬间还以为是顾词坐在了她的面前。

陈赋薅了一下自己的头发："怎么样，是不是更帅了？"

他已经将头发染回了黑色，穿着简单的白短袖和牛仔裤，倒有了清清爽爽、开朗阳光的大学生的既视感。

隋意很快便反应过来，拿着书起身："没觉得。"

陈赋跟上她的脚步："我都打听过了，你没男朋友，那就是拒绝我的一个借口而已。"

隋意反问道："所以呢？"

"所以我决定从现在开始追你。"

隋意："……"

他们身边的所有同学，包括陶圆圆和简乐，都惊得张大了嘴巴。

隋意闷着头加快了脚步，只想赶紧逃离这个是非之地。

陈赋大步追了上去："学姐，你中午想吃什么？"

这个地方没什么人，隋意猛地停下脚步，转身说道："听着，我有男朋友，只是还没告诉其他人，我也不想让他们知道。我没有用这个借口拒绝你，也不想这个消息从你的嘴巴里传出去。"

陈赋"哦"了一声："那你男朋友是我们学校的吗？今天中午能叫上他一起吃饭吗？"

说着，他又抬起手诚恳地表示："我保证没有其他意思，就是想看看学姐的男朋友长什么样，看看我输在了哪里。"

隋意瞥了他一眼:"你全身上下哪里都输了。"

她继续说:"他毕业了,不在学校里,你见不到他。"

说到一半儿,隋意看见陈赋脸上的笑容越来越不加掩饰。

隋意恼道:"你笑什么?"

陈赋勉强收起脸上的笑容,叹了一口气:"就是看到学姐这么绞尽脑汁地想借口,觉得挺有意思的。"

"有病吧你。"

隋意没再理他,大步离开,走着走着,又生怕陈赋追上来,撒腿就跑。

她体育考试的时候,都没跑这么快过。

仅仅一个中午的时间,陈赋要追隋意的事便在学校里传得沸沸扬扬。

不过好在论坛上依旧出现不了陈赋的名字,这在一定程度上阻拦了事情发酵。

隋意连午饭也没吃,直接躲回了宿舍里。

没过多久,陶圆圆和简乐给她带了午饭回来。

看着她们一脸八卦的表情以及欲言又止的眼神,隋意疲惫地说道:"想问什么就问吧。"

几个人顿时叽叽喳喳地围成一团。

"你和陈赋是什么时候认识的?"

"你们怎么认识的,发展到哪一步了?"

"听说他是为了你才把头发染回黑色的,这也太浪漫了吧。"

隋意:"……"

她抬手做了一个暂停的手势:"我和他不认识,也没发展,就是他加入了……社团,所以才有了短暂又浅的交集,他把头发染成赤橙黄绿青蓝紫也和我没关系。"

陶圆圆一脸暧昧的表情:"他刚才还当着所有人的面说要追你呢。"

"谁知道他发什么疯?"

简乐遗憾地说道:"要是学长还在就好了,还能看他们PK一下。"

这下陶圆圆举起双手赞同:"我同意!我同意!这太有悬念了!隋意到底会选谁呢?是高冷学神,还是狂跩酷炫,又为了爱甘愿回归自然的乐队主唱呢?"

隋意:"你对他的形容词是不是多了些?"

陶圆圆激动地说道:"看来在内心我还是比较倾向陈赋的,他长得帅还是乐队主唱,唱歌好听,还会玩儿乐器。"

简乐在旁边点头附和:"就是,就是,我觉得你们肯定能擦出火花来。"

隋意默了默,忍不住说:"顾词长得也帅,也会弹吉他。"

"那不一样,主唱是有光环的,陈赋往舞台上一站,所有的光都像是为他而生的。"

她们两个你一言我一语地讨论着顾词和陈赋到底哪个更好。

隋意觉得,事情已经到了她不可控制的地步了。

她打算用一句话结束这场辩论。

"我和顾词在一起了。"

"你也可以和陈赋在一起,他……"

陶圆圆说到一半儿,忽然反应过来,脸上满是震惊之色:"什么时候的事?"

隋意也没再遮遮掩掩了:"露营那次。"

简乐恍然大悟:"我就说那段时间你们之间的氛围不对,不过我还以为你拒绝学长了呢……"

陶圆圆用胳膊肘碰她:"怎么说话呢?我们学长哪里长得像是会被人拒绝的样子?隋意和他简直就是天生的一对!"

隋意:"……"

简乐叹为观止:"你变得太快了。"

"我这是看好真情侣,情侣大旗永不倒!"

可陶圆圆她们知道隋意有男朋友,不代表学校里的其他人也知道。

现在学校里的人对陈赋要追隋意的宣言分为两种态度,一拨人觉得他们男才女貌,天作之合;另一拨人则是唯粉,表示哥哥独美。

隋意这几天无论走到哪里,都成了人群中的焦点,偏偏那个造成这一切的人还没有丝毫收敛,有事没事就凑到隋意跟前,"学姐学姐"地叫着。

这导致隋意现在只要一听到别人叫"学姐",就有一种条件反射地想要揍人的冲动。

好在国庆节假期很快就到来了。

以往每次放假隋意都是最后一个离开宿舍的,这次她是第一个,或者说应该是全校第一个下课后就冲出学校的人。

她跑出学校的那一瞬间,系主任和校领导正好路过,校领导见状对这种情况严厉批评道:"现在的学生怎么放假那么积极?平时学习没见他们多努力。"

系主任看着隋意远去的背影,默了默才说道:"那好像是我们系的省状元吧……之前开会的时候不是说了吗?要综合发展学生的德智体美方面的素质，看来省状元这段时间都是通过这种方式锻炼自己的。"

校领导恍然："难怪呢，跑得都比以前快了。"

隋意回到家以后，终于感觉压在心中的大石头落下来了。

到了晚上，徐曼给她发了一条消息，说是要去外地出差，国庆节就不回来了。

人果然还是需要有其他事转移自己的注意力。

比如说这段时间，隋意完全没有想过，这个国庆节徐曼在不在家这件事。

不过这样正好，如果徐曼在家，她还得想借口才能离开，到时候她们免不了又要吵一架，不欢而散。

隋意买的机票是半夜一点的，她在家里简单收拾了一下行李，又换上了新买的裙子，化了个妆，便满意地拎着箱子出门了。

这趟飞行时间长达十五个小时，隋意几乎是一上飞机便睡了，希望醒的时候就能到了。

但是隋意高估了自己的睡眠质量，不到两个小时就醒了，并且完全没了睡意。

还好她早有准备。

隋意拿出了带的平板电脑，打开下载好的综艺节目看着。

十个小时后，隋意扣下平板电脑，仰头靠在座椅上，好累。

她把下载的电影和综艺节目都看完了，怎么还没到？

不仅如此，隋意还觉得眼睛有异物感，不是很舒服，也不知道是不是睫毛膏掉渣了。

早知道她就不化妆了。

隋意打开遮光板，往外面看了看。

这会儿正是纽约的半夜,整个天空黑漆漆的,也看不到星星,只有飞机淡淡的灯光在夜色里闪烁。

隋意又拉下遮光板,重新闭上了眼睛。

不过她后面这几个小时都没怎么睡着,一会儿看看这个,一会儿摸摸那个,如坐针毡,好不容易终于听到了飞机广播传来的声音,飞机还有半个小时将在肯尼迪机场降落。

隋意感觉胜利的曙光就在眼前,终于熬到头了。

剩下的时间似乎过得格外快,飞机下降的时候,隋意一直靠在窗边看着,俯瞰了整个纽约的夜景。

那一条条灯火通明的街道,也从模糊变得越来越清晰。

很快,飞机降落,隋意跟随人群一起离开。

下飞机的那一瞬间,她就打了个喷嚏。

好冷。

这里的温度至少比云城低了十摄氏度。

几秒的工夫,她的鸡皮疙瘩就起来了。

到了行李提取处时,隋意打开手机,看到顾词在一个小时前给她发了消息,问她怎么关机了。

隋意活动着僵硬的手指,慢吞吞地打着字。

隋意:手机没电了。

她刚回复完消息,便有一批行李到了。隋意往前走了几步,想看看有没有自己的。

这时候,手机接连振动了几下,是顾词打来了电话。

隋意接通:"喂。"

顾词问道:"你出去玩儿了吗?"

隋意下意识地否认:"没有啊,我在家。"

"在家怎么手机没电关机了一个小时？"

隋意："……"

最近她怎么总是脑子不够用？

顾词大概是听出她这边有点儿吵，重新问道："你在哪儿呢？"

隋意抬头看了一下，学着他之前回答道："美国，纽约，肯尼迪机场，T2航站楼，行李提取处。"

顾词突然没了声音。

隋意看见了自己的行李箱："不跟你说了，我的行李到了。"

她刚要挂电话，便听见电话那头传来一阵杂音，像是顾词在下床，又像是在穿衣服，他的语速很快："在出口处等我，我马上到。"

隋意翘了翘嘴角："知道了。"

她收起手机，把自己的行李箱拎了下来。

到了出口，隋意看见外面有许多接机的人，和她一起出来的很多人，纷纷投入了他们的怀抱，诉说着对彼此的思念。

那些人中，有亲人，有朋友，有情侣，也有夫妻。

倒显得隋意一个人孤零零的。

她看到旁边有家咖啡店，便去里面买了杯热拿铁，顺便也在里面坐着等顾词。

在这当中，隋意把十几条未读的消息回复了。

其中梁诗问她，车厘子是她爸爸在哪里买的，他们家里人吃了都很喜欢，自己还想再买点儿。

隋意有种搬起石头砸自己的脚的感觉。

除此之外，隋意还看到一条好友申请，验证内容是：下个月的数学竞赛，是我们两个代表学校参赛，老师让我加你。

这个数学知识竞赛，梁诗之前跟她提起过。

隋意没有多想，直接通过了验证，同时给他改了备注。

两分钟后……

数学竞赛同学：学姐，想不到你喜欢这种正经的方式。

数学竞赛同学：早知道我就用这种方式了。

隋意：……

就在她要一键删除对方的时候，那位数学竞赛同学又发来了一张图片。

数学竞赛同学：学姐，是真的我没骗你，你看名单。

隋意点开图片放大，代表学校参赛的人里面，确实有他们两个的名字。

这人怎么就阴魂不散呢？

这时候，顾词打来了电话。

他到机场了。

隋意接到电话后，便拿着自己的东西走到咖啡厅门口。她张望了好半天也没看见顾词，便问道："出口旁边有家咖啡厅，你看到了吗？我就站在广告牌这里。"

顾词握着手机回过头，远远地看见了她："看到了。"

隋意还在四处张望："你在哪儿呢？我怎么没看到……"

下一秒，顾词的声音传来："后面。"

后面？

后面不是咖啡厅吗？

隋意原地转了一圈也没看到人。

等等……

她又转了小半圈，果然看到顾词大步朝她走了过来。

隋意吐了一口气："你……"

她刚开口，就被人用力抱进了怀里。

隋意愣了一瞬，脸上慢慢扬起了笑容。

直到她透过旁边的玻璃看到了自己的影子。

她一只手拿着手机，一只手拿着咖啡，被顾词紧紧地抱着，这个样子要多滑稽就有多滑稽。

随着胸腔里的空气越来越稀薄，隋意忍不住咳了一声："我理解你激动的心情，但你勒得我要喘不过气了……"

顾词终于松开了她，嗓音很低："你怎么来了？"

"我……"隋意正经道，"不是放假吗？我来旅游啊。"

顾词无声地笑了一下，握着她拿手机的那只手，另一只手拉着她的行李箱："走了游客。"

出了机场，又是一阵寒意袭来，隋意接连打了两个喷嚏。

顾词把她的行李箱放到出租车的后备厢，又脱下外套穿在了她的身上："有带厚点儿的衣服吗？"

隋意吸了吸鼻子："带了一件外套，但是感觉不太够。"

"没事，明天我去给你买。"

"你不工作吗？"

顾词回道："这几天准备兼职导游，挣点儿外快。"

隋意低着头笑。

坐在出租车上，隋意折腾了一天，到底是有些累了，靠在顾词的身上，心安理得地闭上了眼睛。

不知道过了多久，总算是到了，隋意打着哈欠，跟顾词上楼，整个人都浑浑噩噩的没什么精神，恨不得立刻躺到床上。

等进了顾词住的房间，看着那仅有的一张床，隋意感觉自己瞬

间清醒了。

她竟然忽略了这个问题。

顾词从衣柜里抱出了被子:"你睡床,我睡沙发。"

隋意慢慢收回思绪:"其实也不用这么麻烦,我在附近订个酒店就行……"

顾词看向她:"天快亮了,睡醒了再去。"

隋意觉得他说得有道理。

现在去酒店又要折腾大半天,她现在浑身上下都没一点儿力气了。而且顾词的眼神还是挺诚恳的,她就勉为其难地同意吧。

隋意说道:"那我先去洗漱。"说着,她背对着顾词打开了行李箱。

顾词看着她的背影,缓缓出声:"好。"

拿着洗漱包进了浴室,隋意立即关上了门,也是到了这个时候,她才终于意识到自己的这趟行程有些许冲动了。

虽然顾词应该不是那种人,但他也有世俗的欲望。万一他控制不住乱来呢?

隋意觉得,自己好像把自己陷入了一个很危险的处境。因此,她决定还是到酒店再洗澡。

洗脸时,隋意看了看镜子里的自己,眼妆晕染得一塌糊涂。

她居然这副样子在机场里晃了大半圈。

算了。

人就是要学会接受不一样的自己。

隋意匆匆洗漱完,出了洗手间。

外面,顾词给她做了燕麦粥:"先吃点儿这个,睡醒了我带你出去吃。"

隋意拒绝:"不吃,我都刷牙了。"

她刚要往床上躺,顾词就把她拽了过来:"吃了再刷一次。"

隋意就这么被摁着坐在了椅子上,不过她也确实饿了,便拿起勺子舀了一口粥放在嘴里,还挺好吃。

她问顾词:"你在这边每天就吃这些东西吗?"

顾词回道:"基本在公司吃,偶尔早上在家随便吃点儿东西,冰箱里还有面包,不过你在飞机上应该吃了不少,就给你做了这个。"

隋意现在确实听到"面包"两个字就想吐。

她几口喝完了燕麦粥,又去快速刷了牙,然后钻进了被子里,把自己裹得严严实实的,闭上眼睛说道:"我睡觉了,你关灯。"

顾词知道她在想什么,无声地笑了一下,起身走到床边关了灯。

房间里陷入了一片黑暗之中。

顾词走到沙发旁躺下,枕着屈起的手臂,看着窗外的天空,毫无睡意。

他从来没有想过隋意会跑这么远来找他。

隋意的性格他很了解,她冷静又理智,从来不会感情用事,有什么事都自己想办法解决,不会跟他撒娇,遇到委屈更不会说,甚至总想和他保持一种互不亏欠、肝胆相照的兄弟情。

想到这里,顾词忍不住又笑了笑。

他收回思绪,看向了床头的位置。

隋意的呼吸均匀平缓,看样子她应该睡着了。

顾词微微闭眼,压下了躁动的情绪。

他看了两个小时窗外的风景,直到天亮。

第十六章
我不是那种占人便宜的人

　　隋意这一觉直接睡到了中午,她迷迷糊糊醒来的时候,感觉眼皮仿佛有千斤重,不仅头晕,鼻子也堵塞不通,也不知道是水土不服还是感冒了。

　　她手撑着床坐了起来,声音有些虚弱:"顾词……"

　　没有人回应她,整个房间里也没有顾词的身影。

　　隋意又倒了下去,闭上眼睛睡着了。

　　等她再度有意识的时候,感觉顾词坐在了她的旁边,掌心贴着她的额头。

　　隋意艰难地睁开眼睛,声音沙哑无力还带着她自己都没有察觉的委屈之意:"你去哪儿了?"

　　顾词缓缓回道:"我去给你买衣服了。"

　　隋意动了动,脑袋埋进了枕头里:"我好难受。"

　　"你发烧了,我熬了粥,你喝了粥把药吃了。"

　　隋意嘟囔:"怎么又是粥?我不想喝……"

顾词很有耐心地问:"你想要吃什么?"

隋意闭着眼睛回道:"我想要吃火锅。"

顾词:"……"

他扶着隋意的肩膀坐了起来,让她靠在床头:"等你感冒好了,我带你去吃。"

隋意一脸不情不愿的表情。

顾词端着粥,重新坐在了床边:"自己吃还是我喂你?"

隋意一听这话,勉强打起了几分精神,伸手接过碗:"我自己吃。"

隋意舀了一勺粥轻轻地吹了吹,然后将粥放进了嘴里。

也不知道这粥是没味还是她嘴里没味,她吃得一点儿食欲都没有。

不过由于顾词在旁边看着,隋意怕她表现出不想吃,他就要喂她,只能硬着头皮把粥喝完了。

把碗递给顾词后,隋意靠在床头,感觉脑子天旋地转。

很快,顾词倒了热水,拿了药过来放在床头。

他低头看着药盒上的说明:"你对什么药过敏吗?"

隋意轻轻摇头。

顾词拆好药丸放在一旁,伸手去摸她的额头。

隋意见状,下意识地后缩,想要躲开他的手,满脸都是警惕的神色。

顾词好笑道:"你以为我想要做什么?"

隋意将脑袋往被子里埋了埋,鼻音有些重:"我怎么知道你要做什么?我现在又没力气反抗……"

"我要是想做点儿什么,你有力气也反抗不了。"

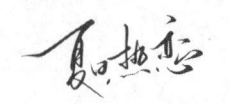

隋意小声道:"禽兽。"

顾词悬空的手落在了她的额头上,又贴了贴她的脸:"头晕吗?"

隋意点头:"还想吐。"

顾词收回手:"吃点儿药睡一觉就好了。"

隋意没说话,费劲儿地睁着眼睛。

她已经不记得上次生病是什么时候了,不过好像从很久以前开始,她每次生病都是回家吃了药蒙着被子睡一晚上,第二天不管好没好,继续起床去上课,反正总能好的。

上次感冒有人陪在她身边的时候,她还是在念小学。

不过盘旋在她耳边的,并不是关心和安慰的话,而是无休止的争吵声。

徐曼和隋崇光都在推脱责任,在争辩到底是因为谁,她才会生病的。

隋意那时候就在想,是因为她自己,她就不该生病。

正当隋意在走神之际,顾词的声音传来:"可以吃了。"

他把水杯和药递给了她。

隋意坐起了一点儿,伸手接过水和药,把几颗药一起扔进嘴里,又仰头喝了几口水。

顾词把杯子放在床头,又把枕头给她放了下去:"睡吧。"

隋意看着他问:"你真的不用去工作吗?"

"我不是说了吗?这几天给你当导游。"

"这也没法儿游啊……"

"床上一日游也行。"

隋意:睡觉。

吃了药，隋意睡得好像比之前还要沉些。

她中途迷迷糊糊地醒了一次，见顾词在不远处的电脑前工作。

看来他还是挺忙的。

隋意再次醒来时，是想去洗手间了。

她刚掀开被子，顾词就看了过来："怎么了？"

隋意回道："你不用管我。"

顾词哪能不管，起身正要走过去，隋意便说道："我去洗手间，你别过来。"

顾词："……"

他又坐了下去。

隋意走路的时候，感觉脑袋都在转，更糟糕的是，她要命地发现，一身都是汗，不洗澡不行了。

她打开洗手间的门，探了个脑袋出去："顾词。"

他略略抬头："嗯？"

"你帮我订个酒店呗，我想洗澡。"

顾词停顿了两秒才说道："浴室里应该有淋浴器。"

"我知道，可那……"

也不知道是因为发烧，还是处境略显尴尬，隋意脸色微微泛红，一时竟然有些说不出口。

顾词合上面前的电脑："你现在这个情况，就算去酒店我也得陪你去。外面很冷，你出去吹了风，感冒会加重。"他说完合理提出建议，"就在这里洗。"

隋意被他说服了，默了默，出了洗手间，从行李箱里拿了换洗的衣服，又快速折回。

两分钟后，浴室里传来水声。

顾词重新打开电脑,看着屏幕上那一串串代码,脑子却不受控制地开始想象其他画面,喉结微微滚动。

顾词抬手捏了捏鼻梁,起身走到冰箱前,拿了一罐啤酒出来,单手拉开拉环,仰头喝下。

可即便如此,浴室里传来的水声还是清晰的,砸进了他的脑海里。

顾词觉得,隋意说得没错,他真是个禽兽。

隋意洗完澡出来时,顾词不在房间里。

她正好趁机快速钻进了被子里。

这会儿大概药效也发挥作用了,洗了个澡后,她感觉人舒服了很多。

隋意拿起手机,见昨天她没回的消息后面,陈赋又给她发了两条消息。

数学竞赛同学:学姐,我真不是来骚扰你的,我们商量一下竞赛的事情呗。

数学竞赛同学:[图片][诚恳.jpg]。

隋意:知道了。

隋意:现在放假呢,着什么急?回学校再说。

回完陈赋,隋意又打开了朋友圈,陶圆圆和简乐她们已经出去玩儿了,去的地方是一部电影的取景地,小众又漂亮。

隋意挨个儿给她们发的照片点了个赞。

看着那阳光、大海、沙滩的美景,隋意翻了个身,趴在床上,现在有点儿后悔没有跟她们一起去了。

说不定她也就不会感冒了。

忽然间，隋意听到开门声传来，立即翻回去，用被子严严实实地盖住自己。

顾词抱了一个纸袋进来。

隋意问道："你去哪儿了？"

"买菜。"

隋意"哦"了一声，抬头张望了一下："都有些什么？"

"番茄面，吃吗？"

隋意点头："吃。"

只要不是粥，她什么都可以吃。

二十分钟后，番茄面出锅。

隋意闻着香味便自己下了床，乖巧地坐在餐桌前。

顾词转身看见这一幕，不着痕迹地弯了一下嘴角。

他把碗放在她的面前，又转身去窗边拿了外套，搭在她的肩膀上。

隋意吹着汤，肚子里已经在"咕咕"作响了。

这是她这两天来吃得最暖和、最有味道、最有食欲的一顿饭了。

隋意抬了抬头，看着坐在对面的人。

这也是她这几个月来，和顾词一起吃的第一顿饭。

吃完饭，隋意感觉四肢仿佛重新有了力气，起身收拾着碗筷："我去洗吧。"

顾词接过她手里的碗："我洗就行。"

"我可以的……"

"你要是头不晕了的话，可以去倒杯水，一会儿把药吃了。"

"哦。"

她其实还是有点儿晕的,就是觉得这一天都是顾词在照顾她,饭都给她端床上去了,她也想做点儿事。

倒了水,隋意又坐在了餐桌前。

顾词洗完碗,回过头看向她:"你怎么不回床上躺着?"

隋意摇头:"我躺了一天了,人和床在一起待的时间不能太长,会废的。"

而且她说不定是躺久了头才会那么晕,起来活动活动说不定会好些。

顾词无声笑了一下,去给她把药拿了过来。

在他靠近的时候,隋意忽然间闻到他身上有股淡淡的烟草味。

隋意抬起头:"你抽烟了吗?"

她记得,顾词应该是不抽烟的。

他垂眸,对上她的视线:"嗯?"

"你身上有烟味。"

顾词低头闻了闻,确实有点儿味道。

他说道:"我去洗澡。"

隋意立即目视前方,满脸都是正经之色。

等顾词进了浴室,隋意才慢慢放松下来,微微吐了一口气。

然而当浴室的水声响起的那一刻,她有些不淡定了。

顾词这房子说大不大,说小也不小,就是那种标准的单身男性一居室。

隋意伸手,搓了搓自己发烫的脸,又开始发烧了,赶紧吃药。

吃完药,隋意就在门口的位置来回溜达,默默背着英语单词,试图让自己心平气和一些,内心不要那么燥热。

没过一会儿,水声终于停止。

隋意停下脚步,感觉自己活过来了。

很快,顾词从浴室里出来,头发擦得半干,穿着最简单的短袖和长裤。

隋意只看了一眼,便迅速收回目光。

顾词的声音传来:"药吃了?"

"吃了。"

隋意看着外面已经黑透了的天色,咳了一声:"那个……今晚你睡床,我睡沙发吧。"

顾词问道:"床上有刺吗?"

隋意回道:"我这是公平起见,本来之前打算的就是我今晚去住酒店,那我也不能长时间霸占你的床,我不是那种占别人便宜的人。"

顾词默了两秒,说道:"我是。"

隋意没怎么听清楚:"什么?"

说话间,顾词已经迈着腿,大步朝她走了过来。

隋意下意识地后退,可她身后就是餐桌,腰直接撞在了桌沿上。

她还来不及觉得疼,顾词就已经走到了她面前。

他微微俯身,双手撑在了她身侧的桌面上,目光和她平视:"为了公平,我们可以一起睡床,你想吗?"

隋意:"……"

也不知道是不是顾词突然间给的压迫感太足了,隋意结结巴巴地开口:"不……不是很想……"

顾词笑了一下:"那就行了。"

隋意眨了眨眼睛,一言不发地看着他,湿润的眸子在灯光的照

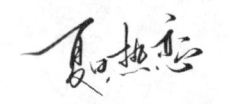

耀下多了几分潋滟的感觉。

顾词嘴角的笑逐渐收起，嗓音不自觉地低了下去："别这么看着我。"

隋意据理力争："还不是因为你离我太近了，你……"

话说到一半儿，两个人都没了声音。

顾词偏了一下头，慢慢吻了上去，隋意忍不住后缩，躲开了。

顾词也没说话，就这么看着她。

隋意感觉脸滚烫，不敢和他对视，声音已经没有刚才那么有力气，连自己都没有察觉一般娇软："我感冒了。"

顾词嗓音低哑，几乎只能他们两个人听见："没事，占便宜总得付出点儿代价。"

语毕，隋意还来不及反应，他便重新吻了上来。

隋意被迫仰起了头，微微张开嘴巴，两个人唇齿相交。

顾词一只手抚着她的后颈和侧脸，一只手搂着她的腰，把她放在了餐桌上。

隋意呼吸间，满是他的味道，一股清冽的薄荷香。

他还刷了牙。

隋意甚至觉得，他亲得比在车里那次还要难以自持一些。

窗外霓虹灯的光影闪动，交织的色彩投射在玻璃上，显得暧昧又朦胧。

过了很久，顾词终于松开她，将人抱进了怀里。

隋意能清晰地听见他强烈的心跳声，还有……克制的呼吸声。

隋意平复着自己的气息，小声问道："你是什么时候开始抽烟的？"

"最近。"

隋意也能理解他工作强度大:"经常抽吗?"

"偶尔。"

隋意仰头看着他:"你一般都什么情况下抽?"

顾词和她的目光对视,语调缓慢地说:"现在就想。"

隋意:"……"

她好像忽然知道,她洗澡的时候,顾词回来后为什么身上有烟味了。

隋意不由得错开视线,将头抵在他的胸膛上。

半响,她才含混地说道:"我还没准备好。"

她这次跑来纽约找他,多多少少是有点儿冲动的成分在,可即便如此,她也不能接受自己做出千里送上门这种事。

顾词无声地笑了一下,掌心覆在她的后脑上,低低地"嗯"了一声:"我也没准备好。"

隋意费解:"你准备什么?"

顾词的胸膛微微震动,笑得不加掩饰。

隋意意识到什么,又羞又恼,伸手去推他,手在半空中却被握住。

顾词凝视着她:"想好今晚怎么睡了吗?"

隋意从旁边跳下桌子:"自己睡沙发吧你。"

语毕,她快速跑到床边,钻进了被子里。

顾词脸上的笑意不减,他转身打开了电脑,继续还没有完成的工作。

两个人就这么做着自己的事,互不打扰,安静又融洽。

隋意找了部电影看,看着看着,也不知道什么时候就睡着了。

顾词合上电脑,走过来,轻轻拿下她的手机放在床头,又给她

盖上了被子。

隋意的鼻子还是有些堵，呼吸一轻一重。

顾词给她测了测体温，温度没之前那么高了。

她再吃两天药，就能痊愈。

顾词给她拨了一下额前的碎发，伸手刮了一下她的鼻梁。

隋意大概是觉得有些痒，脑袋往旁边偏了偏。

顾词的手顺着她的鼻梁擦过了她的嘴唇，落在了她微烫的耳垂上，很软。

他身体瞬间僵住，下颌紧绷。

隋意毫无察觉，又侧了点儿头，将他的手掌枕在了头的下面。

顾词没有把手抽出来，就这么坐在床边看着她。

可能是白天睡多了，隋意这一觉睡得没那么踏实，一会儿觉得热，一会儿觉得冷，翻来覆去，怎么都不对劲儿。

而且诡异的是，她每次都感觉自己把被子掀开了，可没过多久还是能被热醒。

隋意第二天醒的时候，除了鼻子还有点儿不通以外，头也没那么晕了，整个人的状态也好了许多。

她将手撑在床上慢慢坐了起来，本来是想去倒杯水喝的，可转过头就看到了睡在沙发上的人。

那是张小双人沙发，看上去不到两米，顾词一米八几的个子缩在上面，怎么看怎么憋屈。

隋意放轻脚步走了过去，抱膝蹲在顾词旁边。

他大概是觉得早上的光线有些刺眼，右手臂横放在眼睛上，看样子睡得还很沉。

隋意就这么看着他，脸上不自觉地扬起了浅浅的笑意。

这一瞬间,她忽然觉得这一趟来得也挺值的。

虽然海浪和沙滩很漂亮,但这间小屋的风景也独一无二,也只有她能看到。

隋意起身,轻轻地把窗帘拉上,又走到冰箱前,看看里面都有些什么吃的东西。

原本空荡荡、只有几瓶啤酒和面包的冰箱这会儿被塞得满满当当的,全是新鲜的蔬菜和食材。

隋意也不怎么会做饭,就拿了几个鸡蛋,煮个糖水蛋当早餐也能凑合。

她接水,开火,打蛋,虽然已经将动作放得很轻了,可顾词还是醒了。

他放下手,听着厨房里传来的动静,慢慢坐起身,抬手捏了捏鼻梁。

隋意正记着水开的时间,身后突然传来低哑的男声:"饿了?"

她连忙回过头:"还好。"

顾词看向锅里,重新打开冰箱,打算给她做点儿其他的食物:"发烧了不能吃鸡蛋。"

隋意小声说道:"我知道,我是做给你吃的。"

顾词闻言拿东西的手顿了顿,转头看向她。

隋意咳了一声,避开了他的目光:"你别多想,我就是觉得你昨天照顾了我一天,我今天正好起得早,给你做顿早饭……而已。"

她说着,还着重强调了"而已"两个字。

顾词笑了一声,问她:"粥还是面条?"

隋意不假思索地选择了后者。

她宁愿连吃三顿面条,也不想再喝一顿粥。

隋意看着他洗菜，站在旁边没什么事做，便说道："那你看着火，还有七分钟就可以关了，我去洗漱。"

"好。"

隋意站在镜子前，看着里面脸色略显苍白的自己，伸手搓了搓，试图让脸变得红润一些。

然而一切于事无补，徒劳无功，隋意索性放弃。

吃饭的时候，她看着顾词碗里的那几个鸡蛋，也有点儿想吃了。

隋意试探性地开口："你有没有觉得有一点儿头晕或者不舒服？"

顾词抬眼看向她："嗯？"

"就是……说不定我已经把感冒传染给你了，只是现在还没有表现出来而已，所以既然你能吃鸡蛋的话，那我应该也能吃一颗吧？"

说着，她就拿起筷子伸向了他的碗。

顾词好笑道："你这是什么歪理？"

隋意正经地说道："我这是帮你规避风险，你要是感冒了，吃这么多，症状会更严重的。"

顾词挡住她的筷子："那你倒是说说，你怎么传染给我的？"

隋意的脑子里瞬间闪过的，是昨晚那清晰又缠绵的一幕。

他说的这是什么禽兽不如的话？！

隋意愤愤地收回手："不吃了。"

顾词问道："学校的冬季运动会，你要不要报名参加？"

隋意低下头吃面，闷闷地回道："我现在已经在参加了。"

她这段时间为了躲陈赋，跑了她十几年都没有跑的步。

"参加什么？"

隋意还在和他赌气："没什么。"

顾词单手撑在桌面上，托着下巴看她，缓缓开口："我身体素质比较好，所以没那么容易被传染。"

隋意抬起头，眼睛里透出了几分疑惑之色。

顾词勾了勾嘴角："先吃。"

"哦。"

隋意到底没能如愿以偿地吃到鸡蛋，不过鉴于顾词的面条做得还挺好吃的，她也就不跟他计较了。

顾词洗碗的时候，隋意就靠在旁边问道："你做饭是不是跟你妈妈学的啊？"

"怎么了？"

"我觉得你妈妈做的饭特别好吃，你肯定是跟她学的。"

顾词不知道想到了什么，笑着点头："是。"

吃完饭，顾词又给隋意量了一次体温，还是有点儿烧，隋意却不想吃药了，说道："我感觉已经好多了，更何况人的身体是能自动排毒的……"

"出汗才能排毒，吃药还是出去跑步？"

隋意几乎是不假思索地拿起了旁边的药吞下。

但凡她有一秒犹豫，都是对自己不尊重。

顾词又开口道："今天把药吃完，明天带你出去。"

隋意撇嘴，她这两天都要无聊得发霉了。

上午顾词在处理工作，下午没什么事，两个人便坐在沙发上打开电视机选了部电影看。

一开始隋意为了保持安全距离，刻意在他们中间放了一个

抱枕。

哪知道看着看着，抱枕不知道为什么掉到了地上，隋意弯腰去捡，等再靠回去的时候，顾词已经坐在了她旁边。

隋意没有戳破他的小心思，只是顺势把抱枕放在了膝上，压了压上翘的嘴角，重新看向电视屏幕。

窗外不知道什么时候下起了小雨，"滴滴答答"的声音敲击在窗户上，也显得屋子里的空气沉闷了许多。

就在隋意觉得有些冷，想要找衣服穿的时候，顾词已经拿了旁边的薄毯盖在她的腿上。

隋意说："我身上冷。"

顾词原本搭在她身后的沙发上的手直接收拢，将她圈进了怀里。

"你……"他违规操作了。

顾词将手臂收得更紧些："还冷吗？"

隋意现在整个人都快趴在他身上了，怕自己说还冷的话，不知道他会做出什么更过分的事。

她憋了半天才说道："不冷，我其实有点儿热。"

顾词松开了一点儿："现在好了？"

"勉勉强强吧。"

她也算是能透口气了。

下一秒，顾词拉起她腿上的毯子，裹在了她的肩上。

隋意转过头看向他，顾词的视线也落了下来，和她的对上。

空气里弥漫许久的暧昧气氛，仿佛只需要一点儿火星，便能瞬间燎原。

隋意的脑海里只剩下他那一句"我身体素质比较好，所以没那么容易被传染"。

她的逆反心理在这一刻达到了巅峰。

既然他不容易被传染,那她就多试几次。她就不信了。

隋意闭上眼睛吻了上去,甚至怕顾词躲开,伸手攀住了他的肩,整个人微微起来了一点儿,跪坐在沙发上。

顾词的眉梢不着痕迹地动了一下,完全没有隋意设想的会躲开的可能性,他几乎是瞬间便搂住了她的腰。

印象中,这是隋意第一次主动吻他,采用的还是这种略显强势的方式。

不过隋意也确实很虚,几乎是十来秒的工夫,胸腔里的气息便用完,感觉自己快要喘不上气了。

她微微退开了一点儿,张嘴呼吸着。

然而不过两秒,顾词便用掌心扣着她的后脑,将人压了回去。

和隋意毫无章法地乱啃一通的方式不同,顾词就像是蓄谋已久一样。

隋意很明显被亲得有些蒙,也不知道从什么时候开始,由原本的跪坐姿势,变成整个人靠在了沙发的一侧。

顾词悬在她的身体上方,已经没有像之前那样亲得她喘不过气来,而是一下一下吻着她的嘴角、鼻尖、眼睛,撑在沙发上的手也没有进一步的举动。

隋意的睫毛都在轻轻发颤,这好像比直接亲吻更让她呼吸困难,仿佛连灵魂都在被灼烧。

不远处,电影已经播完了,由于长时间没有操作,电视屏幕也暗了下来,夜色也逐渐弥漫了整个房间。

屋子里没有开灯,两个人只能听到淅淅沥沥的雨声。

两个人就这么黏黏糊糊地亲了许久,隋意的声音也染上了雾气般湿漉漉的:"我饿了。"

顾词额头抵着她的,微不可闻地喘息着,嗓音喑哑地问:"想吃什么?"

"不想喝粥,也不想吃面。"

顾词低低地笑,片刻后翻身下了沙发,先是开了床头灯,等隋意适应光线后,才去开了主灯。

隋意趁机跑进了洗手间,看到镜子里的自己时被吓了一跳。

早上她恨脸上没有血色,现在恨血色多过头了……

隋意打开水龙头,接了一捧冷水浇在脸上,物理降温。

不得不说,这进展确确实实有些超出她的预料了。

今天有一个瞬间,她甚至放弃了自己坚守的原则,觉得这种事情水到渠成,顺其自然好像也不是不行……

但顾词似乎没有往下动作的打算,她也不能去提醒他。

这个想法出现在脑子里,多少是有些可怕了。

隋意决定,在之后的几天里都得和顾词保持距离,万一真的到了那一步就来不及了。

等她整理好思绪,恢复平静后出来时,顾词已经快要做好晚饭了。

两菜一汤,隋意走过去一看,光是闻着味道,都能想象到有多好吃。

顾词说道:"不是饿了吗?吃吧。"

隋意应了一声,也没有再客气,拿起筷子就吃了起来。

由于隋意感冒还没好,顾词做的菜都很清淡,不过这一点儿也不妨碍她吃了两碗米饭。

吃到最后，她还忍不住感慨："你的厨艺果然得到了你妈妈的真传，连味道都差不多。"

顾词："……"

虽然经过这一天，隋意已经觉得感冒完全好了，但还是在顾词的督促下吃了最后一次药。

晚上躺在床上时，她觉得精力旺盛，没什么睡意。

隋意问道："你大概要在这里待多久啊？"

顾词躺在沙发上："过年前应该能结束这边的工作。"

隋意"哦"了一声，想了想又问："是元旦前，还是春节前？"

顾词看向她，静默了一瞬才出声："春节前。"

隋意又"哦"了一声，便没有再说话，大抵是有些失望了。

现在距离春节还有小半年的时间呢。

顾词又说道："过段时间应该没这么忙了，我每天给你打电话。"

隋意翻了个身，脑海里响起的是那句"天天就只能对着手机宝贝长宝贝短的，我还不如养条狗呢，至少每天都能摸到"。

过了一会儿，她才咕哝道："算了吧，我们的时间也对不上。"

隋意发誓，她这绝对不是矫情，也没有半点儿抱怨的意思。

换谁和正在热恋的男朋友忽然分开大半年，心里不会有一点点难过呢？

而且距离近就不说了，两个人周末至少能见面，这坐十几个小时的飞机太费人了。

顾词微抿唇，收回视线盯着天花板。

不知道过了多久，隋意均匀的呼吸声传来。

顾词将手臂枕在脑后，不知道在想什么。

隋意感冒好了以后，终于踏出了房间的大门，重新感受到了这座城市的温度。

不过幸好有顾词给她买的厚外套，单穿她自己带的那些衣服，她能被冷死在纽约的街头。

这几天的时间里，他们去了中央车站、大都会艺术博物馆、时代广场、帝国大厦，看了自由女神像。

站在华尔街上的时候，隋意突然觉得，这一趟来得也不是没有意义，至少她看到了曾经最大的金融机构所在地。

即便这里辉煌不再，但华尔街这个地名已经成了金融行业的顶端代表。

顾词站在她身后，抬手给她拍了一张照。

照片里，女孩抬头仰望着华尔街的地标，眼里有向往之色，也有野心，还有志在必得的气势。

隋意以后一定会是最优秀的操盘手。

回到顾词的公寓里，隋意翻着他手机里给她拍的那些照片，挨个儿传到了自己的手机里。

其中有几张照片她挺喜欢的，就是可惜不能发朋友圈。

除了顾词给她拍的，还有热情游客给他们拍的合照，拍得还挺好看，隋意也一起传到了自己的手机里。

这时候，顾词的声音传来："机票订好了吗？"

隋意回道："订好了，明天下午四点的。"

这样她到云城时，正好是晚上七八点，直接去学校就行了。

顾词坐在她的旁边，接过了手机："照片传完了？"

隋意点头："传完了。"

顾词刚洗了澡，身上还有氤氲的热气。

隋意下意识地往旁边靠了靠，和他拉开距离，又拿了个抱枕抱在怀里："对了，你的车厘子在哪里买的？梁诗姐说还挺好吃的，她想买点儿给家里人吃。"

顾词沉默了两秒，反问道："你确定想知道？"

隋意不明所以地看着他。

顾词侧身，对上她的视线，一字一顿地说："她家的果园。"

隋意："……"

自从隋意知道这件事后，整个晚上闷闷不乐，也不说话，整个人就跟霜打的茄子似的，完全无精打采。

顾词安慰她："没事，那个果园她就没去过两次，她不会知道的。"

尽管如此，隋意也没有感觉好过一点儿，愤愤之余，开始甩锅："都怪你！"

如果顾词早点儿告诉她那些车厘子是从哪里买的，她也不会傻兮兮地跑去送给梁诗了。

这下好了吧，她后悔已经来不及了。

顾词十分熟练地背起了这口锅："怪我。"

闻言，隋意似乎变得更加沉默了。

她知道自己变得越来越无理取闹了，那顾词就不能站在理性的角度给她分析一下问题吗？比如说这件事，她将车厘子送给梁诗的行为，才最终导致这个结果。

所以即便他有错，但她要负最大的责任。

他这样只会让她以后变本加厉。

万一哪天他们分手了,她又染上了这样的陋习,到时候也没别人再能像他一样惯着她了,说不定还会觉得她矫情,事又多,还喜欢倒打一耙,那她以后可怎么办?

思及此,隋意忽然觉得她的毛病其实还挺多的。

不过话说回来,隋意和顾词在一起之前,她从来没有想过谈恋爱的事,甚至有点儿抗拒,也不知道现在怎么都想到分手以后的事了。

就在她脑子里乱七八糟的想法一个一个冲击着她时,顾词的手机响起,是找他的工作电话。

顾词跟对方说了两句话后,便坐在了电脑前。

隋意深吸了一口气,起身收拾着行李。

她来的时候,行李箱还有很多空余,可现在东西刚装到一半儿,行李箱便已经被塞得满满当当的了。

隋意又把东西一一拿了出来,重新整理。

除了顾词给她买的衣服外,还有她自己买的一些稀奇古怪的玩意儿,以及她给陶圆圆她们带回去的礼物。

顾词的视线越过电脑屏幕,他见她和行李箱较上劲儿了,便开口道:"装不下的东西我给你寄回去。"

隋意还在生闷气:"不用。"

最后,她坐在行李箱上,累得喘气,看着那怎么都压不下去的"血盆大口",还是放弃抵抗了。

她把顾词买的那些衣服拿出来扔在了沙发上,其余装不下的那些零零碎碎的东西,只能拿个纸袋拎着。

反正国内的温度也没这里这么低,她上飞机的时候穿一件就行了。

顾词见状，眉梢微动。

隋意转过头，正好对上他的视线。她轻"哼"了一声后，起身进了浴室。

顾词嘴角微勾。

隋意洗完澡出来后，便坐在床上，戴上耳机，拿起顾词的平板电脑看电影。

房间里只开了一盏床头灯和书桌灯，光线有些朦胧。

不知道过了多久，键盘的敲击声终于停了下来。

顾词抬手捏了捏鼻梁，看向床上的人。

隋意将注意力全放在平板电脑上，看得很认真。

他瞥了一眼沙发上的那几件衣服，放在书桌上的手微微收拢，不知道在想什么。

隋意看完电影，见时间不早了，便摘下耳机，把平板电脑放在了床头柜上。

与此同时，顾词的声音传来："你那些衣服怎么处理？"

隋意打了个哈欠："先扔那儿吧，我明天起来找个箱子打包。"

顾词没有再说话。

隋意刚准备躺下，就见顾词起身走了过来。他掀开被子的另一侧，靠坐在了床上，整个动作行云流水，没有一丝一毫的停顿。

隋意愣了两秒才反应过来："你……干吗？"

顾词回道："睡觉。"

隋意刚想说他不是睡沙发的吗，扭头才发现自己那几件衣服占据了小半张沙发。

合着他是在这儿等她呢。

隋意拽着被子的手紧了紧，她却没有说什么，只是侧身关了床

头灯,然后慢慢躺了下去。

顾词转过头,借着夜色看着她。

隋意背对着他,被子几乎盖住了脑袋,整个人都缩在了床边。

顾词平躺着,双手放在被子上,喉结轻轻滚动。

明明只是一米五的床,两个人一人占据了一侧,中间宽得仿佛还能挤下两个人。

隋意完全没了睡意,眼睛睁得大大的,神经紧绷,揪着被角的手都在冒汗,心脏更是"怦怦"直跳。

可顾词自从躺下来后,就没了其他的动作,安静到如同不存在。

过了一会儿,隋意感觉后背空荡荡的,有些冷。

她忍不住动了动,小声嘟囔道:"你别离那么远,我……"

"冷"字还没有说出口,男生温热的胸膛便贴上了她的后背,他的手也顺势放在了她的腰间:"好了吗?"

隋意不说话了,也不敢再动。

顾词察觉到她身体僵硬,低声说道:"放心,我什么也不做,睡吧。"

隋意大概是头脑有些发热,脱口而出道:"你这样和那些说的和做的不一样的人有什么区别?"

顾词没好气道:"你成天都从哪儿听的这些话?"

"现在网络世界这么发达,非要推送给我,我有什么办法?"

"我还以为推送给省状元的都是学习资料。"

隋意脸红,索性破罐子破摔:"学习资料……也分很多种的。"

顾词不说话了。

他确实就没想做点儿什么,但再和她这么聊下去,他也很难保证能不能控制住自己。

隋意却是和他截然不同的想法,她说着话还好,要是一停下来就容易想东想西。

她问道:"你在想什么?"

顾词的太阳穴跳了跳:"我什么也没想。"

"那你为什么不说话?"

"你是不是非得我做点儿什么你才能安心?"

隋意瞬间脸红到了脖子根儿,彻底没了声响。

但她依旧睡不着,甚至越来越精神,能够清楚地感受到贴在她的身后的胸膛滚烫,也能清楚地感受到他的心脏跳动的频率好像比她还要快。

隋意再次开口,声音很轻:"顾词。"

他的声音低低的:"嗯?"

"我睡不着。"

"你平时睡不着都做什么?"

"背单词或者做卷子。"

"那你背吧。"

隋意:背他个头啊。

隋意安静了几秒钟,又问道:"你们公司里有漂亮的女同事吗?"

顾词回道:"有。"

隋意瞬间扭过头去:"多漂亮?"

"跟你一样漂亮。"

隋意"哦"了一声:"我还以为你来这边都是没日没夜、废寝忘食地工作呢,没想到还能有空去看漂亮的女同事。"

顾词弯了弯嘴角:"吃醋了?"

"开什么玩笑,我从小就不喜欢吃东西放……"

顾词闭着眼睛:"研发部只有一个打扫卫生的阿姨,孙子都两个了。"

隋意默了默,真想给他两拳。

她用胳膊碰了碰顾词:"你往那边点儿,我要摔下去了。"

顾词往后退的同时,手带着她的腰,两个人一起到了床中间。

隋意的睡衣不知道什么时候卷起了一角,之前顾词的手只是放在她的腰间,并没有挨上她的皮肤,可这会儿,她裸露出来的那一截腰肢正在他温热的掌心之下。

一时间,两个人都没有说话。

顾词呼吸微重,放在她腰间的那只手试探着动了动。

隋意觉得有些痒,忍不住缩了缩,却是往他怀里靠得更紧了些,手也重新攥住了被子。

顾词观察着她的反应,见她没有抗拒后,手才一寸一寸往上移动。

黑暗中,隋意紧紧闭上了眼睛,心跳如擂鼓。

即将分离的情绪涌动着,细细密密地充斥着她的内心,让她的底线也一再降低,觉得好像也不是不行……

两个人的呼吸都加重了许多。

他的手顿了顿,大脑瞬间空白一片。

隋意的内心很崩溃,她只有才来的那两晚穿着内衣睡觉,可实在不舒服,顾词看上去又确实挺正人君子的,始终睡在沙发上,她后面就没穿了。

哪知道今晚会是这种情况?

顾词哑声问她:"能继续吗?"

隋意将脑袋埋在枕头里,声音含混地说:"随便你。"

顾词的手放了下去。

隋意感觉自己浑身上下烫得都快被煮熟了,即便闭着眼睛,却始终无法忽视掉……

几分钟后,顾词突然收回手,掀开被子进了浴室,随之而来的是潺潺的水声。

隋意拉过被子蒙住了头。

顾词后半夜还是在沙发上睡的,只是身体里气血翻涌,睁着眼直到天亮。

纽约还是一片大雾,阴雨绵绵,和隋意来的那天一样。

顾词从她手里接过行李箱:"都收拾好了?"

隋意点头,最后扫视了一眼房间,转身离开。

虽然只在这里住了几天,但她还真有那么点儿舍不得。

到了机场,顾词把行李箱交给她:"坐这儿等我,我去取票。"

隋意"哦"了一声,找了个地方坐下。

她看着不远处的人群,忍不住叹了一口气,时间过得真快。前几天她还在这里等顾词来接她,今天就要回去了。

很快,顾词取完票回来了。

他穿着黑色的大衣,身形挺拔,眉眼冷峻,在人群中格外亮眼。

隋意第一次有一种她的男朋友真帅的感觉。

可惜这么帅的男朋友,她很长时间都不能见到了。

顾词站在她面前:"看什么呢,这么入迷?"

隋意一本正经地回道:"看帅哥呢。"

顾词转过头:"哪儿?"

隋意起身:"已经走远了,你没那个眼福。"

顾词:"……"

快到安检口的时候,隋意看见有一对情侣正在那里相拥,缠缠绵绵,舍不得分开。

她的情绪再次被触动。

隋意转过头,却见旁边的人神色从容淡然,没有半点儿对分别的不舍之情。

她咂舌,拉倒吧,她就不该对他有什么期待。

站在安检口,隋意从他的手里接过行李箱:"就到这里吧,我走了。"

送机的人就只能到这个地方了。

顾词往里面看了一眼:"我认识这个航空公司的老板,可以多送你一段路。"

隋意:这也行吗?

顾词点头,继续往前走。

隋意当真了,跟在他后面:"不是,可以多送到哪里啊,登机口吗?"

顾词微抬眉梢:"云城。"

语毕,他拿出了身份证和机票放在安检台上。

隋意:"……"

他玩儿她呢?

第十七章
情有独钟

坐在飞机上,隋意双手抱胸,扭着脖子看向窗外,胸膛微微起伏着。

顾词坐在她旁边:"还生气呢?"

隋意不想理他。

顾词解释道:"前两天是在等一个程序的复测,如果失败了,就算我想走也走不了。"

隋意深深吸了一口气:"那你为什么不提前告诉我?"

早知道顾词会跟着她回去,她昨晚根本就不会让他胡来,那还不是因为觉得很长时间不能见面,才……才豁出去了吗?

"结果是今天早上才出来的,万一失败了,不是让你更难过吗?"

隋意结结巴巴地说道:"谁……谁难过了?我不知道有多开心,我……"

顾词牵着她的手:"好了,我道歉,我的错。"

其实顾词撒谎了,结果昨晚就出来了。

他在接到电话后,就处理完工作了

但他怕那么说隋意会更生气。

昨晚要是隋意知道他会和她一起回去的话,压根儿就不会让他上床。

隋意想要把手抽出去,试了几次后却徒劳无功。

她放弃挣扎,没好气地问道:"你回去了,这里的工作怎么办?"

顾词说道:"有一个星期的假期,之前来的时候太匆忙,很多事没来得及处理。"

"比如呢?"

"比如没有好好跟我的女朋友道别。"

隋意闻言,虽然还在生气,嘴角却压不住地上翘。

她开口道:"你女朋友说她不想跟你道别。"

顾词扣住她的手指:"那你帮我告诉她,我每个月都会回去陪她。"

隋意皱眉:"可你那工作不是挺忙的吗?"

"之前的问题已经解决得差不多了,后续是项目研发,没有那么忙。"

隋意说道:"还是算了吧,坐一趟飞机就要十几个小时,来回就得搭上两三天,回去也待不了多久,太折腾了,想想都累。"语毕,她又着重补充,"你女朋友那么善解人意,能理解你的。"

顾词勾唇微笑,飞机在这时开始滑行。

历经十几个小时的飞行后,飞机终于在云城机场降落。

隋意整个人睡得迷迷糊糊的,几乎是完全被顾词牵着往外面走。

两个人出了机场后,一阵刺骨的冷风袭来,还夹着浓重的湿气。

云城的天气比她预想的还要冷。

顾词把行李箱放进了出租车的后备厢里,又给她打开车门:"走了。"

隋意"哦"了一声,弯腰上车。

顾词坐在她旁边,伸手拉上了车门,对司机说道:"师傅,云城大学。"

"好嘞。"

隋意正看着车窗上蜿蜒流下的雨水时,突然感觉一只温热的掌心覆在了自己的额头上。

她转过头,疑惑地问道:"你干吗?"

顾词答道:"看你好像不太舒服。"

隋意打了个哈欠道:"就是坐太久飞机了,感觉好累。"

顾词问道:"宿舍里有感冒药吗?没有的话我一会儿去给你买,你睡前喝一包。"

"有吧……"隋意小声抗议道,"我又没有那么娇弱。"

顾词看着她不说话。

隋意想起才到纽约的那两天,病得都快下不了床了。

她妥协道:"好啦,好啦,我知道了,我会喝的。"

由于下雨,整个学校没什么人,出租车直接开到了宿舍楼下,顾词给她把行李箱放在了门口。

隋意把手里的伞递给他:"时间也不早了,你赶紧回家吧。"

顾词握着伞柄,黑眸凝视着她,微抿了抿唇:"早点儿休息,我明天来找你。"

虽然是只言片语，隋意却想起了在纽约登机口看到的那对情侣身上那种依依不舍、眼神拉丝的感觉。

她睫毛颤了颤，移开了视线："你离开了那么久，难得有时间回来，还是多陪陪你父母吧，我……我也很忙的，还要准备数学竞赛呢。"

顾词笑，低头看了一眼揪住自己大衣的那只手："你确定不用我陪你？"

隋意顺着他的视线看了过去，才发现自己不知道什么时候拽住了他的大衣，把心口不一表现得淋漓尽致。她连忙把手收了回来："我要上去了，再……"

她还没说完，就被人抱进了怀里。

顾词缓缓说道："他们不用我陪，我陪好你就行了。"

隋意翘了翘嘴角，手也轻轻地放在了他的腰上。

就在这个时候，她余光瞥见不远处走过来两个女生。

隋意打了一个激灵，连忙把顾词推开，拉着行李箱就往宿舍里跑。

顾词："……"

而那两个路过的女生也看见了隋意，但顾词撑着伞，她们没看清楚他的脸，只看见了一个背影。

联想到前段时间陈赋扬言要追隋意的事，两个女生瞬间便代入了进去，小声讨论着："你看和隋意在一起的那个男生像不像陈赋啊？"

"你还别说，身高、体形都有点儿像！他们居然这么快就在一起了吗？"

"陈赋长得那么帅，又会唱歌玩儿乐队，酷毙了好吗？是个女生都招架不住吧。"

"不过我还以为省状元跟我们不一样呢，没想到也不过如此嘛。"

就这样，在当事人毫不知情、还在分礼物的时候，她和陈赋在一起的事已经传遍了全校。

陶圆圆抱着隋意给她买的巧克力，腼腆地说道："你回躺东城还特地给我们带礼物，怪不好意思的。"

简乐附和道："对啊，之前吃了那么多你爸爸给你买的车厘子，我们都没给他们带什么礼物，还又让你给我们买这么多东西。"

隋意闻言，忍不住咳了两声，含混地说道："也不是多贵重的礼物，看到合适就买了。"

另一个女生看了看自己手里的东西，又去看陶圆圆和简乐手里的，疑惑地问道："不对啊，东城的特产，怎么包装上全是英文？"

隋意：百密一疏。

简乐是最先反应过来的，连忙把几个人的东西都收了起来："隋意身上都淋湿了，先让她去洗澡吧。"

隋意也趁着这个机会，赶紧溜到了洗手间里。

她洗完澡出来的时候，其余三个人已经各自上床躺着玩儿手机了。

隋意一边擦着头发，一边在自己的柜子里翻找着东西。

陶圆圆听见声响，探出头来："你找什么呢？"

隋意回道："感冒药，我记得我之前买过，应该还有的……"

陶圆圆说道："我的书桌上有，你直接拿我的吧。"

隋意也不想再折腾了，只想赶紧喝了药睡觉，应了一声，又回道："谢谢。"

陶圆圆笑道:"客气。"

说话间,她又倒下去打游戏了。

隋意拆开感冒冲剂,倒在了杯子里,又接了热水。

她看着那袅袅的烟雾,拿出手机给顾词拍了一张照,又给他发着信息。

隋意:你到家了吗?

顾词:还有五分钟。

隋意扬了扬唇,还挺快。

她放下手机,用勺子搅拌着杯子里的感冒冲剂,一边吹气一边小口小口地喝着。

没过一会儿,陶圆圆突然从床上坐了起来,瞪大了眼睛,语气满是震惊之意:"隋意你和陈赋在一起了?"

隋意直接被呛了一下,舌头也被烫得不轻。

陶圆圆紧接着又问道:"不是,你和学长分手了?"

一时间,床上的另外两个人也探出了头,表情十分好奇。

隋意还在用手扇风,对上她们的视线时,满头的问号。

五分钟后,知道和隋意一起的人是顾词,宿舍里重新归于平静,简乐松了一口气:"我就说嘛,你才去纽约找了学长,怎么可能就分手了。"

隋意抽了抽嘴角,想要解释,可是舌头疼。

陶圆圆生气道:"也不知道是谁瞎造谣,害隋意被骂得那么惨。"

另一个女生说道:"陈赋的粉丝怎么都那样?还是怀念以前,学长也有很多人喜欢啊,可那些人比她们有素质多了。"

简乐也说道:"感觉她们是把粉圈那套带到学校里来了,陈赋玩儿乐队的,又高调张扬,估计他的粉丝觉得他已经是个名人了吧。"

陶圆圆不平道:"隋意这可真是无妄之灾。"

隋意看了看自己被烫的舌头,确实挺冤的。

这时候,她的手机响起,是顾词给她发来了消息,说他到家了。

隋意后知后觉地反应过来,要是顾词明天来找她的话,不就会知道陈赋追她的事了吗?

第二天整个上午,隋意都在偷偷看手机,也不知道顾词是中午来还是下午来。

而教室门口,时不时也会路过一些大一的学妹,故意往里面看,然后在外面小声议论着什么。

陶圆圆有些忍不下去,本来想冲出去的,但被隋意拉住了。

这种谣言就是,当事人越在乎,他们就越起劲儿。

到了中午下课,正当隋意和陶圆圆商量着中午去吃什么的时候,突然被人拦住了去路。

陈赋还是那副笑脸:"学姐,听说我们在一起了啊?"

隋意回道:"一个误会而已。"

"就算是误会,也是个美丽的误会。"陈赋倒退着走在人群中,"让我猜猜看,你是不是也对我有意思,只是羞于启齿,所以用另一种方式来告诉我?没关系,我懂的,我还是会继续追你的,直到你答应和我在一起为止。"

隋意心平气和地看着他:"这个误会之所以会产生,是因为她们把我男朋友当成你了,我也被你的粉丝追着骂了一个晚上加一个上午,对你的名誉造成的影响,应该可以抵消了。"

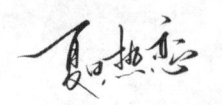

陈赋脸色微变,解释道:"她们骂你的事我真不知道,我现在向你道个歉?"

"不需要。"

"那不然你把你男朋友叫出来,我们一起吃个饭?如果我看到他比我优秀的话,我说不定就死心了。"

隋意停下脚步,面无表情地看着他。

她是真的觉得有点儿烦了。

陈赋已经很大程度地给她的生活造成了困扰。

陈赋见她不说话,以为她是同意了:"那就这么说定了?晚上我在……"

这时候,陈赋感觉自己的后颈被人扼住,下一秒,淡淡的男声响起:"说定什么?"

隋意抬眼,看着陈赋身后的人:完了,被抓个正着。

刚才还张扬肆意的人瞬间收敛了许多,扭过头干笑了一声:"表哥。"

隋意瞬间愣住,还以为自己听错了。

表……什么?

"表哥?!"

这一声是跟在她后面的陶圆圆和简乐同时发出来的。

顾词松开陈赋,并单手把他推开,只说了两个字:"消失。"

陈赋不甘心,又上前一步:"我这儿还有事呢。再说了,你不是都毕业了吗?还回学校做什么?"

顾词看向他,一字一顿地说:"找我女朋友。"

"你女朋友在……"

陈赋四下看了看,视线最终落在同样蒙了的隋意身上,发出了一声惊呼。

顾词懒得理他，对隋意说道："走吧。"

隋意好半天才找回自己的思绪，张嘴："你又没说你中午要来，我都和她们约好了。"

顾词看了看她身后的三个人："一起，我订了包间。"

简乐连忙摆手："不用了学长，你和隋意去就好，我们不去给你们当'电灯泡'了。"

顾词又说道："还没有请你们吃过饭，应该的。"

陶圆圆刚想说他以前请过，又忽然间反应过来，他说的应该是和隋意在一起后没有请过。

隋意也明白他的意思，出声道："一起吧。"

陈赋立即靠了过来："我也要一起。"

没有一个人理他。

陈赋看着走远的人群，大步跟了上去。

到了饭店的包间，顾词把菜单给了隋意，陈赋凑到了陶圆圆旁边，观察着他们两个，同时小声问道："他们真是一对儿？"

陶圆圆被他吓了一跳，结结巴巴地回道："对……对啊。"

"什么时候在一起的？"

"今年上半年吧。"陶圆圆默了默，忍不住问，"学长真是你表哥啊？"

陈赋问道："不像吗？"

陶圆圆情真意切地摇头："不像，如果说学长像是高岭之花，你就像花孔雀似的，你们完全不沾边儿。"

陈赋："……"

隋意点完菜，把菜单还给了服务员，看了一眼对面和陶圆圆说话的人，忍不住皱眉，往顾词那边靠了一点儿："他真是你表弟？"

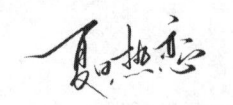

顾词顺着她的视线看了过去,淡淡地"嗯"了一声,又问道:"他骚扰你多久了?"

陈赋被他这一眼看得立即心虚地低下了头。

隋意本来也不想顾词知道这件事,加上陈赋还是他表弟,那万一以后抬头不见低头见的多尴尬,便含混地说道:"也没多久,他是因为数学竞赛的事才来找我的,中间可能有些误会。"

陈赋听到隋意给他解围,也赶紧借坡下驴:"对,对,像嫂子这种长得漂亮、心地善良、头脑又聪明的女生,我多跟她学习,灵魂都能得到升华。"

隋意:"……"

她没看出来他还是个马屁精。

顾词听到"嫂子"那两个字后,拿起茶杯,嘴角不着痕迹地勾起。

一顿饭众人倒也就这么相安无事地吃完了,气氛还算融洽。

隋意她们下午还有课,就先回宿舍休息了。

陈赋刚想跟着一起离开,衣领便被拽住。

顾词的声音传来:"我们的账还没算完。"

陈赋僵硬地回过头去:"嫂子不都说了吗?那就是个误会……"

陈赋虽然从小是那种让老师又爱又恨的存在,父母也疼他,但过年聚在一起的时候,他把顾词惹烦了,是真的会挨揍。

顾词神色不变:"你叫她什么?"

陈赋想了想:"嫂子?"

他见顾词的嘴角极为不明显地动了一下,瞬间找到了通往希望的大门。

陈赋喊道:"嫂子,嫂子,嫂子,嫂子……"

"行了。"顾词松开他,"以后别去烦她。"

陈赋撇嘴道:"知道了,我好不容易追一个女生,居然发现是我嫂子,还能有比这更让人毛骨悚然的事吗?我决定从今天开始就封心锁爱了。"

顾词瞥了他一眼:"你最好是。"

陈赋跟在他旁边:"我听二姨说,你不是去纽约工作了吗,怎么突然回来了?"

"不回来怎么知道你挖我的墙脚?"

陈赋:"……"

他真是哪壶不开提哪壶。

回到宿舍,所有人仍旧对顾词是陈赋的表哥这件事感到震惊。

她们在讨论的时候,隋意接到了顾词的电话。

隋意走到了阳台上,接通电话。

顾词的声音传来:"到宿舍了?"

隋意闷闷地"嗯"了一声。

"不高兴?"

"没有。"隋意趴在栏杆上吹着风,"我就是觉得挺神奇的,他居然是你的表弟,你家兄弟姐妹挺多。"

顾词无声地笑了一下:"确实,除了陈赋以外,梁诗还有个妹妹,在国外念书。"

隋意突然来了精神:"让我猜猜,她是不是叫梁歌?'诗词歌赋'不就齐了?"

顾词:"……"

隋意又问道:"你们的名字是谁起的?"

"我外公。"

隋意又忍不住有些好奇:"那你们要是少一个人凑不成这几个字怎么办?或者多了呢?"

顾词答道:"有机会你问他。"

隋意闻言,脸微微泛红,伸手拨了拨被风吹乱的头发:"我就是随口一问而已,也没么好奇。"

顾词又问道:"你中午睡觉吗?"

"不睡了,昨天在飞机上睡太久了。"

"那你下来。"

隋意站直了几分,大半个身子都探出了栏杆,终于看到了站在路灯旁边的人。

隋意问道:"你怎么来了?"

顾词的声音缓缓地传来:"帮你澄清谣言。"

隋意收起手机,一边套着外衣,一边往外走:"我下去一趟。"

而学校已经恢复正常的论坛上也有人讨论,在女生宿舍楼下好像看到顾词了,不少人纷纷好奇,他不是已经毕业了吗,还回来做什么?

短短的几分钟里,宿舍楼下和宿舍楼上都挤满了人。

陶圆圆和简乐她们也加入了这个队伍之中。

隋意是出了宿舍楼才发现四周站了许多人。

她咂舌,看来有些人毕业了都魅力不减。

隋意走到顾词面前,小声说道:"这里人太多了,我们去……"

顾词将原本放在身后的那只手伸了出来,出现在隋意面前的是一大捧芍药花。

她当场愣在原地。

顾词看着她,嘴角带笑:"吓到了?"

隋意双颊发烫:"不是……你好端端的送我花做什么?"

"宣示主权。"

伴随着四周响起哄声,隋意的脸红到了耳根。

她伸出双手把花接了过去,低头闻了闻,是淡淡的清香味道,很好闻。

顾词看了看越来越多的人群,牵起隋意的手往外走去。

围观的人也七嘴八舌地议论起来。

"我的天哪,我真没想到有生之年还能看到学长的表白现场,他也太帅了吧!"

"我也没想到,不过我之前还以为学长和孟宁音是一对呢,结果他的女朋友居然是省状元。"

"这就是你们消息落后了,去年我经常看到学长和省状元一起吃饭,学长还每次都把省状元送到楼下,从那个时候开始,我就觉得他们之间肯定有点儿什么。"

"那要是这么说的话,省状元的男朋友根本不是陈赋,而是学长了?"

"对啊,这不是很明显了吗?"

"话别说得这么早,万一隋意是脚踩两只船呢?"

"就是,而且之前学长和孟宁音本来挺配的,说不定还是隋意趁着学长给他们当辅导员的那段时间横插了一脚呢。"

话题就这样,从线下开展到线上,许多人都在议论隋意到底是不是脚踏两只船,又是不是曾经介入了顾词和孟宁音之间的感情。

隋意抱着花,和顾词走在学校里,总觉得这样太过显眼了。

顾词说道:"不这样别人怎么知道你是我的女朋友?"

隋意："……"

听着他话里不经意间流露的醋味，她翘了翘嘴角，到底还是没有再说什么。

虽然陈赋是他的表弟，这件事看上去更像是一场闹剧，但陈赋到底在学校里大张旗鼓地追了她一段时间，按照顾词恋爱脑的性格，他很难不计较。

其实隋意没想过要在学校里公开谈恋爱这件事，而且还是和顾词这种令万千少女着迷的存在谈，她只想安安静静地待在自己的世界里顺利毕业。

不过既然已经把事情闹到这种程度了，她想安静也安静不了，不如顺其自然。

更何况，谈恋爱又不是什么十恶不赦的大罪。

也不知道恋爱脑是不是会传染，她现在觉得，她也有那么一丁点儿恋爱脑了。

顾词见她不说话，侧目问道："你在想什么？"

隋意连忙收回思绪，咳了一声，一本正经地开口："我在想，别人不都是送玫瑰吗？你为什么会送芍药？"

顿了顿，她又问："芍药的花语是什么？"

顾词动了动眉梢，没说话。

隋意"啧"了一声，他还卖起了关子。

这时候，顾词的手机响起，是梁诗打来了电话。

不知道她在电话里说了什么，顾词"嗯"了一声。

挂了电话后，顾词说道："我要去一趟办公室，你要一起去吗？"

隋意立即停下脚步："不要。"

"那我先送你回去。"

隋意回到宿舍后,把芍药放在桌上,脸上是抑制不住的笑容。

她转过头,见陶圆圆她们三个人都正伏在书桌前和电脑血战。

隋意凑了过去:"你们在干吗呢?"

陶圆圆疯狂地敲击着键盘,同时回道:"你别看了,影响心情。"

隋意只是瞥了一眼,大概看到了上面的内容,说道:"你们不用回了,理那些人干吗?"

简乐看向她:"可是他们说得也太过分了,说你……"

另一个女生握拳:"我发现了,搅浑水的就是陈赋的粉丝,我昨天还和她对过线,她别以为换个ID我就认不出来了!"

于是三个人又加入了激烈的混战之中。

隋意也不想辜负她们的好意,默默地坐了回去。

她刚拿出手机,就看到满屏的未读消息,全是问她是不是和顾词在一起了。

上午上课的时候,她把手机关了静音。

隋意懒得一个一个回复,直接把芍药花拍了一张照,然后发了朋友圈。

她突然想起花语的事,打开电脑搜索着。

很快,页面上出现了几个字。

芍药的花语:情有独钟。

就在隋意看着电脑傻笑的时候,身后传来了陶圆圆更加畅快的笑声:"太爽了,陈赋的那些粉丝现在都不敢出声了。"

隋意回过头去,不明所以地问:"怎么了?"

简乐解释道:"我们学校的男生全部站在你这边,在骂那些挑事的人。"

隋意疑惑:"他们为什么要帮我?"

陶圆圆答道:"你忘记了吗?!你可是我们学校的'校花'啊!"

另一个女生补充道:"而且还是去年的省状元。"

陶圆圆点头道:"对啊!你长得漂亮,又是学霸,也不知道那些骂你的人怎么好意思,真的是疯了。"

然而事情还没有结束,随着陈赋在论坛上发了一条帖子后,整个论坛瞬间炸锅了。

陈赋:别说了各位,那是我嫂子,你们再说她的坏话,我晚上就要挨揍了。

不过事情也总算是尘埃落定了。

到了晚上,孟宁音也发了一条帖子。

孟宁音:不好意思各位,才下班听朋友讲这件事,我想了想觉得还是有必要解释一下这件事。我和顾词一直都是学习上的好搭档。当然了,还是他帮我更多一些。隋意很优秀,也是我很喜欢的学妹,他们能在一起,我真的很开心,也祝他们能够幸福,请大家不要再以讹传讹了。

这条帖子出现后,隋意也收到了孟宁音的短信。

孟宁音:不好意思,之前是我一直没有说清楚,才让大家误会了,害你被骂。

隋意:没关系。

她想了想,又打了字。

隋意:学姐工作还顺利吗?

孟宁音：挺好的，不过就是有些累，每天加班到凌晨。

隋意简短地和她聊了几句。

最后，孟宁音说：我先去忙啦，以后有时间找你吃饭。

隋意笑了笑，放下手机，伸了个懒腰，视线刚好落在旁边的芍药上面。

隋意摘了一朵下来，在手里把玩着。

窗外晚风轻拂，树影晃动，明天应该是个好天气。

隋意跟陶圆圆她们像往常一样从教学楼出来，刚走了几步，就有几个女生跑到她们面前，深深鞠躬，异口同声地开口："学姐对不起，我们错了。"

隋意："……"

陶圆圆她们也面面相觑。

为首的一个女生说道："我们不该在论坛上说你的坏话，也不该散播谣言，诋毁你的声誉，希望你能够原谅我们。"

隋意问道："是谁让你们来的？"

"是我们的辅导员，她说如果我们得不到你的原谅，就要给我们记大过了，会记在档案里的。学姐求求你了，我们真的知道错了。"

陶圆圆在旁边"哼"了一声："骂人的时候那么嚣张，想过现在吗？"

几个人都垂着头不说话了。

这时候，系主任也慢悠悠地走了过来，梁诗跟在他身边。

系主任看着隋意问道："这件事我已经听说了，省状元是什么想法？"

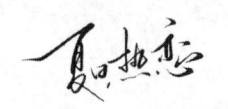

隋意微微颔首:"我都行,听您的。"

系主任咳了一声,对那几个女生说道:"你们几个,每人写一万字的检讨,并贴在学校的论坛上,这一个星期金融系的公共区域的卫生也由你们负责。"

"一万字?还有一个星期的卫生也太……"

"你们要是不愿意的话也行,我去跟你们的辅导员说。"

几个女生连忙说道:"别,别,别,我们写就是了。"

系主任又看向隋意:"省状元觉得这样的处理方式行吗?"

隋意回道:"可以。"

几个女生互相看了看,在得到系主任的同意后,连忙离开了。

系主任将手背在身后,感慨道:"真没想到啊,没想到啊。"

他一边说着,一边笑着往前走去。

隋意:"……"

他没想到什么呢?

梁诗对隋意说道:"好了,我们吃饭去。"

隋意刚想说她和陶圆圆她们约好了,后者便快速开口:"隋意,你和诗姐去吧,我们先回宿舍了。"

话还没说完,几个人就已经跑远了。

梁诗看着她们的背影,叹着气:"果然,这个世界上没有一个人愿意跟自己的辅导员一起吃饭。"

坐在饭店里,隋意本来以为梁诗会问她和顾词在一起的事,谁知道梁诗全然没提,只是给她盛着汤。

"这是我们学校里的老师的家属开的,味道挺不错,你尝尝。"

隋意接过碗,说了声"谢谢"后,低头开始喝汤。

梁诗看着她,眼睛都在发亮:"陈赋真的追过你啊?"

隋意嘴里的汤差点儿喷出来。

梁诗连忙给她拿纸巾:"我开玩笑的,你没事吧?"

隋意接过纸擦了擦嘴角,咳了两声:"没……事。"

梁诗双手横放在桌上,还有些自责:"早知道这样,他入学那会儿我就该给你说的,那段时间太忙了,我也没想到他动作那么快,开学还不到一个月就开始追女生了。"

闻言,隋意又止不住地咳起来。

梁诗又说道:"不过你放心,陈赋就是小学生性格,从小高调惯了,他之所以追你,大概也是因为觉得你很厉害,想要强强联手。他压根儿就不懂感情。"

隋意:"……"

她现在似乎能理解,陈赋为什么想要把他那玩意儿染成绿色的了。

隋意默了默才问道:"他是从小就这样吗?"

梁诗喝着果汁点头:"对啊,而且他特别欠揍,典型的又菜又爱惹事,小时候每次过年都能被顾词揍哭。"

"难怪感觉他好像挺怕顾词的。"

"肌肉记忆嘛。"

隋意忍不住笑起来。

她们聊完,菜也刚好上来。

隋意拿着筷子,想了想还是问道:"顾词和他父母的关系是不是不太好啊?"

梁诗疑惑:"为什么这么问?"

"没什么,我就是好像很少听他提起他的父母,而且他这次回

来也没去见他们。"

梁诗说道:"顾词没跟你说过吗?他的父母都是做考古的,常年不在家,不是顾词不用陪他们,是他们没有时间。"

隋意听了梁诗的话,晚上和顾词见面的时候,眼里多了几分怜爱之色。

顾词问道:"你那是什么表情?"

隋意叹了一口气,搅着面前的奶茶:"没什么,就是觉得我们从本质上来讲都差不多。"

"什么本质?"

"我以前觉得你妈妈做菜那么好吃,又天天给你做饭,你一定很幸福,你却一点儿都不孝顺,难得有一个星期的假期,都不多陪陪他们,非要和女朋友待在一起。没想到,你才是被扔下的那个人。"

顾词问道:"梁诗给你说的?"

隋意点头:"为了表示我的歉意,今天这顿饭我来请吧,你别跟我抢了。"

顾词靠在了椅子里,笑道:"行。"

之后的几天里,隋意深刻地反省了,觉得过去的自己太任性了,一点儿都不成熟,也开始想方设法地对顾词好。

每次吃饭都是她趁着顾词不注意,就把钱付了。

顾词把她送到宿舍楼下后,她又非要再把他送到校门口,给他拦了出租车,等他上车了才肯回去。

她甚至怕他吃不饱,去超市买了一大袋零食,让他带回去慢慢吃。

顾词看着她,慢条斯理地开口:"你要是实在觉得过意不去的话,反正我父母不在家,不如你过去陪我?"

隋意想起在纽约最后那一晚的情景,瞬间涨红了脸,小声道:"想得美。"

顾词眉梢微动:"想想还不行了?"

顾词本来只是打算逗逗她的,可看到她那通红的脸和湿漉漉的眸子后,倒还真……想到了点儿什么,喉结不受控制地滚动着。

隋意一看他那黯下去的眼神,就知道不对劲儿,扭头转身道:"我走了!"

顾词拉住她的胳膊,将人拽回来摁在怀里:"好了,我的错。"

隋意将脸贴在他的胸膛上,听着他强劲有力的心跳声,忍不住开口道:"你是不是还在想?"

顾词:"……"

隋意小声说:"你脑子里怎么成天就装这些东西?"

"这不说明我的脑子里全是你吗?"

"你果然是名副其实的恋爱脑。"

顾词弯了弯嘴角,没说话。

隋意安静了两秒后,问道:"你后天什么时候的飞机?"

顾词回道:"明天晚上的。"

隋意突然从他怀里出来,惊讶地问道:"不是后天走吗?"

"有点儿事,需要提前过去。"

"可是明天晚上有迎新晚会,系主任让我去致辞。"

顾词重新把她揽入了怀里:"我知道,你不用去送我。"

"可是……"

"你要是舍不得我的话,今晚可以和我一起回去。"

隋意面无表情地说:"祝你一路顺风。"

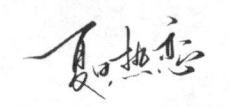

顾词胸膛震动，笑出了声。

隋意虽然说是这么说，但一想到马上就要分别了，多多少少有些情绪低落。

过了一会儿，顾词低声说道："时间不早了，上去吧。"

隋意默了默，提议道："不然我还是和你一起回去好了。"

顾词顿了顿，喉咙发紧："嗯？"

隋意感受着他加快的心跳："你是不是就等着我的这句话？"

"……"

隋意从他怀里出来，拢了拢头发，一本正经地说道："不跟你瞎扯了，我回宿舍了。"

她走了两步后，又突然折回，左右看了看，确定没什么人后，踮起脚飞快地在顾词的唇上亲了一口，同时用只有两个人才能听见的声音说："等你回来再说。"

随即她快速转身，进了宿舍楼。

顾词看着她的背影，眉梢不着痕迹地动了动，说什么？

隋意直到坐在书桌前，都还能听到自己的心脏"怦怦"直跳的声音。

她将手放在胸口的位置，微微吐了一口气。

隋意拿出明天的演讲稿顺了一遍，情绪也逐渐稳定下来。

晚上躺在床上，她看着枕边的那个玩偶，伸手将它拿了起来，这欠欠的表情越看越像顾词，不过……还挺可爱的。

隋意扬了扬嘴角，把它抱在了怀里。

第二天，隋意正准备上台时，收到了顾词的短信。

顾词：我上飞机了。

隋意刚要回复消息,主持人便小声叫她:"隋意,该你了。"

她应了一声,把手机放在化妆台上,起身走了过去。

隋意看着台下一张张的新面孔,觉得自己入学的场景仿佛就在昨天。

谁能想到一年的时间居然就这么过去了。

她致辞结束后,台下响起了热烈的掌声。

校领导笑着开口:"这是咱们去年的省状元,金融系的学姐,下个月还要代表我们学校去参加全国的数学竞赛,你们得多向她学习啊。"

隋意微微鞠躬,回了后台。

她刚坐下,身后便响起了一个幽幽的男声:"嫂子。"

隋意被吓了一跳,转过身问道:"你怎么又来了?"

陈赋蹲在她的椅子后边,表情无辜:"副校长不是让我们多向你学习吗,我这不就来了?"

"拉倒吧,就你还用向我学?……"隋意后知后觉地反应过来,"你刚刚叫我什么?"

陈赋回道:"嫂子啊。"

隋意:"……"

之前一起吃饭的时候,她只听到陈赋拍马屁了,完全没注意到他叫她什么,这会儿听他叫得这么顺口,瞬间变得面红耳赤。

隋意结结巴巴地说道:"谁……谁是你嫂子了?你别乱叫。"

陈赋立即说道:"这是你说的,你要不是我嫂子的话,我可就要继续追你了。"

她真想给他两拳。

隋意没好气道:"难怪你小时候总挨揍。"

陈赋无所谓地说道:"谁小时候没挨过揍?这些都是平凡的荣耀。"

隋意懒得理他,拿着手机看了看时间。

顾词这会儿估计已经飞走了。

陈赋见状乐道:"我听表姐说,顾词是坐今天去纽约的飞机,你这么快就想他了?"

隋意不想忍了,直接付出了行动。

出化妆室的时候,陈赋捂着眼睛嘟囔道:"你下手可真够狠的,我至少两天没法儿见人。"

隋意活动着手腕:"不客气,你活该的。"

走到操场上,她仰头看着头顶的飞机,不知道在想什么。

隋意突然觉得,顾词不让她去送他也挺好的。

分别的场景太黏糊了,她受不了。

迎新活动后不久,就是数学竞赛。

隋意和陈赋不费吹灰之力直接拿了个特等奖回来,被副校长在学校广播里接连表扬了一个星期。

而陈赋又因为半夜在教室里偷偷练吉他,保安在追他的时候摔了一跤,骨折住院,被公示批评了半个月。

隋意把这些事当笑话讲给顾词听的时候,距离他回纽约已经过去快一个月了。

她看着他的电脑前的泡面,忍不住咂舌:"你每天就吃这些东西啊?"

顾词回道:"省事。"

隋意趴在桌上:"你要不请个钟点工算了,我给你出钱。"

顾词抬眼,对上她的视线:"你认真的?"

"当然了。"隋意说道,"我不想要一个五脏六腑里都是添加剂的男朋友。"

顾词眉梢微抬:"你报名去参加运动会,我就找个钟点工。"

隋意神色不变:"等你的五脏六腑里都是添加剂,我就能换新的男朋友了。"

顾词劝道:"运动一下出出汗不是挺好的?"

"我每天爬教学楼的楼梯,也挺累的。"

"你那叫虚。"

隋意据理力争:"我又不是男的,虚点儿怎么了?"

顾词单手托着腮,不知道在想什么,半晌才开口道:"行。"

隋意说道:"你快吃吧,你那添加剂都快坨了。"

顾词拿着平板电脑起身:"不吃了。"

隋意:"嗯?"

顾词打开冰箱,拿了两个鸡蛋出来:"那些东西吃多了没营养,不是你说的吗?男人不能虚。"

隋意:"……"

他现在是越来越不正经了。

自从她在他那小公寓里住了一个星期后,顾词就像是打开了潘多拉的魔盒,什么污言秽语都能往外蹦。

隋意听到门外有动静,伸手去挂电话:"不跟你说了,我的外卖到了。"

顾词回敬道:"不然我给你请个钟点工?"

"不用,我就偶尔周末回家,其他时间在学校食堂能解决,挂

了,拜拜。"

她起身,刚走到客厅,就看到徐曼走了进来,身后还跟了一个男人。

徐曼看见隋意,似乎有些意外:"你什么时候回来的?"

隋意回道:"今天周末。"

徐曼愣了一下:"我都忘了……"说着,她又介绍道,"这是林叔叔,妈妈公司的合作商。"

中年男人笑着对隋意说道:"早就听你妈妈提过你,今天终于见面了。我叫林宇衡,这是我的名片,你有事随时可以找我。"

隋意看着他递过来的名片,没有伸手接。

倒是徐曼拦了回去:"她一个小孩子,哪儿有什么需要麻烦到你的地方?你收起来吧。"

林宇衡笑了笑,把名片收了回去。

徐曼又说道:"你坐一下吧,我去房间拿资料。"紧接着,她又对隋意说道,"意意,给林叔叔倒杯水。"

隋意看向坐在沙发上的男人,开口道:"您想喝点儿什么?"

林宇衡稍显拘束,调整了一下坐姿:"都行。"

隋意走到厨房,从柜子里拿了茶叶,抖了抖袋子,又扒开看了看。

这茶还是之前徐曼的客户送的,但她不爱喝茶,就一直放那儿,隋意偶尔会喝喝,修身养性。

但是这茶明显比上次她喝的时候少了一些,看来那位林叔叔不是第一次来了。

隋意泡了茶端出去,放在茶几上。

林宇衡伸手去扶杯子:"谢谢。"

"不客气。"

隋意看了一眼手机,发现自己的外卖还没有送到。她刚要回房间,林宇衡开口道:"我听你妈妈说你学习成绩挺好的。叔叔有个女儿,刚上高中,平时对什么都感兴趣,就是对学习不感兴趣,每次考试成绩都是垫底。"

隋意礼貌性地微笑:"林叔叔工作忙,应该也没什么时间陪她。"

林宇衡叹了一口气,喝着茶:"是,也怪我平时疏于管教。"

隋意就跟聊天儿似的随口问道:"那她妈妈呢,也不管吗?"

林宇衡顿了一下,随即笑道:"她妈妈在她很小的时候就车祸去世了。"

"那挺可怜的。"隋意又问,"这么多年了,林叔叔就没准备再找一个吗?"

"我……"

林宇衡犹豫着刚想要说什么,徐曼便拿着文件走了出来:"找到了,走吧。"

林宇衡连忙放下茶杯起身,对隋意说道:"那叔叔就先走了,改天请你吃饭。"

隋意保持着脸上的笑容,没有说什么。

徐曼看向隋意:"意意,妈妈要和林叔叔去外地出差,晚上就不回来了,等你下周末回来,妈妈再给你做好吃的。"

语毕,两个人便离开了。

隋意坐在沙发里,仰头看着天花板,觉得灯光有些刺眼。

隋崇光和杨佳慧结婚,生了他们的孩子,有了新的家庭。

那徐曼呢?她和那位林叔叔结婚后,应该也会有他们自己的孩子吧?

隋意闭上眼睛,想她那个快要被添加剂吞噬的男朋友了。

第十八章
生日愿望

天气越来越冷,隋意发现自己也越来越懒,每天早上都赖着不想起床。

当她为自己的这种情况苦恼并唾弃的时候,陶圆圆打着哈欠道:"求求你别说了,你每天最多就赖床十分钟,我是已经旷好几节课了,昨天计量经济学的老师才找了我,说他的课我再不去上的话,期末就要让我挂科了。"

简乐说道:"谁让你总是在他的课上打游戏,还被他发现了?他现在就盯着你。"

陶圆圆:"……"

隋意不可思议道:"你在计量经济学的课上打游戏,是不是不想毕业了?"

"没办法嘛,我听得想睡觉,只能打游戏让自己清醒点儿了。"陶圆圆沮丧道,"早知道当初就不该听我妈的选金融专业了,她还说什么毕业了好找工作,我看现在是连毕业都困难了。"

另一个女生安慰道:"没事啦,计量经济学的老师挺好的,估计就是吓唬你。"

陶圆圆耷拉着脑袋:"好什么好?你是没看见他昨天说要让我挂科的样子,我都能想象到明年补考的惨状了。"

隋意翻着书:"没事,考试的时候我给你画重点,你不会挂的。"

陶圆圆连忙抱住了她的胳膊:"呜呜呜,隋意你最好了,你就是我的再生父母。"

隋意认真想了想:"我应该不会生出考试挂科的女儿。"

陶圆圆:"……"

周五下午,隋意刚下课,就接到了徐曼的电话。

徐曼说道:"意意,妈妈给你发了个地址,你晚上去那里吃饭。"

隋意切换屏幕看了一眼,才重新把手机放在了耳朵旁边:"知道了。"

"你放学了吗?妈妈在离你的学校不远的地方办事,一会儿结束了,我过去接……"

"不用了。"隋意打断她的话,"我自己打车过去就行,你办你的事吧。"

徐曼说道:"也行,那晚点儿见。"

隋意收起手机,回到宿舍后便开始收拾东西。

陶圆圆见状"咦"了一声:"你这个星期也要回家吗?"

隋意点头:"有点儿事。"

"那好吧……"陶圆圆突然从身后拿了一个礼物出来,"送给你,

生日快乐!"

隋意愣了愣:"你怎么?……"

这时候,宿舍的门被推开,简乐和另一个女生捧着蛋糕进来:"隋意生日快乐!"

隋意笑道:"你们怎么知道的?"

简乐答道:"我们早就知道了,本来想说今晚给你过生日的,但既然你要回家,就提前过啦。"

"对不起,我不知道……"

另一个女生说道:"没事,这有什么对不起的?你过生日是该回家跟家人一起过嘛。"

陶圆圆也说道:"就是,就是,现在也是一样的。"

隋意接过她们送的礼物,眼睛弯弯的:"等我周末回来请你们吃饭。"

陶圆圆举起手:"我想吃烤肉!"

"好,吃什么都行。"

隋意跟她们一起,吹了蜡烛,吃了蛋糕才出发。

一路上,她的脚步都很轻快,她好久都没这么开心过了。

她出学校的时候,正好是下班高峰期,路上堵得厉害。

隋意脚步一转,去了不远处的地铁站。

由于是周末,地铁站这会儿也是人山人海。

隋意好不容易挤进去后,找了个角落站着。

她刚站稳,便看到不远处有一对小情侣。

女生被人群挤得有些难受,男生伸出胳膊握住了旁边的栏杆,将她圈在了怀里。

隋意看着这一幕,想起了跨年夜那个晚上的情形。

顾词也像那个男生一样护着她。

隋意思及此，嘴角不由得上翘。

她拿出手机看了一眼时间，顾词那边现在天还没亮呢。

隋意转了三条线，又走了十分钟，才到了徐曼给她发的位置。

这个地方是个中式菜馆，布置得古香古色，很清幽。

隋意到了前台后，有工作人员上前轻声问道："您好，请问有预约吗？"

她回道："徐女士。"

工作人员看了一眼预约名单："是徐女士和林先生吧，请跟我来。"

隋意的脚步停顿了一下。

工作人员回过头问："您是要去洗手间吗？"

隋意摇了摇头："不是，走吧。"

工作人员把她带到了包间门口，伸手敲了敲门后，推开门对隋意说道："女士您好，就是这里面。"

隋意抬眼，看见里面的人，眼神淡了几分。

林宇衡看见她，立即起身走了过来，笑着开口："隋意到了，快进来坐吧，你妈妈被堵在路上了，应该也快到了。"

隋意没说话，看向了包间里的另一个人。

女孩儿穿着高中的校服，双手抱着胸，脸色涨得通红。

包间里的气氛也很紧张，明显刚才两个人经历过激烈的争吵。

林宇衡连忙说道："我给你介绍一下，这是我女儿，叫林淼。"说着，他又看向了林淼，"淼淼，这个就是爸爸给你提起过的那个姐姐，她成绩特别好，你要多向她学习。"

林淼没有看隋意，只是撇着嘴，不悦地"哼"了一声。

林宇衡面露尴尬之色："你这孩子怎么这么没有礼貌？"紧接着，他又对隋意说道，"先坐吧，坐下聊。"

隋意抿了抿唇："林叔叔，我还有事，先……"

她的话音未落，包间门再次被推开。

徐曼到了。

她看着隋意说："我还以为你没到呢，站着做什么？快坐吧。"

徐曼拉着隋意的胳膊，把她拽到了位置上。

等所有人都坐下后，林宇衡双手交握放在桌上，率先开了口，看向林淼："我跟徐阿姨呢……"他说话间，视线又落在了隋意身上，"也就是你妈妈，我们经过深思熟虑后，做出了一个重要的决定。"

徐曼接过他的话继续说道："我们打算结婚，组成一个新的家庭。"

林宇衡点头："淼淼，你不是一直想要一个姐姐吗？从现在开始，隋意姐姐就是你的姐姐了。"

林淼"噌"的一下站了起来，大声喊道："我不要！我也不同意你们结婚！"

林宇衡皱眉："你这孩子怎么回事，我不是都跟你说得好好的吗？而且徐阿姨对你那么好，之前你喜欢的那些衣服、包包都是她送给你的，还有你去看的演唱会的门票，也是她帮你拿到的，你……"

"那些东西我全部都不要了，还给她！反正我就是不同意你们在一起！"

语毕，她拎着自己的书包，头也不回地跑了出去。

林宇衡跟着站了起来，对徐曼说道："我去看看。"

徐曼难得语气温和地说:"跟孩子好好说,她这个年纪正是叛逆期。"

"我知道了。"

说话间,他又朝隋意点了一下头后,便匆匆离开了。

等他们走后,包间里重新安静了下来。

徐曼给杯子里添着茶:"他们短时间内应该不会回来了,你要是饿了的话就先吃……"

"你知道我喜欢什么衣服、包包吗?知道我喜欢去看谁的演唱会吗?"

徐曼闻言愣了一下,随即说道:"你不是不喜欢这些东西吗?"

隋意笑容淡淡的:"是,在你看来,我就只喜欢学习,是个没有感情的做题机器,我就不该来到这个世界上。"

徐曼平缓着语气:"意意,妈妈不是那个意思,我……"

"那你是什么意思?"隋意看着她,"今天这顿饭,是不是就只有我像个傻子一样,什么都不知道?也是,你根本不在乎我的看法,做好了决定,最后直接通知我就行了。"

"我以为你会支持我的。"徐曼说道,"你爸爸都已经开始新的生活了,难道我要一直活在过去不成?"

隋意嘲讽道:"是,你是该开始新的生活,那你们一家人吃饭,叫我来做什么?"

徐曼皱眉:"你怎么能这么说话?"

隋意觉得好笑:"那我应该怎么说?从小到大,你给我买过什么礼物吗?在你看来,我是不是学习学傻了,不知道和朋友出去玩儿,也不知道买自己喜欢的东西?"

"我只是以为你不喜欢。"

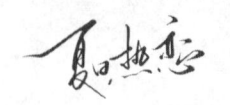

"那是因为你永远都在和隋崇光吵架,不是抱怨这个就是抱怨那个,我以为,只要我乖乖听话,只要我学习成绩好,成为他们口中'别人家的孩子',你就能开心,你就能骄傲,可是呢?我这么做换来的就是你只是以为我不喜欢。"

徐曼吸了一口气:"意意,这件事是妈妈疏忽,你喜欢什么东西,妈妈以后都会补给你……"

"不。"隋意反驳道,"你疏忽什么?你只是不在乎。你和那个林叔叔的女儿才认识多久,见了几次面,就知道她喜欢什么?"

隋意起身:"我一直以为你不适合做母亲,可现在看来,你只是不适合做我的母亲。祝你们一家三口以后的生活幸福美满,我就不打扰你们了。"

说完,她拿着东西径直出了包间。

"意意!"

徐曼刚要追出去,手机便响了起来,是隋崇光打来的电话。

她皱着眉接通:"有什么事?"

隋崇光问道:"今天是隋意的生日,你在家吗?"

徐曼脸色微变,动了动唇,却没有发出声音。

隋崇光继续说:"我只是想提醒你,别忘了这件事。"

语毕,他挂了电话。

徐曼握着手机,跌坐在了椅子上。

隋意漫无目的地走在大街上,看着那一盏盏路灯,却觉得自己无处可去。

是啊,他们各自都有了新生活,有了新家庭,她仿佛成了一个累赘。

隋意不知道走了多久，手机响起，是奶奶打来的电话。

隋意止住喉间的哽咽感，缓缓接通电话："奶奶。"

隋奶奶问："意意，生日快乐，吃饭了吗？"

隋意弯了弯嘴角，看着面前的马路，深吸了一口气："正在吃呢。"

旁边传来了隋爷爷的声音："我就说她现在在吃饭嘛，让你晚点儿打，你非要现在打。"

隋奶奶反驳道："就你会说，我还不是怕你一会儿睡着了。"

说着，她小声对隋意说道，"你爷爷现在睡得可早了，看着电视都能打瞌睡。"

隋意笑问："你们最近还好吗？"

隋爷爷回道："一切都挺好的，你别担心我们，你自己在外面吃好点儿。"

"我知道，我每天都吃很多东西。"

隋奶奶又问道："意意啊，你是跟你妈妈吃饭，还是跟你朋友一起呢？"

隋意突然觉得眼眶有些湿润，眼睛也一片模糊，伸手抹了抹，小声回道："跟朋友一起呢，她们偷偷给我准备了好大的蛋糕，吃了饭都吃不下了。"

隋奶奶满意道："慢慢吃，慢慢吃，不着急。"

隋爷爷又在一旁说道："你快别耽搁她们吃饭了。"

隋奶奶最后说："意意啊，那你们吃，奶奶就不打扰你们了，祝你生日快乐。"

隋意说道："爷爷奶奶再见。"

挂了电话，隋意站在街头，脸上的眼泪好像怎么都擦不干。

这时候,她的手机再次响起,是她的男朋友打来的电话。

隋意平复了一下情绪,接通:"你起床了吗?"

顾词"嗯"了一声:"跟谁打电话那么久?"

隋意胡诌道:"新认识的帅哥啊。"

顾词又问道:"那你现在在做什么,跟新认识的帅哥一起吃饭?"

"对啊。"隋意说道,"我们在吃烛光晚餐呢。"

电话那头,顾词轻笑了一声。

隋意问道:"你笑什么?"

"没什么,太羡慕了。"

隋意撇嘴:"你这语气太假了。"

顾词眉梢微抬:"那要怎么才叫真?"

"你应该说:'哇,好羡慕啊,我也想吃。'"

"我也……没有那么想吃。"

隋意抹着脸上的眼泪,觉得自己再跟他胡扯下去,就真的要忍不住了,于是说道:"不跟你说了,我要吃饭了,挂了。"

隋意说完,也不等顾词回答,便匆匆挂了电话收起了手机。

同一时间,绿灯亮起。

隋意只是一抬眼,便看到了人群中那个熟悉的人影。

他一只手插在大衣的口袋里,一只手还握着手机。

隋意恍惚间觉得,是自己看错了。

然而当那个身影走到她面前时,她终于反应过来,连忙转身更加用力地擦着眼泪。

可这会儿眼泪比刚才更加汹涌了,完全收不住。

片刻后,顾词握住她的手腕,将她拉到了怀里。

隋意将脸贴在他的胸膛上，再也忍不住，哭出了声。

顾词什么都没有说，只是在人来人往的人潮中静静抱着她。

过了许久，隋意才逐渐缓了过来。

两个人坐在河边的长椅上，她闷声问道："你怎么知道我在这里的？"

顾词答道："问了你的室友，她们说你在这附近吃饭，我来碰碰运气。"末了，他还补充了一句，"看来我运气不错。"

隋意又问："那你……什么时候回国的？"

顾词将手搭在她的身后："我不是跟你说过一个月回来一次吗？最近这段时间改好的程序重新测试，所以推迟了几天。"

隋意不说话了。

顾词偏头看着她，凑得更近了些："哭得这么伤心，是不是因为我打乱你和帅哥吃烛光晚餐的计划了？"

隋意直接一拳砸了过去。

顾词捂着胸口笑道："真打呢？"

"早就想打你了。"

"那你多打两拳，消消气。"

隋意抿着唇看向他，默了默才问道："很疼吗？"

顾词回道："疼，说不定都瘀青了，要不我把衣服脱了给你看看？"

隋意："……"

知道他又开始不正经了，隋意懒得理他。

不过被顾词这么一闹，她的心情好像也没有之前那么糟糕了。

事实证明，打人果然能够出气。

顾词起身："走吧。"

隋意仰起头,眼睛里还泛着泪光,鼻音有些重:"去哪儿?"

"赔你一个烛光晚餐。"

隋意坐在餐厅里,看着面前的蛋糕和明显是被精心布置过的场景,感觉鼻间又有些发酸了,小声问道:"你什么时候订的这家餐厅?"

顾词说道:"半个月前。"

"那你怎么不提前告诉我,万一我来不了呢?"

顾词眉梢微动:"那我就自己来吃。"

隋意:"……"

顾词继续说:"反正这家餐厅营业到十一点半,你就算和别人有约了,我也能等你。"

隋意噘着嘴,什么嘛,让她心里怪难受的。

顾词抬了抬下巴,示意道:"许愿吧。"

隋意将双手放在桌上交握,慢慢闭上了眼睛。

她以前没有什么特别的愿望,所想要的东西,都能在付出自己的努力之后得到。

但是现在,她有了一个想要偷偷说给神明听的愿望。

她希望,坐在她对面的这个人能陪她度过未来的每一个生日。

隋意睁开眼睛,身体前倾,吹灭了蜡烛。

顾词的声音传来:"这么快?"

隋意摘下蜡烛:"人不能那么贪心,愿望许多了就不灵了。"

"那你许了什么愿望?"

隋意面不改色:"我当然许的是期末考试还是能够考全系第一名。"

"这还需要许愿？"

"你不知道吧，我的第一名都是靠许愿得来的。"

顾词："……"

隋意切了一块蛋糕给他："喏，你吃吧。"

顾词伸手接过蛋糕。

隋意又切了一块给自己，正要吃时，又突然想起什么，拿出手机拍了一张照发给了爷爷奶奶。

没过一会儿，隋奶奶便回复了一条语音："意意，你爷爷已经睡了，这蛋糕真漂亮，看上去就很好吃。"

隋意弯起嘴角，蛋糕确实好吃。

这时候，她的手机又振动了一下，是隋崇光给她转了账。

隋崇光：自己去买点儿喜欢的东西。

隋意吃着蛋糕，想了想还是把钱收了。

隋意：谢谢爸爸。

另一边的隋崇光倒是有些意外。

隋意很久都没收他的钱了，更何况语气还这么乖巧亲切，想必她心情不错。

隋崇光：我听你奶奶说你和朋友一起在外面过生日？

隋崇光：不要玩儿得太晚，早点儿回家。

隋意：知道了。

顾词看着隋意脸上逐渐泛起的笑意，勾了勾嘴角，拿起水杯喝了一口水。

吃了饭，隋意感觉有点儿撑。

她今天吃了两次蛋糕，晚上的菜也很好吃，她完全停不下来。

顾词见状问道："我去给你买点儿健胃消食片？"

隋意摇头："没事，我走一会儿就好了。"

可能是快要临近元旦节的原因，大街上到处是喜气洋洋即便已经是深夜了，看上去也很热闹。

隋意走了一会儿，偏过头问道："你这次回来待几天啊？"

顾词牵住她的手，放进了自己的大衣口袋里："星期天晚上的飞机。"

隋意默了默，说道："你这么也挺折腾的，下个月别回来了，反正也没几个月就是春节了，说不定你专心点儿工作，还能提前结束呢。"

顾词没说话。

隋意问道："你是不是觉得我说得有道理？"

顾词低笑了一声："是。"

隋意刚要说话，顾词又说道："你今年春节还是要回东城吗？"

"应该吧，我爷爷奶奶年纪大了，除了春节，我也没什么时间回去陪他们。"

顾词看了一眼时间："时间不早了，我送你回去。"

隋意的脚步突然停了一下。

顾词回过头看向她："怎么了？"

她闷声说道："我不想回去。"

徐曼现在应该在家，自己回去了肯定又避免不了要和她吵架。

顾词不动声色地舔了一下唇，缓缓开口："那你想去哪儿？"

隋意抬头，望向不远处的酒店。

顾词顺着她的视线看了过去。

半个小时后，隋意在前台办理了入住手续。

她刚要收起身份证，前台工作人员便说道："那位先生的身份证也需要登记一下。"

隋意想说他不住,他只是送她过来,可话还没说出口,顾词便把身份证递了过去。

隋意侧开视线,看向了别处。

办理完入住手续,顾词接过两个人的身份证和房卡:"走吧。"

房间里的落地窗,正好能让人俯瞰整座城市的夜景。

而不远处的大屏幕上,正在进行倒计时。

还有五分钟,今天就结束了。

隋意放下包,咳了一声:"我先去……"

顾词握住她的胳膊,黑眸沉沉地看着她,嗓音很低:"生日快乐。"

隋意小声说道:"吃饭的时候你不是说过了吗?"

"有吗?"

"有,你还说——"

隋意说到一半儿,唇上便一软,顾词搂着她的腰吻了上来。

隋意睫毛颤了颤,慢慢闭上了眼睛,手抓住了他的衣角。

顾词托着她的后脑,把人放在了床上。

隋意的眼睛逐渐染上雾气,连呼吸都弥漫着一股湿意。

安静的房间里,她仿佛都能听见自己的心脏跳动的声音。

虽然说在纽约时,她在顾词家里住了一个星期,但是家里和酒店这种本就在情侣间带着暧昧意思的词语,明显是不一样的。

而且在那个时候,她几乎快没有底线了。

今天的一切好像都发生得顺其自然,顺理成章……

她也没有什么理由再拒绝他。

但顾词好像除了亲她以外,其他什么事都没做,手撑在床上,

没有任何多余的举动。

过了很久,隋意觉得嘴都快麻了,顾词才放开她,嗓音沙哑地问:"你要洗澡还是直接睡?"

隋意双手放在胸前,声音软绵绵的没什么力气:"我……我困了,不洗了。"

顾词说道:"我坐了飞机,身上脏,我去洗。"

隋意下意识地点头。

顾词在她的额前亲了亲,随即起身进了浴室。

隋意憋着的气终于长长地吐了出来,她连忙坐起身,用力拍着自己的脸,试图让自己能够清醒一点儿。

她左右看了看,拿起床头柜旁边的矿泉水,拧开瓶盖仰头直接喝了大半瓶。

头好不容易平静了一点儿后,浴室里传来了水声。

隋意把剩下的水全部喝完了。

她在顾词出来之前,简单卸了个妆,又用湿纸巾胡乱擦了擦,脱了外套扔在沙发上,然后钻进被子里,缩在了床边。

十分钟后,浴室里的水声终于停了,隋意赶紧闭上了眼睛。

顾词打开浴室门。头发还在滴水,他一边拿毛巾擦着,一边看向空出来的大半个床位。

这是留给他的?

他喉结微微滚动,走了过去。

察觉到顾词坐下来后,隋意将眼睛闭得更紧了些,心跳也更快了。

然而顾词只是坐了几分钟,然后伸手关了灯,背对着她躺了下来。

隋意悄悄地把脑袋从被子里探出来，回过头看了看。

这么老实，不像是顾词啊。

隋意故意翻了个身，发出了一点儿动静。

可顾词还是没反应，就像是睡着了一样。

隋意忍不住又看了一眼，不是吧，他比她还能演？

她看着他的后背，试探性地伸出手戳了戳他。

顾词的呼吸依旧平缓均匀。

隋意觉得离谱儿，这个时间、这个地点，他是怎么做到秒睡的？

她悬在半空中的手本来想继续，可又忽然想起顾词毕竟坐了十几个小时的飞机，累了也很正常。

隋意默默地把手收了回来，垫在头下，就这么在夜色中静静地看着他。

其实从小到大，因为隋崇光和徐曼日复一日地争吵，她基本没怎么过过生日，也从一开始的期待，变成了将其当作普通又寻常的一天。

陶圆圆她们给她过生日的时候，她都已经很开心了，却没想到还有这么大的一个惊喜等着她。

顾词好像每次都能在她最需要他的时候出现，隋意忽然间觉得，如果是他的话，她好像也没那么抗拒和害怕结婚了。

思及此，隋意又连忙拍了拍自己的脸，这都哪儿跟哪儿啊？她想到哪里去了？

不过——

她想想也没关系吧。

隋意慢慢扬起嘴角，困意袭来，眼皮开始打架。

等到她没动静之后，顾词终于睁开了眼睛，微不可闻地吐了一口气，紧绷的神经与肌肉松懈了几分。

虽然不知道她身上发生了什么事，但她哭得这么伤心，他要是今晚乘虚而入的话，也太浑蛋了。

没过一会儿，隋意翻了个身，手搭在了他的身上。

顾词回过头，确定她已经睡着后，才轻轻地转过身，握住她的胳膊把手放进了被子里。

隋意大概是觉得有些热，哼哼唧唧了两声。

顾词调低了屋内的温度，摁住她不安分的手，将人圈进了怀里。

第二天早上，隋意睁开眼的时候，窗外的天气雾蒙蒙的，像是在下雨。

她伸了个懒腰，刚准备再睡一会儿，扭头却看见了旁边的人。

顾词单手支在枕头上，托着头，嗓音沙哑："早。"

隋意瞬间就清醒了，下意识地往旁边挪了挪："你……什么时候醒的？"

顾词眉梢微动，他就没睡。

昨晚那个情况，他能睡着才有鬼。

他问道："要起了吗？"

隋意摇头，坚决捍卫自己的周末赖床时间："这个天气适合睡觉。"

"那你继续睡，我去拿早饭。"

语毕，他掀开被子下了床。

关门声传来后，隋意拿起枕边的手机，发现徐曼昨天半夜给她打了两个电话，还发了一条微信。

徐曼：意意，你回学校了吗？妈妈想跟你好好聊聊。

隋意这才猛然反应过来，对呀，她昨晚为什么不回学校？

隋意拿着手机起身，进了浴室洗漱。

她看着那条消息，最终还是锁上屏幕，没有回复。

她真的已经累了，不想再扮演一个听话懂事的女儿了。

隋意洗漱完出来的时候，顾词也刚好拿着早饭回来。

他看向隋意："不是要再睡会儿吗？"

隋意坐在桌边："有点儿饿，吃了再睡。"

顾词把早饭放在她面前："正好，还是热的。"

隋意拿起牛奶喝着，时不时看向顾词，欲言又止。

"怎么了？"

隋意抿了抿唇，小声开口："你就不好奇吗？"

顾词知道她指的是什么。

他回道："好奇，但你似乎不想说。"

隋意慢慢放下杯子，沉默了很久才开口道："我爸妈在几年前就离婚了，从我有记忆开始，他们的感情就不好，每天他们都会因为各种各样的事情争吵，离婚的原因是……我爸出轨，在街上被我给撞见了。"

顾词微顿，想要说什么，却没出声。

隋意继续说："他们离婚后，我爸很快就和他在外面的那个女人结婚了，并且生了一个孩子。我妈……是个典型的事业型女强人，眼里只有工作，从小到大连我的家长会都没有去开过。她答应我的事，也从来没有做到过。"

隋意还是第一次和人说起这些事，她耷拉着脑袋："昨天她叫

我出去吃饭,我居然真的以为她要给我过生日,可是到了才被告知,她也要结婚了。她为了讨好那个叔叔的女儿,给那女孩儿买了好多女孩儿喜欢的礼物,可是从来没有给我买过一件礼物。就连昨天是我的生日,她都忘了。"

说到后面,隋意的声音已经开始哽咽,眼泪不争气地开始往下掉。

她伸手用力揉着眼睛,不让自己哭出声来。

顾词看着她,俯身将她抱进了怀里。

隋意也顺势把头埋在了他的肩颈处,等情绪稍微平复了一点儿才抽泣道:"我是不是很矫情?"

"不会。"

隋意撇着嘴,鼻尖都是红的:"那你怎么不说话?"

顾词的嗓音很低:"我在想我该怎么跟你道歉。"

隋意偏头看着他,眼睛雾蒙蒙的:"你为什么要跟我道歉?"

顾词把她抱得更紧些:"没什么,就是觉得应该跟你道歉。"

"你把话说清楚,我可不是什么道歉都接受的人。"隋意皱眉,"你该不会喜欢上别人了吧?难怪你昨晚无欲无求的,原来是因为有别人了。"

顾词没了脾气:"我要是无欲无求,也不至于一晚上没睡了。"

"那你——"

"你给我的游戏留言,我一直没看见,对不起。"

隋意眨了眨眼睛,话题怎么突然转到这个上面来了?

她闷闷地问道:"你干吗突然翻旧账?"

顾词无声地笑了一下:"不是翻旧账,我是在道歉,我以为你是故意没来。"

隋意刚想要说什么，就听他继续说："就是那天，你在街上撞见了你爸爸是吗？"

她默了两秒，轻轻点头。

很长时间里，隋意都没有说话，她将脸埋在顾词的肩颈处，把眼泪都擦在了他的衣服上。

顾词抱着她："我就只有这一件衣服。"

隋意闷声说："你一点儿道歉的诚意都没有。"

"你继续，大不了我脱了就是。"

隋意："……"

她慢慢地从他怀里出来，看了一眼他肩上的那一片水渍："你没带行李吗？"

顾词回道："没有，就回来两天，更何况我以为我昨晚应该是回家住。"

隋意撇了撇嘴："那你……那你脱下来，我用电吹风给你吹干。"

顾词垂眸瞥了衣服一眼："真脱？"

"里面有浴袍，你换了穿上。"

隋意说着就站了起来，准备去找电吹风。

她刚走出两步，手腕便被人拉住了。

顾词微微抬头看着她："跟你开玩笑的，你不是要睡觉吗，不睡了？"

隋意现在已经没什么困意了，看了一眼窗外："这种天气不睡觉确实挺可惜的。"

顾词眉梢不着痕迹地动了一下，拉着她的那只手用了力。

隋意没有防备，就这么跌坐在了他的腿上。她看着近在咫尺的

那张脸,声音不由得小了许多:"你……干吗?"

顾词对上她的视线,缓缓开口:"这种天气,还适合做点儿别的事。"

他离得很近,温热的气息喷在她的颈侧。

隋意睫毛微颤,放在膝上的手不自觉地收拢。

顾词的目光从她的眼睛到鼻梁再到唇上,一寸一寸地往下移着。

他的喉结微微滚动,他快速移开了视线,同时也松开了握着她的肩膀的手:"去睡吧。"

隋意偏过头看着他,动了动唇,却没有说话。

顾词拿起桌上的水,仰头喝下。

隋意看着他上下滑动的喉结,感觉耳朵有些发烫,连忙站起来,钻到了被子里。

她将手放在自己的胸口上,感觉心脏怦怦直跳。

隋意觉得自己从来没有这么奇怪过,紧张的同时又有些难以言喻的……期待感。

可是顾词似乎没有更深入的想法,那也不能她主动吧……

隋意闭上眼睛,告诉自己不要再想了。

外面的雨声确实很助眠,没过一会儿,她就睡着了。

隋意再次睁眼的时候,已经是十二点了,雨还在下,不过天要稍微亮了一点儿。

她伸了个懒腰,慢慢坐了起来。

顾词的声音响起:"醒了?"

隋意点了点头,看见顾词坐在沙发里,不知道从哪儿找了本书在看。

她打了个哈欠:"你看什么呢?"

"《酒店的起源与发展》。"

隋意:"……"

他真是爱学习。

顾词合上书:"出去吃还是在酒店吃?"

隋意掀开被子下床:"出去吧,不想待在酒店里。"

今天是周六,但因为下雨,街道上的行人很少。

酒店旁边就是一家商场,隋意在大众点评上选了一家潮汕牛肉锅。

吃完饭,她正好看到楼下有男装店,便拉着顾词走了过去,大方地说道:"选一件你喜欢的衣服,我送给你。"

顾词说道:"你这个语气,我以为你想包养我。"

导购就在旁边站着,闻言忍不住悄悄笑起来。

隋意顿时有些脸红,转过头去看衣服,小声嘀咕:"我还是有点儿钱的,包你一晚也够了。"

顾词走到她旁边:"什么?"

"没什么。"隋意一本正经地说,"你选吧。"

"你送我不是该你选?"

隋意觉得这话有道理,拿起一件灰色的卫衣:"这件怎么样?"

顾词说道:"你喜欢就行。"

隋意撇嘴:"那你去试试。"

顾词看了一眼时间:"电影快开始了,出来再说。"

导购这时开口道:"你男朋友长这么帅,身材也好,穿上这衣服肯定好看。"

隋意闻言，扬了扬嘴角："那不用试了，帮我包起来吧。"

她翻了翻旁边的衣服，又拿了一件："这个也一起。"

隋意觉得，这家店的衣服挺好看的，都很适合顾词。

她正要再去拿衣服时，顾词的声音在她耳边响起，低低缓缓："真要包养我？"

隋意："……"

她立即收回了手。

顾词嘴角挂着笑容，走到了收银台前。

隋意反应过来，连忙跑了过去："等等……"

顾词已经拿出手机付了钱。

出了男装店，隋意还在抗议："说了我给你买的。"

顾词说道："你选的就行。"

她刚想要再说什么，顾词便继续："你的钱还是留着吧，毕竟我一晚上也挺贵的。"

隋意瞬间感觉气血上涌，一张脸涨得通红。

一直到进了电影院，隋意都很老实，没有再说话。

电影看的是最近讨论度很高的悬疑片，虽然很烧脑，但隋意基本是从主角一出来就猜到了结果，不过过程也挺有意思的，大场面很多，很刺激。

看完电影，隋意见旁边有一家电玩城，又拉着顾词进去。

看着顾词赢来的那一筐筐游戏币，她感觉自己这些年花在这上面的钱全都赢回来了。

顾词偏头看她，眉梢微抬："有这么开心？"

隋意抱着用游戏币换来的大兔子，眼睛弯弯的："当然了，你又不是不知道，我玩儿什么游戏都很菜，还是第一次从资本家手里占到便宜。"

"这倒确实。"

隋意想起那些不堪的往事,咳了一声:"但你为什么玩儿什么游戏都这么厉害啊?"

顾词微勾嘴角:"天赋?"

隋意朝他挥了挥拳头。

晚上回到酒店,隋意刚要去摁电梯,就听顾词说道:"等我一下。"

她转过头,见顾词走到前台,说了几句话后,拿出了身份证,很快又和房卡一起拿了回来。

顾词伸手摁了电梯:"走吧。"

隋意抱着兔子,迟疑着开口:"你……怎么又开了一间房?"

顾词回道:"还记得那本《酒店的起源与发展》吗?"

隋意的表情一言难尽,他该不会真对那个有兴趣了,打算花一晚上时间研究吧?

"我看了两遍,一个字都没记下来。"

隋意刚想问他为什么,又忽然意识到了某种可能性,立即闭嘴。

进了房间,隋意把兔子放在沙发上,问道:"你的房间在哪儿啊?"

"同一层,不远。"

"哦。"

顾词抿了一下唇:"你休息吧,我先过去了。"

隋意揪着兔子的耳朵:"哦,好。"

关门声传来后,她撇了撇嘴。他走了也好,她正好能去洗

澡了。

隋意从包里拿出换洗的衣服，进了浴室。

洗完澡出来，她看了一眼手机，还不到八点。

时间怎么过得这么慢？

隋意盘腿坐在床上，打开了一部电影，才看两分钟就觉得没兴趣。

这时候，门外传来了响动，像是有人喝醉了，一直靠着墙在走，路过她的房间门口时刚好撞在了门上。

隋意握紧了手机，感觉神经微微紧绷。

等脚步声走远了后，她才松了一口气。

隋意重新躺在床上，开始刷微博。

没过多久，一条酒店惊悚故事闯入了她的眼帘。

隋意快速滑走，可这些年看到过的有关酒店的恐怖故事开始在脑海里还原，一个比一个毛骨悚然。

顾词刚洗完澡出来，就看到手机在响。

他将手机拿了起来，滑动屏幕接通。

隋意鼻音很重："顾词。"

他的嗓音低低的："嗯？"

"我害怕。"

两分钟后，顾词站在她的房间门口，摁响了门铃。

隋意几乎是立即给他开门，撇着嘴，看上去有些委屈。

顾词把她抱在怀里："对不起。"

"你怎么又道歉？"

"我不该留你一个人。"

隋意垂着眼睛:"算了,原谅你了,毕竟我这么漂亮,你把持不住也很正常。"

顾词笑,胸膛轻轻震动。

过了一会儿,隋意才又小声问道:"那你还过去吗?"

顾词把她抱得更紧了些:"不去了。"

五分钟后,隋意就这么眼睁睁地看着顾词坐在了沙发上,又拿起那本《酒店的起源与发展》。她深深吸了一口气,告诉自己要冷静。

顾词似乎察觉到了她的目光,抬眼说道:"你睡吧,我就在这里陪你。"

隋意坐在床边,摆烂道:"睡不着。"

顾词看了一眼时间,确实还早。

隋意伸出手:"你把你那书给我看看。"

顾词将书递了过去。

隋意翻了两页,终于明白顾词为什么说一个字都没记住了。

人在心浮气躁的时候,确实很难静下心来。

顾词咳了一声,往沙发里坐了一点儿:"什么时候放假?"

"元旦过后基本就陆陆续续开始考试了。"

"你考完试就回东城吗?"

隋意顿了顿,合上书说道:"应该是吧。"

虽然她是该回去看爷爷奶奶,可上次暑假时,已经和杨佳慧闹得不愉快了。

如果没有她,他们能更加和睦。

她果然就是个累赘,走到哪儿都是多余的。

隋意把书还给他:"你慢慢看吧,我要睡了。"

顾词抬手摸了摸眉毛,把书放在腿上,随便翻了一页。

他刚垂下眼睛,面前的书突然被人拿走,紧接着,隋意的脸出现在他的视线里:"我难道还没有这本书好看吗?"

顾词偏了一下头,看着她不说话。

隋意也像是下定了决心,坐在了他的腿上,双手环住他的脖子,眼睛一眨不眨地看着他:"你在想什么?"

"想很多。"

"比如呢?"

"比如我现在算不算是乘虚而入,比如你会不会后悔,比如你还没有毕业,比如……"

隋意不等他说完,已经闭上眼睛吻了上去。

哪儿有那么多比如?

顾词放在她腰上的手顿了顿,慢慢收紧。

很快,隋意便感觉没了力气,刚退回去,后脑便被扣住,顾词只给了她一次换气的机会,便咬住了她的下唇。

隋意呼吸一窒,睫毛颤得更加厉害了。

顾词抱起她,将她放在了床上。

外面不知道什么时候又下起雨来了,隋意感觉很热,从里到外地热。

顾词的唇往下,呼吸扫到她的肌肤时,两个人都短暂地停顿了一下。

隋意脸红到了耳根,想要扭过脸,顾词却重新吻了上来。

他一只手扣着她的头,一只手缓缓解开了她的睡衣的纽扣。

空气中有无限的暧昧因子在蹿动。

隋意试图说点儿什么来缓解这尴尬气氛:"你……那个房间开

着岂不是很浪费？"

顾词声音微绷，只剩下气音："那不然下半场换个地方？"

隋意："……"

她就不该开口。

到最后时，顾词还是停下来，理了理她的头发，哑声问道："可以吗？"

隋意的眼睛都是湿的，她无声地点头，却又忍不住提醒道："你记得……做好措施。"

他的嗓音更低了："好。"

房间里的温度逐渐升高，玻璃窗上泛起了雾气，在这个雨夜里，显得格外朦胧。

隋意感觉八百米考试都没这么累过，虽然她自己不用费什么力，但就是……挺离谱儿的。

顾词默了默还是问道："你体测的时候，是怎么过关的？"

隋意不可思议地睁大了眼睛："这种时候说这种话，你还是人吗？"

"Sorry，好奇。"

这确实是隋意除了玩儿游戏之外的另一大耻辱，她每次体测考试都是擦线过的，她甚至怀疑老师都是睁一只眼闭一只眼，不然按照她那个成绩，不及格也很正常。

顾词把她抱了起来："去洗澡吗。"

隋意一板一眼地说道："回你自己的房间洗去。"

顾词挑眉："看来你确实只想包我一晚。"

隋意："……"

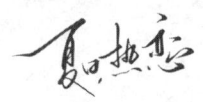

"是我的服务让你不满意吗，客人？"

隋意红着脸扑了过去，捂住他的嘴巴："你闭嘴！"

顾词轻而易举地接住她，把她的手拉了下来："这么有力气，刚才演呢？"

隋意想跑，却被他扣住了腰。

顾词不急不缓地继续说："有没有感觉物超所值？"

隋意趴在他的肩头，想要骂他，却连张口的力气都没有了。

第十九章
别叫我"姐姐"

早上,隋意直接睡到快中午才醒。

她睁开惺忪的眼睛,看到外面天气还是雾蒙蒙的,转了个身把头埋在了被子里。

旁边顾词的声音传来:"吃点儿东西再继续睡?"

隋意含混地应了一声。

顾词拍了拍她,掀开被子起身。

隋意又闭着眼睛酝酿了片刻,才一鼓作气地坐了起来。

她感觉浑身都酸疼没有力气,尤其是双腿,比做了一百个深蹲还要沉重。

隋意艰难地走到浴室里,洗漱的时候才发现脖子上多了几个"草莓"。

她想到这是怎么来的,脸不禁有些发烫,连忙接了一捧冷水进行物理降温。

顾词那个浑蛋,前两天还装得像模像样的,昨晚就……暴露了

本性。

等隋意慢吞吞地从浴室出来的时候，顾词已经买完饭回来了。

隋意坐在桌前，确实也有些饿了，探着头往纸袋里面看："你都买的什么？"

顾词把食盒一一拿了出来："椒盐排骨、柠檬虾、小炒牛肉、豆角焖茄子、鱼汤。"

隋意弯了弯嘴角，全是她喜欢吃的东西。

但她还是能挑刺，咳了一声，一本正经地说道："谁大早上吃这么油腻的东西？"

顾词顿了一下，看向她："已经中午了，妹妹。"

隋意："……"

她听到"妹妹"这两个字，脸更红了，手忙脚乱地去揭食盒的盖子："叫……叫谁妹妹呢你？"

昨晚这浑蛋不知道让她叫了多少声哥哥。

顾词眉梢微抬，黑眸里笑意不减。

隋意拆开筷子，刚要吃，顾词便开口道："先喝汤。"

她"哦"了一声，把汤碗接了过来。

隋意喝了几口汤，点评道："这鱼汤熬得没有你妈妈熬的好喝。"

顾词神色不变："你……"

隋意被呛得咳了两声，乖乖喝汤不说话了。

吃完饭，顾词说道："我来收拾，你去睡吧。"

隋意默了默才问道："你晚上几点的飞机啊？"

"七点。"

隋意看了一眼手机，还不到一点，时间还早。

她重新躺在了床上，吃饱喝足就是舒服。

隋意翻着微信记录，徐曼在给她打了那两个电话、发了一条微信后，再没有其他的消息了。

她打开了消除游戏，百无聊赖地玩儿着。

没过一会儿，顾词坐在了她旁边："不睡了？"

隋意盯着手机："睡不着。"

"那要出去走走吗？"

"不要，我就想躺着。"

"行。"

几分钟后，隋意把手机递给顾词："你帮我打，这一关怎么都过不了。"

顾词接过手机看了一眼，关卡并不难。

隋意平时玩儿得也不多，就是打发时间的时候玩儿两把。

顾词玩儿的时候，隋意靠了过去，将下巴放在了他的肩膀上。

顾词不动声色地侧目，随即放慢了点击屏幕的速度。

隋意的注意力全在游戏上，看到"失败"两个字的时候，她开口道："欸，你怎么输了？"

顾词收回视线："再来。"

隋意撇了撇嘴，聚精会神地看着。

在顾词连续失败了三把后，隋意打了个哈欠："原来玩儿游戏厉害的人，不一定玩儿消除游戏也厉害。"

好了她现在困了，可以睡觉了。

隋意钻进了被子里："你慢慢玩儿吧，我睡了。"

顾词"嗯"了一声。

然而隋意闭上眼睛后越睡越清醒。

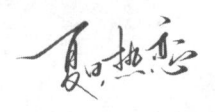

她平时觉也不多，今天上午已经把昨晚缺的觉给补足了。

隋意睁开了眼睛，藏在被子里的手缓缓往上，停留在顾词的腰侧，然后伸出手指戳了戳他的腹肌，硬邦邦的。

昨晚看到的时候，她就想这么做了。

顾词浑身的肌肉明显绷紧了。

隋意仰起头看着他，嘴唇微动，说了两个字。

"哥哥。"

顾词眼神黯下，喉结滚动："你确定？"

隋意无辜地眨了眨眼睛。

顾词放下手机，掀开被子，俯身吻住了她的唇。

隋意攥紧了他腰间的衣服。

周一，隋意再次开始了和男朋友异国恋的生活，一想到那个荒唐的周末，她都觉得离谱儿，那完全不像是她会做出来的事。

退房的时候本来就快四点了，顾词还非要把她送到学校，险些没赶上飞机。

下午的所有课结束后，隋意和陶圆圆她们正讨论着晚上要吃什么的时候，突然在人群中看见了徐曼的身影。

徐曼也看到了她，走了过来。

"意意，妈妈想跟你聊聊。"

陶圆圆三人见状，连忙找了个借口溜了。

坐在学校外面的餐厅里，隋意表情很平静，慢慢地喝着茶水。

徐曼抿了一下唇，开口："意意，之前的事妈妈很抱歉，我不知道你那天过生日……"

隋意说道："你忘记的也不仅仅是这一件事，这对我来说已经不重要了。"

徐曼皱着眉："是妈妈过去对你的关心太少了，以后我会减少工作时间，多陪你的。"

"不用了。"隋意拒绝道，"你有你自己的生活，我也有我的。你就当我跟着我爸吧，我们互不打扰也挺好的。"

"妈妈已经想清楚了，也跟林叔叔说过了，我和他不会结婚。"

隋意握着杯子的手顿了一下。

徐曼又说道："意意，妈妈是真的觉得对不起你，希望你能给我一个弥补的机会。"

隋意开口道："我说了，我们都有各自的生活，我现在已经二十岁了，你不用为了我放弃你的事业，更不用为了我放弃你未来的丈夫。"

"我……"

"我谈恋爱了，就是你上次见到过的那个男生。"

徐曼瞬间皱紧了眉头，不等她开口，隋意便继续说："他对我很好，如果不出意外的话，我们或许会结婚。我知道你想要说什么，但这就是我的选择，哪怕最后的结果是分手，我们也都应该为了自己的选择承担后果。"

徐曼问道："你是在跟我赌气吗？"

"不是，我又不是小孩子，还闹什么脾气？"隋意看向窗外，"我只是在想，每个人都有被爱的权利，你和隋崇光都会有自己的家庭。而我，也一样。"

"你现在还在念书，说这些太早了。"

隋意收回视线："那你这样想好了，我现在还在读书，每天住在学校里，和你也见不了几面，毕业后我开始工作，我们更没有机

会见面。所以，你完全不用为了我，放弃你已经做好的选择。"她继续说，"我也不会因为你不同意，和我男朋友分手。"

之后的一段时间里，隋意反正也没什么事，便把 CFA（特许金融分析师）、FRM（风险管理师证书）、CPA(注册会计师)、CFP(注册金融理财师)、ACCA(特许公认会计师)全部考了。

简乐和另一个女生，也和她一起把 FRM 和 CFA 考了

陶圆圆看得目瞪口呆："你们……简直不是人。"

简乐说道："你不是要忙着复习期末考试吗？我们就不给你雪上加霜了，反正明年还能考呢。"

陶圆圆趴在书桌上，悔不当初。

隋意翻着书："元旦的时候我把这次的题都写出来，你拿去看看，明年考起来应该就会容易一些。"

陶圆圆又坐直了起来："你元旦不去约会吗？"

简乐开口道："学长还没回国呢。"

"也是。"陶圆圆问道，"那你元旦怎么安排的？"

隋意回道："刚才不是说了吗？给你写题。"

陶圆圆抱住她："呜呜呜，隋意你真好。"

隋意笑道："好啦，不过你最好还是想清楚毕业以后打算做什么，如果真的要从事金融行业，明年开始你就别玩儿了，好好学习。"

陶圆圆撇嘴："我也不知道，但我对这个真的没兴趣。"

"那你就趁着过年，和你父母商量一下。"

陶圆圆点头："好，我会的！"

跨年那个晚上，隋意站在宿舍的阳台上，看着城市的灯光，嘴角慢慢扬起。

时间过得好快，距离顾词带着她去看跨年演唱会都已经过去一年了。

就在隋意想得出神的时候，手机响起，是顾词打来的电话。

顾词听她这边静悄悄的，问道："你没出去玩儿？"

"没有啊。"隋意转了个身，靠在栏杆上，"你也……你今天有什么安排吗？"

顾词回道："公司晚上有跨年活动。"

隋意叹道："真羡慕你啊。"

"不然我现在给你买机票，你到的时候还能赶上。"

隋意："谢邀。"

顾词在那边轻笑。

隋意感慨道："你有没有觉得时间过得很快？"

顾词应道："有，还有一个多月就过年了。"

隋意忍不住翘起嘴角："谁问你这个了？我是说，算了……不跟你说了，你赶紧去上班吧，别迟到了。"

说完，她便挂了电话。

隋意重新坐在电脑前，继续给陶圆圆整理着各项考试的题目。

不知道过了多久，她的手机再次响起，是一个陌生号码打来的电话。

隋意接通，对方说道："你的玫瑰花和蛋糕到了，麻烦下楼签收一下。"

她快速走到了阳台边，果然看到了外卖员。

隋意回道："你等等，我马上下去。"

她小跑着下楼，把花抱在了怀里，又伸手接过了小蛋糕："谢谢。"

回到宿舍，隋意把东西放在书桌上，拿出手机拍了一张照发给顾词。

隋意：又不是过生日，买蛋糕做什么？

顾词大概是在忙，一直没有回复消息。

隋意靠在椅背上，嘴角笑容不减，切出聊天儿对话框，用照片发了一条朋友圈。

陶圆圆回复：杀狗了，杀狗了。

简乐回复：隔着十万八千里都能闻到恋爱的酸臭味，哼！

另一个女生回复：看得我恋爱瘾犯了，挖点儿野菜冷静一下。

梁诗回复：耶——

陈赋回复：这花真新鲜。

除此之外，还有其他同学的评论。

隋意正在滑动屏幕往下看时，手机振动了一下，她连忙退出朋友圈。

顾词：仪式感？

隋意脸上的笑容扩大，她回复了一个表情包后，埋头继续做自己的事了。

元旦过后一个星期，便是金融系的考试。

考完后，陶圆圆浑身轻松："我们今晚去放松一下吧，这段时间可算是憋死我了。"

简乐问道："你计量经济学考得怎么样啊？能过吗？"

陶圆圆充满了信心："隋意给我画的那些重点全考了，百分之百没问题。"

这时候,有同学过来说道:"陶圆圆,计量经济学的老师让你去他的办公室一趟。"

陶圆圆:"……"

隋意见她面如死灰,安慰道:"放心吧,他会给你留活口的。"

考完最后一科,所有人都陆陆续续地回家了。

隋意拖着行李箱刚走到宿舍门口,就接到了徐曼的电话,再抬头时,看见徐曼从车里下来了。

回去的路上,两个人都没有说话。

最后,是徐曼率先打破了沉默:"你什么时候去你爷爷奶奶那里?"

隋意回道:"后天的机票。"

"后天我休息,可以送你。"

"不用了,我自己打车就行。"

徐曼突然说道:"我和你林叔叔领证了,就前两天的事。"

隋意并不意外,神色平静:"恭喜你。"

徐曼握着方向盘:"意意,妈妈的家永远都是你的家,你想什么时候回来都可以。虽然我现在和他结婚了,但是什么都不会改变。你如果不想见到他的话,我不会让他出现在你面前的。"

隋意语气淡淡地说道:"见不见都无所谓,他对你好就行了。"

徐曼顿了顿,半响才出声:"是妈妈对不起你。"

隋意看向了窗外。

第二天,她正在家里收拾行李时,门铃声响起。

隋意以为是顾词又给她点外卖了,走过去打开门,才发现是上次见到的那个女孩儿。

女孩儿紧紧地盯着隋意,虽然没说话,但看得出来,她浑身上下都写满了"不爽"这两个字。

隋意靠在门边,也没有让她进来,只是问道:"现在高中应该还没放寒假,你翘课来的?"

林淼"哼"了一声:"我来就是想告诉你,我不会接受你们母女的,永远都不可能!"

隋意笑道:"你这话跟我说有什么用?又不是我嫁给你爸。"

林淼闻言,瞬间不可思议地看着她:"你害不害臊,居然说这种话?"

"你跑来找我都不害臊,我害臊什么?"隋意伸手去关门,"冤有头债有主,谁和你爸结婚你找谁去。"

林淼见状,连忙用半个身体挡住门:"我找不到你妈,我爸现在也不理我了,我就只能找你了。"

隋意说道:"那你猜,你爸要是去警局接你,会不会更生气?"

林淼到底还是高中没毕业的小姑娘,一听隋意要把她送到警局去,顿时就怂了:"你别……别报警,我其实也不是来找你闹的,我就是……想跟你聊聊。"

隋意最终还是让她进来了。

林淼坐在沙发上,东看看西看看,撇嘴道:"我爸说你成绩特别好,怎么你家里一张奖状都没有?"

隋意给她拿了瓶酸奶:"你的奖状挂在客厅里?"

林淼得意地说道:"那当然了,我要是能拿一张奖状,我爸恨不得复印几百张,贴满整个客厅。"

隋意:"……"

林淼又小声嘀咕:"可我自从小学的时候拿过'三好学生奖'

后，就再也没有拿过奖状了。"

隋意坐在她对面："应该的。"

林淼不解："什么应该的？"

隋意耸了耸肩，微微笑了一下："没什么。"

林淼拿着酸奶，咳了一声："你妈妈要再给你找一个爸爸，你都不抗议吗？万一他以后对你不好呢？万一他打你呢？万一他抢走你妈妈对你所有的爱呢？"

隋意眉梢动了动："你……担心的是这些？"

"我……我才不担心，我是在问你。"

隋意笑了一声："我也不担心。"

林淼进一步问道："为什么？"

"我有自己的生活，又不和他们住在一起，更何况……"隋意的声音小了一些，"也没什么爱可以被抢走的。"

林淼没听清隋意最后的话，皱眉道："可是让你对一个陌生人叫爸爸，你不觉得别扭吗？"

隋意回道："他只是和我妈结婚，不代表我就必须叫他爸爸。"

林淼对此一知半解："那该叫什么？"

"爱叫什么叫什么。"

"可是……"

隋意起身："回去上课吧，你再翘课连大学都考不上了。"

林淼无所谓地说道："考不上就考不上，反正我也不喜欢上学，我长得这么漂亮，说不定以后还能去当女演员呢。"

"当演员也是需要脑子的，就你这……采访不到两句，就全暴露了。"

林淼刚想要说什么，隋意便继续说："你要是考不上大学，你

爸兴许会觉得你这个号练废了，再重新生一个，那样才是抢走了对你所有的爱。"

林淼瞪大了眼睛，猛地站了起来："什么？！"

隋意鼓励道："加油。"

林淼极其不情愿地走到了门口，像是下定了决心一般："那我以后能找你帮我补习吗？"

隋意："……"

林淼将手撑在门边："求你了姐姐，我其实都跟同学把牛吹出去了，说我认识一个姐姐，是去年的省状元，他们都觉得我好厉害。"

隋意拒绝道："别叫我姐姐。"

林淼噘嘴："可是你本来就比我大嘛，我不叫你姐姐叫什么？"

隋意趁她不注意，把人推了出去，快速关上门，如释重负地吐了一口气。

她小时候每年的生日愿望都是有个弟弟或者妹妹能陪她，那时候的愿望现在全实现了是吗，又是弟弟又是妹妹的？

隋意回到房间里，倒在床上用枕头蒙住头，脚在空气中胡乱踢了一通。

同一时间，她的手机响起。

隋意翻身接通电话，语气不爽："喂？"

电话那头的人顿了顿才问道："还没到过年呢，就开始准备放烟花的材料了？"

隋意："……"

她坐了起来，理了理自己凌乱的头发，没好气道："干吗？"

顾词的声音继续："考完试了？"

"昨天考完的。"

"回东城的时间定了吗？"

隋意闷闷地回答道："定了，明天下午的飞机。"

"那你什么时候回云城？"

"开学吧。"隋意顿了顿，才又问道，"那你什么时候回来？"

顾词嗓音含笑："想我了？"

隋意正色道："当我没问。"

顾词这才回道："还没定下来，到时候跟你说。"

隋意"哦"了一声："说不说都无所谓，反正也要年后才能见面了。"

"你是真狠心啊，妹妹。"

隋意瞬间耳朵发烫："挂了。"

她又在床上躺了一会儿后，才起来继续收拾东西。

晚上徐曼回来，隋意也没有提起林淼今天来找过她的事。

第二天中午，徐曼刚坐上车，准备送隋意去机场时，工作电话便打了过来。

隋意系安全带的手松开："你去忙吧，我打车过去。"

徐曼却只是把手机放下："这会儿路上不堵，去机场也就是半个小时而已，来得及。"

隋意没再说什么。

到了机场，徐曼抱了抱她："意意，你要是在那边不开心了，随时回来，妈妈在家等你。"

隋意问道："你不去和林叔叔过年吗？"

徐曼回道："他带着淼淼去他父母家。"

隋意默了默才说道："你其实可以跟着去，不用特意等我。"

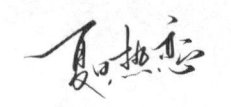

"到时候再说吧。"

隋意从她的怀里出来:"我该去过安检了。"

徐曼点头:"落地之后给我发消息。"

"好。"

隋意拉着行李箱,转身往候机大厅走去。

她知道,徐曼这次是真心想要补偿她,可她现在已经不是小孩子了,那些母慈子孝的场景,对她们来说实在是太遥远了。

那天在酒店跟顾词说了那么多话后,她好像就已经释怀了,不是赌气似的说不在乎,是真的觉得无所谓了。

并不是每个人从出生开始就一直被爱着,那些不被爱着的人,也能在那许许多多的日子里,找到生命中最重要也最爱自己的人。

顾词的出现,好像消除了她所有的愤懑情绪。

东城还是同去年一样,漫天飘雪。

临近年关,隋崇光公司太忙,实在抽不出身,让司机来接的她。

隋意到的时候,爷爷奶奶已经在门口等她了。

隋意跑过去抱住他们:"爷爷奶奶。"

两个老人都是满脸的笑容,隋奶奶说道:"来,奶奶看看,今年有没有长胖。"

隋意站在他们面前,捏了捏自己脸上的肉:"越来越胖啦。"

隋爷爷在旁边说道:"胖点儿才好,这样才有精神。"

这时候,穿得跟个小凳子似的隋禾从里面一摇一摆地走了出来,"咿咿呀呀"地叫着:"爷爷——"

隋爷爷把他抱了起来,笑眯眯地说:"禾禾,姐姐回来了,叫姐姐。"

隋禾看着隋意,眼睛睁得大大的,随即乖乖开口:"姐姐——"

隋意歪了一下头,伸出手去逗他:"他也长胖了,好可爱。"

隋奶奶见状笑道:"跟你小时候一样可爱。"

隋爷爷附和道:"你还别说,我觉得禾禾越长越像意意小时候了。"

隋奶奶把相册翻了出来,上面全是隋意小时候的照片,每个年龄段的都有。

隋奶奶一边翻,一边感慨道:"一眨眼我们意意都成大姑娘了。"

隋意靠在她的肩上:"您还是像以前一样没变。"

隋奶奶笑弯了眼睛:"我和你爷爷都老了。"

说着,她又感慨道:"奶奶这辈子最大的心愿就是咱们意意能够幸福快乐,也不知道我们还能不能活到你结婚生子的那天。"

隋意皱眉道:"奶奶,您又说这些,您和爷爷一定能够长命百岁的。"

"好,好,好,不说这些了。"隋奶奶小声说道,"那你跟奶奶说说,你跟你那个男朋友怎么样了,还在谈吗?"

闻言,隋意慢慢红了脸,半晌才点了点头。

隋奶奶见状乐道:"有没有照片,给奶奶看看?"

隋意打开手机,翻出她去纽约时和顾词的合照。

隋奶奶有点儿老花眼,特地找出了眼镜,眯着眼睛看了看,不禁笑容满脸:"这小伙子长得真好看,难怪你这么喜欢。"

隋意有些不好意思:"奶奶。"

隋奶奶把手机还给她,又问了一点儿顾词的情况后,隋崇光和

杨佳慧回来了。

隋奶奶立即朝她使了一个眼神就没说了，仿佛这是她们两个之间的小秘密。

吃饭的时候，隋崇光和隋爷爷像往常一样关心了一下隋意这半年的生活。

杨佳慧给隋禾喂着饭，气氛虽然不算多融洽，但也还算和谐。

晚上，隋意躺在床上玩儿手机时，突然听到门口传来了动静。

她稍稍坐了起来，看见一个毛茸茸的小脑袋探了进来。

隋禾手扒着门框，眼睛弯弯的，露出了两颗小牙齿："姐姐——"

隋意细长的眉动了动，他确实……还挺可爱的。

她走过去，蹲在他面前，伸出手指逗他："你怎么到这里来了啊？"

隋禾拍着自己的小手掌："姐姐玩儿！"

隋意撇了一下嘴："还是算了吧，一会儿你妈又要觉得我欺负你了。"

隋禾听不懂这些，只是握住了她的手指，一摇一晃地拉着她往前面走去。

隋意跟着他到了堆满玩具的房间里。

隋禾熟练地拿出了自己的小玩具，然后放在隋意面前，又转身去拿其他的。

很快，隋意周围便摆了一圈各种样式的小汽车。

隋禾一屁股坐在她面前，拿了一个消防车玩具，用手歪歪扭扭地开着："嘟嘟嘟……"

隋意见状忍不住笑了笑，也拿起一个玩具车陪他玩儿着。

杨佳慧走到门口看见这一幕，停顿了一下后，又默默退了出去。

隋意一直跟隋禾玩儿到了九点多，直到隋奶奶来接他去洗澡，她才回了自己的房间。

手机里，已经有了两个顾词的未接来电。

隋意倒在床上，回拨了电话过去。

顾词问道："才吃完饭？"

隋意翻了个身："没呢，带小孩子。"说话间，她又打了个哈欠，"你要是没什么事的话我就先去洗澡了，好困。"

她昨晚没有睡好，今天起来得也早，又坐了一下午的飞机，这会儿已经累得不行了。

"没事，去睡吧。"

"好。"

隋意挂了电话，勉强撑起来，进了浴室。

之后的大部分时间里，她的大部分活动是陪着隋禾玩儿，大概血缘关系就是那么神奇，虽然只有这么短短两天，隋禾却已经变得特别黏她。有时候隋意离开一会儿，他都会哭半天。

就连隋奶奶都感慨着说，小白眼儿狼，有了姐姐就不要奶奶了。

隋意突然觉得，自己还挺有带孩子的天赋的。

小年的那一天，东城又下了一场雪，四周都是白茫茫的一片，隋意起得早，便在院子里堆起了雪人。

她刚堆到一半儿，羽绒服里的手机便响了起来。

隋意摘下手套，滑动屏幕接通电话："喂？"

顾词的声音传来："起床了？"

"起来了。"隋意另一只手不忘团着雪,"我在堆雪人呢,你那边下雪了吗?"

顾词说道:"下了。"

隋意打开天气预报搜了搜,撇嘴道:"骗人,纽约今天明明在出太阳。"

"谁跟你说我在纽约了?"

隋意顿了顿,把手机重新放在了耳边:"你回来了?"

"刚落地。"

隋意"哦"了一声:"那你回来得还挺早的,我以为至少得除夕前一天了。"

顾词说道:"不是你说的吗?每个月的假积攒到一起,就能提前回来。"

隋意跪坐在雪地上,小声嘀咕:"早知道就不该让你积攒的,对我又没什么好处。"

顾词嗓音含笑:"后悔了?"

"后悔有什么用?算了,谁叫我人美心善呢。"

顾词叫她:"隋意。"

"干吗?"

"你今天穿的什么衣服?"

隋意低头看了看:"羽绒服啊,怎么了?"

顾词说道:"东城挺冷的,多穿点儿。"

隋意刚想要回答,忽然意识到什么,站了起来:"你该不会——"

她在顾词那边嘈杂的背景声中,隐隐听到了一句:"到达东城的旅客请注意,雪天路滑,请您提前准备好出行措施……"

隋意说了一句"你在机场门口等我"后，便收起手机，朝着屋里喊道："奶奶，我出去一趟，不用等我吃早饭了。"

隋奶奶喊道："这大清早的，你去哪儿啊？"

她拿着汤勺追出来的时候，隋意已经没影儿了。

隋意跑到街口，伸手打了一辆出租车："麻烦去机场。"

坐在车上时，她的心都还在"怦怦"直跳。

这会儿时间还早，路上不堵，但是由于路滑，司机开得慢，等到了机场，也已经是四十分钟后了。

隋意跑进去，环视了一圈，总算在热水机旁边看到了顾词的身影。

顾词也看到了她。

隋意抿起唇，提起一口气往前跑了一段路后，直直扑到了他的怀里。

顾词接住她，头埋在了她的颈窝里，却不忘调侃道："跑这么快，最近锻炼了？"

隋意不满道："你真能煞风景。"

顾词笑，掌心扣住了她的后脑，把人抱得更紧了些。

距离隋意的生日已经过去了三个月，他们已经整整三个月没有见面了。

隋意在他怀里待了一会儿，察觉到围观的人越来越多时，连忙出来，用围巾遮住了自己的下半张脸："走啦。"

顾词勾了勾唇，一只手牵着她，另一只手拉着行李箱。

上了出租车，顾词说了酒店的名字。

隋意转过头，震惊地说道："那个酒店离我家就只有十分钟的距离。"

顾词问道:"那你猜猜我为什么会订那家酒店?"

隋意轻哼。她还以为是巧合呢。

她想了想觉得不对:"你为什么会知道我爷爷奶奶住哪儿啊?"

顾词打开手机,翻了一张照片给她。

隋意凑过去看,是去年她到东城的那晚,看见外面下雪了,拍了一张照片给他,照片上隐隐约约能看到几座建筑的名字。

隋意感叹道:"你这侦查能力,不去当间谍可惜了。"

顾词眉梢微抬:"等我以后退休了,可以考虑。"

隋意默了默,又问道:"那你这次……回来以后,是不是就不用去纽约了?"

"还要。"他看着隋意瞬间变得失落的神色,扣住了她的手指,"不过是半年去一次总部开会,一次最多待一个星期。"

隋意闻言,嘴角的笑容忍不住扩大。

到了酒店,隋意说道:"我先回去了,我之前就那么跑出来,爷爷奶奶肯定担心了。"

顾词直接把行李箱寄存在前台处:"我送你。"

隋意小声说道:"可是……万一被他们发现了怎么办?我还没说呢。"

"你说送到哪儿就到哪儿。"

隋意想了想,同意了:"好吧。"

她也确实是……有点儿舍不得他的。

两个人慢悠悠地往回走着,这会儿街道上的人已经多了起来,树枝也被积雪压弯,时不时地落下积雪。

隋意走着走着,转过头看向身旁的人:"你在这里待几天啊?"

"你要是邀请我去你家过年的话,我待到什么时候都可以。"

隋意收回视线:"你还是早点儿回去吧。"

顾词眼里笑意不减。

到了家附近的小公园,隋意停下了脚步:"就到这里吧。"

他们要是再往前走容易遇到邻居或熟人,而且爷爷奶奶平时吃了早饭也喜欢来这里溜达。

顾词看着她问:"吃了午饭能出来吗?"

隋意将脸藏在围巾里:"我要陪我弟弟玩儿呢。"

顾词不满道:"只要弟弟,不管哥哥了?"

隋意的脸"噌"的一下红了,她利落地扭过头道:"走了。"

顾词将她拉了回来,俯身搂住她:"抱一下再走。"

隋意翘起嘴角,手放在了他的腰上,那就抱一下吧。

就在这时候,她身后传来奶奶试探的声音:"意意?"

隋意脸上的笑容顿时凝固,整个人都僵住了。

顾词抬头,看着面前的老人,咳了一声,缓缓收回手:"奶奶好。"

隋奶奶满脸笑容:"你好,你好,我就说看着眼熟呢,你比照片里长得还帅。"

顾词眉梢微动:"您看过我的照片?"

他说话的时候,视线扫向了戳在旁边的人。

隋意懊恼地闭上了眼睛,现在非常后悔。

她怎么就答应他送她回来,怎么就答应他在这么危险的地方抱一下呢?

隋奶奶说道:"看过,怎么没看过,我还夸意意眼光好呢。"说着,她又看向了隋意:"意意,你站那儿干吗呢?"

隋意这才僵硬着脖子转过了身:"奶奶……"

话到嘴边,她发现了一件更要命的事,杨佳慧就抱着隋禾站在不远处,时不时往这边看来,明显是八卦又好奇。

隋奶奶说道:"我说你怎么早饭都没吃就跑出去了,原来是因为……"顿了顿,她又问道,"你吃早饭了吗?我给你留在锅里了。"

隋意顺势去拉她:"还没有,奶奶,我们快回去吃饭吧。"

下一秒,顾词的声音响起:"奶奶,我也还没有吃早饭。"

隋意回过头瞪他,顾词和她视线相接,眉眼含笑。

隋奶奶乐得不行:"那正好一起,一起回去吃。"

隋意试图阻止:"奶奶,他还要回酒店收拾行李呢。"

隋奶奶却说道:"收拾行李也得先吃饭啊,不吃早饭可不行。"

说着,她又凑到隋意身边,小声说道,"放心吧,你爸和你爷爷不在家。"

隋意:"……"

这和掩耳盗铃有什么区别?

回去的路上,隋奶奶一直拉着顾词,问他是什么时候到的东城,住在哪里,带的衣服够不够,说要穿暖和点儿,别冻着了。

隋意走在他们后面,朝顾词挥了挥拳头。

到了家,隋奶奶把早饭从厨房里拿了出来:"有点儿少,我再去做点儿。"

顾词连忙说道:"不用了奶奶,我吃得少。"

隋意对这话嗤之以鼻。

隋奶奶不同意道:"那怎么行?早饭就是要吃饱,你这么大个小伙子,吃少了身体哪儿受得住?等着啊,我很快就做好了。"

"谢谢奶奶。"

隋奶奶笑道:"你们先吃,先吃,马上就来。"

等隋奶奶进了厨房后,隋意没好气道:"你一口一个奶奶,叫得挺顺啊。"

顾词侧身在她耳边低声说道:"我叫妹妹更顺口。"

隋意差点儿被鸡蛋噎住。

顾词倒了热水给她:"慢点儿吃,妹妹。"

隋意被呛得咳了几声,脸涨得通红:"闭嘴!"

刚吃完早饭,隋意就拽着顾词往外面走:"奶奶,我送他出去了。"

隋奶奶开口道:"欸,才吃了饭,休息一下再走吧,这么着急做什么?"

隋意回道:"着急,他还要去酒店办理入住手续呢。"

顾词反扣住她的手腕站在原地:"奶奶,第一次登门,是我准备不周,还让您给我做了那么多好吃的早点,实在是缺了礼数。下次我准备充足之后,重新登门拜访。"

隋奶奶笑眯眯地说:"不碍事,不碍事,欢迎你下次再来玩儿。"

隋意拉着他:"赶紧走了。"

顾词朝隋奶奶微微颔首后,转身跟着隋意离开。

出了巷子,隋意松开他:"我回去了,你快走吧。"

顾词张开双手:"再抱一下?"

隋意朝他挥拳。

顾词笑:"什么时候有时间了给我打电话。"

中午吃饭的时候,隋意和隋奶奶还有杨佳慧都很默契地没有提

起早上的事。

下午，等隋禾睡着了后，隋奶奶用胳膊碰了碰隋意："你就别在家里待着了，出去玩儿吧。"

隋爷爷闻言开口道："这大冷天的，你让孩子去哪儿玩儿？"

隋奶奶反驳道："你懂什么？意意她……她这个年纪的女孩子，就该多出去跟同学玩儿，成天跟我们待在家里多无聊。"

隋爷爷觉得她说得有道理："意意，你也不用每天都陪着我们，遇到天气好的时候，也可以多出去走走，和朋友去逛逛街，爷爷给你拿钱。"

隋意笑了笑："谢谢爷爷，您和奶奶上次给我的那些钱都还没用完呢。"

"这都多久了？你呀，该花的就花，别省着。"

隋奶奶也说道："你爷爷说得对，你赶紧去吧，晚上要是不回来吃饭的话，提前跟我说一声。"

隋意站了起来："好。"

她戴上围巾，走了出去。

这会儿雪又开始下了，小朵小朵的。

隋意走到顾词的酒店楼下，拿出手机给他发了条短信。

隋意：在干吗呢？

顾词：在洗澡。

顾词：要看吗？

隋意："……"

很快，顾词的电话打了过来。

隋意下意识地还以为他真的是要给她看什么不能播的东西，瞬间心都跳得快了几分，然而平静下来后，才发现他打的是语音电话。

她点了屏幕接通,顾词的声音传来:"忙完了?"

隋意"嗯"了一声:"我在你住的酒店楼下,你吃饭了吗?"

"还没有,等我两分钟,马上下去。"

"哦。"

隋意挂了电话,突发奇想地打开了计时器。

一秒,两秒,三秒……

在一分五十秒的时候,顾词的身影出现在她的视线里。

啧,还真是两分钟。

隋意收起手机:"你不是说在洗澡吗?"

顾词站在她面前,视线在她的脸上扫过,眉梢不着痕迹地动了动:"感觉你很失望?"

隋意:"……"

她别开了视线,咳了一声往前走着:"想吃什么?我请你。"

顾词走在她旁边:"东城什么好吃?"

隋意绞尽脑汁地想了想:"这我还真不知道。"

顾词:"……"

隋意理直气壮地说:"我一年就回来这么一两次,回来也是陪我爷爷奶奶,都是在家里吃饭,又没有去过外面。"

她拿出手机,打开大众点评:"这家评分挺高的,我看评价说是东城最好吃的特色菜馆,去这儿吃吧。"

顾词同意道:"行。"

这家菜馆离他们不近,等他们过去时,已经快四点钟了。

隋意本来是打算陪顾词来,她不吃的,可这会儿已经有些饿了。

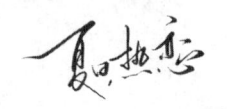

等菜上来时,她眼睛都亮了。

顾词倒了茶水放在她旁边:"中午没吃饱?"

隋意拿着筷子,没好气道:"我一整天都提心吊胆的,能吃好吗?"

她和杨佳慧本来关系就不好,她真的很怕中午吃饭时杨佳慧突然有意无意地提起早上见到她和顾词的事。

顾词问道:"他们不让你谈恋爱吗?"

隋意回道:"也没有,就是还没说到这个程度上,我也还没有做好准备。"

"那你什么时候能做好准备?"

"我……"隋意警惕地看着他,"你想要做什么?"

顾词喝着茶水:"没什么。"

隋意友情提醒:"我觉得你最好还是不要出现在我爷爷和……我爸面前,我还没毕业呢,他们说不定会觉得你居心不良,诱拐清纯大学生。"

顾词被呛得咳了几声。

隋意扬了扬嘴角,感觉大仇得报。

之后的几天里,顾词一直待在东城,隋意勉为其难地抽出时间,陪他把附近的景点都逛了一遍。

有很多地方,她甚至之前完全没去过。

连隋爷爷都说,年轻人就该多出去走走,意意这两天脸上的笑容都变多了。

隋奶奶和杨佳慧都心照不宣地没有开口。

到了除夕前夜,顾词把隋意送到了巷子口,说道:"我明天就回去了。"

隋意点了点头："你爸妈……回来过年了吗？"

"回来了，昨晚到的。"

隋意"哦"了一声："那我明天就不去送你了，明天除夕，我要帮我爷爷贴对联。"

顾词握住她的手腕，将人轻轻地抱到了怀里："什么时候回去？"

"过了元宵节吧。"

顾词没说话。

隋意又说道："那不然……我提前几天走好了。"

顾词问道："你不陪爷爷奶奶了？"

"骗你的，想得美。"

顾词："……"

隋意从他怀里出来："很晚了，我要回去了。"

顾词点了一下头，看着她离开。

隋意一步三回头，朝他挥着手，示意他赶紧走。

顾词站在那里，直到她推开门进去，才收回视线转身离开。

隋意上到二楼后，便推开窗，正好能看见顾词的背影。

她觉得她男朋友看上去挺可怜的。

她将手撑在窗台上，手指敲击着侧脸。其实她已经买好初七回云城的机票，到时候给他一个惊喜好了。

早上，隋意吃了早饭，正准备开始贴春联的时候，听到外面有敲门声响起。

隋奶奶在厨房里忙活："意意，你帮奶奶去看一下是不是隔壁

张奶奶送菜来了。"

隋意应了一声,小跑着去开门。

然而就在门被打开的那一瞬间,她猛地瞪大了眼睛:"你怎么来了?"

顾词手里拎着礼物,朝她抬了抬眉。

隋意刚想把他推出去时,隋爷爷走了出来,打量着顾词:"意意,这位是……?"

隋意正要解释,顾词便开了口:"爷爷,我是隋意的学长,也曾经担任过一学期他们的代理辅导员,最近刚好来东城有点儿事,觉得应该来拜访一下。"

隋爷爷闻言连忙招呼道:"是这样啊,快进来吧,进来吧。"

顾词往院子里走了几步:"我一会儿的飞机回云城,就不进去坐了。"

隋爷爷看了看隋意,又对顾词说道:"那你这太匆忙了,我还说留你吃午饭呢。"

顾词把礼物放在了桌上:"下次吧。"

隋爷爷没反应过来:"啊?"

隋意快速上前:"他的意思是……下次我请他吃饭就行了。"

"这倒是也行。"

隋爷爷话音刚落,隋崇光和杨佳慧也走了出来。

隋爷爷开口道:"来,来,我给你们介绍一下,这是隋意的爸爸和阿姨,这是意意的同学,还当过她的……"

顾词补充道:"代理辅导员。"

隋爷爷赞不绝口:"这小伙子多优秀啊,看上去也没比意意大几岁吧,就当上代理辅导员了。"

顾词朝着隋崇光和杨佳慧颔首:"叔叔,阿姨。"

隋崇光点了点头:"你叫什么名字?"

"顾词。"

杨佳慧则是悄悄看了隋意一眼,后者心如死灰。

隋爷爷拉着顾词聊了一会儿天儿,没几分钟的工夫,顾词就把家底透了个遍:家住哪里,父母是做什么的,家里有没有兄弟姐妹,平时有没有什么不良嗜好。

在得知他是他们那一届高考的全国最高分后,隋爷爷竖起了大拇指:"这孩子好,从小品学兼优,有出息。"

顾词谦虚道:"跟隋意比起来,我还是差了一点儿。"

隋意坐在旁边,双手托腮,不想说话。

隋爷爷也不吝啬地对自己的孙女夸奖着:"我们意意从小学习成绩也好,我对她倒是没有什么大的期望,只希望她能开心快乐。"

隋崇光问了一句:"你已经毕业了?在做什么工作?"

"毕业了,现在和国外的一家公司共同做软件研发。"

"什么合作形式?"

"他们提供资金,我提供技术。"

"你是按月薪算,还是入股分红?"

"分红。"

"一年能有多……"

隋意见他问得越来越深入,忍不住坐起来了一点儿,微微皱着眉。

杨佳慧见状,也暗中踢了踢隋崇光。

他说到一半儿,咳了一声,拿起水杯喝了一口水。

顾词依旧态度谦和:"软件在纽约推行得很顺利,预计月底开

始在国内投放，如果效益好的话，年分红应该能有一百万元。"

其实顾词没说实话，这款软件的分红至少是千万元以上。

他怕说得太多，会让隋意的家人觉得他太高调，有炫耀的成分在。

隋意家境不错，隋崇光自己开公司，平时的年收益也有几百万元。

所以顾词这年收入一百万元，在隋崇光看来不算太好，但也不算太差，属于中规中矩，挑不出什么毛病来。

而且顾词还是初出茅庐，以后一定大有作为。

眼看着隋崇光问完了，隋爷爷还想继续问什么，隋意立即起身，拽着顾词的胳膊："你不是还要赶飞机吗？一会儿迟到了。"

顾词低头看了看时间，确实该走了。

他朝他们颔首："那我就先告辞了，下次再来……"

隋意打断他的话："我先送他出去。"

语毕，她拉着顾词就走了。

隋爷爷喝着茶，感慨道："真是长江后浪推前浪啊，我以为意意已经是他们同龄人中最优秀的存在了，没想到他还要更厉害一些。"说着，他又埋怨着隋崇光："你这人就是掉钱眼儿里了，第一次见面，你就问人家工资，多冒昧？我还想多了解一下他父母的职业呢。"

隋爷爷平时爱好不多，其中一个就是爱看考古解密的相关东西。

隋崇光望了望门外："你没看出来那是隋意的男朋友？我能不问清楚点儿吗？"

隋爷爷瞬间放下茶杯，瞪大了眼睛："男朋友？"

隋崇光说道："不是男朋友谁大过年的带着礼物上门？"

"你这么说倒是也对。"隋爷爷继续喝着茶，满意地说道，"他要真是意意的男朋友，那我也就放心了，这小伙子人不错。"

而隋奶奶在厨房里忙碌，生生错过了这场见面会。

隋意把顾词一直拽到了巷子口，一言不发地瞪着他。

顾词抬手揉了揉她的脑袋："这是谁的女朋友这么可爱？"

隋意："……"

她挥开他的手："你干吗突然过来？"

顾词说道："想了一个晚上，还是觉得就这么走了不甘心。我先在你的家人这里拿个号码牌，万一你以后抛弃我，也能有人给我做主。"

隋意狐疑地看着他："你一晚上没睡？"

顾词："……"

他收回手："省状元挺能找重点。"

隋意撇嘴："那你为什么要说是我的代理辅导员这回事？"

"不得先给他们留个好印象吗？难不成说我是那个居心不良、诱拐清纯大学生的罪魁祸首？"

隋意小声嘟囔："你倒是挺会给自己找借口。"

顾词抱了抱她："好了，真要走了。"

隋意说道："赶紧走吧你，一会儿赶不上飞机了。"

顾词勾起嘴角，离开之际，低头在她的唇上落下一吻，速度快到隋意都没有反应过来。

她抬手碰着唇，看着顾词的背影，脸上笑容扩大。

隋意回去的时候，院子里一切正常，隋爷爷只是问了她一句"顾词上车了吗？"便没有再进行相关的任何话题。

隋意一颗悬着的心，也算是落了回去。

他们……应该没看出来吧？

第二十章
你的声音我记了很久

这个春节,似乎比去年过得要更融洽一些,有了隋禾这个小开心果,家里随时都充满着欢声笑语。

但是年初二那天,家里迎来了一位不速之客。

敲门声响起时,是杨佳慧开的门,她看着背着书包的小姑娘,好奇地问道:"你找谁?"

林淼踮起脚往里面看了看,随即指着隋意,开心地说道:"我找她!"

隋意一颗汤圆直接卡在了嗓子里,好半天她才咽下去。

林淼越过杨佳慧,蹦蹦跳跳地跑进屋,同时跟周围的人打着招呼:"爷爷好,奶奶好,叔叔好,阿姨好,还有……这个小朋友,"她摸着隋禾的脑袋,"你也好呀。"

几个人交换了一下目光,又看向了隋意,无声询问着。

隋意站了起来,拉着她咬牙问道:"谁让你来的?"

林淼说道:"你不是答应了要帮我补习的吗?我一定要在开学

前偷偷努力，惊艳所有人！"

"我没答应你。"

林淼噘着嘴，左摇右晃地撒着娇："姐姐，我的好姐姐，我求你了，你就帮帮我嘛。"

隋意闭了闭眼，深吸了一口气。

隋奶奶见状问道："小姑娘你吃早饭了吗，没有的话就跟我们一起吃点儿？"

林淼立即高兴地点头："好！"

一顿饭吃下来，当数林淼吃得最开心，她腮帮子塞得鼓鼓的，手激动地指着碗，声音含混地说道："这汤圆好好吃！我从来没吃过这么好吃的汤圆！"

隋奶奶笑容慈祥和蔼："这是我自己包的，你喜欢吃就多吃点儿，不够的话我再给你煮。"

林淼高兴地点头，一口一个汤圆往嘴里塞。

隋意坐在旁边抚额，感觉头疼。

这时候，她感觉肩膀被人拍了拍，是隋崇光，他示意她去外面说。

隋意深吸了一口气，站了起来。

到了门外，隋崇光看了一眼里面的人，问道："那个小姑娘是谁？"

隋意认命般叹了一口气："妹妹。"

"什么妹妹？"

隋意默了两秒才回道："我妈结婚了，她是那个男人的女儿。"

隋崇光明显愣了一下，动了动唇却没发出声音。

过了一会儿,他才开口道:"我知道了,你回去吧。"

隋意转身,刚要进去时,隋崇光又问道:"他对你妈妈好吗?"

隋意停住脚步:"不知道,应该好吧,不然我妈也不会和他结婚了。"

隋崇光点了点头,没有再说什么。

隋意进去的时候,林淼已经吃完了,正热情地要帮隋奶奶洗碗,结果还没走到厨房里,便打碎了一个碗。

她站在那里,有些自责,蹲下身就去捡碎片。

隋奶奶安慰道:"没事,没事,岁岁平安,你别动,小心划伤手,我来捡。"

隋意见状没好气道:"你别在那里添乱了,跟我过来。"

林淼看了看她,又看了看隋奶奶,后者说道:"快去吧。"

她起身一蹦一跳地跟着隋意上楼了。

回了房间,隋意关上门,审视地看着她:"你来找我,你爸知道吗?"

林淼回道:"知道啊,他还让我好好学习,不要给你添麻烦呢。"

隋意说道:"你的到来对我来说就已经是个麻烦了。"

林淼立即说道:"我自己在外面住酒店,吃饭问题我也会自己解决的,你不用担心我。"

"谁担心你了?"隋意严重怀疑,林宇衡就是想清清静静地过个年,所以把人给支到她这里来了,于是说道,"你现在就买票回去。"

林淼噘着嘴:"可现在过年,票好难买的,我来的票都是等了一个晚上才抢到别人退的。"

"那你就再等一个晚上。"

见隋意态度坚决，完全没有商量的余地，林淼委屈巴巴地说道："可是爸爸和徐阿姨去马尔代夫了，我就算回家也是一个人孤苦伶仃的。"

"那你就去马尔代夫找他们。"

林淼不愿意："那我也不能破坏他们的二人世界啊。"

隋意斜着眼看她："你不是说不会接受她吗，去破坏不是正好？"

"我仔细想了想，觉得你说得对，徐阿姨对我也挺好的，而且我爸爸说了，我要是不愿意的话，也可以不用叫她妈妈。"她小声嘟囔着，"更何况，我还指望着你辅导我学习呢。"

隋意刚想要说什么，敲门声便响起。

隋爷爷唤道："意意，你出来一下。"

隋意拉开门走了出去。

隋奶奶也等在楼梯口。

隋爷爷低声说道："你爸爸都跟我们说了，那个小姑娘……大过年的，既然人已经来了，你就别赶她走了。"

隋奶奶点头："是啊，来的都是客嘛。"

隋意皱着眉："可是……"

隋奶奶拉着她："意意，奶奶知道，你是不想给我们添麻烦。之前我还在想，你妈妈成天那么忙，未来的日子可怎么办？现在她能找个对她好的人，我也算是放心了。"

隋爷爷也说道："虽然我们对你妈妈是有一些不满，但归根究底，还是你爸爸对不起她在先。现在那个小姑娘大老远地跑来找你，说明她爸爸也是默许她这样做的，别让你妈妈难做。"

隋意抿了抿唇。其实她知道,爷爷奶奶也是怕她把林淼赶出去了,会惹得林宇衡不高兴,以后对她也不好。

她不在乎这些,但是也不想让爷爷奶奶担心。

半晌,隋意才点了点头:"好。"

林淼本来规规矩矩地在房间里的小沙发上坐着,门被打开后,她立即站了起来。

隋奶奶笑眯眯地开口:"小姑娘,你这几天就在我们这里住下吧,也方便意意教你学习。"

林淼连忙摆手:"不用了奶奶,我住酒店就行了。"

隋奶奶说道:"这大过年的,住什么酒店?我现在去给你收拾房间,你好好学啊。"

林淼高兴地点头:"谢谢奶奶!"

隋意面无表情地看着她:"卷子呢?"

林淼疑惑地问:"什么卷子?"

"期末考试的卷子,我得看看你现在是什么水平。"

林淼闻言,扭扭捏捏地说:"不能直接讲题吗?"

隋意走到书桌前,拉开椅子坐下:"不能,我一会儿给你一个学习时间安排表,你这几天别想出去玩儿。"

"可……过年呢……"

隋意又说道:"卷子。"

林淼这才颤巍巍地把皱巴巴的卷子从书包底层掏出来,心惊胆战地给隋意递了过去。

隋意看着上面那触目惊心的红色痕迹,觉得自己的眼睛都开始疼了。

林淼解释道:"我这次就是……没有发挥好,其实我的成绩还可以的。"

隋意漫不经心地"嗯"了一声,拿出了笔和白纸,"唰唰"写着。

几分钟后,她把纸和笔递给了林淼:"这是我根据你错得最多的几道题型重新出的题,你把算法和公式套进去就行了。"

林淼慢吞吞地接过纸和笔,然后咬了半个小时的笔头。

公式是什么来着?

隋意翻着她的书,上面大多是一些无意义的涂画痕迹,还有一些笔记,写着写着就变得扭曲,最后变成了诡异的象形符号。

她问道:"这是什么?"

林淼凑了过来,分析道:"这……好像是我写到一半儿,就开始打瞌睡了……"

隋意深吸了一口气:"继续做你的题。"

林淼眨了眨眼睛,倒是很坦诚:"我不会。"

隋意把纸和笔拿了过来,开始一步一步地教她。

之后的几天里,林淼在隋家住了下来。

但除了吃饭以外,隋意就不让她出去一步,每天上午、下午、晚上的时间安排得满满当当的。

林淼直接眼冒金星:"你比我们班主任还狠……"

隋意说道:"你要是去你的班主任家过年,她比我还狠。"

可能是有了前几次的经验教训,对这件事杨佳慧倒也没说什么,平时该怎么样,现在还是怎么样,林淼的到来对她来说,也就是桌上多了一个人吃饭而已。

到了初七那天，隋意直接把林淼打包带走了。

离开前，林淼还依依不舍地和每个人告别："爷爷奶奶，我以后会常来看你们的。"

两个老人都和蔼地说道："有空常来玩儿。"

"我会的，这次给你们添麻烦了，下次我让我爸一起来，一定好好感谢你们。"

几个人脸上都是尴尬的笑容。

隋意快速说道："爷爷奶奶，我们先走了。"

语毕，她拽着林淼就出去了。

隋崇光之前说要送她们，但被隋意拒绝了。

这场荒唐的闹剧赶紧结束吧。

回到云城，林淼很自觉地跟着隋意上了车。

她无辜地说道："我还有一个星期才开学呢，爸爸也还没回来。"

隋意懒得理她。

不过带着这么一个"拖油瓶"，隋意也没办法去找顾词了。

隋意靠在车上，开始闭目养神。

刚到家，她就接到了顾词的电话。

隋意进了房间，关上门接通电话。

顾词问道："手机又没电了？"

隋意知道，他应该之前给她打电话了，在飞机上那会儿。

隋意倒在床上，含混地应了一声，顿了顿才又说道："其实我回云城了。"

她本来不想告诉顾词的，但现在看来，林淼是要在她这里赖到开学了，那跟元宵节过后才回来也没什么区别了。

顾词说道："猜到了。"

上次隋意手机关机，就是去纽约。

这次是怎么回事显而易见。

隋意不想再聊这个话题，问："你爸妈呢，已经走了吗？"

"昨天晚上的飞机。"

隋意刚要开口，敲门声响起。

她连忙说道："我还有事，挂了。"

隋意起身，打开门问道："怎么了？"

林淼指了指空置的客房："我能住那间房吗？"

隋意看了过去："可以，自己打扫。"

林淼眼睛一亮："我能找保洁吗？"

"你也可以去住酒店。"

林淼撇了撇嘴："那我还是自己打扫吧。"

隋意回到房间里，把自己的行李收拾了一下。

半个小时后，她听到门铃在响，不由得看向了客房，林淼该不会真的找了个保洁吧？

隋意走过去打开门才发现外面站的人是顾词，瞪大了眼睛："你怎么……"

顾词问道："就你们两个人？"

隋意点头。

之前顾词给她打电话的时候，隋意正在辅导林淼做题，也把事情简单跟他说了。

顾词看着她，眉梢微动："我能进去吗？"

隋意压低声音说道："她咋咋呼呼的，一会儿我妈该知道你过

来了。"

顾词微勾嘴角："放心，我有办法。"

这时候，林淼听到门口的响动，跑了出来，看到顾词时，微微愣了一下："这是……？"

顾词神色不变："钟点工。"

隋意看向顾词，面露震惊之色。

林淼瞬间眼睛都亮了："现在的钟点工都这么帅的吗？！"

顾词朝隋意笑了一下，关上门走了进去。

她信了。

她信了？！

隋意不可思议地看向林淼，片刻后又冷静了下来，按照林淼的智商，她确实该信。

等顾词走到厨房里，打开冰箱的时候，隋意才发现他手里还拎了一个大袋子，袋子里全是蔬菜和水果，没用几分钟，他就把冰箱塞得满满当当的。

见顾词开始做饭了，林淼快速走了过来："那个……你能帮我把房间打扫一下吗？"

顾词头也没抬："我只负责做饭，打扫卫生得加钱。"

"可以，可以。"林淼点头如捣蒜，"加多少都可以！"

隋意挡在了她面前："你现在去住酒店还来得及。"

林淼失望而归。

隋意走到顾词旁边，小声说道："我点外卖就行了，你不用特意过来的。"

顾词看向她："先把今天的钱付一下？"

隋意微怔，还没来得及反应，顾词便已经低头吻在了她的唇上。

他只停留了两秒,退开后意有所指地开口:"我也没白来,有工资。"

隋意扬了扬嘴角:"我帮你。"

到了吃饭的时候,林淼才精疲力竭地从房间里出来。

她看到顾词坐在餐桌前也没想那么多,她家里请的阿姨,也会和他们一起吃饭。

林淼趴在桌子上,有气无力地乞求:"我下午能睡觉吗?"

隋意回道:"可以。"

林淼还没来得及开心,就听到隋意继续说:"半个小时。"

林淼瞬间又趴了下去。

顾词见状,不知道想到了什么,眉头不着痕迹地动了动。

元宵节前一晚,林宇衡和徐曼从马尔代夫回来了,给她们分别带了礼物。

林宇衡过来接林淼的时候,对着隋意十分抱歉地说:"不好意思啊,淼淼这段时间给你添了很多麻烦吧。"

其实林淼是自己悄悄跑过来的,下了飞机才告诉林宇衡,那时候他都已经到马尔代夫了,也没其他的办法。

隋意说道:"还好。"

林淼听见隋意没有揭她的短,松了一口气后又开始得意地说道:"我可听话了,房间都是我自己打扫的呢。"

林宇衡戳了戳她的脑袋:"回去我再跟你算账。"

林淼吐了吐舌头。

她拿着行李离开前,又想起什么似的,转过头问隋意:"姐姐,那个钟点工的联系方式你能给我一个吗?他做饭挺好吃的。"

徐曼问道:"什么钟点工?"

林淼说道:"就是一个男生,长得特别帅,估计是勤工俭学,这几天他每天都来给我们做饭呢。"

徐曼看了隋意一眼,后者面不改色地说:"他不做了。"

林淼震惊地问道:"为什么?"

"你不是说他是勤工俭学吗?他当然是回去上学了。"

林淼遗憾道:"有道理。"

林宇衡父女离开后,隋意本来以为徐曼会因为这事责备她,却听徐曼说道:"你爸爸前几天给我打电话了,他说过年前见到你的男朋友了。"

隋意微顿,张了张嘴却没说什么。

他们估计是怕她不好意思,所以当时才没有戳穿这件事。

徐曼继续说道:"他说,你爷爷奶奶都对你那个男朋友很满意。你们要谈就好好谈吧,我知道你的性格,你不会因为谈恋爱耽误学习,但最好提前做好人生规划,别再像我和你爸一样了。"

隋意松了一口气,点了点头:"我会的。"

徐曼推着行李箱回房间,走了两步又转过身,有些欲言又止。

隋意对上她的视线。

徐曼最终只是说道:"保护好自己。"

隋意愣了两秒后,才反应过来她是什么意思,耳朵不由得有些发烫。

徐曼也不好把这个话题说深了,点到即止后,便回了房间。

晚上,隋意躺在床上,给顾词打着电话。

她小声说道:"我就知道林淼那个大嘴巴,一定会说漏的。"

顾词问道:"你妈妈怎么说?"

"她……"隋意翻了个身,把手机放在枕头上,双手托着下巴,"如果她让我和你分手,你打算怎么办?"

"我就拿十亿扔在她面前,对她说:'离开你女儿,她下辈子的幸福被我承包了。'"

隋意:"……"

这是什么土味剧情?

她就不该开这个口。

顾词嗓音含笑地继续说:"逗你的,如果她真让你和我分手,我大概率会做一份幻灯片给她。"

隋意疑惑地问道:"做幻灯片干什么?"

"总结自身优势、发展规划、未来前景。她要是看了还让我跟你分手,那就是我自己的问题了。"

隋意:"……"

他可真够嚣张的。

不过徐曼身为一个眼里只有工作的女强人,可能还真吃这一套,PPT,也可能只有顾词想得出来这招了。

隋意又说道:"不过你这算不算是已经见完我的家长了?"

"嗯?"

她自顾自地嘀咕:"我还没见过你爸妈呢。"

顾词顿了顿,说道:"你要是想见他们的话,他们随时可以回来。"

这次过年的时候,有了陈赋那个藏不住事的人,家里人都知道顾词谈恋爱的事了,父母在知道他女朋友还在读书后,也私下和他

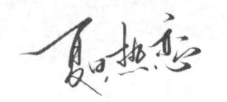

聊过，让他别欺负人家姑娘。

顾词说，他是奔着结婚去的，他们才安心，又听陈赋说他女朋友长得不仅漂亮，还特别聪明，虽然也想见见，但又怕太唐突了吓到她，所以才默默回去工作了。

隋意脸微微泛红："我不是那个意思！"

"那你什么时候考虑一下？"

然而隋意这一考虑就是两年。

随着开学，春天也逐渐到来，还带着料峭寒意的阳光逐渐变得明媚炙热，再到银杏叶被皑皑白雪覆盖。

很快，隋意也迎来了她大学生活的第四个夏天。

天气虽然热，但毕业典礼还是如期举行。

隋意依旧是作为毕业生代表上台发言。她穿着慵懒风的杏色衬衣、黑色的西装长裤，站在那里，进行脱稿英汉双语演讲，正如她那年的入学演讲。

隋意走下讲台的时候，台下掌声雷动。

论坛上大家也讨论得热烈。

"五分钟，我要那个学姐的所有信息！"

"啊啊啊——姐姐好美！"

"我的第 3839405 次心动给了这位学姐。"

"不会吧，不会吧，居然还有人不认识隋意吗？我们金融系之光啊，大家不要被她的美貌迷惑了，你真正了解她以后才知道，她不仅长得漂亮，而且是学霸！当年她可是以全省第一名的成绩考进来的，今年也是专业第一名毕业！"

"明人不说暗话，我想要这个学姐的联系方式。"

"弱弱地问一句，她有男朋友吗？"

"来，来，我总结一下知识点，隋意大三的时候就接到了全国排名前五的金融公司的 offer（录取通知），实习期直接进入了顶级的投行，上个月刚刚完成了上亿的并购案。据说学校还想聘请她回来当客座教授，给金融系的学生上课，后续情况暂时还不知道啦。

"继续说一下她的个人生活，问她的联系方式和有没有男朋友的人就别想了，她的男朋友也很厉害，是前几届的学长了，属于学霸中的学霸，也就是传说中的学神！他大学时就和国外的公司合作研发了软件，就是现在最火也是最大的那款生活类的 APP，后续他们公司也陆陆续续推出了好几款 3D 游戏，他都是总策划师！"

"震惊到了！果然优秀的人都和优秀的人在一起，看来我们是没机会了……"

"她的男朋友是不是顾词啊？我表哥是做游戏的，天天做梦都想去顾词他们公司。没想到顾词居然是我们学校的，还是我的学长，瞬间感觉自己的身份不一样了！"

"我们学校优秀的学长、学姐怎么那么多？感觉自己就是一条'咸鱼'。"

"再说一件你们不知道的事，年初爆火的那个歌手陈赋也是我们学校的，还是顾词的表弟。他入学那会儿还大张旗鼓地追过隋意一段时间呢，作为全程围观了这件事的人，只觉得太戏剧性了！哈哈哈，他追的人居然是他嫂子。"

"不是吧，陈赋居然也……？！有他的同学在吗？能帮忙要个签名吗？……"

陶圆圆翻着论坛上的留言，笑得嘴都快合不拢了。

隋意坐在她旁边，拢了拢头发："看什么呢这么开心？"

陶圆圆对她扬了扬手机："当了那么久的打工人，还是觉得看

这些学弟学妹好玩儿。"

简乐在旁边一边回着工作消息,一边说道:"你就知足吧,都进学长他们公司做游戏商务了,哪像我们,天天累成狗。"

陶圆圆叹气道:"如果我当初选择的专业是计算机,说不定我现在都能做策划了。你们不知道,女策特别稀缺,就前两个月,我们公司来了一个女策划,那群男的高兴得跟什么似的,天天围着她转。当然了,除了学长!"

另一个女生说道:"这话要是让计量经济学的那位老师听见,你就完了。"

陶圆圆红了耳朵,结结巴巴地说道:"我……我跟他清清白白的,你别乱说啊。"

简乐用胳膊碰了碰她:"欸,我刚刚听诗姐说,有人要给周老师介绍对象了。"

说着,她还跟隋意确认一下:"是吧?"

隋意点头:"毕竟周老师年纪也不小了,今年就满三十岁了。"

另一个女生接话道:"像周老师这种年纪轻轻就评上教授的人,工作好,长得又帅,流入相亲市场就是香饽饽,你不要有的是人抢着要。"

陶圆圆不说话了。

毕业典礼结束后,隋意拿着包起身:"我下午还有一个会要开,先走了,晚上吃饭的地点你们定好发给我。"

简乐回道:"行,学长来吗?我直接订个包间吧。"

"他去出差了,估计要过两天才能回来,不用管他,你把林加禾叫上吧。"

这下轮到简乐脸红了:"好。"

她和林加禾其实一直有联系，是去年在一起的。

另一个女生生无可恋地说："夏天来了，而我的春天还没有来。"

陶圆圆搂着她的肩膀："放心，不是还有我陪你吗？"

女生伸手一指："周老师！"

陶圆圆立即转过头："哪儿呢？哪儿呢？"

"骗你的，你别陪我了，还是去找他吧，再晚小心他被人抢走了。"

陶圆圆刚想给自己找补两句，就看到周筠从不远处经过，旁边还跟着一个年轻的女生。

她突然就想到了有人要给他介绍对象的事。

陶圆圆连忙说道："我先……先过去一趟。"

她跟了他们一路，最后停在了周筠的办公室门口。

正当陶圆圆准备悄悄往里面看时，她的肩膀被人拍了一下。

陶圆圆被吓了一跳，猛地回过头："诗……诗姐。"

梁诗问道："毕业典礼不是结束了吗？你没和隋意她们去吃饭啊，在这儿干吗呢？"

说话间，梁诗踮着脚想要往里面看。

陶圆圆连忙挡在她面前："我过来上个洗手间，正准备去了。"

梁诗看破不说破："行，那我回办公室了，下次见面也不知道是什么时候了。"

陶圆圆想了想，说道："或许是隋意和学长结婚的时候？"

梁诗笑道："有道理。"

等她走后，陶圆圆松了一口气，转过头再往办公室看去时，里面却一个人都没有了。

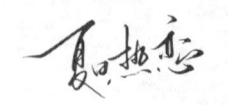

陶圆圆眼里是难掩的落寞之色，算了，周老师那么优秀，她能抱有什么想法呢？

就在她收回视线准备离开的时候，却发现周筠不知道什么时候站在了她身后，正倚在墙上看着她。

陶圆圆见状，被吓得睁大了眼睛，接连退了两步："周……周老师？"

周筠问道："找我有事？"

她下意识地否认："没有啊。"

"那你站在我的办公室门口做什么？"

"我……找诗姐来着，路过。"

周筠没说什么，只是说道："恭喜你，顺利毕业。"

虽然他的表情冷冷淡淡的，但陶圆圆总觉得，他这话里调侃的意味居多。

他仿佛是在说：没想到你都能毕业。

陶圆圆咳了一声："谢谢周老师这两年对我的鞭策，如果不是你手下留情的话，我还真毕不了业。"

"不用客气，早知道你去做游戏商务，我就不对你那么严格了，让你在课上多打几局游戏。"

陶圆圆："……"

这是一些耻辱的回忆。

她又吞吞吐吐地说道："我刚刚好像看到你和一个很漂亮的女生走在一起，那是你……女朋友吗？"

"下学期入职的老师，系主任让我带她熟悉环境。"

"哦。"

周筠低头看了一眼时间："吃饭了吗？没有吃的话我请你？"

陶圆圆说道:"我和我的室友她们约好了……"

周筠把手插回了裤子口袋里:"一起吧。"

陶圆圆愣了愣:"啊?"

"叫上你的室友一起,算是恭喜你们毕业。"

陶圆圆掏出手机:"那我问问她们。"

她在群里发了消息。

简乐第一时间回复:"好!我们在校门口等你们!"

另一个女生:"时间好像进入了轮回,当初学长追隋意的时候,也是请我们全宿舍的人一起吃饭……"

陶圆圆:"……"

两个人一路从教学楼走到了学校的林荫道上,夏日的太阳很烈,晒得让人有些睁不开眼睛。

陶圆圆找着话题:"周老师,我听说有人要给你介绍对象啊?"

周筠问道:"听谁说的?"

"就……听说的。"

"少听点儿八卦。"

陶圆圆歪头看向他:"那就是假的咯?"

周筠"嗯"了一声。

陶圆圆又问道:"可你都三十岁了,你父母都不着急吗?他们不催你吗?"

周筠对上她的目光:"你看上去好像比他们更着急。"

陶圆圆立即收回视线,正色道:"我就随口问问。"

过了一会儿后,陶圆圆又问:"周老师,你找女朋友都有什么标准啊?"

"没标准。"

"怎么会没标准？正常人不都是有个择偶范围吗？比如说喜欢漂亮的，聪明的，温柔的，善良的……"

周筠问道："那你的择偶范围是什么？"

闻言，陶圆圆不由得有些紧张，手握紧了包带："我……我喜欢……"

这时候，有学生路过，跟周筠打招呼："周老师好。"

周筠颔首回应。

陶圆圆将话咽进了肚子里。

夏日的白昼很长，正如那条久久走不完的林荫道。

轻轻的风吹过，带着栀子花的清香，味道很淡，却又在无人察觉的角落里滋长，正如年轻男女彼此隐晦的心意。

阳光透过树荫，静静洒在了地面上，温暖，绵长。

陶圆圆的声音也越来越轻："周老师，你刚刚还没说你的择偶范围呢。"

周筠回答道："能毕业就行。"

陶圆圆好像明白了什么，低着头，嘴角慢慢扬起。

栀子花的香味逐渐飘远，充斥了一整个夏天。

隋意的会一直持续到了晚上七点，她出来后，一边给陶圆圆她们发消息，说她要晚点儿到，一边往外面走着。

到了楼下，她才发现外面不知道什么时候下起了雨，不少人被困在了公司大楼下。

隋意虽然在大一结束的那个暑假就拿到了驾照，可不喜欢开车，大多数时候是顾词接送她上下班，他加班的时候，她就自己打车。

她拿出手机，果不其然，叫车已经排队到一百多号了。

可她这么等下去也不是办法。

隋意把包放在头顶，正打算去前面的路口打车时，旁边的男同事说道："隋意，我记得我跟你家的方向顺路，我送你吧。"

她微微笑了一下："谢谢，不用了，我今天和朋友有约。"

男同事目的明确："没事，今天下雨打车不方便，我送你过去也行。"

隋意刚要再次拒绝，头顶便撑了一把伞。

男人清润的嗓音在嘈杂的雨水中徐徐响起："又没带伞？"

隋意抬头看向他，男人细长的眉微动，随即她对男同事说道："我男朋友来接我了。"

男同事瞬间满眼失望之色。

顾词看了他一眼，随即牵着隋意的手离开。

上车后，隋意拿起车里的毛巾擦着头发："你不是还要过两天才回来吗？"

顾词单手撑在方向盘上，托着腮看她："本来想赶回来参加你的毕业典礼，还是迟了。"

"毕业典礼也就是个形式，参不参加都无所谓。"隋意说道，"快走吧，他们已经到了，就等我们了。"

顾词收回视线，驱车离开。

晚上的聚会，除了简乐叫上了林加禾以外，唐季也带着他的女朋友来了，就是之前打游戏认识的那个女孩。

三对情侣，就剩下陶圆圆和另一个女生抱团。

林加禾和唐季也在顾词的公司工作，两个人都是游戏策划。

吃饭的时候，林加禾感慨道："朋友们，时间过得真快啊，上

次这样一起吃饭,还是我们毕业的时候,结果一眨眼,你们也毕业了。"

陶圆圆吐槽道:"拉倒吧,老实说,你们两个是不是在你毕业前就好上了?"

简乐红了脸:"也……没有,就看流星结束后一直在联系而已。"

陶圆圆"哼"了一声:"我就说你从那之后就不对劲儿了,总是抱着手机和我们分开行动。"

林加禾护短道:"你别只知道欺负我们家简乐啊,看流星那晚顾词和隋意就已经在一起了,顾词才是不管我们的死活,总是跑去请你们吃饭,谁都能看出来醉翁之意不在酒。"

正在吃饭的隋意突然被提到,呛了两声。

唐季也附和道:"对,我还记得跨年夜那晚,我跟林加禾两个人在宿舍里饿了大半夜,就等顾词带夜宵回来,结果他跑去约会了。"

顾词给隋意递着水,同时说道:"最后不是给你们带回来了吗?"

林加禾说道:"可不是嘛,就指着那一顿饭续命呢。"

唐季又问道:"我其实一直有个问题,你俩到底怎么认识的?"

林加禾也说道:"对,对,对,我也是后来越想越不对劲儿,你们两个之间肯定早就有猫腻了,亏我还想方设法地撮合你们,合着是多此一举了。"

顾词看向隋意:"你说还是我说?"

隋意慢慢放下杯子,勇于为自己的错误买单:"还是我说吧,我高二那一年,出车祸腿骨折了,在家里无聊就开始玩儿游戏,然后……"

一群人听完后,都感到匪夷所思,异口同声地问道:"你就是'渣'了他的那个网恋对象?"

隋意解释道:"不是啦,打游戏的事怎么能叫作'渣'呢?更何况我也没想到居然那么巧,能在现实生活里遇见他。"

她扭过头看着顾词:"话说回来,你是不是在我报到那天就认出我来了?你怎么认出来的?"

顾词眉梢微动,喝着水不语。

陶圆圆感慨道:"隋意打几个月游戏老天爷都能分配男朋友给她,我打了那么多年,只有在游戏上跟人对骂的份儿。"

另一个女生问道:"你有周老师还不够吗?"

陶圆圆红着脸:"八字还没一撇呢,什么你我他的?"

林加禾"啧"了两声:"难怪呢,我就说我们顾词哥哥怎么两年都不玩儿那款游戏了,和隋意在一起后,立马就重新登录了,我还以为是爱能抚平一切伤痛呢。"

唐季也说道:"现在破案了,看来顾词哥哥在打游戏的时候就对省状元情根深种了。"

林加禾继续:"真禽兽啊,省状元那时候才高二呢。"

顾词:"……"

隋意笑了出来,眼睛弯成了一道月牙儿。

缘分有时候就是这么奇妙。

如果她那时候坦白地讲自己还在念高二,顾词估计都不会带她打游戏,更别提发生后面的事了。

吃完饭,由于大家都喝了酒,分别找的代驾。

隋意自从出来实习后,便在离公司不远的地方租了个小公寓,平时上下班方便。

顾词偶尔会过来留宿,几个月的时间里,家里不知不觉中已经有了不少他的东西。

回到家,隋意刚想要去洗澡,便被人搂住了腰。

顾词喝的酒比她多,他倚在门板上,西装的领带已经被他扯得松松垮垮的,醉意蒙眬的黑眸里藏着涌动的暗流,仿佛她只要对上一眼,就能被吸入其中。

短短几年时间,他已经从一个清俊的男生,成为一个成熟有魅力的男人了。

隋意将手放在他的胸膛上,用唇形问道:"干吗?"

顾词偏头看着她,嗓音低沉地说:"我只是在想,那天的雨好像和今晚的一样大。"

隋意:"……"

他这是秋后算账来了?

隋意想起了吃饭时的那个话题:"如果那时候我们见面了,你发现我还是个高中生,你还会喜欢我吗?"

"为什么不?"顾词继续说,"我可以辅导你学习,直到你和我考上同一所大学。"

隋意正色道:"如果你那时候能辅导我学习的话,我就不是全省第一了——"

顾词语调低低的:"嗯?"

"而是全国第一,我也能更有面子。"

顾词笑,连喉结都随之颤动。

隋意看得有些心猿意马,刚要说什么,便听他说道:"你这样追求第一，我们以后的孩子压力会很大。"

其实顾词偶尔也会提起未来结婚生孩子之类的事，但大多数情况是在逗她，隋意也没当回事。现在也不知道是不是毕业了的原因，要开始直面这些问题了，她一瞬间有些恍惚。

隋意默了默才说道："我……近几年都不想结婚生孩子，我想等到工作稳定一点儿再说。"

徐曼和隋崇光对她的影响还是很大的，她怕自己会像徐曼那样，既要事业又要家庭，所以早早做好了人生规划。

三年内，她在事业上达到自己想要的高度后，再去考虑生孩子这件事。

而且她会在生孩子之前重新调整自己的工作安排，以便能有更多的时间去陪伴孩子，给孩子一个完整的童年。

顾词看着她的眼睛，语气难得正经地说："我知道，我不会催你。"

隋意揪着他的衬衣纽扣，还是有些担心："那要是你爸妈催呢？"

"他们哪有这个时间和精力？"

"也是，毕竟你都是留守儿童。"

顾词搂着她的腰的手往前收了几分，他慢条斯理地开口："不过，能不能让我走个后门，持证上岗？"

隋意到底还是醉了，反应有些慢："啊？"

"这已经是要送你回家的第五个男同事了，我很有危机感。"

隋意明白了，眨了眨眼睛："那你这算是求婚吗？"

顾词回道："你答应了就算。"

"那要是我不答应呢？"

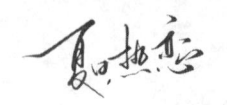

"我就偷偷准备个求婚仪式,你喜欢户外还是室内?或者是海边,叫上所有的朋友一起。"

隋意连忙答应道:"我答应,我答应,你千万别整那出。"

这种东西就是看别人的仪式有意思,落到自己身上,她想想就浑身发麻。

顾词笑着看她:"你是不是答应得太敷衍了?"

隋意认真思索:"那还是等我考虑个一年半载好了。"

顾词把她抱了起来:"晚了,你已经答应了。"

回到卧室,顾词把她放在床上,鼻尖抵着她的,嗓音低哑地问:"那我明天能不能搬过来?"

呼吸缠绕间,隋意的眼睛已经染上了雾气:"这里全是你的东西,你跟搬过来有什么区别?"

顾词嘴角微勾,手指摩挲着她的耳垂,用更低的声音问道:"那省状元什么时候抽空跟我去一趟民政局?"

隋意的手指无意识地攥住了他腰间的西装,他已经很久没有这么叫她了,今晚应该是听林加禾、唐季这么叫了,勾起了他的一些回忆。

她提议道:"现在就去吧。"

顾词有些不相信。

隋意说道:"万一睡一觉起来我反悔了呢?"

顾词无奈道:"民政局早上九点上班,更何况明天是周六。"

隋意看起来颇为遗憾:"那好吧。"

顾词继续说:"你要是后悔了,我就去你们公司揭露你翻脸不认账的罪行。"

隋意揽住他的脖子:"你就不怕那些想要送我回家的男同事觉

得有机可乘了？"

"有道理，那我只能不给你后悔的机会。"

隋意笑弯了眼睛。

顾词就这么看着她，眼里是不加掩饰的欲望。

隋意坦然地对上他的视线，跟着唐季他们一样叫他："顾词哥哥。"

顾词眉梢微动，下一秒，低头吻上了她的唇。

开了空调的房间里，本来应该是凉爽又舒适的，却偏偏逐渐弥漫开湿润的热意，让外面的那场雨显得也不过如此。

也不知道是不是顾词喝了酒的原因，他比平时更加磨人，隋意叫哥哥也不管用。

顾词咬着她的耳垂，低低说了几个字。

隋意红了脸，艰难地开口："不……叫。"

然而几分钟后，她还是选择了妥协。

隋意拉下他的脖子，用只能两个人听见的声音说道："顾词，你个——浑蛋！"

顾词抱着她站了起来。

最后结束时，隋意还是被迫叫了那两个字。

顾词今天真的太能折腾了。

洗完澡，隋意有些睡不着，趴在顾词的怀里，突然想起了一件事，仰头看着他问："你到底怎么认出我来的？"

顾词搂着她的腰："你还有力气？"

隋意推了推他："快点儿说。"

顾词看着窗外，缓缓开口："你的声音，我记了很久。"

夏日热恋

四年前那个夏天,他到新生报到处去拿资料,刚到就听到有人在讨论:"那个学妹长得好漂亮啊,居然还是我们金融系的,这几年有眼福了。"

"可不是嘛,我感觉她比孟宁音还漂亮,看来这一届的'校花'要换人了。"

"只是好看有什么用呢?孟宁音能当'校花'也是因为才貌俱佳好不好?"

"对,这学妹漂亮是漂亮,估计比孟宁音还是差点儿。"

顾词背对着那个方向,拿完自己要的资料就准备离开。

这时候,负责报到的学生问道:"学妹,你叫什么名字?"

清清冷冷的声音响起:"隋意。"

此话一说出口,现场的众人都倒吸了一口凉气,就连顾词也回过了头。

如果他没记错的话,隋意是今年的全省第一名,就在梁诗的班上。

站在那里的女生穿着白裙子,长发柔顺地垂在身侧,似乎被热得有些烦躁,微微皱起了眉。

登记的学生愣了两秒后,终于反应了过来:"麻烦把你的录取通知书给我一下,再在这里签字。"

隋意拿起桌上的笔,弯腰写下了自己的名字。

很快,她抬头问道:"学姐,宿舍怎么走?"

——"这个游戏的新地图怎么走啊?我昨天绕了一圈都出不去。"

学姐回道:"这个是学校的地图,上面标记了金融系的宿舍楼,你照着找过去就行了。或者你找个学长、学姐带你过去。"

她放下笔,接过地图:"不用了,我自己过去就行。"

——"其实你不用每次都救我,我自己安安静静地躺在那里就行……"

游戏里的她语气更加轻松自在一些,不像现在,掺杂着几分距离感。

可他还是听出来了。

身后再度传来了声音:"这学妹看上去挺傲啊,眼光也太高了吧,刚刚那是我们系的'系草'吧?她居然连正眼都没看他,简直离谱儿。"

顾词收回思绪,后知后觉地发现金融系的"系草"被隋意拒绝了送她回宿舍的请求,有些尴尬地站在旁边。

"人家可是省状元,有傲的资本,一般的人她哪儿看得上啊?"

"她就是今年的理科省状元?隋意?"

"我的妈呀,老天爷能再不公平一点儿吗?她有这么好的脑子就不说了,居然还长得这么漂亮,还让不让人活了啊?"

顾词盯着她的背影想,她"放鸽子"也很有一套。

其实顾词最开始也不是很确定,隋意明显是个拒人于千里之外的高岭之花,游戏里的她却是个人菜瘾大还喜欢一本正经地胡扯的"骗子",直到他看到她在垃圾桶旁边踢易拉罐,直到他在黑板上写下自己的名字,看见她眼里瞬间出现的慌乱之色。

顾词走到新生报到处:"把隋意的入学资料给我看看。"

—全文完—